Lo que no se ha dicho

OLLANTAY Press
Literature/Conversation Series, Vol. VI

Lo que no se ha dicho

Essays commissioned by
OLLANTAY Center for the Arts
Under the coordination and edition of
Pedro R. Monge Rafuls

OLLANTAY Art Heritage Center
Board of Directors
Ed Vega, Chairman
Nelson Colón, M.D., Secretary
Betsy Dávila
Pedro R. Monge-Rafuls
Gustavo Rojas
Dr. Silvio Torres-Saillant

Literature Advisory Committee
Lourdes Gil
Marithelma Costa

Published by
OLLANTAY Center for the Arts
P.O. Box 720636
Jackson Heights, NY 11372-0636

Copyright © 1994 **OLLANTAY Center for the Arts**
Library of Congress Catalog Card No. 94-067316
ISBN 0-9625127-3-7

Cover
Luis Cruz-Azaceta
CubanIcarus III, 1993
110 X 76 inches. Acrylic on Canvas.
Courtesy of Fredric Snitzer Gallery,
Coral Gables, Florida.

Cover Design
Pedro R. Monge-Rafuls

Production & Printing
Compass Comps

This publication is made possible, in part, with public funds from The New York State Council on the Arts, The Department of Cultural Affairs of New York City and The National Endowment for the Arts

All right reserved. No part of this publication may be reproduced, stored in a retrieval system, or transmitted, in any form or by any means, electronic, mechanical, photocopying, recording, or otherwise, without the prior written permission of the publisher. Printed in the United States of America.

Para
todos los zazeros
(Central Zaza, Placetas)

Por supuesto, que se nos echarán atrás los petrimetres de la política, que olvidan cómo es necesario contar con lo que no se puede reprimir, y que se pondrá a refunfuñar el patriotismo de polvos de arroz, so pretexto de que los pueblos, en el sudor de la creación, no dan siempre olor de clavellina. ¿Y qué hemos de hacer? ¡Sin los gusanos que fabrican la tierra no podrían hacerse palacios suntuosos!

—*José Martí*
Del discurso pronunciado en el Liceo Cubano de Tampa el 26 de noviembre de 1891 y conocido por el famoso lema martiano: con todos y para el bien de todos.

Una literatura existe con personalidad diferenciada no sólo por razón de la lengua en que se expresa, sino, de modo decisivo por su contenido, por la peculiaridad del pueblo y circunstancias que en ella se manifiestan de un movimiento literario propio, autónomo, con los cárácteres de una específica entidad histórica.

—*Raimundo Lazo*
Historia de la literatura cubana

Los creadores saben que pueden de algún modo ofrecer su visión de la historia, del país, de la cultura, y también sabemos que la única forma en que se puede avanzar en una situación por la que atravesemos es con cultura, y sabiendo que la condición ética de cada uno es lo que lo va a redimir.

—*Joel Cano*
Conjunto 94

Indice

Introducción
Cuando vuelva a tu lado... *Pedro R. Monge Rafuls* xi

De la dramaturgia

The Deal *Charles Gómez-Sanz* 3
'Who are you, anyways?':
Gender, Racial and Linguistic
Politics in U.S. Cuban Theater *Lillian Manzor-Coats* 10
On Cuban Theater *Pedro R. Monge-Rafuls* 31
Elementos comunes en el
teatro cubano del exilio:
marginalidad y patriarcado *Antonio F. Cao* 43
Rasgos comparativos entre
la literatura de la isla y del exilio:
el tema histórico en el teatro *José A. Escarpanter* 53
El reencuentro, un tema dramático *Juan Carlos Martínez* 63
Tres dramaturgos en Nueva York *Gabriela Roepke* 73
Características del teatro frente a
otros géneros literarios
en el exilio *Héctor Santiago* 97

De la narrativa

Inscribing the Body of Perfection:
Adorned with Signs and Graces.
Thoughts on Severo Sarduy's *Maitreya* *Alan West* 115
Parodia, ideologías y humor en la
novelística de Arenas, Robles,
Barnet y Vásquez:
convergencias y divergencias *Elena Martínez* 125
Constantes dispersas en la
narrativa cubana del exilio *Perla Rozencvaig* 144

De la poesía

Confluencias dentro de la poesía cubana posterior a 1959	*Jesús Barquet*	155
El tema de lo cubano en el escritor exiliado	*Angel Cuadra*	173
Poesía y exilio	*Belkis Cuza Malé*	194
La fortaleza en el desierto	*Reinaldo García Ramos*	199
Los signos del leopardo o la seducción de la palabra	*Lourdes Gil*	208
Tres poetas cubanas: Magali Alabau, Lourdes Gil y Maya Islas	*Ana María Hernández*	217
Reflexiones sobre los arquetipos feministas en la poesía cubana de Nueva York	*Maya Islas*	239
Silencio, memoria, sueños: tres temas de la poesía cubana de Nueva York	*Octavio de la Suarée*	253

De la literatura

El futuro de la literatura cubana desde el punto de vista del escritor	*Uva de Aragón Clavijo*	265
En torno a la 'generación' del Mariel	*Vicente Echerri*	271
Una pregunta y mil respuestas	*Reinaldo García Ramos*	280
La pregunta del forastero	*Lourdes Gil*	289
Sumario del encuentro	*Ana María Hernández*	293

Miscelánea

Sin título	*Belkis Cuza Malé*	303
Literatura en la isla y en el exilio: contrapunteo cubano de la angustia	*Eduardo Lolo*	306
Charla	*Heberto Padilla*	319
Emigración, exilio y consecuencias culturales	*Rosario Rexach*	324

Más

Biografías	331
Otros ensayos publicados por **OLLANTAY**	339

Cuando Vuelva a tu lado...
Pedro R. Monge Rafuls

Con este libro continuamos recogiendo los trabajos presentados por **OLLANTAY Art Heritage Center** a través de varias temporadas sobre literatura latinoamericana escrita en los Estados Unidos, que cada día aumenta su prestigio y testimonia la pujanza del movimiento literario de esta específica comunidad de autores, desarrollado sobre todo en Nueva York. Este cuarto volumen de la serie *Conversación* agrupa las conferencias comisionadas por **OLLANTAY** para dos encuentros de escritores que ocurrieron, cada uno, durante todo un día, y en otras presentaciones en las que se analizó la literatura cubana en el exilio.

Mi preocupación al concebir el primer "Encuentro de escritores cubanos del área de Nueva York" fue el de profundizar—en forma coordinada—lo que los cubanos escribimos en esta parte del país y analizar esta experiencia literaria a través de los mismos creadores. Inmediatamente logré el apoyo de la poetisa Belkis Cuza Malé, sin cuya ayuda no lo hubiese podido realizar el 17 de junio de 1989. El segundo simposio sobre la literatura cubana se realizó el 9 de mayo de 1992 con la cooperación de las poetisas Lourdes Gil e Iraida Iturralde. La preocupación detrás de "Literatura cubana: en torno al escritor exiliado" fue más amplia. Las circunstancias políticas y sociales eran otras después del desarrollo más claro de los acontecimientos en la Europa Oriental y la necesidad de establecer lazos con Cuba era más intensa.[1] El interés de este segundo "Encuentro de autores cubanos" fue más allá de analizar si existe o no una *literatura cubana en Nueva York* y se les pidió a los participantes que analizaran algunas características de lo que se ha escrito, y también se dedicó un panel a compararla con la literatura que se escribe en Cuba.

---

1 Los exiliados siempre hemos mostrado interés por la literatura que se crea en Cuba. Por favor ver la lista parcial de obras escritas en la Isla que se han producido en el exilio en "Manos a la obra: Respuesta a Rine Leal", **OLLANTAY Theater Magazine**, Vol. I, No. 2. July 1993, pp. 35-37; los innumerables artículos de Matías Montes Huidobro sobre el teatro escrito en la

Este volumen es, además de la recolección y publicación de estas conferencias organizadas para **OLLANTAY Art Heritage Center** por o sobre escritores cubanos, la transcripción de algunos comentarios ocurridos durante los dos "Encuentros", que se reproducen con su informal manera de hablar.

Los trabajos que aparecen en este libro son testimonios que quedarán para las generaciones futuras, como los que leyeron Belkis Cuza Malé y Heberto Padilla, la ponencia de Uva de Aragón Clavijo, la de Eduardo Lolo, o la breve meditación de Rosario Rexach que, quizás, nos permitirá comparar la situación actual con la de nuestros predecesores en la experiencia dolorosa de vivir fuera de la patria.

Angel Cuadra habla de algo que se dice muy poco, "los aportes recibidos de los escritores de la Europa del Este" en los poetas de la Isla, varios de los cuales trajeron esa influencia cuando se exiliaron por el masivo escape conocido como El Mariel. Es curioso también ver la perspectiva sobre los "cubanos-americanos" de Lillian Manzor-Coats y de Angel Cuadra en contraposición a la de Charles Gómez-Sanz. Contraste es también lo que existe entre la omisión del drama en la mención de los géneros que hace Rosario Rexach, la negación de universalidad de Angel Cuadra al teatro y la afirmación de Héctor Santiago y del que esto escribe, sobre el hecho de que existe desconocimiento de la creación dramática entre los intelectuales del exilio.

Este libro recoge algunos discursos intransigentes pero, por otro lado, no cabe duda que dice cosas casi desconocidas, y muchas veces menospreciadas, por ejemplo sobre el grupo "El Puente", que sólo "es conocido" por los *intelectuales de izquierda*[2] a través de juicios par-

---

Isla o su libro *Persona, vida y máscara en el teatro cubano* (Miami: Ediciones Universal, 1973). También, adelantándose a los actuales proyectos de "reencuentro", entre infinidad de libros y artículos publicados en revistas y periódicos—que incluyen a la desaparecida revista *Exilio* y a *Linden Lane Magazine*, editada en Miami por Belkis Cuza Malé—tenemos, por ejemplo *La última poesía cubana. Antología reunida: 1959-1973*. Selección, prólogo y notas de Orlando Rodríguez Sardiñas (Madrid: Hispanova Ediciones, 1973) y *Panorama de la novela cubana de la revolución (1959-1970)* de Ernesto Méndez y Soto (Miami: Ediciones Universal, 1977). No se puede negar que el exilio ha estado demostrando una madurez cívica y política que aventaja en "mil años luz" a los organismos culturales y a muchos intelectuales isleños.

2 El término *izquierda* ha logrado un significado distinto después de los acontecimientos europeos que dieron con el comunismo al traste. Entonces, de pronto, los izquierdistas (y progresistas) se convirtieron en derechistas (y reaccionarios).

cializados como los que aparecen en el libro de entrevistas de Emilio Bejel.[3]

Lo que no se ha dicho es el primer libro que recoge la opinión de varios escritores cubanos exiliados para desde distintos puntos de vista analizar *únicamente* rasgos de los distintos géneros de nuestra literatura a través de lo que se escribe fuera de Cuba. Este libro permite afirmar que—en el exilio—se cuenta con un significativo número de escritores y que la variedad de estilos y técnicas literarias sólo es proporcional a la calidad de la escritura.

El proceso de creación cubana, consecuencia de la escisión que comenzó en 1959, empieza a verse como el de la experiencia de dos comunidades de escritores que, por estar completamente aislados, logran crear dos *corpus* literarios distintos en un mismo momento como no se encuentra en ningún otro país. En la España de la guerra civil y después en el exilio de los republicanos antifranquistas, los escritores no perdieron la perspectiva del acontecer nacional porque no se vieron obligados a una ruptura en dos comunidades que crecieron separadas, enfrentadas social, política, moral y económicamente por 35 años. Ese concepto de dos experiencias y una sola literatura ha estado—siempre—más claro en "la provincia El Exilio", como ha llamado el poeta y dramaturgo José Corrales a los que estamos fuera de la Isla, que en la intelectualidad de Cuba, que por años ha ignorado al grupo de escritores de la "otra orilla".[4]

Ni el exiliado español, ni el de Haití, ni el exiliado chileno que huyó de Pinochet, ni tampoco el argentino que escapó de los militares, y ni siquiera el escritor o el artista negro sudafricano fue presionado a perder su identidad, ni sus raíces, debido—entre otras cosas—a la simpatía que despertaban sus exilios en el mundo intelectual de los países a donde fueron a vivir. Este caso no es el de los cubanos, injustamente acusados de derechistas y de reaccionarios. Esto trae una consecuencia lógica debido a esta injusticia: el desconocimiento y el desprecio a que se ha visto sometido el artista cubano exiliado por parte de los intelectuales, investigadores y otros, no sólo de la Isla y por cubanos "simpatizantes" del castrismo, sino

---

3   Por favor, ver nota 15, p. 161.
4   Por favor, ver nota 1.

también por intelectuales no-cubanos en las universidades de los Estados Unidos, España, el resto de Europa y de los demás continentes. La literatura cubana del emigrante anticomunista tuvo que crecer y hacerse conocer por sus méritos y por su "empuje" y nunca por el apoyo de grupos que por años han dominado las universidades y las organizaciones culturales y que faltaron a su responsabilidad con la historia y con el arte que representaban o que aún representan. En este momento podríamos detenernos a pensar (y rendirles un homenaje) en Agustín Acosta★, Reinaldo Arenas, Gastón Baquero, Lydia Cabrera★, Eduardo Manet, Heberto Padilla, Labrador Ruiz, Marcelo Salinas, Severo Sarduy, José Triana y muchos más, sin olvidarnos de los que comenzaron a crear fuera de Cuba y que tuvieron que luchar contra esa mencionada incomprensión. Algunos de los escritores, con una obra conocida antes de salir de la Isla, eran considerados parte del "progreso alcanzado por la cultura socialista" y fueron elogiados, invitados a conferencias en el extranjero, etc. y una vez que optaron por la vida dura del exilio se vieron olvidados y muchas veces hasta menospreciados y atacados simplemente por denunciar un régimen político que los ahogaba. El proceso ha sido doloroso y Belkis Cuza Malé, Lourdes Gil, Héctor Santiago, Jesús Barquet y el que esto escribe entre otros, lo dicen bien claro en este volumen porque es un hecho que continúa ocurriendo y que la historia no debe desconocer.

La presencia de los escritores en "la provincia El Exilio" comenzó inmediatamente que empezó la limitación creativa a los intelectuales en la Isla. Autores como Luis Baralt, Lydia Cabrera, Labrador Ruiz y Marcelo Salinas se unieron en la misma experiencia—la de la ausencia—con aquéllos que comenzaron a escribir fuera de Cuba, en español o en inglés. Ya en 1974 el Dr. Leonel Antonio de la Cuesta decía:

> ...El profesor Matías Montes Huidobro, que se ha dedicado al estudio de la poesía del exilio, cita a un centenar de libros de poemas suscritos por sesenta y cinco autores algunos de los cuales, como Rita Geada de Prulletti con su Mascarada, han llegado a

---

★ Acosta fue publicado en la Isla sólo después de muerto; Cabrera, sin su permiso.

alcanzar el reconocimiento internacional. En cuanto a la temática, esta poesía abarca desde la poesía comprometida (en su sentido político) de Manuel Artime, por ejemplo, hasta la mística (Mercedes García Tuduri, Carlos M. Luis, Israel Rodríguez), pasando por la negroide o afrocubana de Pura del Prado, Rolando Campins y José Sánchez Boudy....[5]

Y sobre el cuento nos dice:

En relación con el cuento, el Prof. Julio Hernández Miyares habla de 32 libros de este género publicados por los emigrados, obras de una gran variedad temática y técnica, narraciones que van desde el relato-testimonio redactado en forma tradicional (es decir, realista, lineal) hasta obras de temas universales estructuradas a tenor de la nueva estética narrativa y que, además, abarcan lo folklórico y lo antropológico...[6]

Y de la novela:

La novela cuenta con entre 38 y 46 libros (según el criterio que se aplique en la definición de este género) publicados en el exterior de Cuba a partir de 1959. Entre ellas muchas han alcanzado reconocimiento internacional, anotando por mayor la ya famosa Tres tristes tigres *de Guillermo Cabrera Infante y seguida por* El olor de la muerte que viene *(Premio ciudad de Oviedo, 1968) de Alvaro de Villa;* No hay aceras *(Premio Villa de Castelló, 1968) del malogrado Pedro Entenza;* Los desposeídos *(Premio Café Gijón) de Ramiro Gómez Kempt y, finalmente, Severo Sarduy, ya célebre por su* Cobra *que recibiera un premio especial de la crítica francesa a la mejor novela de autor extranjero. Otros autores que han quedado finalistas en concursos internacionales son: Hilda Perera Soto de Díaz, primera finalista del Premio Planeta 1973 por su obra* El sitio

---

[5] Leonel de la Cuesta, "Panorama de las letras y las artes de la emigración" (*Cubanacán*, Revista del Centro Cultural Cubano de Nueva York, Vol. 1/1/verano 1974), p. 13. Queda claro que no estamos de acuerdo con el juicio que emite de la Cuesta sobre el teatro. Por favor, ver: Pedro R. Monge Rafuls, "Sobre el teatro cubano", **OLLANTAY Theater Magazine** (Vol. II, No. 1, Winter/Spring 1994), pp. 101-113 o la versión traducida que aparece en este mismo libro: "*On Cuban Theater*", pp. 31-42.

[6] Ibid., p. 14.

> de nadie; *José Sánchez Boudy, también finalista del Premio Planeta por la novela* Los cruzados de la aurora *y Luis Ricardo Alonso, finalista del premio Nadal por su libro* El Candidato. *Hay varios aspectos interesantes que debemos destacar en la novela de la emigración, en primer lugar el hecho de que la mayoría de los autores—premiados y no premiados— no habían publicado ninguna novela, a lo sumo una, antes de la revolución del 59. Es exactamente lo contrario a lo que ocurre en el cuento. Por otra parte, esta novela de los cubanos exilados ha alcanzado mayor reconocimiento en premios internacionales que la novela escrita y publicada en Cuba...*[7]

Y después de comentar que las mejores novelas y las más famosas, tanto en las escritas en la Isla como en el exilio, no son de tema revolucionario, continúa:

> *Como nota curiosa hay que decir que en esta generación los novelistas criollos han escrito inclusive novelas en otros idiomas, así Juan Arocha ha dado a la estampa* A Candle in the Wind; *Eduardo Manet* Étrangers dans la ville *y* Un cri sur le rivage; *por su parte Severo Sarduy escribió* Gestos, Cobra *y* De dónde son los cantantes *en su lengua materna pero con traducciones inmediatas al francés...*[8]

Se entiende que esto fue escrito en 1974, hace 20 años cuando sólo contábamos 15 años de exilio[9] y, además, cuando la labor literaria de los que comenzaríamos a escribir fuera de la Isla estaba aún en cierne. Luego la lógica, los nombres y los títulos que conocemos actualmente nos permiten sentirnos orgullosos de aquéllos que se han dedicado a las letras, capaces de ocupar sitios destacados entre lo mejor de la historia literaria cubana.

---

7   Ibid., pp. 14-15.
8   Ibid., pp. 15-16.
9   Según Ernesto Méndez y Soto, *Panorama de la novela cubana de la revolución (1959-1970)*, (Miami: Ed. Universal, 1977), p. 147, la primera novela publicada en el exilio apareció en México en 1960: *Enterrado vivo*, por Andrés Rivero Collado. José A. Escarpanter nos dice que *Hamburguesas y sirenazos* de Pedro Román parece ser la primera obra de teatro presentada en Miami, en 1962 *El teatro cubano fuera de la isla: escenario de dos mundos*. (Madrid: Centro de Documentación Teatral, 1987). Según Escarpanter, en conversación telefónica, en esta obra se plantean los personajes que el teatro cubano escrito en el exilio, en distintas técnicas y estilos, desarrollará en el futuro.

En *Lo que no se ha dicho* quizás podamos cuestionar la repetición de referencias como las que se hacen a la presencia de José Martí, José María Heredia, Cirilo Villaverde, Gertrudis Gómez de Avellaneda y a otros escritores predecesores de los creadores exiliados durante la época castrista. Pero hay que entender que es imposible evitar la repetición de ideas cuando se está marcando la validez y la continuidad de la literatura cubana que se escribe fuera de la patria, cuando es necesario dejar establecido que la mayoría de las mejores obras cubanas siempre se han hecho fuera de la Isla, cuando era necesario establecer—en un momento en que no se soñaba en un "despertar" por parte de los intelectuales residentes en Cuba—que la literatura de estos predecesores del siglo pasado es, hoy, la literatura cubana de la que todos los cubanos bebemos y nos servimos. Tampoco se puede evitar el que varios exponentes presenten la misma idea cuando se está creando un cuerpo, cuando se están asentando los conceptos de un hecho histórico-literario que son poco conocidos o maliciosamente ignorados. Sin embargo, y esto está claro, ninguna de las ponencias de este libro es igual, y dejan establecido que a pesar de su deseo por ser conocido en la Isla, el autor exiliado no depende de ello para desarrollarse.

II

Como habíamos decidido en otras publicaciones de **OLLANTAY Press**, he dividido este libro en secciones: Del drama, De la narrativa, De la poesía y una que he llamado "De la literatura" y que incluye todo aquello que no se limita a un género. En este libro, también tenemos una sección que he titulado "Miscelánea". Como su nombre lo indica, en esta sección están todos aquellos trabajos que incluyen asuntos que van más allá de la literatura, pero que son parte de ésta.

Ana María Hernández, Reinaldo García Ramos y Lourdes Gil nos dan una panorámica general a través de perspectivas que se complementan. El análisis de Vicente Echerri sobre los escritores "marielitos" es ilustrativo sobre el tema y puede contrastar, por ejemplo, con la breve reflexión de Rosario Rexach donde menciona su generación.

Maya Islas y también Ana María Hernández—en parte de uno de sus trabajos—ofrecen sus teorías sobre los arquetipos femeninos; por su lado Angel Cuadra, Jesús Barquet y Octavio de la Suarée nos explican su visión de la poesía.

La narrativa es abordada por Elena Martínez, Perla Rozencgvaic y Alan West, que se ocupan específicamente de determinados autores, uno de ellos Severo Sarduy, que Lourdes Gil también trata, pero más bien como poeta.

Antonio Cao, Héctor Santiago y el que esto escribe presentan una visión de la dramaturgia de los exiliados. Por otro lado, José A. Escarpanter, que ha dedicado su carrera a estudiar nuestro teatro del exilio hasta el punto de que podría ser nombrado el historiador del mismo, y Juan Carlos Martínez nos dan sus estudios comparativos entre el género dramático de la Isla y las obras que se escriben fuera de la misma. Escarpanter enfoca el tema histórico y Martínez el reencuentro. Gabriela Roepke (junto con la traductora Clydia Davenport son las dos personas no-cubanas que cooperaron en la parte creativa de este libro) nos da un análisis de tres dramaturgos cubanos, dos de los cuales—pero a través de otras obras—son también analizados por Lillian Manzor-Coats. Charles Gómez-Sanz nos enfrenta a una eterna discusión y que de ninguna manera se limita al drama: el escritor de ascendencia cubana que nació en los Estados Unidos y que escribe en inglés sobre temas cubanos. ¿Es el caso de Gómez-Sanz que escribe de lo conocido, por experiencias, el mismo caso de Oscar Hijuelos que escribe por referencias? ¿Escribir en inglés es perder la identidad?

III

A finales de 1992 y a través del teatro—ese género literario que suele anticipar y comenzar (en escena) los cambios de los procesos sociales y políticos—empieza a deslumbarse el acercamiento entre la literatura, aunque no de los literatos, de "las dos orillas". Aparece la antología *Teatro cubano contemporáneo*, editada por el Centro de Documentación Teatral del Ministerio de Cultura de España, la Sociedad Estatal Quinto Centenario y el Fondo de Cultura Económica. La antología incluye la obra de cinco autores residentes en el extranjero, y un prólogo preparado por Carlos Espinosa Domínguez que analiza la presencia de un teatro cubano fuera del sistema político del país. Esta antología comienza a llamar la atención de los escritores de La Habana y da motivo a un artículo de Rine Leal, el decano de los críticos cubanos, en la *Gaceta de Cuba*.[10] En el mismo, Leal reconoce la existencia de un teatro fuera de la Isla, habla de la necesidad de estudiarlo y asegura que sólo existe un teatro cubano sin tener en cuenta dónde ni quién lo escriba. El crítico termina invitando a debatir sus ideas. El artículo pasa desapercibido por los autores del exilio, pero se convierte en tema de conversación y discusión en La Habana. Entre otros, y en un artículo reaccionario, Enrique Nuñez Rodríguez lo critica en la misma *Gaceta de Cuba*. Ambos artículos llegaron a mis manos y preparé una respuesta, que es firmada por 16 dramaturgos y otros teatristas.[11] La respuesta hace eco del llamado a la cordura de Leal, y dice que sí, que ya es hora que se reconozca en Cuba el teatro que se ha escrito y representado fuera de la patria. También llama la atención al hecho de que los escritores residentes en Cuba "comienzan a aceptar, en forma positiva o en forma reaccionaria, la existencia de la literatura fuera de la isla. Es obvio que no existe un concepto claro. Mientras Ambrosio Fornet[12] dice: 'ellos son individuos aislados...', Nuñez Rodríguez, por su parte, dice: '...con el universo de artistas y escritores que abandonaron el país'",[13] y para dejar claro la aceptación de una sola literatura cubana, más allá de cualquier interés político y para aclararle a los que—demostrando ignorancia o malicia—nos acusan de negarlos, se detallan algunas de las obras teatrales de autores residentes en Cuba que se han producido por los exiliados. Si el teatro es el primero en hablar públicamente de lo que ya venía caminando, no es el único

---

10 Rine Leal, "Asumir la totalidad del teatro cubano", *La Gaceta de Cuba*, órgano de la UNEAC, Unión Nacional de Escritores y Artistas Cubanos, septiembre-octubre, 1992. Reproducido en **OLLANTAY Theater Magazine**, Vol. I, No. 2, July, 1993, pp. 26-32.

11 "Manos a la obra: Respuesta a Rine Leal", **OLLANTAY Theater Magazine**, Vol. I, No. 2. July 1993, pp. 33-39. Los firmantes son: Iván Acosta, Gladys Anreus, Randy Barceló, José Raúl Bernardo, José Corrales, José A. Escarpanter, Renaldo Ferrada, Miguel González Pando, Eduardo Manet, Manuel Martín, Jr., Pedro R. Monge Rafuls, Elías Miguel Muñoz, Luis Santeiro, Héctor Santiago, Alberto Sarraín y José Triana.

12 Citado por Enrique Nuñez Rodríguez en su respuesta.

13 "Manos a la obra: Respuesta a Rine Leal", p. 33.

que está "abriendo puertas" para que ocurra—como algunos de los escritores en este libro pronosticaron—el encuentro inevitable de los artistas e intelectuales.[14]

Afortunadamente ha comenzado a madurar una toma de conciencia entre las "dos" experiencias, que cada vez atrae a más grupos e individuos.[15] Por primera vez en Cuba comienza a investigarse abiertamente la labor literaria del exilio y quizás se puede afirmar que en La Habana, en 1994, se está estudiando la poesía y la narrativa cubana exiliada de una forma más organizada—y dándole más importancia que en Miami o en Nueva York.[16] Hoy en día se está hablando de proyectos de revisión del *Diccionario de literatura cubana* (La Habana: ed. Instituto de Literatura y Lingüística de la Academia de Ciencias de Cuba, 1980-1984) y de algunos estudios críticos preparados antes de 1994.[17] Otros proyectos, tales como una antología de narrativa que prepara la UNEAC, incluirán algunos escritores que residen fuera de la Isla. Existe el peligro que estos encuentros se realicen más con un interés político que visión literaria. Está claro que la calidad y trascendencia de estos esfuerzos dependen de cómo van a ver y, sobre todo, presentar a la literatura escrita en el exilio.

Por otro lado, estos esfuerzos ya han tenido sus altos y bajos: a los

---

14 En 1991, Abel Prieto, presidente de la UNEAC (Unión de escritores y artistas cubanos) suspendió las conversaciones que estaban occuriendo para tener un encuentro de escritores de las dos orillas en septiembre de 1991 en la Habana. El motivo fue, según adujo, la política contrarrevolucionaria del presidente de los Estados Unidos, George Bush.

15 No se puede negar la contribución del llamado "período especial" a esta apertura; dicho "período" ha hecho que los residentes en la Isla comiencen a buscar nuevos horizontes. Sabemos que el "período especial" es el estado de emergencia decretado por el castrismo frente a la escasez de alimentos y materiales de todo tipo, que —tristemente— ha sumido a la Isla en una gran miseria y que tiene dos explicaciones: para el gobierno castrista es consecuencia del bloqueo de los Estados Unidos; para los otros es la consecuencia de un gobierno dictatorial que no ha sabido establecer una economía real.

16 Es curioso notar que, sin embargo, el teatro escrito en el exilio no parece ser un tema de estudio en la Isla.

17 Siempre me ha llamado la atención que en Cuba hayan mostrado falta de interés por la obra de alguno(a)s escritore(a)s cubano(a)s residentes en el extranjero que se reconocen como defensores, muchas veces públicamente, del sistema político que ha imperado en la Isla. Me pregunto si la causa ha tenido que ver con la falta de calidad de la mayoría de estos escritore(a)s que deben su nombre fuera de la Isla a la solidaridad política que existe entre los elementos de la ex-izquierda.

escritores se les niega la visa para entrar a su propio país[18] y parece que estos encuentros literarios y/o artísticos deben pasar por el procedimiento de aprobación de los organismos oficiales (y de individuos que no necesariamente poseen conocimientos literarios o artísticos).

Sin embargo el primer esfuerzo de "encuentro" entre las dos orillas ocurre en Estocolmo, en mayo de 1994, bajo la dirección de René Vásquez Díaz, cuando reúne a algunos escritores de la isla con otros del exilio.[19] El programa consistió de dos partes, una privada, dedicada a las discusiones de los participantes y una pública, moderada por Pierre Schori, portavoz del departamento de política extranjera en el partido social demócrata suizo. El resultado fue una declaración fuertemente criticada por pedir el levantamiento del "bloqueo", sin condiciones.

IV

Al dar una mirada rápida a los 35 años (1959-1994), no se puede ignorar que a la escisión no sólo cooperaron los intelectuales extranjeros de las universidades latinoamericanas, europeas y de los Estados Unidos, sino algunos investigadores de origen cubano que desde

---

18 Un solo ejemplo es el del autor de este artículo, al que se la ha negado la visa tres veces, la primera fue en septiembre de 1993 cuando se suspendió un encuentro entre teatristas cubanos residentes en la Isla y en el exilio. La razón que se aduce es que los organismos o personas que debían participar no estaban informadas. El encuentro estaba siendo coordinado por el dramaturgo argentino Osvaldo Dragún. La segunda fue en el 25 de diciembre de 1993 cuando no me permitieron asistir a unas reuniones de trabajo en la "Escuela Internacional de Teatro para América Latina y el Caribe" invitado nuevamente por Dragún. La escuela se considera independiente. Y la tercera vez en mayo de 1994, después del segundo "diálogo" convocado por el castrismo para asistir a la celebración de la revista *Conjunto* y más aún a la reunión anual de *Espacio Editorial*, un organismo internacional con sede en Madrid y de la cual **OLLANTAY Theater Magazine** es miembro fundador.

19 Al simposio "La bipolaridad de la literatura cubana", auspiciado por el Centro Internacional Olof Palme, fueron invitados por la Isla: Antón Arrufat, Miguel Barnet, Pablo Armando Fernández, Senel Paz y Reina María Rodríguez. Por el exilio: Jesús Díaz, Manuel Díaz Martínez, Lourdes Gil, Heberto Padilla y José Triana. Es de notar que dos de los escritores que viven en la Isla son regularmente reconocidos como representantes del sistema y que uno de los del exilio es Jesús Díaz, que ha escrito su obra en la Isla y que, además, hasta hace muy poco fue uno de sus más significativos voceros culturales. También podría cuestionarse la invitación a Manuel Díaz Martínez como parte de los literatos que viven fuera de Cuba. Los poetas Lourdes Gil y Heberto Padilla sugirieron (*Nuevo Herald*, Miami: 14 de mayo y 20 de mayo de 1994 respectivamente) que se invitara a María Elena Cruz Varela que en mayo de 1994 se encontraba en el extranjero con un permiso de 30 días para recibir en Washington el Premio Libertad 1992, que le concedió La Internacional Liberal.

universidades angloamericanas, sobre todo, han enfocado sus estudios cubanos desde la perspectiva comunista, de la oficialidad de la Isla. Estos estudiosos se dedican a hacer conocer fuera de Cuba a los escritores "revolucionarios" isleños, pero nunca se han preocupado por estudiar a los escritores exiliados, y menos hacerlos conocer dentro de la intelectualidad de La Habana o comparar las dos partes en que la tiranía manejó a la literatura cubana. Estos—quizás—son los mayores responsables de esa escisión, del lento reconocimiento de la literatura exiliada ignorando la importancia histórica que tiene el que ambas experiencias se complementen para formar un solo *corpus*. Estos estudiosos, que viajaron o viajan a Cuba con relativa facilidad, faltaron a su responsabilidad y objetividad profesional. Estos intelectuales pierden vigencia al enfocar sus trabajos con aspectos políticos y personales y no dentro de conceptos literarios.[20]

V

Lo que no se ha dicho no podría estar en sus manos sin la cooperación de cada escritor que aportó su trabajo para ser publicado y de la poetisa Lourdes Gil que leyó y corrigió la primera transcripción, casi incomprensible, de las cintas donde estaban grabadas las ponencias del primer "Encuentro". Gracias a la dramaturga y actriz puertorriqueña Kathryn Tejada y a la profesora Elena Martínez, que dedicaron su tiempo a releer y a limpiar los primeros borradores de esas transcripciones; pero sobre todo al poeta y dramaturgo José Corrales, que dedicó mucho tiempo a este libro y que ya es—junto con el multifacético Miguel Falquez-Certain, quien revisó el libro hasta el último detalle—un elemento importante para las publicaciones de **OLLANTAY Press**. Mis agradecimentos al pintor Luis Cruz Azaceta que, inmediatamente que lo llamé, comenzó a buscar entre sus trabajos la obra que mejor pudiera representar este libro, hasta llegar a la selección final que nos trajo su *CubanIcarus III*.

---

20 N de R. Lamentablemente no se puede ignorar lo incompletas que resultan algunas bibliografías sobre la literatura cubana escrita por otro elemento de estudiosos en el exilio, como el *Índice bibliográfico de autores cubanos (diáspora 1959-1979)* de José B. Fernández y Roberto G. Fernández (Miami: Editorial Universal, 1983) y *Dictionary of Twentieth-century Cuban Literature* de Julio A. Martínez (New York: Greenwood Press, 1990).

Gracias a Jenny Radtke que bajo la tensión del tiempo organizó el material para la imprenta. Gracias a Madeline Rodríguez Ortega, a Michael G. Albano, a Vivian Linares y a Katherine Hughes por su apoyo. Finalmente, gracias a quienes son parte importante de este libro, pues aportaron los fondos para su producción y publicación: The National Endowment for the Arts, The New York State Council on the Arts y The Department of Cultural Affairs of the City of New York.

De la dramaturgia

The Deal[1]
Charles Gómez-Sanz

I was born in Miami of Cuban parents. I am a true Cuban-American; although I spoke Spanish at home, my plays are in English. As American as I sometimes feel, I could never escape my Cuban roots, not will I ever want to. As a reporter, as a playwright, they shape and enrich my perspective, my ideas and certainly my plays. As a reporter for CBS News I traveled to Cuba in 1980 and witnessed, first-hand, a lot of screening of Cubans who wanted to leave via Mariel. Although I only traveled to Cuba before that time when I was three and then five years old, the experiences stayed with me, and I felt as Cuban as a five-year-old could. In June of 1959, I went to Cuba with my mother because she needed an operation. I remember standing on the front porch of the house, in Víbora, where we were staying, and seeing hundreds of soldiers in Havana. My parents had already been living in the United States for more than ten years, economic refugees seeking a better life. As I grew up, I always felt strange when I told Americans that I was Cuban, they would say, "Ah, yes. You came in 1959." When I would say that I was born in this country and that my parents had come seeking economic opportunity in the 1940s, a puzzled look would come across their faces. They preferred to think of all Cubans as wealthy plantation owners, who left with jewels stuffed in their clothing. It is a strange stereotype I still encounter today.

When I went to Cuba in 1959 I stayed with my father's cousin; she still lives there today. When I returned as an adult and as a reporter, she was now a local president of the Committee to Defend the Revolution. Her daughter, at the same time, was trying desperately to leave Cuba. There was conflict and pain. The Tropicana struck me as a perfect metaphor because it seems to me a relic of

---

[1] Essay read during the "Conference of Cuban Writers in the New York Area" on June 17, 1989.

another time, for all the fantasy and make-belief has stayed the same, as the world around it has changed dramatically.

All my works are touched by the experiences in Cuba even though I was born in this country. I know other Cuban writers who came here when they were young, who take great pride in not speaking a word of Spanish and refuse to write about Cuban subjects. They say it is enough that they are Cuban, they should be able to write about James Dean or John Wayne or George Washington, that anyone who says that their subject-matters must relate to Cuban names is racist. I disagree. I cannot stop being Cuban when I report or when I write. Being Cuban is the focus of another play I have written, the story of a Cuban-American news correspondent who finds that he is constantly being replaced by Anglo reporters. And in a play commissioned by the Public Theater, I hope to explore a Cuban family living in Miami in the 1960s. But, will these plays ever reach an audience? The obstacle confronted by the Cuban writer in New York is a perception problem. Why does a well known theater produce a play featuring an Anglo movie star playing a Cuban drug dealer, a play in which the largely Anglo, weathly upper east side audience sits on the edge of their seats, waiting to see if the Cuban drug dealer succumbs to a liable, sordid drug deal?

Guess what? He does. At the end of the first act that lovely positive image of a youth sticking a needle in his arms is used to depict my culture. That is an image which does not reflect the rich variety of a people. So what can be done? The Cuban writers must never stop writing, must never be silenced, must never give up or give into prejudices or stereotypes.

I write in English because I hope to reach a greater number of people, a wider audience, and to give a positive image of what it means to be Cuban—not goody-goody images, the true-life depictions, a portrayal of a people and a culture. The future of Cuban literature as theater in New York must be kept alive not only by those who bring the richness of their experiences of living in Cuba, but by those for whom Cuba exists perhaps not as much in vivid memories, but in feelings that stir the heart and that they will defend in an effort to preserve a precious heritage.

In my play *Eye of the Storm*[2] I based my characters on many of the Cuban relatives that paraded through my house in Hialeah. Esperanza, the mother of two children, begins the play by singing "*María la O.*" She tells her asthamatic son, Lazarito:

> *I could have married the singer Fernando Albuerne. They called me "La flor de la Víbora," the flower of that entire section of Havana. When I walked down the street, the men would whistle like this* (She whistles.) *Fernando Albuerne saw me as he was getting a shave at Catalino's barber shop. Why he almost cut his throat raising his head to see me stroll by. I walked like this. As if I had music in my hips... Don't stop handing me the water. Come on. Come on. Well, I had a date with Fernando the day I met your father. I was walking past the fruit stand on Josephina when I heard a man whistle and say,* Qué pechuga tiene ese pollo. *I could feel my head getting hot. I was so angry. Can you imagine "Look at the breast on that chick." I certainly wasn't going to acknowledge him. But I looked. Not bad. Before I knew it, he kept bugging my Tía Angela about letting me go out with him. I wasn't that impressed. I didn't like carpenters. But one day he shows up with a ring and asks, "Would you like to come with me to Miami?" And here I am seventeen years later filling a bathtub with water waiting for a hurricane.*

That particular monologue was similar to the stories my mother would regale my brother and me. *Eye of the Storm* also touches on *Santería* with a character called Julia. While Esperanza is devoutly Catholic, Julia believes there is no problem that cannot be solved by praying to Yemayá.[3] As a child growing up in Hialeah, the mere mention of the word *Santería* would be enough to cause my mother to start screaming and begin reciting the rosary. This split was evident in many Cuban families I came to know. But the power and

---

2   E.N. *Eye on the Storm* was commissioned by Joseph Papp shortly before his death.
3   E.N. Yemayá is the mother goddess in the *Yoruba* religion. She may be compared to the Virgin in the Catholic faith. She is represented as *La Virgen de Regla* in Cuba. She owns the waters.

ritual of *Santería* always appealed to me in a primal way I never quite understood. In one monologue, Julia attempts to explain the power of Oyá[4] to little Lazarito.

> *When I was six years old a cyclone hit my* campo. *I was on my way back from* la bodeguita *when the wind started picking up and the sky turned gray. When I got home* Mami *was polishing the kerosene lamp and told me to help my brother,* Guillermito, *bring water from the well.* Abuelita, *she just lit candle after candle to Our Lady of Candelaria. She's the same as Oyá, you know.* Papi *had gone on horseback to the village down from us to help secure the shack of an old friend of his.* Mami *had told us a storm was coming but we thought it would just bring some wind and rain. And an hour later* Papi *still hadn't come home and the wind was howling and the door was beginning to shake. And* abuelita *prayed to Oyá to deliver us.*

Eye of the Storm deals with a family's denial—denial, of course, not being unique to the Cuban experience. If focuses on a macho patriarch (Everardo) who bullies his sons into the kind of behavior he believes is exemplary for all Cubans sons. But not all is what it seems. This is a story of lies within lies and secrets that dare not be told. In that sense, hurricanes—which are so common in Cuba as on the Florida coast—provide a perfect metaphor for the turbulence of one particular family.

The theme of denial runs through another of my works entitled *Adiós, Tropicana*.[5] It is the story of a showgirl who plots to leave the Tropicana but her dreams are thwarted by a powerful mother figure. She is the mistress of ceremonies at the famed club and for her the Tropicana is a symbol of a Cuba that will never change. When her daughter refuses to accept that reasoning, the ensuing conflict tears

---

4   E.N. Oyá is the goddess who takes care of the dead. She resides in the cemetery. Her name must be called with high respect and, when named, is advisable that the believer touches the earth and kisses his fingers.

5   E.N. *Adiós, Tropicana* first opened at DUO Theater, New York, on April 1989. It was directed and choreographed by Mark Pennington. The play was the U.S. entry in the 1989 Festival Latino at The New York Shakespeare Festival.

the family apart. Again, the Cuban experience informed my writing and brought to life characters I was familiar with.

The matriarch (Claudia) tries to explain to her daughter (Angelina) that Cuba and the Tropicana, at least in her mind, can never be separated. Claudia sings:

> *Cuba es mi vida*
> *Cuba es mi tierra*
> *que se vayan los que van*
> *de aquí no me puedo ir*
> *es mi alma... es mi inspiración*
> *es todo para mí, hija, es mi corazón.*
>
> *It is everything.*
> *This paradise.*
> *It is everything*
> *This, can't you see my love.*
> *Cuba is a breeze so sweet*
> *Floating off the sea*
> *A flower that's unfolding just for me.*
> *Cuba is a feeling*
> *Cuba is a fragrance*
> *Cuba is a rainbow of color surrounded in*
>   *cobalt blue.*
> *It is everyting, the earth and what's above*
> *It is everything... Can't you see my love.*

But for Angelina, who has lived yearning of a "place beyond the walls," Cuba and the Tropicana are not everything. She sings:

> *What is it I feel? I can hardly breathe.*
> *I feel such a weight on my chest.*
> *This decision: to leave or to stay.*
> *Is it regret I feel?*
> *Or merely fear?*

Adiós, Tropicana deals with the separation of families, a conflict experienced by so many Cubans for decades. How does one reconcile the anxiety of not being able to see loved ones with the reality of the Cuban experience today. It is a dilemma that continues to cause pain. It is that pain that Claudia is feeling when she sings "*Siempre en mi corazón,*" a Cuban standard that has a special application to her conflict:

> *You are always in my heart*
> *Though I'm far away from you.*
> *And that is the greatest torment*
> *Of our fatal separation*
> *You are always in my heart.*
> *And in my bitter loneliness.*
> *The memory of your love*
> *Lessens my pain.*
> *I know that never more*
> *Will you be in my arms*
> *Prisoners of a love*
> *That was totally an illusion.*
> *Yet nothing can keep*
> *Me from wanting you*
> *Because you my only love*
> *Are always in my heart.*

In an emotional exchange Claudia tries to convince her daughter to stay at the Tropicana and not to leave the Cuba they have known.

CLAUDIA
Our lives could be in danger.

ANGELINA
Is it worse than living with so much fear?

CLAUDIA
Is it worth trying to find out?

ANGELINA
I'm willing to take the chance.

CLAUDIA

You're not making any sense. And how could I even contemplate this for a moment. Until your brother no one in our family ever disgraced our country. To leave through Mariel with all those criminals and human scum. But that's history and we've survived it.

ANGELINA

Survived it or denied it?

CLAUDIA

I don't deny your brother had less sense than even you. He left just like his father. Trying to erase their pasts as if they never existed. Now they and the rest of those poor exiles in Miami dream of nothing but returning. Does that make any sense? You and I must never forget... Cuba is here, not in some community ninety miles away. I don't want Little Havana. I want my Havana. As it is. My Cuba. As it is. The child you are carrying must never be allowed to forget this Cuba. Don't you see. It's not worth leaving, only to spend a lifetime dreaming of coming back. This is our mother land. This is our Paradise Home.

ANGELINA

(Angrily)

Paradise Lost!

And so in *Adiós, Tropicana* I attempt to explore the dichotomy at the heart of the separation between generations. Through my plays I will continue to explore my rich heritage—a heritage that defines who I am and instills in my work a richness and vitality I am proud to be a part of.

'Who are you, anyways?':
Gender, Racial and Linguistic Politics in U.S. Cuban Theater[1]

Lillian Manzor-Coats

As the question in my title suggests, I am interested in analyzing the ways in which configurations of Latino identity are constructed and represented in U.S. Cuban theater. By focusing on three musicals which were staged in New York, Elías Miguel Muñoz's *The L.A. Scene*, Manuel Martin's *Rita and Bessie*, and Pedro R. Monge-Rafuls's "*Solidarios*," I will analyze how these three plays, as a group, stage a trajectory within U.S. Cuban dramaturgy in which the simplistic "ethnic" tag is transformed. The trajectory I am suggesting is the following: a deconstruction of "traditional" gender constructs in Cuban culture in *The L.A. Scene*, a descontruction of racial constructs in *Rita and Bessie*, and a reconfiguration of a Latino collective identity based on gender and race in "*Solidarios*."

I must clarify the use of one term before proceeding: U.S. Cuban, as opposed to Cuban-American. As can be expected, part of the problem lies in the term to the right of the hyphen, the term which, as Gómez Peña points out, refers to "this troubled continent accidentally called America" and "this troubled country mistakenly called America" (20). I reject the usage of Cuban-American because, in its inherent redundancy, it reproduces the cultural and political imperialist ideologies which have characterized the last two centuries of history in North and South America. In the nineteenth century, the independence of the Spanish colonies created a need for Europe to name and contrast that part of the two Americas which is not Anglo-Saxon. Thus, all of us become Latin Americans and are forced

---

[1] This lecture was read during the "Variety in Unity: Caribbean Writers" colloquium on May 19, 1990. A version of it was later published in *Gestos*, University of California, Irvine. Año 6, No. 11, *Abril* 1991, pp.163-174.

to produce a literature and a culture to prove that we indeed *are* Latin Americans.[2] In the twentieth century, not only is Cuba along with the rest of Latin America transformed politically and economically into the "backyard" of the United States but North America linguistically subsumes South America; the two Americas are reduced into one; America becomes synonymous with the United States. By using U.S. Cuban, I am also underlining the cultural transformations that have been taking place within the United States during the last fifteen years, transformations which are now beginning to be recognized and which "aspire to reconceptualize 'America' in multicultural and multicentric terms that refuse the relativist fiction of cultural pluralism."[3]

These plays suggest that within this post-industrial and multicultural society subject positions are constituted through a set of exchanges between race, gender and class. Identity seems to be understood as the different roles individuals undertake. As Flores and Yúdice have elaborated, trends in ethnicity theory are not sufficient to account for the ways in which Latinos are reconfiguring themselves. Racism, sexism, linguistic stratification, discursive positions must all be considered. To talk about identity, then, Latinos must take into account not only issues of racial and sexual differences but also how a subject is constituted through language and cultural representations.[4]

The L.A. Scene[5], by Elías Miguel Muñoz, is a one-act musical about the artistic struggles of a "Cuban-American" musician in the United States in the '80s. The cast is comprised of five characters: Julian, a 33-year-old Cuban American musician; his younger brother Johnny; Geneia, their little sister who is fifteen; Erica Johnson, an American rock star and Julian's "girlfriend" and "partner"; and a female interviewer.

2   The literature on Latin American identity is extensive; suffice it to mention Campra, Ardao.
3   Flores and Yúdice, p. 62.
4   My analysis of identity is informed by de Lauretis's work on gender.
5   E.N. *The L.A. Scene*, a musical with book and lyrics by Elías Miguel Muñoz and music by Jorge Sirken, opened in New York, at the DUO Theatre, on February 15, 1990, directed by Mary Lisa Kinney.

THE L.A. SCENE is based on Muñoz's novel titled *Crazy Love*. This novel, *Crazy Love*, is structurally mapped, organized around absence.[6] The text proposes its organization—in the table of contents— around three "steps," steps which suggest not only musical rhythm but also progress and movement. Yet this proposal is overturned in that nowhere in this "table of contents" are the song lyrics nor Geneia's letters acknowledged, letters which are the literal progression and development of time—personal and cultural—in the text.

The novel is organized, instead, around the absence of Erica, whom Julian calls his "ingenously outre".[7] The novel suggests itself to be Julian's biography.[8] Julian as author is writing his biography pretending that he is telling it to Erica; his life story is thus addressed to Erica. Yet the reader never meets Erica except through others— conversations between the band members, Geneia's letters, Julian's stories. We never hear Erica's own voice, we only hear about her. Thus the text is addressed to an unlocatable Other center that slips through conversation as subject. That this Other is a "woman" is not gratuitous, of course. But this is not the place to discuss a reading experience based on looking for woman.

The play, interestingly enough, is structured around the novel's absences. That is, *The L.A. Scene*'s organization is based on the presentation and representation of Erica as a character, of Geneia's letters/monologues and of the songs' lyrics and music. The play, however, eliminates the direct voice of Julian's grandmother and Julian's father. In the novel Julian's father, Papi, occupies the "male" position within a patriarchal structure. His voice is the voice of Family. The grandmother in the novel is a cunningly domineering, manipulative, castrating woman; her voice is the voice of Tradition. Together, Family and Tradition—Papi and grandmother—represent and enforce the dominant culture's constructions of sexuality and gender.

---

6   I want to thank Joanne Barker for her discussions of *Crazy Love* in the undergraduate seminar at U.C. Irvine on "Hispanics in the United States."
7   I read *outre* as an "other," that is, as a misspelling of *autre*. It could also be read as a double pun playing on excentricity and alterity.
8   Muñoz 1989, p. 150.

As Teresa de Lauretis has pointed out, gender is a representation and this representation of gender is its construction. In the case of the Caribbean culture in general, and of Cuban culture in particular, representations and constructions of masculinity and femininity seem to be guided by a simulatory move: to be male equals being macho, macho meaning the excessive and extreme presence of masculinity or male dominance. Thus, maleness is culturally coded as hypermaleness; the difference between macho—the hypersimulation of maleness—and male disappears. Constructs of femaleness seem to be more complicated. Femininity is either culturally coded as the silenced, absent other (in the form of Virgin/mother, for example) or as excess (in the form of whore or panicky, hysteric female). It is these very notions of gender roles as sexual stereotypes that Papi's voice reproduces.[9]

The presence of Papi and the grandmother as characters is not needed in the play. Due to the economy of theater, it suffices to have one agent of patriarchy, and one castrating female. In the play, the character of Johnny is constructed to represent the agent of patriarchy, and the character of Erica that of the manipulative castrating female.

The brother Johnny, from the very beginning, is presented as antagonistic towards Julian. Moreover, he is the one who continuously alludes to stereotypical constructs of masculinity. In the very first scene, he tells Julian:

> ...*you were born singing, right?* El Señor Canario.(...) *A cute little bird. (6)*

In Cuban slang, to call a man a "cute little bird," *un pájaro*, is equal to calling him a "faggot." This metaphorical allusion to Julian's possible homosexuality is directly addressed as the play goes on. That is, he calls Julian "faggot" and "queer."

---

9 The machismo-virginity dichotomy seems to be prevalent not only among U.S. Cubans but also among *Chicanos* and Puerto Ricans in the United States. See, for example, Carrier; Hidalgo and Hidalgo-Christensen; Kranau et al.

JOHNNY

Faggot!... Papi was right. A boy shouldn't spend all his time in his room writing songs... Writing songs is for queers. (35)

Julian is aware of the fixity and artificiality of gender roles and their representation in Cuban and Latin American society. Julian's bisexuality is, I suggest, a response and an alternative to the experience of forced masculinity. His sexual ambivalence calls into question the social construction of gender as a product of society as much as it calls into question how society produces, markets and consumes gender using a rhetoric of power and, ultimately, of violence. This hyper-social construction of sexuality and of gender according to biological difference is so overdone that it erases Julian's sexuality long before he even has the opportunity to choose.

Julian's bisexuality is thus informed by the social constructs which determine sexuality and gender as exposed in the violent representations of its own language. This language, however, Julian cannot escape. That is, Julian reproduces these very same rigid gender roles which he is trying to resist using the very same violent representations which have given him the choice to be either macho or a queer.[10] Early on in the play, he talks about the young girls who dance to their music as "fat Latin mamas (who) bounce around"(14). In another scene, while reminiscing about his grandfather cutting sugar cane, he says: "Now you're holding a machete... You're striking low, a clean blow... Like a man!" (27).

When he tells the audience how he was given hormonal shots as soon as he started showing signs of artistic behavior, he says "[the doctor] claimed...the shots might help me grow lots of hair and become a real *Macho Cubano*... And that's what I've become. I even have a girlfriend"(35).

The language chosen by Julian is English, most of the time. Although it might seem that going against his "mother tongue" is Julian's most violent act[11], his choice could also be read as Julian's

---

10 This move seems to be typical among homosexuals. See Vélez, for example.

11 It should be noted that violence, in another context, is considered to be one of the unifying conditions of Latin American writing. The literature on violence and language in Latin America is extensive; see, for example, Dorfman, Conte and Campra.

refusal to be complicit with the violence inherent for him in the use of Spanish. Julian, as I have discussed, finds himself in a culture and with a language which pre-scribes and in-scribes his choice with the same violence as it pre-scribes and in-scribes "woman" and "man."

I read Julian's linguistic preference, then, as analogous to his sexual preference: both moves point towards his rejection of violence, regardless of the contradictions with his choice. Julian's choice of English might also be interpreted mistakenly as a sign of assimilation into mainstream Anglo society. Complete rejection of the hegemonic language is, in the case of Latinos in the U.S., only an illusion of cultural independence. I say an illusion because monolingualism—be it Spanish or English—would be the linguistic condition preferred by the monocultural Anglo society. If you speak only Spanish you remain in the margins, you have no access to the sociopolitical structure of the United States. If you speak only English then, as Ngugi would say and Richard Rodríguez has corroborated, you are the perfect post-colonial subject. Julian, and Muñoz for that matter, want to participate in the debate on transculturation and identity, and the use of English without the rejection of Spanish is the most direct and effective avenue to them.[12]

Erica, I had said, can be read, like the grandmother, as the voice of tradition. In this case it is the Puritan tradition stereotypically characteristic of Anglos: hard work, independence, no family ties. Moreover, she is the guardian of monolingual "America," the spokesperson for cultural pluralism. If the grandmother was cunningly manipulative, Erica is seductively manipulative, and successful. Whenever there is discussion between Erica and Julian about the changes Erica is making to the music and lyrics, Erica approaches Julian and caresses him, holds his hands or face:

JULIAN
Maybe you are changing too many things.

---

[12] The use of Spanish versus English is a very debated issue within the U.S. Cuban communities, as may be expected. It is of interest to note that the frequency of usage of Spanish with their children is something which differentiates the U.S. Cuban from other Latino groups (Garcia and Lega, p. 259).

ERICA

For the better. (caress, together)

JULIAN

We don't sound Cuban anymore.

ERICA

That sound never got you anywhere. (holds his hands)

JULIAN

And where are we now.

ERICA

In the mainstream... my love. (embracing him) (45)

The mainstream, the center, is that longed-for locus of artists, Latinos and Anglos alike. This desire for fame is, perhaps, the most controversial aspect of the staged play. Erica has a master plan for the crossover: first Julian has to know the right people, then he has to change the words and music of the songs, then he has to go to a big record company. Interestingly enough, this three-step master plan closely reflects the market strategy followed in the 1970s by Fania recording artists as well as Miami Sound Machine in the 1980s, now Gloria Estefan and the Miami Sound Machine.[13] In spite of Julian's refusal to commercialize his music, Erica's master plan is successful in the staged play. It ends with Erica in the center of the stage, Julian inside the cubicle, in the background, and the interviewer telling the audience:

> *The band is rehearsing again for the next CD and filming three videos for the American Music Channel. Julian has been contacted by a New York publisher who might be interested in publishing his "biography." He continues to work as musical director for L.A. Scene, although most of the songs and*

---

13 See Padilla and Fernández.

arrangements are now written by Erica. The band members, all Cuban-Americans like Julian, didn't welcome Novelty's idea of changing the group's name to Erica and the L.A. Scene.(...) The new name was a gimmick, the company reps were glad to point out. A simple gimmick. Nothing more. (65)

The crossover, as Erica conceives it, is complete, a crossover which is unidirectional; the audience can hear its results.[14]

Muñoz's play script, however, ends differently. Instead of Julian in the background of the Scene, we read a very tender dialogue between Julian and his little sister Geneia:

GENEIA

You always say... that you love me more than anybody in this world. You mean it?

JULIAN

I mean it. I love you... Geneia.

GENEIA

Well, I feel the same way about you, Big Bro... I just... wanted you to know that. (66)

I have not talked about Geneia's character in the play, nor have I talked about the absent mother. And I have no time to do it here. Suffice it to say that the love between brother and sister, even with or perhaps because of its incestuously Oedipal overtones, should have ended up being the last image of the play.

It is this love, disinterested, non-manipulative, based on an understanding of each other's ambivalences, different, finally, from the crazy love of the grandmother and Erica, that is Julian and Geneia's last and only firm ground. A love, by the way, that escapes language, which can only be re-presented outside of language, in the

---

14 I do not have the space here to analyze the role of popular music in these plays. See Manzor-Coats for a study of the commodification of Latino music in the United States and its ideological implications.

pauses of the characters' speech on stage, in the elipsis...of the play script.

RITA AND BESSIE, by Manuel Martín, is a musical about the blues singer Bessie Smith and the mulatto singer Rita Montaner.[15] Using typical Cuban songs and Afro-American blues, the play contrasts racial and gender prejudices in Cuba and the United States. The action takes place in an office of a theatrical agent on the top floor of the Chrysler Building in New York. The decor, costumes and music serve as temporal and social indexes: a decadent 1930s movie set. Bessie is wearing a black satin dress, 1930s style, with a bow that adds a touch of theatricality to her costume. Rita has a red turban, clear plastic platform shoes and a matching purse. The turban and platform shoes suggest right away that she is playing the role of the Latin star of the '30s and '40s. The decor, besides suggesting a specific time and social space, also has a symbolic function: there is a window, covered from the outside by iron gates and framed in the inside by heavy burgundy drapes; moreover, the whole place seems to be suspended in mid-air. It is not until the end of the play that the spectator/reader can assign meaning to this symbolic function: That the suspension in mid-air signals other-worldliness and that burgundy suggests death is corroborated at the end when the characters also realize that they are dead.

The language used by the two characters is a sign of racial and social class positionality. Bessie, from the very beginning, speaks in black vernacular. Her use of "bad words" surprises Rita and makes her uncomfortable. The language of the opening dialogue suggests that Bessie's idiomatic expressions (such as honey, sugah', you bet your sweet ass) may point towards a rough life or lower social class, while Rita's proper English, although spoken with an accent, makes her seem like a proper, educated lady:

RITA

I don't understand. I have an appointment.

---

15 E.N. *Bessie and Rita* premiered at DUO Theater in New York on June 2, 1988, directed by its author. Please, see Gabriela Roepke, "Tres dramaturgos en Nueva York", pp. 81-83.

                    BESSIE
So do I, honey.

                    RITA
But he's expecting me.

                    BESSIE
He expects a lot of people, sugah'. You bet your sweet ass he ain't especially waiting for you.

                    RITA
I beg your pardon?... (2)

That language serves as an accurate index of class status is soon corroborated. While both singers are waiting for the agent, Rita tells Bessie that she is the daughter of a pharmacist and a school teacher, that she went to the best schools in Havana, that she had a classical musical training with the best teachers and that in Cuba "color pigmentation didn't make a difference"(13). Bessie, on the other hand, never went beyond the sixth grade. In America, as she says, "no siree, no high class school for a nigguh"(5). Moreover, she does not need to be taught to sing the blues; she sings from pain.[16]

Rita is the perfect example of those Caribbean subjects under colonialism that Frantz Fanon studied in *Black Skin, White Masks*. She has culturally assumed a racial identity, a white mask, which is not related to her racial body. Race for Fanon, like gender for de Lauretis, is not constituted by biological determination from within but from cultural overdeterminations from without.

Rita's "hallucinatory whitening" as well as her middle-class ladylike etiquette is unmasked for the audience through conversations that she has with imaginary characters off-stage which speak in a recorded voice. The function of these recorded voices can best be analyzed as analogous to what in film theory is called "space-off," that is, "the space not visible in the frame but inferable from what

---

[16] The fact that Bessie's blues, as well as her vernacular language, have "a defiantly racial sound" (Baker, p. 95) is an indication that, as Baker has pointed out, "the quotidian sounds of black everyday life become a people's entrancing song." (p. 107)

the frame makes visible."[17] We hear the composer wondering "How do you think we can make her skin look lighter?"(10). We also hear two women's voices commenting on a performance where a white actor falls in love with the character Rita is performing, a conversation which shows the racial prejudices Rita has been denying:

> VOICE 1
> She's almost white.
>
> VOICE 2
> There's no such thing as almost... You are either black or white.
>
> VOICE 1
> Please! It's only a play.
>
> VOICE 2
> Today it's a play. Tomorrow it may be hapening in your own home. Something must be done... A demarcation must be established and the sooner the better! (13)

In that space-off we also hear a younger Rita talking to another imaginary character who is using her rehearsal space:

> What?... that she's having an affair with the station's producer? Listen, sweetheart, you better clear out of this place before the whole radio network knows you are getting laid by that miserable imbecile hick who's running the station. What?... That it has been a hard way to the top? And how would you know, when your only talent lies on a mattress and at the very bottom! Cunt! you are nothing but a cheap cunt! (12)

Rita's denial of her black skin is also paralleled by her refusal to see the cultural and ideological influence that the United States exerted on Cuba at the turn of the century, an influence which Bessie calls colonialism. Rita still holds on to some abstract notion of idiosyncratic national character saying that in Cuba everything was

---

17 de Lauretis, p. 26.

different. Rita also upholds the notion that art and politics do not go together. But this is also contradicted in the space-off where the censors try to shut her voice, a voice which she considers to be the voice of her people. The recorded voice of a policeman saying "Just a little laxative to clean your tongue. You'll never use a microphone to insult our President" (28) alludes to the infamous *"palmacristazos"* typical of the Batista regime as well as to the censorship which closed her television program in 1954.

When the agent finally arrives (the agent's presence is signaled through his pre-recorded voice), the exoticism which made Rita famous and which she has also internalized as part of her self does not get her anywhere. In a scene which takes place like a musical duel, much like the d.j. clash of black culture, Bessie and Rita try to outdo each other. This duel does not impress at all the agent who tells Bessie that the blues are out and tells Rita that she is too ethnic; neither one of them is marketable anymore.

The body of the agent never occupies a physical space on stage. This is not surprising; the agent's voice, disarticulated from the agent as character, stands in the place of the distribution industry of music. An industry that is not attached to any one person specifically but which creates and conditions consumers' tastes and needs which it will then satisfy. That disarticulation is also representative of how the marketing and distribution of music is disarticulated from the production and consumption of music. The artist is finally alienated from its music once its listening becomes commodity fetishism.

The artist's alienation is further insinuated in the play through the use of images suggesting enclosure, heat and suffocation. Rita and Bessie are literally and metaphorically caged in the agent's office; there is a power failure so they cannot use the elevator; the window is barred so they cannot be heard nor can they get any ventilation. They are both confined to the role and the space the industry has created for them. A role which has dictated the kind of music they are going to perform and a role which is analogous to the racial and gender role patriarchal society has dictated for them. It is finally this very industry which is going to silence their voice. No longer marketable, they are doomed to disappear from the music industry.

The two distinct spaces we were discussing—the stage and the space-off—are presented as coexistent in a contradiction that is never resolved. Rita as subject moves from white mask to black skin, from educated and proper to *chusma criolla*, from the perfect star to the sexually exploited artist, from the apolitical singer to a socially and politically committed artist, from a famous ethnic singer to a non-marketable one. It is in the back-and-forth movement from these two spaces that the ideological representation of race, class and gender is constructed, or that the ideological construction of race, class and gender is represented.

Eventually, Rita becomes aware that she is the product of that music industry, the product of capitalist ideological simulation:

> *Hell! I made them accept me... Me, touring the world with a basket of fruit on my head and yards of muslin ruffles hanging from my waist... Impersonator! I became an impersonator. A Latin woman impersonating the Latin image that was demanded and expected.*(41)

She realizes that the imposed exoticism revindicated as a form of one's own personality is nothing more than an illusion.

Thus, even at the moment of truth, Rita is unable to discern between self and mask. She has become a living cliché of what the North American market has defined as Latinness. Always moving between stage and space-off, between Self and Other, between reality and hyper-reality or simulation, neither she nor we can decide whether the mask has left a print on the face or whether the face has left a print on the mask.[18]

The play ends when both characters, and the audience, realize that they are dead. However, there is a move towards a coalition between the two characters. Not only do they do a final song together and walk out holding hands but Rita has incorporated aspects of Bessie's language. By calling Bessie "sister," Rita has become aware that they both share common subject positions: manipulated black women artists in a patriarchal capitalist society.

---

18 Piedra, p. 6.

Their "ethnic" and artistic differences—Cubanness and North Americanness, blues and Latin— give way to their commonalities. It is through their coming together, represented by their "harmonization," that they can finally "burst out" from the restrictive roles society has constructed for them.

It is precisely this harmonization, this coalition, that is at the center of Pedro R. Monge-Rafuls's *"SOLIDARIOS."*[19] This one-act play presents the lives of several Latinos in New York. Rather than focusing on their differences, the play demonstrates how they unite in order to confront the system and survive in an Anglo North American society. The action aptly takes place in the lobby of a building in the Bronx. The lobby is that very locale in between the private space of home and the public space of the street. And it is in this in-between space that the characters' private and public concerns come together.

The characters physical aspects, that is, their bodily appearances and gestures, serve as visual icons which represent each character's gender positionality. Junior is described as *"23 años, varonil, simpático"* (23 years old, manly? manful? virile?, nice) (1). Carmen is *"36 años, luce bien aunque ella cree que luce mejor"* (36 years old, she looks good although she thinks she looks better) (1). Cuca is older than 50, *"se nota sufrida, angustiada, como medio encogida"* (she looks sad, anguished, shriveled up) (1). Altagracia is a *"mulata sensual de unos 23 años"* (a sensual mulatto woman around 23 years old) (4).The mailman and the policeman, played by the same actor, are portrayed as generic Anglos.

The play begins with Carmen entering the stage singing Lalo Rodríguez's salsa hit *"Devórame otra vez"*:

> *Ven, devórame otra vez/Ven, devórame otra vez/Ven castígame con tus deseos...* [Come, devour me once again/Come, devour me once again/Come punish me with your desires]

---

19 E.N. *"Solidarios"* had its premier on June, 1990 at **OLLANTAY Traveling Theater** in New York directed by Delfor Peralta. It was invited to participate in ¡TeatroFestival! in July 1990 produced by Pregones Theater. And it also was a finalist in the Puerto Rican Traveling Theatre McDonald's Contest in 1989.

This song immediately interpolates the audience and sets the time reference of the play; the audience knows that these characters are "living" in the present, the audience's present. Moreover, this is an important opening technique for the play since it is directed to the Latino community of New York.

It is not until the characters speak that the audience can tell where they are supposed to be from. Junior uses a *Nuyorican* dialect and is constantly code switching: "Stop the *bochinche. Yo sé lo que hago*, I ain't no baby!" (4). Junior is involved with Carmen who is much older than him, calls her *mami*, and is also courted by Altagracia. Carmen uses words that are typically used by Puerto Ricans such as *"doña"* and *"coraje."* She is jealous of Altagracia, a jealousy which makes Junior feel more *macho ("halagado en su orgullo de macho por los celos"* [his macho pride turns jealousy into praise]) (4). Cuca not only speaks like a Cuban but is always waiting for that letter from Cuba which never arrives. Altagracia is an illegal Dominican, whose language reflects her lack of education (*"aiguna", "entoavía"*), and is always telling Carmen that she is like a mother to Junior.

The first part of the play is about the love triangle between Carmen, Junior and Altagracia. Each one acts out the role that has been previously cast for them through their physical appearance and language. Altagracia's overflowing sensuality makes her oblivious to what is going on; she only cares to satisfy her own needs. Junior is always about, looking for a job and having fun with his buddies. He enters the stage a number of times singing *"Devórame otra vez."*[20] He will eventually be able to play out his maleness or *"virilidad"* as a policeman, the most macho of professions (along with the military). Carmen is not only represented as a mother figure to Junior but she is always helping the others in the building. She is the one that is socially and politically aware of their collective positions as "Hispanics":

> *Las cosas van a cambiar cuando comprendamos que la única solución es la unidad... Debemos dejarnos de líos y de criticarnos*

---

20 E.N. The salsa hit *"Devórame otra vez"* does not play the same role in the English adaptation of the play done by the author, Pedro Monge-Rafuls, with the colaboration of Kathryn Tejada. Moreover, the English version includes another salsa song that does not appear in the Spanish version.

tanto: que si tú eres colombiana, que si los puertorriqueños somos esto o que si los cubanos son lo otro. Aquí somos hispanos nos guste o no porque así nos quieren ver los blanquitos.

[Things are gonna change when we understand that the only way out is unity... We have to stop criticizing one another: you are Colombian, and the Puerto Ricans are like this, and the Cubans are like that. Here we are all Hispanic whether we like it or not because that's how the whities wanna see us.] (9)

Their inferior subject position as "Hispanics" is first felt in the arena of language. In the building, if the others spoke English not only could they communicate with outside Anglo society, represented by the mailman, but they would have more power to exert some kind of control over their lives. To that outside hegemonic society, to speak English means to exist; if you are not heard it is like you did not exist. That is why Carmen decides that she is going to teach her neighbors English: *"Pa' que sepan qué hablan"* [So that you know what they say]. (10)

This struggle over language is excellently represented in the scene where the two immigration officers come to the building looking for Altagracia who is an illegal alien. Since Carmen speaks English, she does not have to be bullied around by the two officers, representative of Anglo authorities. She is able to complain about the fact that they should also speak Spanish if they intend to go into Spanish neighborhoods: "If you don't speak Spanish, you should ask your supervisor to hire Latin officers. There aren't enough." (16) Moreover, she refuses to show them any paper or answer any questions until they show her their official papers and answer the kinds of questions she thinks are necessary to work with Spanish-speaking people. Carmen's attitude and actions signal to the officers that yes, she must be Puerto Rican; they do not have to worry about her.

This scene represents more than an attack on the monolingualism of both Hispanics and Anglos. It demonstrates that language, which in hegemonic society is usually a matter rooted in the private spheres, for Latino becomes "the semiotic material around which identity is deployed in the 'public sphere.' "[21] Language is thus part of a larger field of social and political representation and practices; it is directly related to issues of immigration and legality, of education and of hiring practices in the service sector of the welfare state. Language is an integral aspect of culture and identity formation and it is indissoluble from economics and politics.

Since Carmen is able to speak both Spanish and English, she is able to hide, to mask Altagracia's identity as illegal alien. She gives Altagracia the name of Caridad and talks to her as if she were Cuban. The name, of course, is the perfect cover-up of her identity. Moreover, since Cubans are generally portrayed as haughty and fearless, the officers can spot them a mile away. Carmen, and the others, take advantage of that stereotype. She thus tells Altagracia: *"Cuando regresen tienes que comportarte como si nada. Insúltalos para que vean que no tienes miedo."* (23) And that is exactly what happens when the officers return; they give up on these ladies who have stood up to and upheld their rights.

These women respond to the power structure of Anglo society through a cover-up which is enforced linguistically and stereotypically. This cover-up can be interpreted as an act of collective self empowerment. As such, it points towards a cultural and political self-legitimation which is acted out, first, as subversive affirmation of hegemonic stereotypes, and then as "a negation of hegemonic denial articulated as the rejection of anonymity."[22]

The personal struggles and quarrels among the characters give way, at the end, to their collective struggle. Carmen is able to trascend her jealousy when she realizes that it is more important to help Altagracia against the immigration officers.

The question of "identity" is central to the three plays I have been discussing. However, this notion of identity can no longer be addressed in monolithic terms, the terms used traditionally to develop ethnicity paradigms.[23] Identity is presented as constantly shifting

---

21 Yúdice and Flores, p. 61.
22 Ibid, p. 60.
23 It is important to note that researchers in the social sciences have also used unidimensional models. These can only assess the degree of assimilation of values and behaviors of the "host" culture or the degree of retention of values of the original culture. They cannot account for bicultural individuals. See García and Lega.

subject positions in relation to racial, linguistic and gender issues. The three are social constructs which are produced by experience and representation, through violent experiences and violent representations. Our Latino characters are caught between two different but equally repressive social traditions. Julian is fighting against and resisting, first the social representations of gender inherent in Cuban culture, and second, the Latin ethnic tag that the mainstream Anglo society gives him. Rita's ambivalences and masks are also a product of two patriarchal societies with rampant racial prejudices. And in "*Solidarios*" we have the characters trascending their individual "ethnic" identities suggesting that the only way to survive and overcome being a "minority" seems to be through collective self-empowerment.

The problem of what language to use to name ourselves is of utmost importance. We can opt for Spanish, the original language which can almost ensure us silence, or English, the imposed language which is going to give us a presence and a voice.[24] And we opt for both. With this choice, we situate ourselves *on* the border, *on* the margin, thus refusing to participate in an already given and monolingual "America."[25] By saying "English only, *Jamás! Sólo inglés*, no way"[26] we are asserting our desire "to participate in the construction of a new hegemony dependent upon (our) cultural practices and discourses."[27]

This new border identity might suggest that Latino bilinguals in the U.S. are the perfect schizophrenics of postmodern culture. As Gustavo Pérez Firmat writes in his now often-quoted poem "Bilingual Blues":

>*Soy un ajiaco de contradicciones.*
>Vexed, hexed, complexed,
>hyphenated, oxygenated, illegally alienated,
>psycho *soy, cantando voy* (164)

---

[24] Interestingly enough, the present struggle against this linguistic double subjection seems to be a repeat of the struggle Latin American writers were engaged in until very recently. See, for example, Campra and Fernández Moreno.

[25] I use the trope of "border culture" the way in which Flores and Yúdice, and Anzaldúa have developed it.

[26] Laviera, book cover.

[27] Flores and Yúdice, p. 73.

However, we, Latinos, suffer in our own flesh and blood the "indeterminacies" of postmodern culture, the inequalities of a "pluralistic" society. Moreover, it is through a strategic deployment of these indeterminacies that we are defining ourselves. For us, representation comes from within and is indissoluble from practice.

These three plays incorporate literally and metaphorically the question in my title, the "Who are you, anyways?" The plays might not offer a direct answer to that question. But what is certain is that these playwrights have, for the first time, an audience that acknowlededges this question, an audience who recognizes itself as a collective addressee of a message, an audience whose answer, like the answer the plays seem to offer, is: "We are who you have made us to be but we aren't going to be that forever."

WORKS CITED

Anzaldúa, Gloria. *Boderlands/La frontera: The New Mestiza*. San Francisco: Spinsters/Aunte Lute, 1987.

Ardao, A. *Génesis de la idea y el nombre de América Latina*. Caracas: Centro de estudios latinoamericanos Rómulo Gallegos, 1981.

Baker, Houston. *Afro-American Poetics: Revision of Harlem and the Black Aesthetic*. Madison: U. of Wisconsin Press, 1988.

Campra, Rosalba. *América Latina: la identidad y la máscara*. México: Siglo XXI, 1987.

Carpentier, Alejo. *Tientos y diferencias*. La Habana: Unión de Escritores y Artistas Cubanos, 1974.

Carrier, J.M. "Mexican Male Bisexuality." *Journal of Homosexuality*: 75-85, 1985.

Conte, Rafael. *Lenguaje y violencia en América Latina*. Madrid: Alborak, 1972.

Cromwell, R.E. and R.A. Ruiz. "The Myth of Macho Dominance in Decision Making within the Mexican and Chicano Families." *Hispanic Journal of Behavioral Sciences* 1.4:355-73, 1979.

de Lauretis, Teresa. *Technologies of Gender*. Bloomington: Indiana U Press, 1987.

Díaz Ayala, Cristóbal. *Música cubana: del areyto a la nueva trova*. San Juan: Editorial Cubanacán, 1981.

Dorfman, Ariel. *Imaginación y violencia en América*. Santiago de Chile: Editorial Universitaria, 1970.

Fanon, Frantz. *Black Skins, White Masks*. Trans. Charles Lam Markmann. New York: Grove Press, 1967.

Fernández, Enrique. "La balada de Gloria Estefán." *Más* 2.1: 53-59, 1990.

Flores, Angel and George Yúdice. "Living Border/Buscando América." *Social Text* 24, 8.2: 57-84, 1990.

Gómez Peña, Guillermo. "The Multicultural Paradigm: An Open Letter to the National Arts Community." *High Performance* (Fall): 20, 1989.

Hanchard, Michael. "Identity, Meaning and the African-American." *Social Text* 24, 8.2: 31-42.

Hidalgo, Hilda and Elia Hidalgo-Christensen. "The Puerto Rican Lesbian and the Puerto Rican Community." *Journal of Homosexuality*, 1976.

Ilich, Ivan. *Gender*. New York: Pantheon, 1982.

Kranau, J.E., V. Green and G. Valencia-Weber. "Acculturation and the Hispanic Women: Attitudes Toward Women, Sex Role Attibution, Sex Role Behavior, and Demographies." *Hispanic Journal of Behavioral Sciences* 4.1: 21-40, 1982.

Laviera, Tato. *AmeRican*. Houston: Arte Público Press, 1984.

Manzor-Coats, Lillian. *Devórame otra vez: Music, Ideology and Latino Gender Politics*. In progress.

Martín, Manuel. *Rita and Bessie*. Playscript, 1986.

Monge-Rafuls, Pedro R. *"Solidarios."* Playscript, 1989.

Muñoz, Elías Miguel. *Crazy Love*. Houston: Arte Público Press, 1989.

—————————. *The L.A. Scene*. Playscript, 1990.

Padilla, Félix M. "Salsa Music as a Cultural Expression of Latino Consciousness and Unity." *Hispanic Journal of Behavioral Sciences* 2.1: 28-45, 1989.

Pérez Firmat, Gustavo. "Carolina Cuban." In *Triple Crown*. Arizona: Bilingual Review Press, 1987.

Piedra, José. *His and Her Panics*. Forthcoming.

Rodríguez, Richard. *Hunger of Memory: The Education of Richard Rodríguez*. Boston: D.R. Godine, 1982.

Vélez, Lydia. "*Separación y búsqueda como opción social en las novelas de Elías Miguel Muñoz.*" The Americas Review 18.1: 86-91, 1990.

On Cuban Theater[1]

Pedro R. Monge-Rafuls

For Rubén Milián and Elsa Nadal

When talking about Cuban theater, the first thing to come to our minds is the theater which is being done on the island. Cuba and theater, we immediately relate the two—in some form or another —with the very complex political problem which exists in my country and in everything which surrounds it. In this essay, I will try to analyze a theater which is very little known and, perhaps, even totally unknown to many people in the United States.

It would be fair, in these pages, to attempt an analysis of the lines of development and of the peculiar shades of the process of Cuban theater abroad; nevertheless I want to express some unifying meditations for the purpose of demonstrating that the Cuban theater which is being done outside of the island has its own characteristics, especially in the United States, where many times it can be confused with the so-called "Hispanic" theater done by the Chicanos, the Puerto Ricans, and other ethnic groups with Latin American origins. It is necessary to keep in mind, *and this is very important*, that all of us "Latino" playwrights in the United States are stirred by the same causes and suffer the same consequences.

We should begin by analyzing that an exiled Cuban playwright has not had the same opportunity as a writer on the island, who counts on the patronage of the machinery of the state which always permits him access to theaters and formative seminars and when they are in accord with the official politics of the government. In the United States the Cuban playwright is considered a minority by the mainstream so that he is not paid any attention. Meanwhile, the so-

---

1 The original Spanish version of this essay appeared in **OLLANTAY Theater Magazine**, Vol. II, No. 1, winter/spring 1994, pp. 101-113. The English translation was done by Clydia A. Davenport.

called "Hispanic" theater movement has become impoverished and in many instances does not possess an artistic *vision* adequate enough to help the growth of its playwrights.

It must also be remembered that political circumstances have kept the exiled author, until today, from being able to premiere his works during the theater seasons or in festivals in Cuba and even from participating in the competitions of the *Casa de las Américas* in which not only do playwrights from the island participate, but also Latin American playwrights in general. Nor have we been able to participate in the competitions of the UNEAC, the Union of Writers and Artists of Cuba, to which as a group we are prohibited from joining[2]. Some of us on various occasions have tried to "jump" over this obstacle placed between us and the right to freedom of expression of the writer. After prolonged conversations, the plans for a rapprochement between the writers in exile and on the island have crumbled[3]. To quote the most important critic of the island, Rine Leal, "There is only one Cuban theater and it should meet and even establish itself."

Theater is, in whatever place or time, a literary form seldom understood and often poorly studied. The Cuban theater in exile is not an exception and suffers from some poorly informed academics who write about the matter offering a mistaken vision of a movement which possesses unique characteristics and has been in full bloom almost since the beginning of the Cuban political emigration which began in 1959. A movement silenced, yes, but latent. In 1974, Professor Leonel Antonio de la Cuesta wrote, "the theater, as a genre, has been scarcely developed abroad."[4] Ten years later, Professor Maida

---

2   To better understand this situation, I recommend you read: Rine Leal, "To Take on the Totality of Cuban Theater" *(Asumir la totalidad del teatro cubano)*, **OLLANTAY Theater Magazine**, New York, Vol. I, No. 2, July 1993, pp. 26-33 and "All Hands on Deck: A Reply to Rine Leal" *(Manos a la obra: respuesta a Rine Leal)*, **OLLANTAY Theater Magazine**, New York, Vol. I, No. 2, July 1993, pp.33-39.

3   Castro's government denied a visa to the author of this article to enter Cuba (a visa to enter one's own country?) on December 25, 1993. Mr. Monge Rafuls had been invited by the (EITALC by its acronym in Spanish) International School of Latin American and Caribbean Theater, led by Osvaldo Dragún. The visa was denied again on May 20, 1994.

4   Leonel de la Cuesta, "Panorama of the Letters and the arts from Emigration," *Cubanacán, Revista del Centro Cultural Cultural Cubano de Nueva York*, Vol. 1/1 Winter 1974, pp. 10-18.

Watson-Espener committed the same error.[5] Commentaries based on the wrong information by De La Cuesta and Watson-Espener, together with the confused introduction in one of the two anthologies of Cuban theater abroad I know of[6], advance a mistaken idea of this Cuban fact, but even so, they permit us to affirm that in 1974 and in 1984, when the two aforementioned professors wrote these commentaries, there already existed in exile interesting theatrical output. In any event, much time has passed since these affirmations were made, and in 1994 we can affirm that Cuban theater abroad is very well represented both in quantity and, quite often, in quality.

We have spoken in general of the banished Cuban writer and immediately it is necessary to establish something that must remain clear: the historic circumstances of his creation, within a material and cultural framework of few possibilities, which should not be confused with mediocrity or lack of talent, but rather, they are a reflection of the conditions under which he writes. From the beginning Lydia Cabrera, Labrador Ruiz, Marcelo Salinas and other authors, with respected bodies of work in Cuba before 1959, arrived in exile and were able to witness the arrival in Miami, and in other cities, of young people who were beginning to make themselves known, or who included some who were beginning to write for the first time ever, in a foreign country, in Spanish or in English. Some of them had not directly lived the experience of the revolution, since they had left the country at such a young age, as is the case with playwright Eduardo Machado. Other authors left the island when they were still too young to have written anything significant, like the poet José Kozer or the playwright María Irene Fornés, the latter having started her career as a painter and not as a playwright. It is worthwhile to note, parenthetically, that María Irene Fornés is the only person born in Cuba yet living outside of the country who was a finalist in the competition of the *Casa de las Américas*, the same one

---

[5] Maida Watson-Espener, *Ethnicity and the Hispanic American Stage: The Cuban Experience*, (Florida International University), *Hispanic Theatre in the United States*, edited by Nicolas Kanellos (Houston: Arte Público Press, 1984), pp. 34-44. In a work filled with erroneus information, Professsor Watson-Espener analyzes the work of eight authors, of which only three could—perhaps—consider themselves an active part of the theater in exile.

[6] *Cuban American Theatre*, Rodolfo, J. Cortina, Editor (Houston: Arte Público Press, 1991), pp. 7-16

in which various authors participated and became winners, and later became famous in Cuban dramatic literature.

The writer abroad is part of a group without a defined orientation nor a common denominator to bind it to an unmistakable body of Cuban work. He also faces the absence of an objective criticism to analyze his work in an apolitical context, or even—many times—he must overcome being rejected like one with the plague by a liberal, prejudiced, and negative, in any light, criticism simply because the critic does not wish to confront the Robin Hood legend which has been linked to Fidel Castro.

The judgment publicized about this group has been perhaps exacerbated by an intended political pretense—for the most part negative—which has allowed festivals, or whatever type of theatrical event, to ignore this dramaturgy for years. Just one example would be the coordinators of the *Festival Latino* of New York, who traveled constantly to Cuba to choose works, ignoring the powerful Cuban presence that was right under the very nose of the festival.[7]

Ironically enough, often writers who live outside the island have been presented as bourgeoisie sympathizers or in frank agreement with the abuses of the capitalist system. With few exceptions, this is not true. The literature of those exiled is one which presents the ugly side of a social reality marked by a political destiny, with people who were born and live in a world without a future, arguing among themselves in borrowed landscapes that sharpen the depth of the historic-literary and of the critical-social, which contain the allegation in mixed techniques, in styles in which the traditional is mixed with the modern, and English with Spanish in order to unquestionably present itself as a part of Cuban literature in general, many times anti-Castro and, in New York particularly, under dramatic forms with an influence of what has been called "Hispanic" literature. In reality all of this is part of its image as theater in evolution: it has

---

[7] A group of Cubans involved in theater made public this preoccupation in an open (and published) letter in which they noted the bias of the Festival toward theater from the island. In 1986, at The National Hispanic Theatre Conference celebrated in San Antonio, Texas (under the auspices of the Ford Foundation) the Cuban group met with Oscar Ciccone over the same worry. As a result of this, *A Little Something to Ease the Pain (Una pequeña cosita que alivie el sufrir)* by René Alomá was presented, staged by the Teatro Avante of Miami in 1986. Also, a film by Néstor Almendros was presented.

been forging ahead on its own, which has not impeded its growth and, little by little, it is maturing.

The Cuban author who lives in the United States must face the absence of readers from his own community. Perhaps this is because the reader far from his homeland looks for—with homesick yearning—literature from the so-called "classic" Cuban writers. Moreover, writers must face as a consequence of this phenomenon a lack of respectable publishing houses that are interested in their works and, in the case of playwrights which is what concerns me, the dearth of theaters where they can premiere their plays. We cannot forget that theater is made to be shown and that the written text is not alive if it is not presented on a stage. This is many times an error of playwrights and of editors who rush to publish a work before it has been produced. For this reason some works with a good critical review do not hold up well on stage because the work was analyzed for its basically literary cultural baggage without giving much thought to an analysis of the work as a stage production. One of the characteristics of drama is the fact that each work "lives"—or has the potential to live—as many lives as presentations it has. Drama is artistically structured within an institution which presents it, with characteristics which are different from all the other literary forms, including cinema.

On the other hand, there is the problem with the critics. The Cuban playwright, like the rest of those involved in "Hispanic" theater, must face in Spanish a small and mean group of critics, and—even worse—an Anglo-American group of paternalistic critics who do not understand him. Neither the "Hispanic" critic nor the Anglo critic possesses the capacity to understand the dramatic phenomenon of the writer who began to develop his works under the influence of Anglo-American society, and this includes the "Hispanic" theatrical movement known as *"Nuyorican"* or *"Chicano"*, as well as that of other societies which are not Cuban but in which it has found favor and come to life. The truth is that the serious critic of Cuban productions does not exist, inasmuch as those that there are, with few exceptions, are more preoccupied with social action than in what happens on the stage, remaining in the personal, without being able to free the battle in the terrain of concrete actions and eluding the scope of the immediate reality of the cause of all polemics. However, the critical review of the text—in its fundamental concept of analysis and reflection—is the best, perhaps the only way to obtain the evolution of the theatrical creation in which those who study and those who create participate in a common discourse, but this phenomenon does not succeed because of the scarcity of those—the academics—who study the "Hispanic" theater phenomenon which we can perhaps call "special" for being part of the modern Latin American theatrical movement and at the same time part of the theatrical movement of the United States. **OLLANTAY Theater Magazine** is transforming itself into the first manifestation of a press devoted to the conglomerate of "Latino" authors who until now could not depend on a organ for dissemination, who, in the case of Cubans, have had all the generations of artists and intellectuals of the island, such as *Revista de la Sociedad Económica de Amigos del País*, *Avance*, *Orígenes*, *Islas*, *Ciclón*, *Lunes de Revolución*, and, at present, *Unión*. The magazine *Exilio* (Exile), with a short public life, only published one work of Cuban theater written abroad and not one analysis of this literary form. *Linden Lane Magazine*, edited by the poet Belkis Cuza-Malé, has dedicated some space to theater.

Like almost every emigrant author, the Cuban playwright, in his interest to fascinate the spectator, confronts the risk of falling into a plaintive mode as if he had the obligation to stir up compassion toward his expatriated nation; from there he quickly finds that, consciously or not, he is swimming between two waters. His artistic position would be to respond—or not—historically to the need to secure the continuation of the creative and innovative theatrical movememt, which is consubstantial with the national art from which it arises, while he sees himself obligated at the same time to follow certain mandates imposed by the Anglo-dominated class. The Cuban writer living in the United States must meet and confront the established rules—stereotypic/prototypic of the *literature of a minority* which can distance it from its roots in its country of origin—and tries to focus those rules within his education as a personal member of a group which differentiates him from the two large "Hispanic" communities—the *Chicanos* and the *Nuyoricans*. In general, he is not accepted in *mainstream* literature which pigeonholes him, expecting that he will develop certain "ethnic" themes and which, on the other hand, does not consider him of sufficient quality to be ranked in professional (marketplace?) circles on a par with the "Anglo" writer who often makes little excursions into "Hispanic" themes with a great lack of knowledge and sad results. Many times, the author overcomes, consciously or not, the rules which had been preconceived for him. The barrier breaks with the continuity of the individual author, and, for that reason, with the subsequent appearance of a repertory theater which offers the distinct possibility of self-expression in Cuban. It is necessary to level a correct focus on the creative problematic without the author feeling he is losing contact with the historicity of the culture at the same time that his role as emigrant intellectual finds himself suspended outside of history, placed in a position alternating between judging history or annuling it, breaking with a past which weighs him down or, on the contrary, trying to sustain an arbitrary identification with the inheritance of the past, which can be transformed into a guardianshipism checking the creative search in the new and foreign world where he finds himself living. Therefore the need for a unitarian search for the original culture, capable of elaborating on the complex process of creative emancipation with the shock of the need for tradition and for relations with the new cultural world, including the language, which begins to surround the emigrant playwright, allowing him to reach an enrichment, for its many colorings, over Cuban dramatic literature. Many, living in the United States or in Europe, in one form or another, have written in *Spanglish*, in English, in French, or in a bilingualism, all of which show a distinct world through "Hispanic" eyes, and soon we realize that we are witnesses of Cuban characters who could not have been born to creativity in Cuba, characters from the United States who could not have been born into creativity by an American playwright. My purpose is one only: to present an informative and unified vision, as complete as possible, of the theater which has been written by Cubans abroad since 1959, where we meet playwrights from all republican generations on the island.

A new nucleus of people involved in the threater who have been in actual and direct contact with the literary, theatrical, social, and political affairs of the society from which they originate left from the port of *El Mariel* in 1980, coming to offer a distinct experience from that of those who have resided and created the majority of their work in exile. Although I do not have knowledge of any playwright among them, a group of these actors and theater technicians—the same as some others who went into exile later—suffers a shock when they arrive from Cuba, where they participated in an organized theatrical movement which does not exist abroad. They meet with producers without artistic vision who maintain an indifferent attitude toward the majority of plays written outside the island, impeding their growth by way of staging, critical review and study. They also realize that in exile there are no directors with an original artistic vision who are able to bring to light the originality of the playwrights. This lack of originality limits the growth of Cuban theater in exile.

It is logical to ask oneself then where can playwrights, in the creative end of the business, go in order to confront their feeling of inferiority to a culture which is foreign to them, experiencing a frustration, a great preoccupation for the conditions in which their creative act will germinate, and which, many times, restricts their writing or even moves them to abandon it.

One of the differences in the theater which is written on the island is the necessity of writing "with caution," creating works in which not everything one wants to say is said, only insinuated. This is in contrast with the theater in exile in which everything is said directly. Another characteristic which differentiates the theater written outside the island is the thematic variety which can be developed thanks to contact with a world not known to those who live in Cuba and thanks, in part, that the limitation does not exist here as there, which the political system imposes, directly or indirectly, on playwrights residing on the island that they clearly must write within the ideological contours of the government, or at least not to negate them. The Cuban themes in the United States start from the national past, in which some authors rebuild the 1930s, or even farther back, to the war for independence from Spain in 1895. Most are done from a very critical point of view, using different techniques from classic comedy to epic theater, from collage to parody. The critic José Escarpanter, who has devoted himself to the study of Cuban theater in exile and on whose works I sometimes rely for this thematic classification, says:

> *A very fecund sector is composed of the cycle of plays which allude to Cuban life around the triumph of the revolutionary action. In these the contrast of yesterday/today is used and, as in the earlier ones, there prevails a critical position which judges the former regime just as much as it does the new one. In some of them there is a nostalgia which at times attains excellent dramatic connotations.*[8]

This can be seen in some works through the realist aesthetic and combining familiar circumstances with the political events; or using the structure of Greek tragedy or with a curious mixture of Greek mythological elements. Citing Escarpanter again:

> *Some works have paused to present in detail the conflicts which any revolutionary process engenders and others have devoted themselves to analyzing the problems that an authoritarian regime causes, without any reference to the Cuban situation.*[9]

Among them are found various works which set their plots in countries foreign to the Cuban reality but which can be identified in Latin America for the purpose of calling continental attention to the political situation under which the island lives. Many other dramas refer to specific moments of the Cuban revolutionary event and their repercussions in Cuba and in exile. There is also a group of authors, abroad as well as in Cuba, who try to call attention to the brotherhood among Cubans in spite of the political antagonisms, which on the other hand have always been with us throughout our history. The situation of those who live in Cuba, the official requirements to emigrate from the island, and *El Mariel* are themes of various works which identify with those about returning to the homeland for a

---

[8] José A. Escarpanter, *El teatro cubano fuera de la isla: escenario de dos mundos. Inventario del teatro iberoamericano* [Cuban Theater Outside the Island: Stage of Two Worlds. Inventory of Ibero-American Theater] (Madrid: Centro de Documentación Teatral, 1987), tomo 2, pp. 333-341.

[9] Ibid.

visit from the United States to re-meet after having been separated from their families for political motives for many years.

Heterosexuality and male and female homosexuality—a dangerous theme on the island[10]—are treated freely many times, generally in the tragic mode when AIDS is the issue, often without worrying about whether or not the Cubans' susceptibilities will be wounded, Cubans who, even in exile, view AIDS and homosexuality as something incomprehensible.

Afro-Cuban mythology, on the other hand, is a theme which has been scarcely treated. Its almost absence is, perhaps, understandably due to the lack of black actors and to other artistic factors that the writer knows would limit what would by itself already be difficult to mount on stage.

Cuban identity versus a United States identity and assimilation to the country of adoption is what Escarpanter catalogues as an important theme: adapting to American life, with its innumerable problems, some funny, some ridiculous, and many, dramatic. And he adds:

> *These plays mix the difficulties of incorporating oneself into the new way of life with a homesickness for the country left behind. But, sometimes, through evocations one arrives at a bitter reflection over family relations, which become an important key in this group of works.*

The family[11], relations between father and son, is a frequent theme in Cuban, as well as in Chicano or Puerto Rican theater. This is, possibly, the theme most characteristic of the authors living in New York[12], where the Cuban problem is one more within the

---

10 Notwithstanding, since 1992, one is seeing a timid token treatment of homosexual themes in some artistic manifestations on the island, among them in the movies; perhaps the writer Senel Paz is the cause of this phenomenon. But we should not ignore the fact that there is a political motive behind to create the idea that a more open attitude towards homosexuality exists to encourage tourism and investment.

11 Please, see José A. Escarpanter, "*La familia en el teatro cubano*" ["The Family in Cuban Theater"] **OLLANTAY Theater Magazine**, Vol. II, No. 1, Winter/Spring 1994, pp. 89-100.

12 "Miami, in spite of the quality of its creators, does not possess the variety nor the degree of experimentation which one observes in the theater of the Cubans living in New York," José A. Escarpanter, *El teatro cubano fuera de la isla*. Please, see note 8.

"Hispanic" life of the great city. This theme about adapting to the surrounding way of life is, on the boards, notwithstanding and generally, a popular theater, in the sense that it is a theater which presents "images," characters who talk rather than being described, who try again and continue in a typical range which they identify by the reflection of the "neighborhood" conflicts in interracial tensions, confronting the "white" *gringo* with the "Hispanic" immigrant, discriminated against and in search of —many times— his own identity. The characters let themselves be known by their presence and conduct without delving deep into psychology or situations. It is a theater which does not live intimately with the drama of daily life, the violence, the passion, nor even the love carried to its ultimate extreme. Sacrifice and expulsion are recognizable in great part in this output, can even be said to be angular rocks of the thematic which does not come close to explaining fully a dramaturgy nor a stage where purely artistic preoccupations which, perhaps by contrast and because of the influence of modern Anglo-American theater, maintain what is easy and superficial. It cannot be denied that in this theater are noted rebellious attitudes filled with an anxiety about renovation with certain cosmopolitan tendencies to endow "Hispanic" theater with a Cuban character.

With the perspective of the past, no one can deny that which is evident: with no truly official aid, working on poor stages, with unprepared artistic and technical personnel, sustained only by the force and goodwill of the artists themselves, we have been witnesses of, and participants in the support of theater and creation, even in times of the most difficult survival and political frustration. The exiled playwright has finally found his rightful place in Cuban literature as is proven by the assertion, unthinkable just a few years ago, by the dean of theatrical criticism on the island who, in the *Gaceta de Cuba*, the organ of the *Unión de Escritores y Artistas de Cuba* (Union of Writers and Artists of Cuba), published an article in the September-October 1992 issue under the title *"Asumir la totalidad del teatro cubano"* ("To Take on the Totality of Cuban Theater"[13]). In it, he analyzed another incident which occurred months earlier: the

---

13 Please, see note 2.

inclusion in an anthology of Cuban theater edited in Madrid by the *Centro de Documentación Teatral del Ministerio de Cultura de España* (Center for Theatrical Documentation of the Ministry of Culture of Spain), of the works of five authors who live abroad and also analyzing in its preface, prepared by Carlos Espinosa Domínguez, the reality of a Cuban theater outside the political system of that country. Rine Leal, in the aforementioned article, analyzes what is called the *"Decenio oscuro"* ("dark decade"), that is, he mentions all those political acts that for years were denied by Castroism and also, and above all else, the lack of knowledge which exists on the island—as well as in the United States—of Cuban theater work in the United States. Leal states:

> *I believe that the time has come to know, study, and validate this dramaturgy "abroad", and above all to include it in the theater done on the island, since it is a purely Cuban creation not lacking in value.*

And further on he adds:

> *The central question is that we must take on that "other" theater as part of ours, as an expression of our culture, and what is more important, study its development as part and parcel of our own, not as some foreign part.*

This position of some playwrights on the island clearly reveals the importance of Cuban theater in exile. We hope that the Anglo-American mainstream will come to know and value this theater which has characteristics of the American theater, and which, being Cuban, is also American. It also demonstrates that the Cuban theater business outside the national territory has been establishing itself in order to find itself at a level of maturity, of continuity, of culmination in one line which has enriched it in order to come close to the affirmation of a characteristic image which allows one to speak, with certainty, of the existence of a theatrical movement with its own characteristics.

Elementos comunes en el teatro cubano del exilio: marginalidad y patriarcado[1]

Antonio F. Cao

En su ensayo "*Ethnicity and the Hispanic American Stage: The Cuban Experience*", incluído en *Hispanic Theater in the United States*, edición al cuidado de Nicholas Kanellos (Houston: Arte Público Press, 1984), Maida Watson-Espener señala el advenimiento de un teatro cubanoamericano, diferenciado como tal del teatro del exilio. Añade, asimismo, que este último proviene de moldes dramáticos precastristas de corte sicológico tradicional o adscrito al teatro del absurdo. Indica dicha crítica, por otra parte, que la oleada de exiliados por el Mariel en 1980 renovó el teatro cubano en Miami, delineándose dos tendencias: un teatro cómico y paródico de contenido político y un teatro más serio en torno al Teatro Avante dirigido por Eduardo Corbé y Mario Ernesto Sánchez, entidad clave esta última en la organización de los festivales de teatro hispano cada año. Consciente de las virtudes de este artículo pionero en la materia, estoy en desacuerdo en cuanto a la diferenciación tajante entre teatro cubanoamericano y teatro del exilio. Por otra parte, el teatro paródico político, de constante presencia en la cartelera de Miami con títulos como *En los 90 Fidel revienta*[2] o *A Pepe Salsa le llegó una novia en balsa*, tiene antiquísima raigambre criolla, presente ya en los sainetes del teatro Alhambra.

Los últimos quince años han visto surgir nuevas modalidades dramáticas: desde un teatro cubanoamericano en inglés representado

---

[1] Ponencia leída en" Elementos comunes en la literatura del exilio", uno de los tres paneles del simposio "Literatura cubana: en torno al escritor exiliado" que se realizó el 9 de mayo de 1992. Las preguntas sugeridas a los panelists para su presentación fueron: ¿Existen poetas/narradores/dramaturgos que trabajen la literatura con elementos en común? ¿Qué factores los unen en el exilio: temas, fórmulas literarias, preocupaciones estéticas, etc.? ¿Existe un empeño en resolver, juntos, problemas que nos afectan y en contribuir al desarrollo de las letras cubanas? El idioma: ¿inglés o español? ¿Tenemos obras importantes de este grupo?

[2] Ver nota 5, p. 101.

por la obra de Eduardo Machado, entre otros, a un teatro verdaderamente bilingüe, como el de Dolores Prida. Por otra parte, es posible detectar una nueva sensibilidad entre los dramaturgos de formación cubana.

A pesar de la alta concentración de población de origen cubano en Miami, Nueva York constituye el centro indiscutible del teatro que tratamos. Así, a excepción de *Nadie se va del todo* de Pedro Monge Rafuls[3] y de *Las hetairas habaneras* de José Corrales y Manuel Pereiras (Honolulu, Hawaii: Editorial Persona, 1988), las obras estudiadas han sido representadas en la urbe neoyorquina.

Si excluímos *Why to Refuse?* de Eduardo Machado, que incluye lo cubano dentro de un ámbito más general y abstracto, de corte hispanoamericano, todas estas obras tienen personajes cubanos, o de origen cubano. Todos presentan, sin embargo, una marginalidad múltiple, no sólo con respecto a la Cuba prerrevolucionaria o a su avatar en Miami, ya que se trata de nuevas expresiones teatrales, sino también con respecto a la Cuba actual, así como con respecto a la sociedad hegemónica norteamericana, no obstante el pluriculturalismo de esta última.

Solidarios del aspecto de la marginalidad serían por fuerza: la identidad nacional cubana, la actitud hacia la revolución y el sincretismo cultural con respecto a las culturas hegemónicas, ya sea la Cuba actual o la prerrevolucionaria, la Cuba miamense, o la sociedad estadounidense.

Aunque la actitud de todas estas obras hacia la revolución cubana nunca podría considerarse como positiva, se dan distintas gradaciones. Así mientras José Corrales y Manuel Pereiras atacan el proceso revolucionario, Dolores Prida reserva su condena para la sociedad americana y la vida de exiliado en términos generales, en tanto que *Fabiola* de Eduardo Machado, aunque transcurre en los años en que se gesta y triunfa la revolución cubana, desconoce la arenga política. Por otra parte, en *Nadie se va del todo*, la realidad revolucionaria cobra tal actualidad, que tanto la exiliada Lula como su hijo Tony se ven obligados a enfrentarse con la misma. Por otro lado, dicha realidad

---

3 La casi totalidad de las obras estudiadas están en versión manuscrita, cortesía de los autores. De ahí que la mayoría de las citas textuales no vayan seguidas de paginación alguna.

aparece trasmutada en *Why to Refuse?* o figura totalmente reprimida en *Memories of the Revolution* de Carmelita Tropicana.

El sincretismo cultural constituye una característica esencial del teatro marginado. En *Coser y cantar* de Dolores Prida dicho sincretismo se encuentra totalmente escindido y polarizado. En este diálogo entre los componentes de la doble personalidad de la protagonista femenina, figura una "Ella" cubana contrapuesta a una "*She*" americana. De la tensión entre ambas surge el conflicto dramático. En cuanto a Machado, aunque George, el protagonista de *Why to Refuse?*, se le identifica como director de un noticiero televisivo (*anchorman*) americano, también se le podría considerar como un prisionero político de cualquier nación hispanoamericana con un régimen dictatorial, incluyendo a la Cuba actual, desde luego. En lo que respecta a *Fabiola*, carece de componentes culturales no cubanos, y de darse algún sincretismo, sería el del criollismo esencialmente cristiano y de raíz española con la santería de origen africano, tema este último que alcanza su más cabal desarrollo en *Las hetairas habaneras*.

Estimo más oportuno desarrollar por separado las características del discurso patriarcal al estudiar cada obra en particular, dada la complejidad de su expresión.

El humor característico de *Coser y cantar* reside en el choque cultural:

SHE

Do you have to eat so much? You eat all day, then lie there like a dead octopus.

ELLA

Y tú me lo recuerdas todo el día, pero si no fuera por todo lo que yo como, ya tú te hubieras muerto de hambre.

Por fuerza, el diálogo entre los integrantes de una doble personalidad subraya el enajenamiento en el seno de la sociedad—la americana en este caso. Y en medio de lo cotidiano, surge el mensaje político:

SHE

I want to buy a fish tank, and some fish. I read in Psychology Today *that it is supposed to calm your nerves to watch fish swimming in a tank.*

ELLA

Las peceras me recuerdan el aeropuerto cuando me fui.... Los que se iban dentro de la pecera. Esperando. Esperando dentro de aquel cuarto transparente. Al otro lado del cristal, los otros, los que se quedaban: los padres, los hermanos, los tíos.... Una pecera llena de peces asustados que no sabían nadar, que no sabían de las aguas heladas ... donde los tiburones andan con pistolas.

Tanto "Ella" como *"She"* se sienten sitiadas en medio de la cosmópolis neoyorquina, con sus tiroteos, atracos y peligrosidad ciudadana generalizada:

SHE

... We should have never come here.

ELLA

Bueno, es mejor que New Jersey. Además, ¿cuál es la diferencia? El mismo tiroteo, el mismo cucaracheo, la misma mierda ... coser y cantar, you know.

SHE

At least in Miami there was sunshine.

ELLA

Había sol, pero demasiadas nubes negras. Era el humo que salía de tantos cerebros tratando de pensar. Además, aquí hay más cosas que hacer.

La confrontación final aboca a una solución ontológica:

ELLA

... Yo tengo solidez. Tengo unas raíces, algo de que agarrarme. Pero tú ... ¿tú de qué te agarras?

SHE

I hold on to you. I couldn't exist without you.

ELLA

... *Yo soy la que existo. Yo soy la que soy. Tú...no sé lo que eres.*

SHE

But...*I gave yourself back to you. If I had not opened some doors and some windows for you, you would still be sitting in the dark, with your recuerdos, the idealized beaches of your childhood, and your rice and beans and the rest of your goddamn obsolete memories!*

Un tiroteo interrumpe el diálogo forzando a las interlocutoras a mirarse frente a frente por vez primera y a ir en búsqueda de un mapa como pauta hacia una salida, a un nuevo exilio dentro del exilio.

Se acentúa la marginalidad del discurso dramático al considerar que se trata de una experiencia femenina, si bien la autora no socava explícitamente el discurso patriarcal de su cultura originaria, a no ser que sea por defecto.

Situación diametralmente opuesta a la anterior la tenemos en una obra posmoderna tipo *performance,* cuyo primer acto transcurre en 1955, en La Habana, y el segundo en 1967, en Nueva York. Me refiero a *Memories of the Revolution* de Carmelita Tropicana, pseudónimo de Alina Troyano. Tenemos aquí una absoluta carnavalización vital—para valernos del término de Bahktin en *Rabelais y su tiempo*. El pseudónimo mismo evoca dos realidades en ademán sincrético: el famoso cabaret habanero y la marca de jugo de naranja norteamericana.

Se trata de una obra feminista con un elenco totalmente femenino, que también interpreta los papeles masculinos. La autora encarna el papel protagónico, el de Carmelita, verdadero *alter ego*. Tanto ella como su hermano Machito y su mutua amiga Marimacha tratan de matar a uno de los esbirros de Batista, el capitán Maldito. Carmelita logra obtener un cargamento de armas a través de Lota Hari, nieta de Mata Hari. Maldito descubre el complot, forzando a todos a huir en barco. Durante la travesía se desata un tormenta durante la cual se les aparece la Virgen de la Caridad del Cobre, símbolo religioso nacional por antonomasia, augurándole a Carmelita el triunfo artístico en los Estados Unidos, la eterna juventud y el liderazgo de una revolución feminista universal que otorgará eterna honra a la mujer latina. Todo ello a cambio de que ella renuncie al conocimiento carnal de los hombres. La protagonista asiente con un guiño de ojo hacia el público, dando a entender que ello no conllevaría sacrificio alguno. De hecho, ella y Lota Hari son amantes. El cumplimiento de las profecías marianas tiene lugar en el segundo acto.

Esta obra con su tono paródico subvierte totalmente el discurso patriarcal. La Virgen de la Caridad funciona en canal que no corresponde al velar por la continuidad del código patriarcal aunque proponga la abstinencia. Es más, su petición—con intertextualidad bíblica—queda desvirtuada por el contexto dramático. La desconstrucción del código patriarcal se acentúa mediante la actitud caricaturesca hipermachista de Machito, el cual fracasa como *homo faber* por sus debilidades por el sexo opuesto, o sea por su mismo sexo, dadas la coordenadas interpretativas. Debo señalar como detalle característico que este personaje siempre se está rascando sus partes.

Se da aquí un polisincretismo cultural: raíces cubanas, catolicismo, contactos europeos y la vida del exilio neoyorquino. Todos estos elementos conviven en esta creación posmoderna, cuyo segundo acto—de ambiente cabaretero—recuerda los filmes de Carmen Miranda. Frederic Jameson ha echado en cara a la posmodernidad—injustamente en mi opinión—su falta de seriedad. Aquí, en medio de la carnavalización, surge lo serio en doble vertiente: una explícita, al proponerse una revolución feminista con una exaltación de la inversión sexual y un total aperturismo en cuanto a los tabúes sexuales. Por otra parte, por defecto, cabe una alusión implícita de rechazo y sátira a la Cuba actual, al brillar por su ausencia todas estas conquistas en la revolución castrista.

La acción de *Las hetairas habaneras*, de Corrales y Pereiras, tiene lugar en La Habana, hacia el inicio de la revolución castrista, en un prostíbulo regenteado por Diosdada. Las prostitutas celebran el nacimiento del nieto de este personaje: Nicomedes. Al ofrendar a las deidades yorubas las prostitutas comentan que Estrella, la mujer de Menelao Garrigó, se ha fugado con uno de los hijos de Diosdada, Juan Alberto. Menelao es el comandante en jefe de un grupo revolucionario. En el segundo acto, Yemayá—la Virgen de Regla—urde con San Roque, abogado contra las pestes, un castigo para las hetairas por haber acogido de manera tan irresponsable el nuevo orden revolucionario. El tercer acto tiene lugar nueve años después. En el mismo, Menelao tortura a Diosdada y a las otras prostitutas. Perdona a Estrella, empero, tras negar la misma públicamente la impotencia sexual del líder máximo. Las otras prostitutas hacen también pública alabanza de la virilidad del jefe supremo, con lo cual éste finge perdonarlas. Mas en realidad las traiciona, pues hace castrar a Nicomedes. Al final las hetairas parten tristemente rumbo a un campo de rehabilitación.

A simple vista se hace evidente la intertextualidad clásica. Surge un texto dominante en el que Menelao-Fidel Castro destruye una Cuba prerrevolucionaria carnavalesca. La desaparición de esta fase histórica no conlleva ningún avance de tipo social—contrario a lo que preconizan los apologistas de la revolución. Estas hetairas son de raigambre clásica y afrocubana. En esta vena, la pareja homérica maldita, Menelao-Fidel y Estrella-Helena, acarrea la destrucción y desintegración totales. Menelao es la encarnación misma del discurso patriarcal, socavado por la exageración paródica. Al arrepentirse, exclama Estrella:

> ... *Me arrepiento de haberle faltado a mi marido porque mi marido es fuerte, porque mi marido me ofrecía cada noche la salsa de la vida, porque mi marido tiene el miembro más grande, más robusto y más erecto que se ha visto* ... (51)

La imagen fálica cubana invocada en este pasaje está cargada de superimposiciones, y evoca, entre otros, al "Superman habanero", discurso emblemático de una concepción exagerada del machismo y como tal paródica. Por otra parte, la prostituta como perversión de la hembra exige el falo máximo solidario del mito del máximo líder.

El coro de hetairas también alaba la virilidad de Menelao con miras a impedir el sacrificio de Nicomedes.

CORO

Menelao es el hombre más hombre del mundo.

DIOSDADA

Sé que los eres, Menelao. Tú sabes que nosotras siempre lo decíamos. Que tú eres capaz de darle gusto a ocho de nosotras en una sola noche y sin cansarte. Lo decíamos. Que eres un pingúo, que eres un caballo.

CORO

Menelao el caballo, el más pingúo. Menelao el más grande, el más huevón.
(....................)
Menelao, tú eres el macho más macho de todos los machos.

(52-53)

De todas la obras tratadas es ésta la que muestra mayor marginalidad con respecto al discurso hegemónico norteamericano.

Eduardo Machado abandonó su tierra natal a los ocho años y se crió en California. Escribe en lengua inglesa y sus obras han sido representadas en Nueva York, Los Angeles y otras ciudades norteamericanas. Ello nos haría pensar en una asimilación al discurso hegemónico norteamericano. Y sin embargo, el tema cubano es parte integralísima de su obra, con toda una gama de variantes: recuerdos, recreaciones, evocaciones, particularmente en su trilogía de las "islas flotantes": *Las damas modernas de Guanabacoa, Fabiola*—ya mencionada—y *Revoltillo*, de sintetizante título en lengua española, contrapuesto al desconstructivismo del título original en inglés, *Broken Eggs*.

La primera de dichas obras tiene lugar en la década de los años treinta, durante el machadato, cuando los padres de Sonia Luz Hernández ascienden al poder económico como propietarios de una compañía de autobuses. Dicho personaje otorga unidad a la trilogía. *Fabiola* se centra en la familia política de Sonia. La acción comienza en 1955, con la desaparición del cadáver de Fabiola, la mujer de Pedro, por haber sido enterrada en una tumba equivocada. El advenimiento de la revolución regocija a la familia. Mas pronto sobreviene el desencanto, seguido del exilio. Sonia y Osvaldo salen en el año 1961, después de la invasión de Playa Girón.

El último acto tiene lugar en 1967; durante el mismo Cusa y

Alfredo, los padres de Osvaldo y Pedro, toman la decisión de abandonar la isla. Pedro, más apegado a su país, decide quedarse. Durante muchos años había sostenido una relación incestuosa con su hermano Osvaldo. Así, anteriormente en la obra, durante la Nochevieja de 1958, vemos a ambos yacer juntos en el lecho, haciendo los siguientes comentarios al escuchar unos disparos:

PEDRO

The baby was born a boy. I had a boy. It was too big the baby; he killed her.

OSVALDO

Fidel *was a wild guy. He once drove his MG into a wall at the university.*

Tenemos aquí un ejemplo de la sicosexualidad nacional. La clase pudiente, en su narcisismo, no actúa en la historia. Observemos el desplazamiento lingüístico de varón recién nacido de gran tamaño a pene, a Fidel Castro, el nuevo *homo faber* falócrata, en acción destructiva, sin embargo.

La acción de *Why to Refuse?* tiene lugar en una prisión americana. George ha sido encarcelado por un régimen totalitario anticlerical. A pesar de haber sido conocido *anchorman*, sus cinco años de presidio han hecho creer a todos que está muerto. El régimen envía a sus antiguos colaboradores y asociados, Walter, Regina y Héctor, para instarle a que se ponga el uniforme del ejército revolucionario, pues se trata, en cubano, de un *plantado desnudo*. Cabe en esta situación la posibilidad de una interpretación onírica, acentuada por el hecho de que el guarda está leyendo *La vida es sueño* de Calderón. Como tal, el protagonista podría ser un preso político cubano o latinoamericano, a la vez que un *anchorman* depuesto de cualesquiera de dichas nacionalidades. Estamos, pues, ante un caso de sincretismo bicultural, en el que políticos y *anchormen* figuran como símbolos del poder.

En *Nadie se va del todo*, pieza inédita de Pedro Monge Rafuls[4],

---

4   N de R. La obra ha tenido tres lecturas dramatizadas. Por favor, ver nota 5, p. 67 de este mismo libro.

Lula regresa a Cuba con motivo de un congreso de literatura caribeña en La Habana y trae consigo a su hijo Tony. La acción se desarrolla en el presente, tras el desmoronamiento del mundo comunista europeo. Lula es partidaria del diálogo. Mas una vez en Cuba, critica la revolución. Su marido Julio había sido fusilado por rebelde anticastrista en el Escambray. La visita a Cuba permite a Tony conocer a los abuelos y, a pesar de su previa asimilación al discurso hegemónico norteamericano, decide entonces acentuar sus raíces cubanas. El acto supremo de heroísmo lo ejecuta Lula al perdonar a la que había "chivateado" a su marido, regalándole una blusa. Es este personaje la verdadera heroína, y no los "héroes" que su suegro Antonio recorta y mete metódicamente en una caja de calzado. El perdón apunta hacia una reconciliación.

Estructuralmente la obra trasciende las limitaciones de espacio-temporales pues la acción prerrevolucionaria transcurre paralelamente a la vida cotidiana de Tony con su mujer en Nueva York. Ello destaca, en mi opinión, la permanencia de lo cubano a pesar de distanciamientos temporales y geográficos—pensamiento afín al título mismo de la obra.[5]

En este breve bosquejo los autores cultivan una amplia gama de modalidades dramáticas: posmoderna, mítica, surrealista, simbólica y vanguardista, entre otras, dejándonos escuchar auténticas voces de este teatro cubano del exilio, ya sea en lengua española o inglesa, que proclaman su cubanidad.

---

5   N de R. Más sobre esta obra puede leerse en "El reencuentro, un tema dramático" de Juan Carlos Martínez en este mismo libro, pp. 63-72.

Rasgos comparativos entre la literatura de la isla y del exilio: el tema histórico en el teatro[1]

José A. Escarpanter

LAS GENERACIONES Y SUS DIFERENCIAS ENTRE CUBA Y EL EXILIO

Siguiendo las orientaciones de esta sesión[2], centraré mi trabajo en tres aspectos: las generaciones de dramaturgos, las influencias que se advierten en su teatro y el tratamiento del tema histórico en él.

Cuando la Revolución llegó al poder en 1959, existían dos generaciones de dramaturgos en Cuba. Los mayores—entre los que descollaban Carlos Felipe y Virgilio Piñera, nacidos respectivamente en 1911 y 1912—pertenecían a la que Raimundo Lazo denominó "*la segunda generación republicana*". Los más jóvenes habían aparecido en la década de los cincuenta. Entre ellos se encontraban Leopoldo Hernández, Rolando Ferrer, Matías Montes Huidobro y Antón Arrufat. A estos se unieron al principio del proceso revolucionario Abelardo Estorino, Manuel Reguera Saumell, Julio Matas, José Triana, Raúl de Cárdenas, y otros. Las fechas de nacimiento de este grupo oscilaban entre 1921 y 1938. Estas dos generaciones viven el entusiasmo del primer año revolucionario y estrenan varias obras como consecuencia del interés que se le concede al teatro por primera vez en la historia del país. Pero ya en 1961, ante los de-

---

1 Conferencia leída en el panel "Rasgos comparativos entre la literatura de la isla y la del exilio" como parte del simposio "Literatura cubana: en torno al escritor exiliado", el 9 de mayo de 1992.

2 N de R. Se refiere a las preguntas sugeridas para su consideración a los participantes de este panel: ¿Se ven, en el exilio, las corrientes pasadas y/o presentes y la continuidad de las generaciones en Cuba? ¿En quiénes? ¿Cómo? ¿Existe alguna influencia de Lezama, el grupo Orígenes, Lino Novas Calvo y/u otros poetas/narradores/dramaturgos en los escritores que hacen su literatura fuera de Cuba? Persistencia de lo cubano. Influencia del medio ambiente en los cubanos dentro y fuera del país. Caracterización del exilio en la producción literaria de la Isla. La experiencia revolucionaria y la del exilio como marca de nuestra generación: ¿en qué grado se manifiesta en la literatura?

rroteros que toma el nuevo gobierno, se produce una ruptura en la generación más joven. Unos escogen el exilio, como Leopoldo Hernández, Montes Huidobro, Julio Matas y Raúl de Cárdenas, y otros permanecen en la isla. Algunos de estos salen más tarde del país, como Reguera Saumell y José Triana. Esta es la que yo denomino *"la generación escindida"*.

En 1961 se crea el Seminario de Dramaturgia del Teatro Nacional bajo la dirección del autor argentino Osvaldo Dragún. En sus talleres reciben una sólida formación técnica e ideológica un conjunto de escritores noveles de procedencia y edades muy diversas, como José R. Brene, Ignacio Gutiérrez, Albio Paz, Jesús Gregorio, Tomás González, Nicolás Dorr y Gerardo Fulleda León, quienes componen "la primera generación de dramaturgos bajo la Revolución". Estos autores sientan las bases de un teatro al servicio de los intereses del régimen y ninguno abandona el país ni se ve envuelto en conflictos con el sistema, a diferencia de lo que les sucede a algunos miembros de la promoción anterior, como a Estorino con *Los mangos de Caín* (e: 1964; 1965)[3] y, sobre todo, a Arrufat con *Los siete contra Tebas* (1968).

En 1962 se funda la Escuela Nacional de Arte, la cual es sustituida en 1976 por el Instituto Superior de Arte. Ambos centros docentes incluyen en sus programas los estudios de dramaturgia. De estas escuelas procede, en su mayoría, la última hornada de escritores que ostenta hoy el teatro cubano, como Alberto Pedro, nacido en el histórico año de 1959. Otros, como Abilio Estévez, nacido en 1954, provienen de las aulas universitarias.

El panorama del exilio en los comienzos se nutre, como he mencionado, de dramaturgos pertenecientes a *"la generación escindida"*: Leopoldo Hernández, Matías Montes Huidobro, Julio Matas, Raúl de Cárdenas. A ellos se incorporan varios teatristas coetáneos que en el exilio comienzan a escribir, como José Corrales y Tony Betan-

---

[3] Para las fechas de los textos he seguido las siguientes normas: 1. Cuando las obras se han estrenado y publicado, se consignan ambas fechas en ese orden. 2. Cuando las piezas se han estrenado, pero no se han publicado, se da el dato del estreno (e:). 3. En el caso de textos inéditos sin estrenar se consigna el año de su composición: (c:). 4. En cuanto a las obras publicadas, pero no estrenadas, se registran el año de su composición, si el autor lo ha señalado (c:), y el de su edición, en ese orden. N de R. En esta clasificación no se aclara cuándo la obra sólo ha tenido lectura(s) dramatizada(s), lo que suele ser una práctica frecuente debido a la falta de puesta en escena.

court, radicados en Nueva York, y Pedro Román, Mario Martín y Miguel González-Pando, establecidos en Miami. Hay que destacar que la mayoría de los autores de "la generación escindida" sufren un hiato en su labor creadora al padecer la traumática experiencia del exilio; pero a partir de los años setenta renuevan su actividad dramática, la cual se mantiene vigente hasta nuestros días.

Con los años aparece otra promoción, precedida por los casos especiales de Manuel Martín Jr. y Renaldo Ferradas, contemporáneos de "la generación escindida", pero quienes habían llegado a Nueva York antes de 1959. Esta nueva generación, nacida a partir de 1943, sale de Cuba en tiempos de la Revolución, en plena niñez o adolescencia, y se forma, como Manuel Martín Jr. y Renaldo Ferradas, en el extranjero. A ella pertenecen Iván Acosta, Dolores Prida, Omar Torres, René Alomó, Eduardo Machado, Luis Santeiro, Andrés Nóbregas, Manuel Pereiras y Pedro R. Monge Rafuls. A pesar que la mayor parte de su existencia transcurre fuera de Cuba, muchos en sus obras rememoran la isla y plantean en ellas su condición de trasterrados, según la expresión acuñada por el español Max Aub. Varios miembros de esta "generación trasterrada", en especial los residentes en Nueva York, han escogido expresarse en inglés con el propósito de llegar a públicos más amplios. Con ello han dado lugar al nacimiento de una nueva modalidad: *"el teatro cubanonorteamericano"*.

En cuanto a la llamada "generación de El Mariel", muy significativa en la poesía y en la narrativa, no ha aportado obras al teatro, si exceptuamos *Amar así* (c: 1980; 1988) del poeta José Abreu Felippe y *Persecusión* (cinco piezas de teatro experimental) (1986) de Reinaldo Arenas.

Después de este esquema de las generaciones que se producen dentro de Cuba y fuera de ella, creo de interés mencionar las corrientes artísticas que influyen en el teatro de las dos Cubas.

INFLUENCIAS

Es preciso destacar que, a pesar de las diferencias políticas, económicas y sociales entre los dos mundos, en ambos se ha producido una dramaturgia acorde con las tendencias más significativas del teatro occidental de los últimos cuarenta años. Hay que matizar, por supuesto, que las obras que se escriben en Cuba tienden a insistir en aquellas expresiones más afines con el propósito político que sustenta el arte allí. Así existe un copioso teatro de inspiración brechtiana y del llamado *teatro nuevo* y en mucha menor medida se encuentran las técnicas del teatro absurdista las cuales se cultivaron mucho al principio de la revolución, pero que fueron prácticamente desterradas de la escena al radicalizarse el proceso revolucionario. Los planteamientos escénicos del teatro de la crueldad, del ceremonial y del teatro pobre sí se han incorporado al teatro de la isla, pero dentro de textos alejados de la ideología de esas estéticas.

En el exilio, la actitud de los dramaturgos ha sido más abierta, aun cuando algunas de las tendencias artísticas predominantes responden a las doctrinas marxistas de moda en las recientes décadas. Los postulados del teatro épico de Bertolt Brecht y los de su continuador, el teatro documental, sostienen muchas de las obras escritas fuera de la isla, como puede observarse en *Ojos para no ver* (e: 1993; 1979) de Montes Huidobro, "*Swallows*" (e: 1980) de Manuel Martín Jr. y "Resurrección en abril" (e: 1981) de Mario Martín. Puede afirmarse que los exiliados producen un teatro más variado que el que se escribe en la isla, aunque, por supuesto, no tan conocido.

En cuanto a la influencia de la figura señera de Virgilio Piñera sobre el teatro cubano posterior, considero que después de orientar a varios autores de "la generación escindida", como Julio Matas, José Triana y Antón Arrufat, su huella se borra del teatro escrito en la isla hasta fechas recientes. Tenemos que recordar que *Dos viejos pánicos*, premio Casa de 1968, se vino a estrenar en Cuba en 1990. Por el contrario, la presencia de Piñera se mantiene viva en la obra de varios autores exiliados. *Las hetairas habaneras* (c: 1977; 1988) de Corrales y Pereiras confirma a plenitud esta aseveración.

Una vez señaladas las influencias que muestra el teatro cubano de las últimas décadas, comentaré el tratamiento del tema histórico en este período.

EL TEMA HISTORICO

Los historiadores del teatro coinciden en afirmar que el tema histórico aflora siempre en momentos de intensificación de la conciencia nacional y, sin duda alguna, la etapa que se abre con la Revolución de 1959 constituye uno de los jalones más trascendentales en el desarrollo de nuestra conciencia colectiva. Por ello, a raíz del triunfo revolucionario, los dramaturgos se vuelcan en los temas del pasado con inusitado interés, movidos por el replanteamiento total de nuestra historia suscitado por la Revolución, la cual en sus inicios se proclamó marcadamente nacionalista.

Es necesario aclarar que cuando utilizo el concepto de "teatro histórico" no lo estoy restringiendo a las piezas que tratan sólo de figuras claves del pasado o que se dan a la recreación de acontecimientos señeros, sino que aplico esta expresión a una gama mucho mayor de obras, a todas aquéllas que contienen en su discurso elementos importantes de carácter histórico.

Desde esta más amplia concepción, "el teatro histórico" nuestro presenta una diversidad de enfoques, entre los cuales los más destacados son:

1. La historia contemplada desde una perspectiva nostálgica que destaca lo hermoso y lo pintoresco del mundo evocado, tal y como se manifestaba en las zarzuelas de los años treinta.
2. El tratamiento de héroes, siguiendo la idea defendida por Carlyle que "la historia es la biografía de los grandes hombres".
3. La utilización de figuras históricas o inventadas, pero relacionadas siempre con costumbres y hechos pretéritos, los cuales influyen de manera decisiva en la trama y en el comportamiento de estos seres reales o imaginarios. A diferencia de la novela histórica decimonona, que usa los sucesos históricos a menudo como mero fondo decorativo para las peripecias de sus criaturas, en estas obras los personajes aparecen siempre en estrecha conexión con el ambiente y con frecuencia en oposición a él. Este enfoque conlleva una intención analítica y crítica; es como un hurgar en el pasado para dilucidar la cosmovisión de una época, poner de relieve los errores cometidos y, a veces, acometer su enmienda. En estas piezas, por supuesto, resultan de máximo interés los factores de índole política y social y aque-

llos detalles que Unamuno calificó de "intrahistoria". A veces esta forma escoge un asunto histórico con el propósito de aludir a la realidad inmediata contando con la tácita complicidad del público. Esta es "la técnica metafórica", la cual destaco que se produce más en el teatro del exilio que en el que se escribe dentro de Cuba.

La visión nostálgica y pintoresca se cultiva tanto en Cuba como en el exilio. Allá la utiliza José R. Brene en *El corsario y la abadesa* (1982), situada en los primeros tiempos de la colonia, y en Cuba escribe José Triana "Revolico en el Campo de Marte" (c: 1971), ágil comedia inspirada en el canon del teatro clásico español. Fuera de la isla su máximo representante es Raúl de Cárdenas, quien la emplea en obras de carácter costumbrista como "Las Carbonell de la calle Obispo" (e: 1986), "Sucedió en La Habana" (c: 1987) y en "El barbero de Mantilla" (c: 1987).

El tratamiento de figuras notables como eje de la evolución nacional no se produce en Cuba, porque allá rige la noción marxista de la historia como lucha de clases; pero se da en el exilio en *Un hombre al amanecer* (e: 1991; 1990) de Raúl de Cárdenas, premio Letras de Oro de 1988-89, sobre el Apóstol.

El enfoque crítico es el más importante y el de mayor número de obras, tanto en Cuba como fuera de ella. En ambos teatros se censura, ante todo, la corrupción política en la república democrática, la dependencia de los Estados Unidos, la injusticia laboral, el machismo y su secuela, la discriminación de la mujer. En los inicios, la etapa histórica preferida fue el pasado inmediato, o sea, la dictadura batistiana, que sirve de base a *El robo del cochino* (e: 1961; 1961) de Estorino. Más tarde el interés se desplazó a otros momentos y así se escriben en Cuba *El gallo de la zona* (1964) y *Pasado a la criolla* (e: 1962; 1963) de Brene, "Las impuras" (e: 1962) y "Las vacas gordas" (e: 1963) de Estorino. En las décadas recientes, en la isla abundan las piezas de este tema, entre las cuales se debe mencionar *La querida de Enramada* (e: 1983; 1983) de Gerardo Fulleda León y *Huelga* (e: 1981; 1981) de Albio Paz, inscrita en la expresión del teatro documental, sobre las luchas obreras. Fuera de Cuba, Montes Huidobro publica *La sal de los muertos* (c: 1960; 1971), un enfoque metafórico sobre esos años.

Muchas de estas piezas cubren largas etapas del vivir cubano, como sucede en el exilio con *Las damas modernas de Guanabacoa* (e: 1984; 1991) de Eduardo Machado y *Palabras comunes* (e: 1986; 1991) de José Triana, la cual abarca el período desde la guerra del 95 hasta la primera guerra mundial. Algunas llegan hasta los tiempos revolucionarios, como "La época del mamey" (e: 1983) de Andrés Nóbregas, *Recuerdos de familia* (c: 1986; 1988) de Raúl de Cárdenas y varias obras inéditas aún de Manuel Pereiras, como "*The Chronicle of Soledad*" (c: 1986) y "*The Antitragedy of Zoila and Pilar*" (c: 1988), en las que se analiza con penetración la vida provinciana. En Cuba *Adriana en dos tiempos* (1972) de Freddy Artiles se estructura sobre esta perspectiva diacrónica.

En el exilio, los años cincuenta reciben un especial tratamiento en varias piezas de José Corrales, como "Miguel y Mario" (c: 1989), "De cuerpo presente" (e: 1991) y "Vida y mentira de Lila Ruiz" (c: 1989).

La etapa revolucionaria, por supuesto, es una cantera fundamental para el teatro de allá y el de acá, enfocada desde perspectivas antagónicas. Los conflictos entre la vieja mentalidad y la nueva sirven de base a multitud de obras escritas en Cuba, ya que se trata de un tema esencial para el régimen. Entre ellas descuellan *Santa Camila de La Habana vieja* (e: 1962; 1963) de Brene y *La casa vieja* (e: 1964; 1964) de Estorino y, como representativo del momento más radical del teatro cubano, el repertorio del "teatro nuevo", muy bien ejemplificado en *El juicio* (e: 1983) de Gilda Hernández, donde, después de cumplir la condena impuesta por la justicia revolucionaria, el protagonista vuelve a ser juzgado por los espectadores de la obra: técnica dramática muy sugestiva, pero de tenebrosos referentes reales. En el exilio, se dan a conocer textos importantes que denuncian los excesos del régimen acudiendo a la forma metafórica. Entre ellos sobresalen *La madre y la guillotina* (e: 1961; 1973) de Montes Huidobro, *Diálogo del Poeta y Máximo* (1992) de Julio Matas, *Las hetairas habaneras* de Corrales y Pereiras y "La otra memoria" (e: 1990) de Juan Carlos Martínez. Otras obras aplican la crítica directa, como *Exilio* (e: 1988; 1988) de Montes Huidobro, contra la represión a los intelectuales y a los homosexuales; *Las sombras no se olvidan* (1993) de

Raúl de Cárdenas, que recoge la tragedia de los presos políticos y la ya mencionada "Resurrección en abril" de Mario Martín que narra dentro de las técnicas del teatro documental las circunstancias del éxodo de El Mariel.

Como es lógico, la vida en el exilio resulta un gran sector temático en el teatro fuera de Cuba, casi siempre circunscrito al ámbito familiar, como en *El super* (e: 1977; 1977) de Iván Acosta y en *Sansgiving en Union City* (e: 1983; 1992) de Manuel Martín Jr. Una excepción dentro de este grupo la constituye *Coser y cantar* (e: 1981; 1991) de Dolores Prida, la cual ahonda en el dilema íntimo entre las dos culturas con técnicas muy innovadoras.

En Cuba no se desarrolla el asunto del exilio hasta fechas recientes en que aparece vinculado a la temática de las visitas de los exiliados, como sucede en *Weekend en Bahía* (e: 1987; 1987) de Alberto Pedro: pieza bien trazada, pero falsa en el tratamiento de ciertos detalles del mundo norteamericano. En el exilio, por el contrario, este tema ha producido textos de gran sinceridad como *Alguna cosita que alivie el sufrir* (e: 1986; 1992) de René Alomá, *Siempre tuvimos miedo* (e: 1987; 1988) de Leopoldo Hernández, *Nadie se va del todo* (c: 1991) de Pedro R. Monge Rafuls y *Swallows* (c: 1980) de Manuel Martín Jr.

En las últimas décadas se ha desarrollado en Cuba una nutrida producción de piezas inspiradas en la historia del siglo XIX, casi siempre sobre figuras literarias. Entre ellas merecen especial mención *La verdadera culpa de Juan Clemente Zenea* (e: 1986; 1987) de Abilio Estévez, *Plácido* (1984) de Gerardo Fulleda León y dos basadas en el poeta Milanés: *La dolorosa historia del amor secreto de don José Jacinto Milanés* (e: 1985; 1984) de Estorino, quizás la mejor de todas, y *Delirios y visiones de José Jacinto Milanés* (c: 1982; 1988) de Tomás González, la única de las escritas en Cuba en que encuentro rasgos del teatro metafórico. En el exilio, esta corriente no aparece, si exceptuamos la obra mencionada de Raúl de Cárdenas *Un hombre al amanecer* y "José Martí: aquí presente" (e: 1982) de Mario Martín, pieza que conecta el pasado con el presente de Cuba y del exilio dentro del espíritu del teatro de agitación.

Los primeros tiempos coloniales, que en la historiografía Leví Marrero ha estudiado a profundidad en el exilio, apenas concitan el interés de los dramaturgos tanto de Cuba como de fuera. En la isla Brene y Fulleda León los han tratado, respectivamente, en *Los demonios de Remedios* (1965) y en *Azogue* (e: 1979; 1984), inspirada en *Espejo de paciencia*. En el exilio Renaldo Ferradas es el único que les ha dedicado una obra, "En busca de un imperio: Cortés, Toanoa y Catalina" (c: 1991).

La historia universal también ha motivado obras en las dos Cubas. Entre ellas resulta importante en la isla *Juana de Belciel* (c: 1971; 1990) de José Milián, dentro de los cánones del teatro documental, y en los Estados Unidos, las primeras obras estrenadas de Manuel Martín Jr., "*Francesco: The Life and Times of the Cenci*" (e: 1973) y "*Rasputin*" (e: 1976), donde el autor trabaja eficazmente con mínimos recursos escénicos, *Ojos para no ver* de Montes Huidobro, la cual expande la tragedia cubana al ámbito continental y "Las Indias galantes" (c: 1992) de Julio Matas, sobre el pasado colonial hispanoamericano. La odisea de Colón es el tema de *Cristóbal Colón y otros locos* (c: 1983)[4] una comedia de Pedro Monge Rafuls con situaciones que son presentadas en un juego de la época moderna y la del descubrimiento. Tema que también se encuentra en *Terra Incognita* (c: 1992, e/p: 1993) de María Irene Fornés y en *Requiem por un marino genovés* (c: 1991) escrita en colaboración por Ofelia S. Fox y Rosa Sánchez.

Al estudiarse este amplio y diverso repertorio de piezas históricas se puede apreciar rasgos comunes en los teatros de las dos Cubas, en especial la preferencia por ciertas épocas, la actitud crítica hacia el pasado y algunas técnicas, pero también se observan diferencias, producto de los condicionantes vigentes en ambos mundos. La primera a mencionar es la ideología monolítica que prevalece en el teatro de la isla, atada a la explicación marxista de la historia. Aunque esta dramaturgia desde sus inicios emplea el lenguaje popular y la sátira y ahora incluye escenas eróticas con desnudos, es un teatro rígido, que procede con cautela y evade algunos temas conflictivos y las formas escénicas demasiado irreverentes. Por ello, el espíritu lúdico sólo aparece en obras de ambientes remotos, como en la citada *Azogue* de Fulleda León.

---

4 N de R. La primera versión de esta obra tuvo una lectura dramatizada el 13 de marzo de 1983 en el Centro para las Artes **OLLANTAY**, dirigida por el autor. Por favor leer: Gabriela Roepke: "Tres dramaturgos en Nueva York "en este mismo libro, pp. 87-90.

Frente a esta situación, la dramaturgia del exilio se produce en entera libertad, abordando los temas más polémicos y apelando a las expresiones escénicas más disímiles que incluyen la sátira agresiva y el desenfado propios de la farsa. Sin embargo, como ya he señalado, varias obras, para referirse a la realidad insular, escogen el procedimiento metafórico, actitud que sorprende, pues normalmente éste se utiliza bajo regímenes opresivos. En contraste, el teatro de la isla resulta tan sometido a severas consignas políticas que sólo tiene la opción de ser directo.

Otra sensible diferencia tiene que ver con la estructura de los textos. La mayoría de las piezas escritas en Cuba, donde se cuenta con el respaldo económico estatal para la puesta en escena, exige complicados montajes y es pródiga en personajes. Por el contrario, las piezas escritas en el exilio, donde predomina el teatro pobre en la mejor acepción del término, acuden con frecuencia a la imaginación del espectador y desdoblan a los actores en múltiples personajes.

Un contraste muy marcado entre las dos dramaturgias es la presencia decisiva del elemento negro en el teatro de la isla, donde el gobierno ha propiciado la difusión del rico folklore de esa raza, mientras que en el exilio sorprende la ausencia de este factor esencial de nuestra nacionalidad. Si no fuera por las excepciones, *La navaja de Olofé* (e: 1986; 1982) de Montes Huidobro, *Las hetairas habaneras* de Corrales y Pereiras, *Orlando* (c: 1990) y *Nocturno de cañas bravas* (c: 1994) las dos de José Corrales, *Otra historia de amor, rara* (c: 1993) y el monólogo *Trash* (c: 1989) ambas de Pedro Monge Rafuls, el teatro del exilio se mostraría como un teatro blanco, como si entre los cubanos no existieran los mulatos ni los negros.

Estas son, *a grosso modo*, las distinciones principales entre el teatro histórico de las dos Cubas: el de allá un teatro dirigido, donde el estado es un gendarme que siempre acecha, y el de acá un teatro pobre, pero libre.

El reencuentro, un tema dramático[1]

Juan Carlos Martínez

La escena puede tener lugar en "la sala principal de un hogar habanero de la clase media" o entre las "paredes altas y gruesas de mampostería" de una de las viviendas del batey del Central Zaza, revolucionariamente rebautizado como Benito Juárez aunque todo el mundo le sigue llamando Zaza. La época varía entre julio de 1979 y diciembre de 1990, y los personajes centrales van desde hermanos hasta dos jóvenes ex-amantes.

Lo que no varía es el tema: qué pasa, cómo ocurre y qué consecuencias acarrea el reencuentro de seres humanos cuyos vínculos filiales y/o afectivos fueron drásticamente interrumpidos diez, veinte o treinta años atrás, por razones—si no absolutamente ajenas a su voluntad—al menos condicionadas por circunstancias externas y enajenadas de su control. De eso se ha ocupado el teatro cubano, de aquí y de allá, en la última década, y aunque las motivaciones de los autores de obras tales pueden haber sido diferentes—así como su alcance artístico—creo que todas revelan, conscientemente o no, un asunto que ha sido frecuentemente escamoteado por la intransigencia política de un lado y otro, y que es el reconocimiento de que la reunificación de la sociedad cubana tendrá que expresarse necesariamente al nivel emocional del tú y yo, del nosotros más inmediato y doméstico, como afirmación del individuo y negación de los postulados ideológicos de grupo, manipuladores oportunistas de la conducta humana.

Puede parecer extraño agrupar bajo el mismo signo revelador a escritores tan disímiles como Alberto Pedro y Leopoldo Hernández, el primero formado como dramaturgo bajo los preceptos de una ortodoxia cultural entendida como arma de la Revolución y el

---

1 Ponencia leída durante el panel "Rasgos comparativos entre la literatura de la isla y la del exilio" durante el simposio: "Literatura cubana: en torno al escritor exiliado", el 9 de mayo de 1992.

segundo, exiliado en 1961, justamente como oposición a esos mismos preceptos. Pero es que *Weekend en Bahía*, de Alberto Pedro y escrita en 1986[2], y *Siempre tuvimos miedo*[3], la obra de Hernández que data de 1981, siguen caminos diferentes pero que en algún momento se cruzan y se funden.

Ambas son obras de sólo dos personajes, ocurren en un espacio cerrado y en una sola unidad de tiempo. Mayra y Esteban son los protagonistas de *Weekend...*, ella una joven periodista educada y residente en Nueva York y él un economista habanero de su misma edad, ambos portadores de un primer amor de adolescencia que ni el tiempo, ni la distancia, ni las apariencias ideológico-políticas han podido extinguir. Del otro lado nos encontramos con El y Ella, los hermanos de *Siempre tuvimos miedo*, sexagenarios afectados por el Parkinsonismo, uno escritor asentado en Los Angeles, la otra ama de casa—abuela perpetuada en su casa habanera a trescientos metros del mar.

Es curioso cómo ambos autores utilizan el mismo procedimiento dramatúrgico para levantar sus respectivas historias: los recuerdos después de veinte años de separación, la presencia del pasado no como negación del presente sino como reconstrucción de la historia común, en una búsqueda desesperada de mutuo reconocimiento, por restablecer los vasos comunicantes de un destino artificialmente extrapolado en términos geográficos pero de alguna manera compartido más allá de la conciencia y por encima de eso que llaman realidad objetiva.

Leopoldo Hernández, con *Siempre tuvimos miedo,* ha legado a la dramaturgia cubana una obra cuyo aliento humano es mucho más fuerte y perdurable que la considerable carga de amargura, recriminaciones y pequeñas y terribles miserias que exhibe. La intolerancia de El y la pasiva aceptación de Ella respecto a "el Sistema" los sitúa en campos opuestos de un mismo conflicto existencial: el devenir

---

2 N de R. *Weekend en Bahía* se estrenó en La Habana en 1987, dirigida por Miriam Lezcano.

3 N de R. *Siempre tuvimos miedo* tuvo una lectura dramatizada en el Coconut Grove Playhouse de Miami, en 1986. En inglés y en una versión abreviada de Rafael de Acha, se estrenó en el New Theater durante la "Primera Conferencia de Teatro Cubano en los Estados Unidos" celebrada en Miami en la Universidad Internacional de la Florida. Fue publicada por la Serie Teatro de la Editorial Persona, Hawaii, 1988, de donde se tomaron estos datos.

histórico entendido como una fuerza que nos arrastra en un sentido u otro de la vida. No hay escapatoria posible: hay que elegir, y al hacerlo ambos se convierten en víctimas de su propia elección. El reencuentro, entonces, pasa a ser una alucinante colisión de dos seres humanos acosados por el mundo que les rodea, escindidos ante la disyuntiva de ser o pertenecer. La única posibilidad de salvación está—alegórica y paradójicamente—en el incurable mal de Parkinson que estos dos personajes padecen. Hernández ha construido una terrible parábola sobre el dolor como mecanismo catártico: el dolor nos acerca, nos iguala y, en su expresión última, la muerte nos une.

La pareja de Esteban-Mayra es el polo opuesto. Ellos representan a la otra generación, la que en la pendiente de la historia no tuvo oportunidad de elección. Ni ella eligió salir del país, ni el de quedarse, ni ninguno de los dos eligió la Revolución: se la plantaron en sus vidas una madrugada y allí va eso. Cuando Mayra le recrimina a Esteban haberla olvidado muy pronto, éste le responde: "...No Mayra, no fue así...Todas las mañanas, antes de ir a clases, me paraba ante la puerta de tu casa, frente al sello de la Reforma Urbana. No sé ni qué tiempo, como un bobo. No quería creerlo. De pronto no estabas más. Era como un portazo en las narices. ¡Se acabó de golpe, con un sello...!". Es ésta quizás una de las más tristes metáforas concebidas dentro de la Revolución para—conscientemente o no— denunciar la fragilidad del individuo ante el diabólico mecanismo de la burocracia comunista.

Tanto en una obra como en la otra, los autores eluden caer en la trampa de la concepción heroica de los personajes. Son, en todo caso, lo contrario. Los cuatro reconocen a su manera su infelicidad, sus insatisfacciones y sobre todo su impotencia ante un estado de cosas que va más allá de sus propias fuerzas. Asimismo, si alguna intención moralizadora se puede reconocer en cualquiera de estos textos, seguro que nada tiene que ver con supremacías ideológicas *de facto*. En realidad, las antagónicas posiciones políticas de los personajes y su sustento ideológico aparecen en su esencia como enajenadas de sus portadores, convirtiéndolos en expresiones aparentes de un fenómeno ampliamente considerado—sobre todo por el "pensamiento oficial" en Cuba—como irreversible: la escisión de la sociedad cubana en dos grandes segmentos—revolucionarios o contrarrevolucionarios—según una interpretación hiperbolizada de su naturaleza política.

Al hacer un análisis comparado de estas dos obras, para mí fue una asombrosa revelación comprobar cómo dos autores, de tan diferentes generaciones y presupuestos ideológicos y desde contextos que no pueden ser más antagónicos en principio, habían llegado por vía de sus personajes a una misma conclusión sobre el proceso histórico que les ha tocado vivir.

He aquí sus palabras. En *Siempre tuvimos miedo*:

EL

(...) El exilio es una mierda, hermana.

ELLA

Es lo que dicen por aquí.

EL

Espero que también digan que esto es otra mierda.

Y en *Weekend en Bahía*:

MAYRA

(...) De todas formas no me arrepiento de haber venido. Ahora sé que te llevo ventaja, (...) ¡Llevo ventaja!

ESTEBAN

(Riendo.) *¿Qué ventaja?*

MAYRA

La ventaja de haber vivido en las dos partes, Estebita. Y puedo asegurarte que es lo mismo en cualquiera de las dos. La misma porquería, queridito.

Tanto los personajes de Leopoldo Hernández como los de Alberto Pedro son portadores de una interpretación significativamente escéptica, anti-edulcorante y por momentos cínica de sus respectivas realidades, de las vicisitudes que les ha deparado la vida: sea revolución o exilio. No es de extrañar, pues, que en ambas piezas al final el reencuentro sea una experiencia con saldo negativo, un diálogo nuevamente truncado por las circunstancias. La ilusión ha pasado, el mundo regresa al orden establecido y en ese orden ellos ocupan—por el momento y quién sabe por cuánto tiempo más— posiciones antitéticas.

Entre el grupo de obras producidas en el exilio acerca del tema del reencuentro, dos me han llamado poderosamente la atención: *Alguna cosita que alivie el sufrir*[4], del ya fallecido René R. Alomá, y *Nadie se va del todo* (1991)[5], de Pedro R. Monge Rafuls. Diez años median entre la elaboración de una obra y la otra, pero ambas son concebidas con muy poco margen de tiempo entre los hechos que referencian y el momento en que son escritas y además parten del mismo presupuesto dramatúrgico: la anécdota como evocación y la tesis como provocación.

Se dice que Alomá tenía ya escrita *Alguna cosita que alivie el sufrir* aún antes de su primer viaje a Cuba en julio de 1979, tiempo en que se ubica la acción de la obra. Y que después de ese "reencuentro" introdujo algunos cambios, a los que adicionó otros en una versión definitiva que concluyó poco antes de morir en 1986. No obstante pienso que tales enmiendas no pueden haber cambiado esencialmente la primera versión. Es decir, estamos en presencia de una obra construida a partir de emociones vividas por el autor directamente o por las fuentes de las cuales él se ha nutrido y no ha habido suficiente margen de tiempo para sedimentarlas, para distanciar prudentemente la emoción de la reflexión.

---

4 N de R. *Alguna cosita que alivie el sufrir*. Rene Alomá. En español, traducción de Alberto Sarraín. *Teatro Cubano Contemporáneo. Antología.* Centro de documentación teatral del Ministerio de Cultura de España, La Sociedad Estatal Quinto Centenario, y El Fondo de Cultura Económica de México. En inglés *A Little Something to Ease the Pain*, Rodolfo J. Cortina, Editor. *Cuban American Theater* (Houston, Texas: Arte Público Press, 1991). La obra fue estrenada en el St. Lawrence Centre, de Toronto, en 1980. La versión en español fue estrenada por el Teatro Avante de Miami, en 1986, dirigida por Mario Ernesto Sánchez. Las citas que se hacen de esta obra son de la traducción de Sarraín.

5 N de R. *Nadie se va del todo* tuvo tres lecturas dramatizadas. Dos de ellas en Miami, en 1991, dirigidas por Alberto Sarraín. La otra en Nueva York, y dirigida por el autor el mismo año.

Así el plano anecdótico: la visita de un miembro de "la comunidad cubana en el exterior" (eufemismo lingüístico usado por la prensa en Cuba para recalificar a quienes hasta el momento que empezaron a soplar los primeros vientos del "diálogo" habían sido simplemente gusanos, apátridas, vendepatrias, contrarrevolucionarios, o después: escoria) se convierte en una evocación del pasado más literaria que física—en términos dramatúrgicos—pero justificada dentro del esquema de la composición sicológica de los personajes y en un esfuerzo por adelantarnos los puntos de contacto y de separación entre ellos. Así podemos enterarnos del pasado revolucionario de la familia Rabel, su identificación con la causa independentista hasta la lucha frontal contra la tiranía de Batista. Después viene la hecatombe: la familia dividida, los que se van, los que se quedan. Y entonces: el curioso fenómeno de la percepción de la familia como imagen-reflejo del drama nacional, aquí centrado en el conflicto de dos hermanos escritores: Pay, exiliado en Toronto, y Tatín, de quien una sobreprotectora tía dice que "tenía el derecho a quedarse..." porque él si entiende la revolución. Al final Tatín se auto-desenmascara, confiesa su decisión de unirse a su familia en el exilio y precipita un final no por realista menos inesperado y, dramáticamente, muy difícil de disculpar. Pero he ahí donde se puede reconocer la tesis como provocación. El autor, que había viajado a Cuba en los momentos que empezaba a declinar el fugaz esplendor de las relaciones entre las autoridades políticas cubanas y cierto sector del exilio, ¿quería dar un mentís a la posibilidad de un diálogo conducente a la reunificación de la sociedad cubana, o estaba profetizando el efecto boomerang que provocaría la presencia de la "comunidad" en el ordenamiento social de la revolución "invencible" y cuya consecuencia más escandalosa fue la fuga masiva de más de 100,000 cubanos por el puerto de Mariel en 1980? Quizás ya no sabremos nunca con certeza las motivaciones últimas del autor y tengamos que contentarnos con la provocación.

Nadie se va del todo, la obra que Monge Rafuls concluyó apenas seis meses después de su único viaje a la isla tras veintinueve años de ausencia, gira alrededor del mismo asunto pero aquí las pretensiones estéticas tienen más alto vuelo. El autor opta por una estructura "descentrada" que le permite manejar los conceptos de tiempo y espacio a su antojo, haciendo coincidir en el mismo escenario lo que acontece en un apartamento en Nueva York y su contrapartida en una casa en el batey del central Zaza, en Placetas, en diciembre de 1990, haciendo constantes *flashbacks* a sucesos decisivos en el devenir histórico de esta familia. Aquí la escisión ha sido—si no voluntaria— al menos acatada como necesaria por todos. Lula, viuda de un excombatiente del ejército rebelde fusilado por su oposición a Castro, se ve obligada a huir con su pequeño hijo en un bote hacia los Estados Unidos, desde donde regresan veintinueve años después; ella, en un movimiento de reconciliación consigo misma y sus raíces; él, sin conciencia de pertenecer pero intuitivamente apto para el reto. El encuentro de ambos con la familia—los abuelos paternos de él—no es sólo una puerta que se abre al pasado sino la constatación de la atmósfera desoladora que gravita sobre un país enfrentado al espectro de sí mismo y cuya expectativa como proyecto socio-económico ha quedado reducida a un asunto de mera sobrevivencia.

La habilidad conque se subvierte en *Nadie se va del todo* el uso formal del tiempo y el espacio le confiere a la obra una dimensión dramática extraordinaria, pues al obligarnos a seguir el conflicto a manera de un rompecabezas que se arma sobre la escena y cuyas piezas van del presente al pasado y de éste al presente, cambiando constantemente el lugar de la acción y hasta haciéndola discurrir paralelamente en dos sitios a la vez, Monge Rafuls metaforiza la existencia de una memoria colectiva que garantiza la continuidad histórica del pueblo cubano, a contracorriente de pesares, desarraigos, exilios y revoluciones.

El final de este texto dramático no es ni siquiera abierto. No hay final. Los últimos parlamentos que escuchamos de Lula y su hijo indican que el viaje quizás no se realice. Es decir, todo lo que hemos visto en escena puede no haber ocurrido. La clave de su autenticidad no está, entonces, en la especulación artística sino en su capacidad de reflejo de esa memoria colectiva.

Hay en estas obras dos personajes cuya dimensión simbólica es fascinante. Uno es la Cacha de *Alguna cosita que alivie el sufrir* y el otro es el Antonio de *Nadie se va del todo*. La primera, figura matriarcal de los Rabel, que actúa a manera de catalizador de las partes en conflicto, acentuando los elementos que los une y atenuando el rigor de aquello que tiende a su desmembramiento. Ella se aferra a ver la realidad con ojos propios. En algún momento dice:

> (...) conozco mi mundo, ¿y qué me pasa? Que me dan esos espejuelos y de repente no sé qué es qué. Miro hacia la pared y está allí, ¿verdad? Pues después vuelvo a mirar y la tengo encima.(...)

Y más adelante:

> A mí me gusta ver las cosas siempre de la misma manera. Y si tengo que renunciar a ver las letras chiquitas, pues es un pequeño precio que tengo que pagar por mantener mi mundo en perspectiva.

Cuando hacia el final, después de un violento enfrentamiento de sus nietos, parece que su corazón la va a vencer, afirma:

> Yo no me voy a morir, Pay. Al menos, todavía no. Estoy... estoy esperando que todos regresen a esta casa. Tienen que regresar porque yo los estoy esperando.

Yo me pregunto cuánto de Cuba hay en esta Cacha santiaguera. ¿"Esta casa" es la casa de los Rabel, o es la casa de todos nosotros?

Antonio es el enigma de *Nadie se va del todo*. Un hombre encerrado en sí mismo, cuya única vinculación sostenida con el mundo exterior la realiza a través de una vieja caja de zapatos en la que ha guardado celosamente durante años recortes de periódicos con la imagen de los héroes de la revolución. En el no-final de la obra, mientras se escucha el diálogo en Nueva York del que ya habló, Antonio en Cuba—a pesar de la advertencia que una tormenta se avecina—abre la ventana y arroja a la calle el contenido de la caja, primero, y acto seguido la caja misma, mientras mira ensimismado cómo los papeles vuelan por todas partes... ¿Qué ha ocurrido? ¿Cómo explicar su comportamiento? ¿Está negando Antonio la historia que él mismo ha compilado durante tres décadas, o nos está sugiriendo que cada uno debe recoger su papelito—su parte de la historia—y ayudar a construirla nuevamente? Quién sabe. Quizás nosotros estemos contribuyendo a la respuesta.

Es una pena que en una aproximación al fenómeno del reencuentro como tema dramático—en su doble acepción—uno tenga que recurrir a un producto tan pedestre como *Lejanía*, más conocida por la película homónima que por una versión teatral nunca representada[6], de la autoría del polémico Jesús Díaz. Su trama, simplista y esquemática, se centra en la figura de Susana, una madre egoísta que abandonó a su hijo diez años atrás y que ahora regresa con el objetivo de "llenarlo de cosas" y llevárselo a los Estados Unidos. Reynaldo, recuperado de la soledad, del raterismo y del alcohol (no tanto) gracias al amor de la muchacha revolucionaria, dice ¡no! a mamá y en cambio decide marchar al complejo niquelífero de Moa, en ese entonces una especie de Siberia a la cubana y con la cual este autor parecía tener obsesión. La anécdota en sí misma es interesadamente sórdida pues descalifica *a priori* la integridad moral de quien ha faltado a su deber elemental como madre, e históricamente oportunista pues no es difícil encontrar en Cuba por cada Reynaldo abandonado a su suerte por lo menos diez familias que renunciaron a emigrar por razón de sus hijos varones en edad militar o que quedaron literalmente partidas en dos—unos aquí, otros allá—por la misma causa.

Si en algo puede contribuir *Lejanía* a este estudio es por su apego a los estereotipos que ha diseñado la "inteligencia" de la revolución sobre los cubanos que viven fuera de la isla por razones políticas. Uno es el "consumista empedernido", el comunitario de maletas y gangarria que evalúa la vida sólo en términos cuantitativos y tiene por patria el perímetro de un *supermarket*. Otro es el "desarraigado inteligente", papel usualmente asignado a jóvenes universitarios, profesionales, que abandonaron al país obligados por la familia y que son suficientemente lúcidos como para rechazar el modelo de vida de la

---

6 N de R. *Lejanía*. Escrita y dirigida por Jesús Díaz (1985) con Verónica Lynn, Jorge Trinchet, Isabel Santos, Beatriz Valdés, Mónica Guffanti, Mauricio Rentería, Rogelio Blain y Paloma Abraham.

sociedad capitalista e identificar su anhelo de dicha con la revolución. Estos dos modelos, con pequeñísimas variantes, es seguido en obras como *Baño de mar*, de Alejandro Iglesias; *Eran las tres de la tarde*, de Armando Lamas; *El escache o el tiro por la culata*, de Abrahan Rodríguez, o la versión libérrima de Flora Lauten a partir de *El pequeño príncipe*, textos todos que directa o indirectamente abordan el tema del exilio.

Otro rasgo que identifica a estos personajes—estereotipos—es la desesperación extrovertida. Casi todos—incluso la mucho mejor trazada Mayra de *Weekend en Bahía*—a la primera de cambio ya están confesando sus frustraciones, la nostalgia lacerante, el desarraigo, la marihuana, la pérdida de rumbo. Todo lo dicen. Se vuelven de revés como un bolsillo. Pero curiosamente, los personajes no-exiliados, los revolucionarios, son casi mudos, escuchan atentamente las terribles historias del Norte y cuando se les conmina responden con monosílabos, o con un "por favor, dejemos eso" o una insípida y escueta consigna. Un amigo me decía que en la autosuficiencia ideólogica que les asiste esos personajes no necesitan explicarse. Eso puede ser la justificación pero no la respuesta. Esta quizás está en los *Desamparados* de Alberto Pedro, una obra insólita de la escena cubana pos-no-muro de Berlín, en la que en el jardín de un hospital siquiátrico uno de los personajes dice: "En esta ciudad la gente que se aturde siempre se tira al mar". Me cuentan que en La Habana, a teatro lleno, el público aplaudía con peligrosa complicidad la osadía de tamaña frase.

Es una lástima que no pueda referirme aquí a otras obras concebidas en el exilio acerca del tema, tales como *El evangelio según las tres Marías de La Habana*, de Héctor Santiago; *Swallows*, de Manuel Martín, Jr. o *The Lady from Havana*, de Luis Santeiro. Pero el espacio obliga. Ojalá que lo hasta aquí expresado provoque nuevas y más sabias reflexiones y que mañana—mañana a veces no está tan lejos—alguien de los que estamos aquí o de los que están allá pueda escribir la obra del reencuentro definitivo de la sociedad cubana.

Tres dramaturgos en Nueva York[1]

Gabriela Roepke

Este es un estudio del teatro de Manuel Martín Jr., María Irene Fornés y Pedro R. Monge Rafuls, tres dramaturgos cubanos que residen y trabajan en Nueva York. Pero antes de analizar dos obras de cada uno, lo más acertado es tratar de dar un breve panorama de la posición del escritor latinoamericano de hoy.

Alexis de Tocqueville escribió: *"in democratic societies, each citizen is habitually busy with the contemplation of a very petty object, which is himself"*. Este es, sin duda, un rasgo compartido por el escritor no comprometido políticamente el que, si bien, no escribe acerca de sí mismo, busca modelos que lo representen o que se le parezcan porque eso es lo que él conoce y lo que le importa en realidad.

La vida con sus flujos y reflujos, la pequeña burguesía con sus problemas cotidianos y sueños no realizados, la clase baja oprimida por la falta de educación y esperanzas fallidas, o bien, el expatriado imposibilitado de cortar con las raíces hondas de la patria e incapaz de adquirir nuevas (o cuando las adquiere es para copiar las malas costumbres), ésa es la temática del escritor latino. Algunas veces la adapta al instante inmediato que vive su país de origen (es raro, por ejemplo, encontrar un escritor cubano que de una forma u otra no mencione la Revolución o la Cuba de Castro) mientras que en otras pone de relieve los valores imperecederos e inmutables que aprendió en la patria pero que trasladados a la vida norteamericana de hoy se convierten en una realidad doble dentro de la cual sus personajes literarios se encuentran en un callejón sin salida.

De los tres escritores, el único exiliado es Pedro R. Monge Rafuls. Manuel Martín y María Irene Fornés viven en los EE. UU.

---

1 Ponencia presentada como parte del panel de la 13ª. temporada de **OLLANTAY**, "La escritura latina y los géneros literarios", el 7 de abril de 1990. La versión inglesa, traducida por Clydia A. Davenport, apareció en **OLLANTAY Theater Magazine**, Vol. I, No.2, July 1993.

desde muchos años antes de la revolución cubana. Esta es una diferencia significativa pues, aunque su teatro no refleja una amargura particular (sino al contrario), Monge Rafuls es el único que está obligado a vivir fuera de su patria. Los otros dos han elegido vivir aquí y si bien las razones de esta elección pueden ser diferentes, esto cambia su condición de escritores. Tal distinción es importante de hacerla, porque generalmente se considera al latinoamericano en Nueva York un exiliado automático, con todos los problemas de quien dejó su patria por condiciones políticas o económicas, olvidando que existen muchas personas de diferentes países que han elegido libremente vivir en éste donde, evidentemente, las condiciones culturales ofrecen un campo inmenso, las posibilidades de viajar a Europa son fáciles y frecuentes y, siempre que el escritor no se quede dentro del pequeño círculo reducido de sus compatriotas, las posibilidades de reconocimiento están llenas de promesas.

¿Qué tienen en común estos tres dramaturgos? Los tres son cubanos, los tres viven en Nueva York, los tres escriben, se ocupan y aman al teatro por sobre todo.

Manuel Martín Jr. llegó a los Estados Unidos en el año 1953, decidido a ser actor, buscando nuevos horizontes y dejando atrás el pequeño pueblo por el que sus personajes sienten una gran nostalgia. Después de haber estudiado en el Actors Studio con Lee Strasberg, co-fundó hace más de veinte años la compañía DUO Theatre, un teatro off-off Broadway que ha alcanzado prestigio dentro del mundo teatral hispano. Como dramaturgo ha estrenado muchas obras, entre ellas *Rasputin* (1976), *Swallows* (1980), *Union City Thanksgiving* (1982), *Rita and Bessie* (1988) y *Platero y yo* (1989). Manuel Martín, Jr. ha ganado numerosas becas y ha hecho estudios en Roma y Montevideo. Escribe en inglés, al igual que María Irene Fornés.

Fornés vino a los Estados Unidos en el año 1945. Vivió en California, estudió pintura en París, donde residió algunos años. Más tarde, cuando tenía treinta años, comenzó a escribir teatro. Actualmente es director del Playwriting Lab en INTAR[2], donde también dirige obras. Entre sus piezas originales están: *Successful Life of 3* (1965), *Promenade* (1965), *A Vietnamese Wedding* (1967), *Fefu and her*

---

2 N de R. Después de muchos años, este taller dejó de funcionar en 1993.

Friends (1977), *Mud* (1983), *The Conduct of Life* (1985) y *Abingdon Square* (1988).

Pedro R. Monge Rafuls vino a los Estados Unidos huyendo de la Revolución en 1961. Hizo estudios en Colombia, se radicó en Nueva York y desde hace quince años dirige **OLLANTAY Center for the Arts**, en Queens, del cual es también su fundador. Escribe piezas en uno y dos actos, entre las cuales tenemos: *Cristóbal Colón y otros locos* (1986), *Limonada para el Virrey* (1987), "En este apartamento hay fuego todos los días" (1987), "La muerte y otras cositas" (1988), "El instante fugitivo" (1989), "Solidarios"[3] (1990), "*Easy Money*" (1990).

Las diferentes circunstancias de estos tres escritores traen también diferentes recuerdos, sensaciones, vivencias. Pero la patria, Cuba, está ahí, de una forma u otra, en tres estilos literarios completamente opuestos. Martín usa un lenguaje de la vida diaria en obras tradicionales. Monge Rafuls tiene una chispa especial salpicada de términos caribeños. El lenguaje y la actitud de Fornés recuerdan las piezas un tanto desnudas de Ionesco o Adamov. Pinta cuadros con dos o tres palabras y sus símbolos e imágenes son también pictóricas.

MANUEL MARTIN, JR.

Las dos obras que analiza este estudio son diferentes y opuestas. La vida tradicional, sencilla, pero difícil a la vez de una familia cubana que vive en Union City, y el encuentro tempestuoso de dos cantantes de jazz tratando de volver al escenario. Pero en las dos hay cariño por los personajes, hay comprensión por sus problemas, hay tristeza por sus derrotas y ambas terminan con una nota amarga como si la vida fuera una perpetua fiesta de *Thanksgiving*[4], donde no hay mucho por lo que dar las gracias. Para unos es la continuación de una existencia sin esperanzas, para las otras (Bessie y Rita) la muerte es una liberación y una fraternidad.

3   N de R. Por favor ver en este mismo libro: Lillian Manzor-Coats, " '*Who are you, anyways?*': *Gender, Racial and Linguistic Politics in U.S. Cuban Theater*," pp. 23-27.

4   N de R. Se conoce como *Thanksgiving* (el día de acción de gracias) a la fiesta que se celebra cuando los "peregrinos" vencieron algunos obstáculos frente a las inclemencias del invierno y al recibimiento que le hicieron los "indios". La comida tradicional—y familiar—es el pavo. Se celebra el último jueves de noviembre.

En *Union City Thanksgiving* (1982)[5] el tema es la integración difícil del inmigrante cubano a la vida norteamericana. Destaca la importancia de la familia como núcleo, como aporte y como un lazo indestructible. La soledad que se experimenta en una sociedad distinta a la de origen se proyecta como una amenaza, que disminuye solamente cuando los personajes tratan de recapturar un poco del ambiente pasado, un aroma de la patria y cuando se reúnen y pueden defenderse en conjunto ante esta vida diferente que los ataca y los sorprende.

Los días son monótonos, nada cambia, no hay buenas perspectivas de trabajo, la comunicación con los amigos lejanos es escasa, y no hay amigos nuevos. Incluso la música es la misma.

NENITA

(Sings and dances to the music on the radio)
"Let's dance,
the last dance
tonight,
Let's dance..."
Oh, I love Donna Summer
(Sings)
"I need you
I need you..."
Doesn't this music "grab" you?

(NIDIA stops writing for a second, smiles and then continues.)

Before you know it your feet are dancing. All right! I wonder why I am the only one in this family who loves dancing. Don't you get tired of listening to those scratched Cuban oldies?

---

[5] N de R. Esta obra fue estrenada por INTAR en 1983. La versión en español, traducida por Randy Barceló, *Sangivin en Union City*, fue estrenada por DUO Theatre en 1986 y publicada en *Teatro cubano contemporáneo: Antología* (Madrid: Centro de documentación teatral, 1992).

(NIDIA doesn't answer.)

That's what I call Latin nostalgia. I live today with very few memories of the past. It's like a movie. A long strip of celluloid and certain frames are missing. Suddenly the picture jumps. Hey! I want my money back! Am I forgetting? Do I really care? I'm here now, Union City, New Jersey, U.S.A. Do you remember life in Guanajay?

NIDIA

(Laughing in spite of her exasperation)

¡Nenita, chica!

NENITA

Vieja, I'm sorry con excuse me. I remember vaguely, but the few memories I have are connected with boredom. Men drinking at the bar in the corner but keeping an eye on the girls passing by. Oh, God! The heat at two o'clock in the afternoon and the vulgarity of their compliments. (Pause) Well, that was a good peek at the past. Aurelito doesn't want to face reality. He brought an imaginary curtain down to end the Cuban comedy. Do you remember the faces of your favorite friends in school?

NIDIA

(Stops writing)

Do you realize how many times we say "Do you remember" in this house?

NENITA

(Smiles)

It has become as familiar as the Daily News.

NIDIA

(Looking out the window)

I wonder what kind of life is out there.

NENITA

Why don't you go out. Explore. Be curious.

NIDIA

I'm more comfortable with the family, with the "Do you remember" of Union City. I'm getting too old for changes.

Todo es en el pasado: era, fue, había sido, y la frase "¿te acuerdas?" es seguramente la que más se repite. O bien "cuando vivíamos en Cuba", "cuando vivíamos en el pueblo". Los personajes de Martín no dejan a Cuba atrás—la llevan consigo. El hecho que no puedan regresar a la patria, que sus circunstancias políticas y económicas se lo impidan, los llena de tristeza. Para colmo están viviendo en un país diferente, otro idioma, otro tipo de gente, otras relaciones humanas. Nada que ver con la antigua cultura, con los valores, con la vida recordada cuya felicidad es totalmente imposible de recapturar.

CATALINA

Anyone for dessert?

AURELITO

(Looking at NENITA and then at NIDIA)

I'm amazed at the way you have forgotten the values that were so carefully taught to us. Well, I haven't forgotten! I'm willing to go back and die if necessary to regain our rights.

NIDIA

Well, and you are going to find the final solution. The destiny of our race is in your hands.

AURELITO

Not only my hands but the hands of men who think like me!

NENITA

(To AURELITO)

Now I've heard everything!

CATALINA

Who wants coffee with the flan?

NIDIA

(To AURELITO)

Do you know what's wrong with you? You are a pathetic man who believes he can recapture a glorious and heroic past in an imaginary island that never existed in the first place. Don't you realize the revolution took place in 1959 and that nothing is the same and will not be the same anymore? Don't you understand?

AURELITO

I may not understand many things but one thing I do understand is that you are very comfortable in this society and your escapades with Sara every Saturday.

CATALINA

(TO AURELITO)

What are you talking about?

SARA

(To CATALINA)

You know Aurelito is a little tipsy.

(To AURELITO)

Aren't you Aurelito?

AURELITO

I may have had a few beers but I know perfectly well what I'm saying.

SARA

Well, they say that certain people take refuge in alcohol and use it as an excuse for their nastiness towards other people.

El *Thanskgiving* se ha vuelto amargo: hay discusiones, recriminaciones, secretos que se revelan bajo la influencia del alcohol. Pero la pregunta que flota parece ser una sola: ¿Por qué hay que dar las gracias? ¿y para qué? O tal vez: ¿Qué es mejor, la vida difícil de la dictadura, pero en el suelo propio o esta vida prestada que resulta tan difícil de entender?

El final es triste. Incluso el enfermo mental no puede gozar de unos momentos de alegría. Y todos sabemos que mañana va a ser igual.

CATALINA

Don't worry. He is probably going to bed.

NENITA

(To NIDIA)

He hasn't eaten very much, has he? I don't think I can finish my turkey either.

ALEIDA

(Gets up and stands behind AURELITO)

No one ate. No one said grace. When my husband and I arrived in Cuba in 1917, our hearts were bursting with dreams. We rented a little house and the first thing my husband did was to plant a grapevine in a small flower bed in our backyard.

(To AURELITO after a brief pause)

Can you imagine? A grapevine in the tropic.

(Smiles)

The grapes turned out to be sour, but we ate them with infinite delight and pretended they were as sweet as the ones we left in Spain.

NIDIA

Nobody tasted the flan.

                    NENITA

Or my cake.

                    AURELITO

The coffee is already cold.

(TONY appears at the door carrying a small suitcase. He walks towards NIDIA and stands beside her.)

                    TONY

Nidia, take me back to the hospital.

CURTAIN. THE END.

Rita y Bessie[6], estrenada por DUO Theatre en 1988, es un acto largo con música, sobre la historia paralela de dos cantantes, una americana y la otra cubana, una cantante de jazz y la otra cantante de música lírica y popular. Dos personajes que realmente existieron y han dejado fama detrás de ellas. Aquí, Martín nos da un relato ficticio del encuentro de ambas en la oficina de un agente de artistas, donde las dos esperan conseguir trabajo. El pasado, el pasado glorioso, la carrera artística, la vida con sus altos y bajos, respetabilidad, juventud, asuntos amorosos, sueños deshechos contra una realidad hostil. Todos estos temas están presentes en el duelo verbal de Rita y Bessie. Por sobre todo, el problema racial. Rita, mulata mirada en menos en Cuba. Bessie, negra humillada en los Estados Unidos muchos antes del *Civil Rights Movement*. Y luego, la crueldad, la soledad, la angustia, los triunfos verdaderos o imaginados, revividos o inventados. ¿Qué han sido Bessie y Rita? El símbolo del artista incomprendido, viviendo en una época que no le corresponde y luchando a diario por ese contrato elusivo que no se firmará nunca.

También los personajes viven en el pasado: "Un día... Fue... Hice... Sucedió de esa manera... Así fue mi vida, mi pasado, mi

---

6   N de R. Por favor, para otra perspectiva de esta obra, ver el ensayo de Lillian Manzor-Coats en este mismo libro, "'Who are you, anyways?': Gender, Racial and Linguistic Politics in U.S. Cuban Theater," pp. 18-23.

juventud". Y páginas más adelante: "Fue amada, aclamada, feliz, rica, famosa, etc., etc".

La oficina del agente, en *Rita y Bessie*, es simplemente la vida al final de la cual el único contrato que se firma es con la muerte, que las convierte en hermanas y las libera.

BESSIE

Dead!

(Pause)

I think it's true. We are...

RITA

Oh no! We've got to get out of here.

BESSIE

It's a long way down, sister.

RITA

And there is only darkness waiting for us.

BESSIE

It doesn't matter. Together we'll find a way out.

(Begins to sing "Sometimes I Feel like a Motherless Child." After a few bars BESSIE is joined by RITA. The two women now sing and harmonize together to the end of the song.)

RITA

(Extends her hand to BESSIE)

Hold my hand. We're going to get out of here.

BESSIE

Do you think we can?

RITA

(As she leads BESSIE towards the door)

Hold on, sister. We are bursting the gates of heaven!

(A torrent of light shines through the door bathing RITA and BESSIE who are finally set free.)

CURTAIN. THE END.

MARIA IRENE FORNES

The Conduct of Life[7] tiene cinco personajes, de los cuales cuatro son importantes: El marido, hombre fuerte; la esposa sumisa; la sirvienta mecánica; la niña (¿prostituta?) violada.

En la primera escena, el hombre se presenta a sí mismo:

ORLANDO

Thirty-three and I'm still a lieutenant. In two years I'll receive a promotion or I'll leave the military. I promise I will not spend time feeling sorry for myself. Instead I will study the situation and draw an effective plan of action...

El hombre se habla a sí mismo. No le habla a su público, no le habla a nadie. Simplemente se define porque en su falta de relación con los demás nadie lo va a definir ni con palabras, gestos o acciones como sucede en el drama tradicional.

Por su parte, la esposa vive con sus problemas:

LETICIA

He told me that he didn't love me, and that his sole relationship to me was simply a marital one. What he means is that I am to keep this house, and he is to provide for it.

---

[7] N de R. Esta obra fue estrenada en el *Theater for the New City*, en Nueva York, el 21 de febrero de 1985, dirigida por la autora. La pieza fue publicada en *María Irene Fornés. Plays*, con un prefacio de Susan Sontag (NYC: PAJ Publications, 1986).

La esposa no llega más allá (todavía ama a su marido) y no puede llegar más allá. La barrera entre los dos es insuperable; más aún, ella es un obstáculo para su ambición de poder.

La sirvienta, Olimpia, se define no como un ser humano, sino en su calidad inferior:

OLIMPIA

I wake up at five-thirty. I wash. I put on my clothes and I make my bed. I go to the kitchen. I get the milk and the bread from outside and I put them on the counter. I open the ice box. I put one bottle in and take the butter out. I leave the other bottle on the counter. I shut the refrigerator door. I take the pan that I use for water and put water in it...

Y así, un largo monólogo donde las cosas más triviales, más insignificantes, pasan a ser parte de la rutina de cada día. Cuatro veces en medio de esto, grita: *"breakfast"*. Y cuando todo este ritual ha terminado, entonces: *"then, I start the day"*. ¿Quiere Fornés llamarnos la atención sobre las vidas humildes, perdidas, gastadas por años en gestos que sólo debían tomar unos minutos? ¿Está hablando de la importancia, de la relevancia de esos años que pasan tan rápidos y de la pérdida que significa dedicarlos a gritar *"breakfast"*? La sirvienta desciende directamente de aquella tradición donde la diferencia de clases es muy importante, donde la cocina y el salón parece que no estuvieran en la misma casa. Ya lo dicen dos personajes de las óperas de Mozart (Despina en *Cosí fan tutte* y Leporello en *Don Giovanni*) "porque hay que servir cuando uno querría ser el patrón". Pero Olimpia no hace preguntas. No sabe hacerlas. Lo único que pide es que la dueña de casa no interrumpa su trabajo y que le disponga el almuerzo en forma clara y rápida.

El otro hombre de la pieza, el amigo de la casa, escucha y simpatiza con los problemas que se le confían, pero no ayuda.

La niña habla muy poco, gime, es sometida al rito sexual contra su voluntad, y descubre un juego peligroso, el del hombre excitado por su carne apenas núbil, que va a herirla y lastimarla.

La obra ocurre "en un país latinoamericano, en el presente". ¿Qué quiere decir Fornés con todo esto? ¿Está hablando de países donde el tirano y el torturador son esposos y jefes de familia, donde el poder de las armas se manifiesta en la intimidad? ¿Donde la esposa (diez años mayor que el marido y un obstáculo para sus planes) es la eterna mujer, siglo tras siglo, con una obediencia ciega, un amor al marido que él no corresponde, lo que no importa, puesto que él por ser hombre está en un plano decididamente superior? ¿Cuál es la conducta que debe tenerse en la vida? Fornés parece decir que no existe una conducta para todos y que estamos divididos entre tiranos y oprimidos, verdugos y víctimas y que no hay más remedio que aceptarlo. Tal vez esa sea la significación de la niña, doce años apenas, pero ya violentada cuando todavía no es una mujer, pero que ya se ha convertido en víctima con un futuro sin escapatoria. Es acaso esto un retrato del país violado por un tirano, y si así fuera, ¿qué país? ¿Y por qué latinoamericano, por qué no Africa, o Asia, o los Estados Unidos? Todas preguntas sin respuestas que la obra no clarifica ni pretende contestar.

Mud[8] tiene tres personajes que, como el nombre de la pieza indica, viven en el barro, real y figurado. Hay pobreza y pobreza, hay la pobreza digna del que lucha por salir de ella, por hacer algo de su vida (Mae) y hay la pobreza asquerosa del mal olor, de la ignorancia total, del ser que si es un hombre con alma, lo disimula entre el fango y la suciedad. Estos son Lloyd y Henry. Lloyd, en la primera escena se describe a sí mismo:

LLOYD

I'm Lloyd, I have two pigs. My mother died. I was seven. My father left. He is dead...

Esto nos demuestra que sabe contar hasta siete. Descripción del personaje: "Lloyd, sucio y sin afeitarse. Tiene fiebre. Es torpe y no coordina sus movimientos. Le faltan algunos dientes. Tiene poco más de veinte años".

Mae, desgreñada, está planchando. La tabla de planchar es parte de

---

[8] N de R. *Mud* se estrenó en el 6th *Padua Hills Festival* de Claremont, California en julio de 1983. La última versión se presentó en el *Theater for the New City*, en Nueva York, el 10 de noviembre de 1983. Ambas producciones fueron dirigidas por la autora. *Mud* apareció publicada en *María Irene Fornés. Plays* (N.Y.: PAJ Publications, 1986).

su vida. Henry apenas sabe leer. Viven en el campo, área rural, lejos del mundo. La única que tiene aspiraciones es Mae: va al colegio, aprende y lee. En el fondo, sin embargo, se siente condenada. Su ambición es morir en forma limpia:

>   MAE
> (To LLOYD)
> ...*You're a pig. You'll die like a pig in the mud. You'll rot there in the mud. No one will bury you...*

Y luego:

> *I'm going to die in a hospital. In white sheets. Clean feet. Injections. That's how I'm going to die. I'm going to die clean. I'm going to school and I'm learning things.*

La frase corta, incisiva de Fornés no se presta al diálogo. Todos los personajes afirman algo que no tiene respuesta o monologan. El diálogo no existe, la conversación menos. Para conversar, para cambiar ideas hay que ser civilizado, hay que amar las palabras, hay que saborear el lenguaje. Esta gente que sólo sabe *"four-letter"* palabras y las repiten hasta el cansancio son subhumanos. Sin embargo, la metáfora que Mae usa para describirse tiene cierta belleza: La estrella del mar.

>   MAE
> *Like the starfish. I live in the dark and my eyes see only a faint light. It is faint and yet it consumes me. I long for it. I thirst for it. I would die for it.*

La estrella de mar es simplemente una ilusión romántica de los poetas. En realidad es menos que un pez, y se alimenta de peces muertos. En ese sentido limpia el agua. ¿Es la pobre Mae, que quiere aprender, que quiere seguir la luz de la superficie y no continuar en perpetua obscuridad, una estrella de mar? Pero cuando finalmente deja la tabla de planchar, símbolo de la mujer subyugada, y quiere irse, la matan. Como la estrella de mar, ha vivido en tinieblas, y buscar la luz que percibe de lejos le cuesta la vida.

Leyendo ambas obras uno se pregunta cuál es el tema, o si hay un tema. Las piezas son confusas, los cuadros (o escenas) muy cortas. *Mud* tiene diecisiete, *The Conduct of Life*, diecinueve. Vignettes que dejan al espectador con una sensación cinematográfica, o pictórica, puesto que ambos son claras influencias en Fornés, pero que no logran adentrarse en las obras ni identificarse con los personajes. Recordando las ideas teatrales de Brecht, Fornés hace mantener al lector o al espectador al margen de lo que ocurre y lo obliga a convivir con especímenes subhumanos que en la vida diaria daría cualquier cosa por evitar. Se ha dicho que las piezas de Fornés son divertidas, que nunca caen en la vulgaridad. Si *The Conduct of Life* es divertida tal vez lo sea como un eco de *Endgame* de Samuel Beckett cuando uno de los personajes dice: "No hay nada más divertido que la desgracia". En cuanto a la vulgaridad, es producto de la clase social, o mejor dicho, el escalón a nivel casi animal que nos presenta en *Mud*.

PEDRO R. MONGE RAFULS

Es uno de los pocos escritores latinoamericanos, que viven y trabajan en Nueva York, que posee un alto sentido del humor comparable al humor de Neil Simon. Si él personalmente siente la nostalgia de su patria, aquí voy a analizar unos personajes universales que él ha creado, que o bien viven en el pasado (la España de los Reyes Católicos, el Perú de los Virreyes, o el Fausto alemán) o que si viven circunstancias actuales y se pasean por Manhattan o el Bronx no parecen llevar a cuestas el fardo pesado del exiliado político. La comedia, y en cierto modo la farsa, quizás como la comedia norteamericana, es el medio del que se sirve Monge Rafuls al escribir estas obras. Los problemas de la vida los ve y los trata a través del humor. Los personajes son graciosos, a veces grotescos, donde los temas más serios se disfrazan con una facilidad de diálogo y una chispa que suena verdadera y natural. La mezcla de lo cómico y lo serio ha existido siempre en el teatro. Shakespeare, Calderón y Tirso la usan en la mayoría de sus obras. Porque es un hecho que el hombre más trágico está al borde del ridículo como en las piezas de Ionesco y Beckett, la línea entre tragedia y farsa, entre drama y comedia es a menudo una muy difícil de diferenciar. Monge usa la frivolidad en el tema serio. Ya lo dijo Oscar Wilde: "sólo los frívolos no pueden tolerar la frivolidad" y subtituló *La importancia de llamarse Ernesto* "una comedia frívola para gente seria".

Los títulos de Pedro Monge son también llamativos y decidores: *Cristóbal Colón y otros locos, Limonada para el Virrey*, "La muerte y otras cositas", "En este apartamento hay fuego todos los días", etc. ¿Está sugiriendo que Cristóbal Colón y "otros" estaban locos? ¿o que la muerte es una "cosita"? Monge mira en forma irreverente, pero divertida, todo aquello que es considerado "serio" en la versión oficial que nos da la historia o la filosofía.

En *Cristóbal Colón y otros locos*,[9] obra en dos actos, presenciamos la llegada del Gran Almirante a España, su encuentro con los Reyes Católicos, y el asombro que producen los extraños ejemplares que ha traído de lejanos países, los que Monge Rafuls llama indoamericanos. La escena es graciosa, compuesta por personajes verdaderos tales como el Rey y la Reina, los hermanos Pinzón y otros inventados: doña Godofreda, el Cardenal. Monge Rafuls no vacila en satirizar la situación y sacar partido del lado étnico de aquel encuentro, y pese que en los últimos años pocos se atreven a hacer un chiste a costa de las razas, las opiniones de esos personajes, confrontados con esos seres de piel oscura vestidos con plumas, es muy posible que corresponda a la realidad. Una realidad que, por supuesto, no figura en los manuales de la historia. Esta escena, vista por un humorista, con juego de palabras acerca de Juana La Loca (que en esos años todavía no lo era), o de los hermanos Pinzón tratando de hacerse agradables a los poderosos reyes, de Colón al que no dejan expresarse, de los indios asombrados de la corte y la corte asombrada de los indios, es una muy humorística en la pieza.

> COLON hace una gran reverencia a los reyes y se para orgullosamente; lo mismo hacen los PINZON y se colocan a cada lado de COLON. Todos esperan lo mismo de los

---

[9] N de R. Esta comedia tuvo su primera lectura dramatizada el 13 de marzo de 1983 en **OLLANTAY Center for the Arts**, dirigida por el autor.

INDOAMERICANOS que no se mueven. Rápidamente los PINZON los halan por los brazos y los colocan a sus lados. Hecho esto los hermanos se avergüenzan y tratan de disculparse con sonrisas estúpidas. Los INDOAMERICANOS no se han enterado de la trascendencia de su actitud frente a los REYES. Se mantienen erguidos, inocentemente orgullosos.

REINA
(Por los INDOAMERICANOS)
¡Oh! ¡Qué lindos!, si parecen de verdad, ¿muerden?

BARONESA
¿Qué son?

DOÑA GODOFREDA
Deben ser caballos del Nuevo Mundo.

REINA
Este.. yo diría que son avestruces.

COLON
No, mi señora... son...

REINA
Por favor, Fernando, tenéis que decirle a Don Cristóbal que se los regale a la Infanta Doña Juana para que juegue con ellos.

DOÑA GODOFREDA
Ayer rompió su última muñeca de trapo.

BARONESA
¡Pobre niña! Da lástima verla.

DOÑA GODOFREDA
Estos avestruces serán un magnífico regalo para ella.

####### COLON
No son avestruces, son...

####### REY
A su debido tiempo decidiremos qué cosa son.

####### CARDENAL
También debemos decidir si tienen alma.

####### REINA
*Eminencia, os suplico, convenced a Don Fernando...
y a Don Cristóbal...¡son tan bonitos!*

(Los INDOAMERICANOS tosen orgullosos.)

####### PINZON I
Ustedes no saben lo que es caer en manos de Juana La Loca.

####### REINA
¿Qué habéis dicho?

####### PINZON I
Decía que sería un honor estar al servicio de Doña Juana La Moza.

####### REY
¡Ah!

"La muerte y otras cositas"[10], obra en un acto, nos recuerda las piezas negras de Ghelderode. El cadáver del abuelo, presente durante una fiesta, nos hace reflexionar sobre una juventud egoísta para quien la muerte de un miembro de la familia pocas horas antes de una fiesta de cumpleaños es un impedimento molesto, una frustración de planes, no una desgracia. En esta obra Monge Rafuls presenta una

---

10 N de R. Esta comedia de humor negro tuvo una lectura dramatizada en DUO Theatre el 28 de junio de 1988.

juventud caprichosa y obstinada donde el respeto, y tal vez el afecto, han ido disminuyendo casi hasta desaparecer. La escena entre la madre (Mercedes) y su hija (Inés) nos hace ver claro el problema:

INES

¿Qué? No puede ser. ¡Ay no! qué desgracia. ¿Cómo se le ocurre morirse hoy?

MERCEDES

¡Pobrecito!

INES

Siempre deseando llamar la atención. Hoy, en mi día especial. Debí imaginármelo.

MERCEDES

¿No te das cuenta de la situación?

INES

(Entre incrédula y furiosa.)
La que no se da cuenta de la situación eres tú.
(Mira a su reloj pulsera)
La fiesta comienza a las 7.
(Enseñándole el reloj que MERCEDES no mira.)
¡Mira la hora que es! No hay tiempo para nada...

MERCEDES

No hables de fiesta ahora.

INES

Ay, no puedo creerlo. Díme que no es verdad.
(Se acerca a DON EFRAIN y lo empuja. El se tambalea sin vida.)
¿Por qué te antojaste de morirte hoy? ¿No te das cuenta de tu egoísmo?

MERCEDES

Inés, no le faltes el respeto a tu abuelo.

INES

Ay, ya él está muerto. No se da cuenta si se le falta el respeto o no.

MERCEDES

Su memoria.

INES

Ay, no dramatices.

(Pausa. Reflexionando.)

Mejor tranquilicémonos y vamos a analizar la situación.

MERCEDES

No hay mucho que analizar. Estamos de luto y...

INES

¿De luto? (Rápida.) *No mi hija. Aquí no estamos de luto, ni de niño muerto.* (Recuerda la situación.) *Ni de viejo muerto. Estamos de fiesta y nada lo va a impedir.*

MERCEDES

¡Inecita!

INES

¿Inecita qué?

MERCEDES

Se celebrará el año que viene, los dulces 16 como hacen los americanos.

INES

Nada de 16. Yo no soy gringa. Todas mis amigas han celebrado sus 15.

MERCEDES

Cuando no se puede, no se puede.

INES

Se van a reír de mí. Imagínate a Cuqui. (Remedando.) *"Ay, qué pena, se murió tu abuelito; qué desgracia, el día de tus 15 y pensar que ya no los podrás celebrar. Las muchachas dicen que es por motivos económicos y que..." ¿Y Jochi? Con lo estúpido que es.* (Rápida.) *No ni amor. Mis 15 se celebran hoy.*

MERCEDES

Eso sería un sacrilegio, una falta de moral, de respeto a la gente.

INES

Ay, déjate de falsos escrúpulos.

MERCEDES

Se hará como debe ser.

INES

En mi fiesta decido yo.

Esta pieza recuerda un episodio de la novela chilena del siglo pasado, *Los trasplantados* de Alberto Blest Gana, donde una familia se ha trasladado desde Chile a París donde tratan de asimilarse a las costumbres y abrirse paso en la alta sociedad. La menor de tres hermanas, empujada y obligada a un matrimonio sin amor pero ventajoso, se suicida en su noche de bodas. El telegrama, anunciando su muerte, llega justo cuando las otras hermanas van saliendo para el baile del año. ¿Qué hacer? Ellas quieren a su hermana, pero la tentación del baile es irresistible y vuelven a cerrar el telegrama y van al baile. La pena quedará para mañana, cuando de vuelta "descubran" que su hermana menor ha fallecido.

En la obra de Monge Rafuls, una familia hispana que vive en Nueva York, hay otro punto de importancia: la inseguridad del transplantado que quiere crear nuevas raíces, sin dejar atrás completamente los valores morales y familiares aprendidos en la patria. Por una parte la rebeldía de los hijos ante la autoridad de los padres; por otra parte el miedo de los padres (la madre sobre todo) a perder el afecto de los hijos al ser demasiado exigentes. En el pasado, los lazos familiares eran extremadamente fuertes; en el presente se han desintegrado y el/la hijo(a) se encuentra, frecuentemente, entregado(a) a sus propios recursos morales que en esta generación de Narciso, donde la única ley es el "yo", han terminado por evaporarse dejando un vacío no fácil de llenar. "Por qué te antojaste de morirte *hoy?* ¿No te das cuenta de tu egoísmo?" Y la pena quedará para mañana. Pero Monge castiga a Inés haciéndola perder la supuesta herencia que ella espera ansiosamente a pesar de su dureza de corazón y a pesar de la falta de respeto a su madre.

En "El instante fugitivo"[11] Monge va a la leyenda de Fausto, la moderniza y la trae al día de hoy. Fausto es el hombre actual, con poder, riqueza y dominio, pero aburrido:

> *No soy más que un hombre frustrado, he vivido siglos, he adquirido todos los conocimientos, he experimentado todos los placeres que un hombre ha podido soñar y nadie me ha despertado una pasión, sólo Margarita, mi único y primer amor...*

¿Cuando vendrá el instante perfecto, el que espera desde hace siglos, el que debe decidir quién ganará la apuesta por su alma, Dios o el diablo? El instante, que permanecerá para siempre, que según el poeta Goethe (a quien Monge Rafuls cita con frecuencia) es el único que lo puede salvar. Monge encarna ese instante en el amor paternal descubierto cuando no se esperaba y tan fuerte que puede derrotar al demonio.

Margarita es una joven moderna cuyo periódico la envía a entrevistar a un hombre misterioso que vive recluído. Desde el comienzo ella declara que es "una romántica" y que su misión es encontrar un

---

[11] N de R. Estrenada en el DUO Theatre como parte de las celebraciones de su XX aniversario, el 15 de junio de 1989, dirigida por Delfor Peralta.

hombre que viene buscando desde hace años. Frente a Fausto, no está muy segura de quién es él:

JOVEN

Entonces, ¿Ud. quién es?

FAUSTO

El Dr. Fausto. Ud. lo sabe.

JOVEN

¿Ud. es el famoso personaje alemán?

FAUSTO

(Orgulloso.)

Sí.

JOVEN

¿El personaje de la obra de teatro?

FAUSTO

Yo soy el original. (Vanidoso.) *El personaje de teatro está inspirado en mí.* (Notando algo sospechoso.) *No la he visto anotar. Sigo sin saber quien es Ud. ¿Es una trampa de Mefistófeles? Le aseguro que no se saldrá con la suya.*

JOVEN

(Sin prestar atención)

Déme un momento, un solo momento para poner mis pensamientos en orden y estar segura que... (Visiblemente alegre) *¡Al fin! Fue más fácil de lo que sospeché.*

(La JOVEN se desmaya. No cae al suelo por la acción rápida del DR. FAUSTO que la sostiene y acomoda en un sofá. Comienza a reanimarla.)

JOVEN

(Reanimándose.)
Increíble pero cierto.

FAUSTO

(Confuso por primera vez.)
Realmente que lo siento. No debí...además, nunca se lo había confesado a nadie.

JOVEN

La sangre llama.

FAUSTO

No vaya a propasarse.

JOVEN

Lo increíble no es que seas el Dr. Fausto sino que al fin te pude encontrar, abuelito.

FAUSTO

Me parece que el que se va a desmayar ahora soy yo. ¿Abuelito?

Y Fausto salvado por el amor hacia su "nieta" descubre que el bien y el amor no vienen desde afuera, sino que son proyecciones interiores del ser humano. Y por fin, después de siglos, puede descansar.

La obra es amena, rápida, se mueve con agilidad y nos presenta tres retratos interesantes: Fausto, la nueva Margarita y el Demonio, desposeído de su poder, disminuido, como si el mundo de hoy ya no lo necesitara.

Tres dramaturgos dedicados a servir al teatro. Tres estilos muy diferentes, tres lenguajes y temas opuestos. Pero en el teatro todo es necesario: la pieza tradicional, la farsa picaresca, el drama realista y el experimento y la búsqueda.

Y desde esos puntos de vista, Martín, Fornés y Monge Rafuls cumplen una misión importante y satisfactoria.

Características del teatro frente a otros géneros literarios en el exilio

Héctor Santiago

> *Como este encuentro está dedicado a los que ya no están físicamente[1], quiero dedicar mi ponencia a dos artistas y a un grupo. El primero es el dramaturgo Fermín Borges, pionero y defensor del teatro cubano en la década de los '40 y los '50, y en 1959 el primer director del Departamento de Teatro del Teatro Nacional de Cuba. Fermín fundó el seminario de dramaturgia, del cual han surgido muchos dramaturgos importantes. El segundo es Néstor Almendros, un gran creador y un batallador por dar a conocer la realidad del holocausto cubano.*
>
> *El grupo son todos nuestros creadores que han muerto de Sida, rodeados del bochornoso silencio de nuestra comunidad. Porque después de Reinaldo Arenas, Carlos Alfonso, Néstor Almendros, Pepe Carril y otros, el Sida es también un problema cubano. Y para los que resistan los embates del exilio y les sea concedido el regreso, deben saber que allá los estarán esperando cientos de cubanos marcados con la cruz del virus.*

Voy a tratar de contestar una de las preguntas más significativas de entre las muchas en las que estamos enfrascados[2], la pregunta que mejor ilustra la situación del teatro cubano en el exilio: ¿Qué posición ocupa éste frente a los otros géneros? Todos conocemos las obras de Cabrera Infante, Reinaldo Arenas, Heberto Padilla y Severo Sarduy. Pero cuántos conocen ciertas obras de nuestro teatro que están a la altura de la creación de los autores mencionados. El teatro es la manifestación menos conocida, apreciada y difundida de nuestras letras en el exilio. Lo evidencia el total o parcial desconocimiento que existe en torno a él.

---

1 "Literatura cubana: En torno al escritor exiliado" tuvo lugar durante todo un día el 9 de mayo de 1992 y fue dedicado a la poetisa María Elena Cruz Varela y a la memoria de todos los escritores cubanos muertos en el exilio desde 1959.

2 N de R. Se refiere a las preguntas que se le sugirieron a los participantes del panel "Desarrollo de la literatura cubana en el exilio (Por géneros)" como parte de "Literatura Cubana: en torno al escritor exiliado". Las preguntas fueron: Poesía, narrativa y/o teatro en el exilio: ¿cuál género está más desarrollado? ¿presenta diferencias al compararlo con los demás géneros? ¿cuáles? Mariel: ¿influyó en nuestra literatura del exilio? ¿Cómo? La crítica. El feminismo. La Beca Cintas. ¿Cómo influye el idioma? ¿Están el escritor y el pueblo en contacto?

Las corrientes que podemos identificar dentro de nuestro teatro están determinadas por las distintas características de sus creadores: edad, situación social, experiencia en la Cuba republicana o comunista, vivencias dentro del exilio y actitudes políticas. Por razones de tiempo no podemos realizar un profundo trabajo crítico como el tema requiere, ni incluir en él todos los nombres, solamente mencionaremos brevemente estas corrientes, descubriendo así su vastedad. La mayoría de nuestros dramaturgos incursionan en algunas o todas las corrientes, mientras otros muestran especial interés por alguna en especial. Lo primero que debo afirmar con total certeza es que sí existe un teatro cubano en el exilio.

En la primera corriente se encuentran dos tendencias: La primera, que calificaré de cultivadores del teatro republicano, tiende a crear un teatro realista, convencional, que indaga precisamente en el pasado republicano. Un teatro que realiza una revisión crítica, apuntando los viejos errores causantes del presente y ataca ciertas instituciones como la familia o aquéllas que han devenido en mitos dentro del exilio. Dentro de esta tendencia cabe destacar, entre otras, las obras *La sal de los muertos* de Matías Montes Huidobro y *Juego de damas* de Julio Matas. En esta tendencia hay una variante, la que utiliza el pasado republicano y el presente comunista para establecer paralelos de valores perdidos. Aspectos positivos y negativos del pasado se suelen enfrentar a la realidad comunista que se ataca con igual o más energía, presentándose nuestros valores, la cultura, las costumbres, la familia y la nacionalidad misma que el comunismo destruyó totalmente. Esto se nos muestra por la interacción entre la familia y la política. En estas obras esos elementos críticos pueden quedar en un segundo plano debido a la idealización y nostalgia que poseen, la destreza con que se utiliza el lenguaje vernáculo, costumbres y personajes populares y su comicidad, quedando como un vívido testimonio de un estilo de vida ya desaparecido. Esto, al margen de sus méritos literarios, las convierte en material sociológico al plasmar un mundo de un gran valor testimonial para ser analizado por las nuevas generaciones en la isla y en la Florida.

Estas obras fluctúan entre un marcado pesimismo, un derrotismo ácido, un lamento por el mundo que se perdió y una visión esperanzadora y feliz, donde todos los elementos antagónicos son resueltos gracias a la vigencia de los valores morales, la fuerza de la cultura nacional y el espíritu único y combativo de nuestra nacionalidad.

La segunda tendencia de este grupo se dedica a plasmar el fenómeno de la transculturación utilizando una mezcla de farsa, comicidad, humor negro, sensiblería ridícula, tragedia y personajes altamente patéticos. En algunas de estas obras es evidente el deseo de reforzar la positiva estructura familiar frente al pragmatismo de la sociedad americana, nuestra personalidad abierta frente al extremado individualismo americano. En otras se ridiculizan los aspectos negativos de la familia criticando lo peor de ambas culturas. Estas obras tratan de establecer un balance asimilable para la generación de los descendientes de cubanos nacidos fuera de la isla, cuyos intereses están en los EE. UU. Este cubano no plantea la necesidad de regresar a vivir en la tierra de sus abuelos. Para él todo eso no pasa de ser una referencia nostálgica mantenida viva en el ambiente familiar. Esta situación lo convierte en un personaje en lucha constante contra la cubanización y en choque con el estilo de vida prevaleciente y el abismo creado por el uso del inglés y el español bajo el mismo techo. Comúnmente, por lo cómico de la situación, este transculturado es ridiculizado por su *americanización* y por volverle la espalda a sus raíces y el cual—en el marco de un apropiado final feliz—siempre termina por aceptar estos valores y reintegrarse a su cultura, como podemos ver en *Nuestra señora de la tortilla* de Luis Santeiro.

Otras obras centran su burla en las primeras generaciones, desgarradas entre el pasado nostálgico y el presente del exilio, en un mundo que no comprenden y en el cual se niegan a ser asimiladas. Estos seres patéticos, tratados melodramáticamente, sirven para denunciar la permanencia en el ghetto, la nostalgia que les impide el desarrollo y la idealización de un pasado que nunca fue como lo presentan o las cosas que ocultan para hacerlo un mito. En todas estas obras se le hace también una crítica, velada o abierta, a la sociedad americana por las tensiones y discriminaciones a las que somete al exiliado, obras tales como *El super* de Iván Acosta, *Union City Thanksgiving* de Manuel Martín, Jr., y *Café con leche* de Gloria González.

La segunda corriente está compuesta por inmigrantes cuya vitalidad ha ido aportando novedad y otra visión a un exilio aletargado y prisionero de sus propios mitos. Este grupo divide sus críticas y revisionismo entre el pasado republicano, en el que indaga incisivamente; el presente comunista en el que se centra con vehemencia; y el exilio, al que algunas veces ataca en ciertos aspectos y otras veces defiende o idealiza. La diferencia con el primer grupo reside en su tendencia a las formas experimentales, la novedad creativa, la desgarrada presentación de algunas temáticas y cierta agresividad en sus planteamientos. Ellos también evalúan nuestro acontecer histórico utilizando a la familia como un microcosmos que muestra los mecanismos del macrocosmos del exilio. Las piezas de carácter más realista suelen ser muy dramáticas, críticas, herederas de *Aire frío* de Virgilio Piñera—nuestro primer dramaturgo en cuestionar exitosamente la familia y los mitos nacionales. Dentro de estas obras podemos mencionar *Exilio* de Matías Montes Huidobro, *Recuerdos de familia* de Raúl de Cárdenas y *Las hetairas habaneras* de José Corrales y Manuel Pereiras y otras obras que, sin aludir a la realidad cubana, la encaran en un plano más universal, refiriéndose al uso del poder, la dictadura, la persecusión intelectual, como en *Diálogo de Poeta y Máximo* de Julio Matas, *Los perros jíbaros* de Jorge Valls y *Madame Camille: escuela de danza* de mi autoría, y ya situadas en la desgarrada denuncia al comunismo están *Persecusión* de Reinaldo Arenas, *Resurrección en abril* de Mario Martín y *Los naranjos azules de Biscayne Boulevard* de Fermín Borges.

En estas obras está ausente el estilo épico o el gran mural histórico. Estos autores prefieren el marco más íntimo del mundo familiar, quizás por los costos de un teatro masivo o quizás por el desdén hacia un género convertido en instrumento ideológico del comunismo. Aunque en el exilio no carecemos de algunas obras históricas o de referencias históricas como la producción patriótico-mambisa de Sánchez Boudy, *José Martí, aquí presente* de Mario Martín y *Un cubano de importancia* de Raúl de Cárdenas.

A la tercera corriente pertenecen miembros de los otros grupos y tendencias, pues en el desarrollo del dramaturgo, éste ha ido pasando de uno a otro extremo, siempre en su deseo de mantenerse a tono con la realidad nacional. Este tipo de obras es el resultado de la inmigración del Mariel y los viajes de la Comunidad[3] que aportaron una nueva vertiente que ha cobrado más vigencia ahora con la inminente desaparición del comunismo isleño. Estas obras están centradas en el momento del regreso, el encuentro, la concordia y la reconciliación familiar. En algunas todavía se mantiene vivo cierto grado de rencor y culpabilidad, mostrando el precio humano que se tuvo que pagar por treinta años de dictadura y la separación del exilio como en *Siempre tuvimos miedo* de Leopoldo Hernández, obra que muestra unos seres destruídos, sin posibilidad de redención. En cambio en *Alguna cosita que alivie el sufrir* de René R. Alomá las recriminaciones y odios iniciales son resueltos por el triunfo de los lazos sanguíneos, el reencuentro con las raíces en un final lleno de esperanzas. Más que una crítica, en muchas de estas obras se tratan de realzar los valores humanos comunes vigentes en ambas orillas del estrecho floridano, la mutua nacionalidad, costumbres e idioma, como un lazo indisoluble por encima de las circunstancias políticas que se relegan, junto con el pasado, a una sombra de fondo, acentuando las cosas en común que no han podido ser destruídas. A estas obras de reconciliación pertenecen *Swallows* de Manuel Martín, Jr. y *Nadie se va del todo* de Pedro R. Monge Rafuls.[4]

A la cuarta corriente, quizás la de más evidente cubanía, pertenece el teatro popular-comercial que se produce en Miami, producto del teatro bufo, de las actualidades nacionales teatralizadas que nos legó el Teatro Alhambra, del vodevil proveniente del Teatro Martí y las carpas populares y de la picardía erótica del teatro Shanghai con títulos como *En el 90 Fidel revienta*[5], *Mi hijo no es lo que parece*, *Mari con*

---

[3] N de R. Estos son los viajes de los cubanos exiliados a la isla, autorizados por los gobiernos de los Estados Unidos y de Cuba. Estos viajes fueron el resultado de un acontecimiento llamado "el diálogo" cuando por primera vez un grupo de cubanos del exilio se sentó en Cuba a "dialogar" con el gobierno de Fidel Castro. Ese "diálogo" produjo la noción de que ya era hora que los cubanos exiliados pudieran visitar su país de origen. Un segundo "diálogo" ocurrió en abril de 1994, aunque parece que: 1) no produjo resultados positivos y 2) la mayoría de los participantes eran simpatizantes del castrismo.

[4] N de R. Por favor ver Juan Carlos Martínez: *El reencuentro: un tema dramatico* en este mismo libro, pp. 63-72.

[5] N de R. Después de 1990 se comenzaron a hacer adaptaciones a la obra, incluyendo acontecimientos políticos diarios en sus respectivas presentaciones y se le cambió el nombre a *En los*

Fidel y *Ponte el vestido que llegó tu marido*. Estas obras presentan el interés filológico de ser un texto con palabras, expresiones y dicharachos que ya no están en uso en la isla y carecen de claves para las nuevas generaciones de ambas orillas. Es un teatro que arrastra ciertos prejuicios de la era republicana que ya no están totalmente vigentes en la isla o en las oleadas de inmigraciones más recientes, como son la burla al homosexual, presentado como un ser afeminado, estúpido y obseso sexual; la mujer, objeto de placer y esclava de sus papeles tradicionales; el machismo, presentando al hombre como centro del mundo familiar y con ilimitadas licencias sexuales; y el racismo, donde se llaman "fosforitos apagados" a los negros.

Este es un teatro sin preocupaciones intelectuales, aunque sí comprometido políticamente, que quiere hacer reír y olvidar por un rato las penas del presente. Pleno de clichés y estereotipos—algunos válidos—alimentando la nostalgia, reflejándonos como somos, como creemos que somos o nos gustaría ser. Pese a algunos aspectos negativos, este teatro mantiene viva una forma teatral ya desaparecida en la isla; utiliza un humor censurado por el comunismo y recrea ciertas constantes culturales que son necesarias para mantener la cohesión de la comunidad y evitar la total desaparición de su identidad nacional como ha sucedido con otras etnias en los Estados Unidos. Y lo más importante: nos enseña a reírnos de nosotros mismos. Uno de los peores crímenes del comunismo ha sido el tratar de convertirnos en un país de robots serios. Los autores más prolíficos de esta corriente son Mario Martín y Alberto González. Junto a los cuales hay que destacar un fenómeno plenamente miamiense: la cubanización de obras del repertorio español, adaptaciones que integran el mundo y el habla del exilio a una *Malquerida de la calle ocho* donde sobresalen Alfonso Cremata y Salvador Ugarte.[6]

---

90 Fidel revienta. En gira, en junio de 1994, se presentó en Union City, Nueva Jersey de la siguiente manera: "Presentando la SEGUNDA PARTE del gran éxito teatral de Miami durante más de cuatro años '*En los 90, Fidel sí revienta*'".

[6] N de R. Durante la decada de los setenta y al principio de la de los ochenta, en Nueva York funcionó un grupo de travestis cubanos, Los Tutti Frutti, dirigidos por Pablo de la Torre—actualmente en Miami—que se dedicaron a las adaptaciones del teatro universal y cubano, sobre todo lírico, a un espectáculo cómico. Entre varias obras que adaptaron estaba la zarzuela *Cecilia Valdés*.

Existe una obra, de Dolores Prida, que yendo más allá del bilingüismo colorista, trata de plasmar el ambiente neoyorquino reflejando la personalidad de una inmigrante cubana. En su obra *Coser y cantar* el bilingüismo es un elemento único que sirve para establecer un contrapunto de ideas mientras expone la idea central insertada en la corriente de la liberación de la mujer, tema casi ausente en nuestro teatro—donde por cierto no encontramos muchas dramaturgas. Sin embargo es interesante notar que María Irene Fornés, Gloria González, Ana María Simo y la misma Prida son llevadas al escenario con frecuencia.

Cualesquiera que sean las corrientes a seguir, el dramaturgo siempre marcha detrás de la rápida rueda de la historia. Si analiza la Cuba republicana, habla de un mundo desaparecido, algunas de cuyas referencias son ajenas para las nuevas generaciones. Si analiza la Cuba actual, habla de la realidad cambiante de una isla a noventa millas, a la que él no tiene más acceso que a través de los medios de comunicación y de los que viajan o vienen de la isla, así que sus referencias son productos de un juicio ya formado o deformado. Será muy interesante ver la reacción del público isleño cuando, lograda la reunificación, estas obras se estrenen allá, aportando una libertad y un sentido crítico ausentes durante treinta años y a la vez poder ver en qué medida el dramaturgo del exilio pudo plasmar la realidad nacional.

Todos los géneros tienen sus propias estructuras y necesidades, pero ninguno es más técnico que el teatro. No basta ser escritor y esto se puede comprobar en los esfuerzos teatrales de muchos narradores. Se pueden citar los intentos dramáticos de Reinaldo Arenas que resultaron inferiores al resto de su obra. El dramaturgo no posee la libertad de la poesía, ni puede dejarse llevar por el flujo interno de la narrativa. El dramaturgo debe poseer un extenso conocimiento del teatro universal, estar cercano a sus medios y saber usar su fantasía e imaginación en términos teatrales. Quizás es eso lo que determine que en la lista confeccionada por Pedro Monge Rafuls[7] sólo se encuentran setenta y cinco dramaturgos entre los *"miles"* de poetas y

---

7 N de R. Se refiere a un directorio de dramaturgos cubanos en preparación.

"cientos" de narradores dispersos en el exilio cubano. Y aunque cantidad no es sinónimo de calidad, esto no implica el injusto silencio que existe frente a nuestra obra teatral, con más de un noventa y cinco por ciento sin estrenar o inédita, lo que impide la última consagración del texto: el contacto con el público.

El autor está en contacto con su público cuando éste está en contacto con el autor. O sea, una comunidad debe estar lista para dejarse analizar, criticar y hasta ser objeto de burla para aprender de sí misma y rectificarse en ese proceso catártico. Entonces, el autor con su implacable bisturí—que tantos temen—puede ahondar en esa comunidad sin peligro de piquetes, boicoteos, amenazas de bombas, ni ostracismo.

La inmigración y la sobrevivencia en el exilio son temáticas que el pueblo le brinda al dramaturgo. Sin embargo, la ausencia en nuestros escenarios de muchas temáticas—que parecen no motivar al autor—como son los droga-fortunas de los años ochenta, la tirantez entre las distintas oleadas inmigratorias del exilio, los abismos sociales entre Palm Beach y la "Sagüesera", el materialismo y el "consumerismo", los choques entre los católicos conservadores, los santeros y el espiritismo, la corrupción de los oficiales elegidos, la politiquería, el abismo creado por los remanentes de la burguesía republicana aislada—en sus palacetes—del común del exilio, el machismo, la homofobia, el racismo interno entre pieles claras y oscuras, la discriminación nacionalista contra otras etnias, el aborto, la drogadicción de la juventud y finalmente el Sida pueden tener su origen en la autocensura, de la cual participan los productores y los directores de los grupos de teatro.

Por otro lado, algunas veces es posible observar que el dramaturgo cubano está comprometido con la realidad cubana haciendo, al igual que el chicano y el puertorriqueño, un teatro étnico que muy pocas veces encara los aspectos de otros grupos, ni los ve como parte de un amplio espectro migratorio enfrentado a disparidades sociales y al racismo. En Nueva York, con su multiplicidad e interacción étnica, podemos encontrarnos con excepciones tales como *Spics, spices, gringos and gracejo* de José Corrales, *The Barrio* de Mario Peña, *Beautiful Señoritas* de Dolores Prida, *Solidarios, La muerte y otras cositas* y *Noche de ronda*, las tres de Pedro R. Monge Rafuls, donde la inmigración es mirada como un hecho colectivo y se plantea la necesidad de unión y ayuda mutua.

Una de las diferencias del teatro con los otros géneros literarios es que estos, una vez publicados, ya han cumplido el objetivo primordial. En el teatro eso no basta pues su meta es el estreno. Esto hace al dramaturgo depender de las plazas teatrales, una maquinaria a la que no está ligado el poeta ni el narrador. Esas plazas están concentradas básicamente en Nueva York, Los Angeles y Miami. Las plazas latinoamericanas y la española desconocen nuestro teatro, lo cual tiene su origen en la desinformación, la falta de intercambios y los elementos políticos.

Es inevitable hablar de política a la hora de referirnos al arte cubano en el exilio. Nosotros no hemos tenido mucho tiempo para los problemas existenciales. Nuestros problemas han sido los precios de la caña de azúcar, los machadistas, los batistianos, los castristas, el palmacristi y el bichobuey, Las Yaguas, la Seguridad del Estado, La Porra, los Grupos de Acción Rápida, la mamá y el papá, entre otros. El cubano respira política, come política y expele política. Somos unos profesionales de la política. Así que aunque no escribamos sobre ello, se nos ve como un *animal* político. De ahí que se produzca una situación absurda: en el ambiente nacionalista y antigringo del mundo hispano somos percibidos como pro-gringos y derechistas; en Nueva York somos reaccionarios para la inteligencia latinoamericana y los liberales angloamericanos; por otro lado, en Miami los dramaturgos de Nueva York se consideran americanizados, liberales y plegados a otras etnias; en Nueva York los dramaturgos de Miami se ven como furibundos nacionalistas, reaccionarios y conservadores; en Cuba estamos prohibidos y el resto del mundo nos desconoce. Esto determina que no nos publiquen las editoriales universitarias, que no seamos estudiados ni incluídos en los textos académicos, que seamos ignorados en los festivales de cultura o del libro[8] que se celebran en los *colleges* de Nueva York donde Sendero Luminoso reparte propaganda maoista; los amigos del comunismo cubano venden libros y

---

8   N de R. Por favor ver Lourdes Gil, "La pregunta del forastero" en este mismo libro, p. 292.

discos que facilitó el gobierno cubano mientras un trovador invitado canta las bonanzas del régimen y los horrores del capitalismo. Y en lo último del salón languidece un autor cubano exiliado en la mesa que —parece— le dieron de mala gana, obligados por la Primera Enmienda de la Constitución de los Estados Unidos. Esto se debe no solamente a que la izquierda aún controla muchos de los *colleges*, sino que también determina la política de muchas casas editoriales y de grupos de teatro. Cualquiera otra institución que escape a esta influencia igualmente nos ignora para evitar confrontaciones con estos grupos. Esto provoca la falta de conocimiento o interés de los críticos por analizarnos, criticarnos o traducirnos. En las antologías de literatura cubana, publicadas en otros países, sólo incluyen escritores oficiales del régimen y se desconocen descaradamente la existencia y calidad de los escritores en el exilio.

La plaza teatral de Nueva York presenta una mayor diversidad de corrientes teatrales. Aquí existen varios grupos de teatro hispano con diferentes recursos y calidad, algunos de ellos con una marcada influencia cubana. Junto a estos surgen y desaparecen nuevos grupos de líneas menos conservadoras, que abren posibilidades limitadas al teatro en español o escrito en inglés por hispanos. Pero si analizamos los años de labor y la cantidad de estrenos, veremos que no hay una relación equitativa con el número de nuestros dramaturgos. Y es que como dice Pedro Monge Rafuls: "los productores y los directores de escena cubanos no tienen ni la visión ni el conocimiento artístico necesario para poner en escena obras capaces de crear una modalidad teatral, que podrían formar un movimiento teatral cubano". Los grupos que ya tienen un público establecido mantienen una marcada tendencia a la comedia fácil y a evitar controversias y experimentaciones que puedan alejar a ese público de un arte que también es un negocio. Y dentro de ese negocio no se ha tomado tiempo para ir presentando dramaturgos cubanos que poseen otras líneas temáticas y para ir familiarizando al público con otras maneras también válidas. Es necesario recordar que estos grupos establecidos reciben ayuda financiera pública federal, estatal, municipal y algunos también ayuda de la empresa privada.

Nueva York también ofrece algunos talleres de dramaturgia auspiciados por instituciones culturales, que suelen ser en ambos idiomas, dirigidos por un dramaturgo hispano y poniendo énfasis en nuestros valores culturales. También, sin mucha frecuencia, se ofrecen lecturas que sirven de vehículo para dar a conocer nuevos autores. Pero, desgraciadamente, nada de esto asegura la puesta en escena o la publicación de esas obras.

Fuera de la aplastante influencia de Hollywood, se destaca el arte chicano desde California hasta Nuevo México, con un poderoso movimiento teatral en sus variantes de teatro campesino y urbano. Y dentro del reducido espacio que queda libre en Los Angeles, calladamente, un grupo de cubanos ha fundado hace pocos años el grupo Habanafama, cuyos componentes pertenecen mayormente a la inmigración del Mariel. Este grupo, sin ayuda oficial, ha logrado adquirir una pequeña sala y mantiene un público de diversas procedencias. Su dramaturgo residente es Raúl de Cárdenas que escribe un teatro nostálgico, de gran tendencia al cliché en algunos casos y en otros una comedia con crítica de costumbres. Quizás eso determina el tono del grupo con producciones musicales como Tropicana, míticos cuadros afrocubanos, la consulta espiritista, etc. Aunque eso pudo haber sido una táctica comercial para atraer al cubano necesitado de nostalgia ya que recientemente han comenzado lecturas dramatizadas de obras que escapan a esa línea pintoresca, con temas como Playa Girón, el presidio político en Cuba y la temática urbana, que revela la posibilidad de abordar un repertorio paralelo. Actualmente el grupo ha expandido su composición con la integración de actores y dramaturgos centroamericanos. Siendo un grupo muy joven aún, escapa a ninguna definición, pero no se puede ignorar por su loable empeño y porque abre una nueva plaza teatral para nuestras obras. Otro sitio donde se han realizado intentos esporádicos de teatro cubano es Chicago, sin que se haya podido afianzar una nueva plaza para nuestros creadores.

En Miami, como en Nueva York, el teatro se hace por amor. Con la única diferencia de que en Miami—quizás con la sola excepción del Teatro Avante—no se hace uso de los mecanismos de subvención estatal que vemos en Nueva York y la empresa privada cubana no se destaca precisamente por ser Mecenas de las artes. Los integrantes del teatro tanto en Miami como en Nueva York se ganan la vida en múltiples ocupaciones y hacen sus labores teatrales por la noche, que es el mismo esquema que prevaleció en el teatro cubano en los años cincuenta.

En Miami el teatro se divide en dos bloques monolíticos prácticamente irreconciliables, pero ambos tienen en común el no haber podido escapar al concepto del entretenimiento como negocio. El primer bloque está nutrido por las obras populistas que buscan la risa fácil, la identificación y la emoción. Su explotación de la nostalgia es fácilmente identificable al utilizar conocidos artistas de los años cincuenta. El público que mantiene este tipo de teatro lo forman personas mayores de edad que saben lo que les gusta y lo exigen, evitando temas polémicos o experimentaciones. Esto crea un círculo vicioso cuando los productores sólo buscan obras que contengan esos elementos. No quiero decir que la risa sea un pecado, ni que el escapismo sea algo malo; es que esto da por resultado un bloque cerrado que se perpetúa en sí mismo, introduciendo a los más jóvenes a formar parte de este público, creándoles así un determinado gusto teatral que excluye otras posibilidades y negándoles el acceso aún a aquellos dramaturgos que incursionan en otro tipo de comedia o farsa. A este fenómeno puramente miamiense podríamos agregar, en Nueva York, las obras de Tony Betancourt y, aunque en inglés, las obras de Michael Alasá, entre ellas *Born to Rumba*, que por su tema y por la representación de los personajes podría considerarse como un insulto a los cubanos.

Esta situación cambió, en Miami, con la creación del segundo bloque. La generación del Mariel retomó la tradición—que existía esporádicamente—de un teatro con mayores preocupaciones intelectuales y enraizado en las formas del teatro contemporáneo.

Los recién llegados, incluyendo otros que salieron después de la escapada masiva de jóvenes que habían sido educados bajo el sistema castrista, buscaron sus propios medios para comunicar su arte y expresar la nueva realidad y nuevos puntos de vista que traían al exilio. Esto dio lugar a ciertos grupos y espectáculos novedosos, a nuevos actores y a nuevos directores como Alberto Sarraín y Rolando Moreno que unieron sus talentos al aporte que estaba haciendo Heberto Dumé, un director que tenía otra trayectoria. Esa fue una etapa productiva, pero desdichadamente esos grupos no han tenido una larga vida ni una producción constante, dando como resultado logros artísticos, pero fracasos económicos debido a la indiferencia de los espectadores.

En Miami hay otro elemento—extra teatral—que afecta en alguna medida al teatro y que es necesario destacar. Si bien en declinación, pero aún existente en ciertos sectores, resulta sumamente importante para nosotros como creadores. Se trata de la censura artística. No es nada fácil pensar distinto dentro de una comunidad llena de gente que estuvo presa, de parientes de fusilados y de familias separadas, donde el odio lleva a las polarizaciones. Pero el disentir es un logro de la democracia. No podemos combatir al gran censurador y luego comprar un cuadro para quemarlo en plena calle, ni mantener una callada lista—como el Indice del Santo Oficio—donde están los nombres de aquéllos que son prohibidos. En torno a la creación artística—y esto no se ciñe sólo a Miami aunque allá es más evidente—existe una censura invisible hacia todo aquello cuya filiación no sea francamente conservadora, de la extrema a la moderada derecha y esté libre de liberalismo e izquierdismo. Eso no sólo ha dado pie a una autocensura por parte del creador que, como dije anteriormente, se mantiene alejado de temas o actitudes polémicas—lo que nos recuerda algo tristemente familiar—sino que crea una atmósfera ascética. Producto de esos prejuicios, aún se mantienen inéditos y/o sin estrenar el teatro del absurdo de Juan Carlos Martínez, el teatro documental de Manuel Martín, Jr., el humor negro de Pedro R. Monge Rafuls, el teatro de la crueldad de Leopoldo Hernández, el fascinante mundo de José Corrales, las obras eróticas de quien escribe y los delirios de Manuel Pereiras.

Finalmente mencionemos otra característica de la plaza de Miami: la existencia de un teatro infantil que se nutre de nuestro folklore y música y que cuenta con una abundante dramaturgia en la que se destacan Nena Acevedo y José Carril[9], en contraste con los solitarios intentos de Osvaldo Praderes en Nueva York y René Ariza en San Francisco.[10]

La precaria situación económica de nuestras plazas teatrales

---

9   N de R. José Carril murió en 1993, en Miami.
10 N de R. René Ariza murió en 1994, en California.

impone una mordaza al dramaturgo que es a la vez un desafío a su técnica y al manejo de los recursos: obras de pocos personajes y sin complicaciones técnicas. Esto determina la ausencia de grandes espectáculos y la existencia de un teatro de cámara que, carente de una gran maquinaria escénica, descansa en el ingenio de la palabra y en el manejo de las situaciones; algo que es quizás bueno como ejercicio de la imaginación, pero malo como limitación de elementos.

La relación entre crítica, obra y espectáculo determina un mutuo sostenimiento, un medio de propaganda y las bases para sentar una escuela o movimiento. Hay un teatro cubano en el exilio, pero aún no existe la maquinaria que ayude a valorarlo. En la prensa hispana se le concede más importancia al mundo llamado "del espectáculo" y a las telenovelas. Sus reseñadores, las pocas veces que lo hacen, comentan nuestras obras—más que criticarlas—de una manera que no muestra ningún profesionalismo: "La actriz x nos regaló un momento emocionante", "El director fulano nos brindó una dirección como nos tiene acostumbrados", "Una obra muy acabada", "Una escenografía muy bonita". Lo mismo podemos decir de la televisión donde nuestra creación poética, narrativa y teatral brilla por su ausencia. Y en los anuncios se recomienda la obra por lo mucho que nos vamos a reír o la guarachera Celia Cruz nos promete que esta obra sí que es ¡azúca![11]

Resulta muy difícil mantenerse actualizado sobre un género cuyos creadores producen de una manera anónima, sin difusión y diseminados geográficamente: Montes Huidobro en Hawaii, Matas en Pennsylvania, Ariza en San Francisco[10], de Cárdenas en Los Angeles, Triana y Manet en Francia y el resto localizado por toda la unión americana. Y todo esto se perdería sin la existencia de un pequeño, pero esforzado grupo de críticos e historiadores de nuestro teatro en el exilio: José Antonio Escarpanter, con sus publicaciones dentro del mundo académico; Montes Huidobro, creador de la editorial Persona y de la revista *Dramaturgos*[12]; Lillian Manzor-Coats, estudiosa de las corrientes sexuales y feministas; Luis F. González

---

11 N de R. Se refiere específicamente a un anuncio por la televisión "hispana" de Nueva York, en 1992.

12 N de R. *Dramaturgos* dejó de publicarse después de algunos números.

Cruz, un estudioso de Virgilio Piñera y de nuestro teatro; Carlos Espinosa, que editó la única antología universal de dramaturgos cubanos de ambos lados bajo el sello de una editorial madrileña; las Ediciones Universal de Miami, que mantiene una sección de teatro, con variados autores publicados y meritorios trabajos de crítica e introducción; la Editorial Betania, que publicó las obras de Renaldo Ferradas[13]; la Editorial Verbum de España, que publicó tres obras de José Triana; el profesor Rodolfo Cortina, que publicó en Miami una antología en inglés de seis dramaturgos exiliados, algunos de ellos desconocidos.[14] Estos pocos estudiosos y críticos—la mayoría de las veces refiriéndose a obras inéditas—no bastan para difundir, estudiar y promocionar nuestras obras para abrirles otras plazas teatrales.

Escribir sin saber si uno será estrenado, editado o reconocido es una quijotesca cualidad de nuestros insistentes dramaturgos, los cuales sólo tienen dos posibilidades de apoyo: una es la beca Cintas, ese ente fantasmal sin nombres, cuyos patrones para decidir desconocemos al negársela a unos y repetírsela a otros—gran ayuda económica, pero que en términos artísticos no siempre vemos su resultado: no existen obras publicadas ni puestas en escena de autores becados. Y está el concurso Letras de Oro, nuestro más prestigioso concurso nacional, cuyo jurado, confinado al mundo académico, se repite cíclicamente y al cual no incorporan los escritores premiados que ofrecerían otra visión fresca y novedosa. Cabe señalar que en este concurso los dramaturgos cubanos premiados son la mayoría. También es preciso añadir que, salvo excepciones que no conozco, estos autores permanecen sin subir a los escenarios.

Nuestro teatro del exilio, como los otros géneros, sirve las funciones de aglutinarnos como nación, de provocar una catarsis para mejorarnos, de indagar sobre cómo hemos sido, cómo podríamos ser y sobre todo la función de mantener viva la esperanza, haciéndonos

---

13 N de R. También publicó *El último concierto* (1992) de René Vásquez Díaz.
14 N de R. A esta lista debe agregársele el siguiente material que salió a la luz después de leída esta ponencia: una antología recopilada por Luis F. González Cruz y Francesca Colecchia; la editorial The Presbyter's Peartree de Princenton, N.J. que se dedica a publicar autores cubanos en inglés o en español y la revista **OLLANTAY** que ha publicado obras y comentarios de los autores, al igual que varios trabajos críticos sobre el teatro cubano. No puede desconocerse la aportación de la *Miami Book Fair International,* bajo la dirección de la actriz Alina Interián, que ha presentado a varios dramaturgos cubanos durante los años que se ha celebrado.

pensar y reír enfrentados al frío del exilio. Al puntualizar la particularidad del teatro, establezco su diferencia y situación frente a los otros géneros, sin un premio internacional de teatro como el Planeta, el Juan Rulfo, etc., a los que tienen acceso poetas y narradores. No obstante, el lento reconocimiento ha alcanzado a Eduardo Manet en toda Europa; a José Triana, el primer latinoamericano representado en la Royal Shakespeare Company de Londres; a Pedro Monge Rafuls que recibió el *Very Special Arts Award* de la ciudad de Nueva York, en la categoría de *Artista de Nueva York*; a María Irene Fornés que hasta el momento ha obtenido siete premios Obies, igual que lo ha recibido Luis Santeiro y a éstos se suma el reconocimiento que varios autores han obtenido con becas y premios.

Quizás el futuro quede abierto con el regreso a la isla para mostrar a un público sediento de verdades su propia realidad desinformada y para que, junto a los otros logros del exilio, sepa reconocer que las *credit cards* también se pagaron con dolor y lágrimas. Habrá que enfrentarse al reto de la propiedad privada, sin un arte subvencionado—espero que sin mordazas—pues sabemos lo que sucede cuando los grupos de intereses les pagan a los artistas. Quizás, como lección para el futuro, sería bueno echar un vistazo a lo que está sucediendo en los antiguos países socialistas, con el cambio de pasar de ser un arte estatal a un arte privado.

Si he apuntado una serie de problemas es con la intención de resolverlos. Los logros están ahí: el teatro cubano en el exilio existe. Contra viento y marea. Su futuro podría estar en la Cuba unificada. Volviendo así al punto de partida, pues nunca debimos haber salido de ella.

OBRAS CONSULTADAS

Escarpanter, José A. *El teatro cubano fuera de la isla: escenario de dos mundos. Inventario del teatro Iberoamericano.* Madrid: Centro de Documentación Teatral, 1987 Tomo 2, pp. 333-341.

Monge Rafuls, Pedro R. *Sobre el teatro cubano.* Inédito[15].

---

15 Pedro R. Monge Rafuls: "Sobre el teatro cubano". Una versión, en español, fue publicada en **OLLANTAY Theater Magazine**, Vol. II, No. 1 (Winter/Spring 1994). pp. 101-112. La misma versión, en inglés, traducida por Clydia A. Davenport, aparece en este libro, pp. 31-42.

De la narrativa

Inscribing the Body of Perfection: Adorned with Signs and Graces. Thoughts on Severo Sarduy's *Maitreya*[1]

Alan West

For Alberto Ruy Sánchez

0

In Saharan cultures, as Alberto Ruy Sánchez has pointed out, each finger of the hand "corresponds to a human quality, an aspect of life, destiny or memory." The human hand is what we use to write, cook, play musical instruments with, and it is a key part of our erotic experience (though not exclusively so). In many cultures or religions the hand has deep spiritual significance. In recognizing the hand as sign, emblem, living pulse of memory and desire, my text is structured in five segments, fingers if you will[2], of a moving hand of images (*un puño móvil de imágenes*).

1

The thumb, or first finger, is the symbol of will, intention, destiny, the part of the hand that helps us grasp things. *Maitreya* is inscribed as a textual practice of tantric philosophy, a radical reappropriation of the *Bardo Thodol*, or the *Tibetan Book of the Dead*. Tantric practices embrace both the sacred and the profane, it enmeshes itself with the material world, almost grotesquely, as a means of spiritual enlightenment. Every act is carnal, shot through with desire, but

---

1 This lecture was read during "*El SEVERO placer de una escritura*. A tribute to SARDUY" on April 30, 1994.
2 I am indebted in using the structure of the hand for this essay to Alberto Ruy Sánchez and his book *De cuerpo entero*.

equally it is a powerful cosmic symbol that leads towards an abolition of the world and flesh, seeing these earthly manifestations as illusory masquerades of misery. As Octavio Paz says: "For tantrism the body is a true double of the universe, which, in turn, is a manifestation of the diamond-like, incorruptible body of the Buddha." The tantric subtle body is used as an instrument for meditation or concentration, gestures known as *mudras*. Sarduy writes with the body, scattering signs, a *mudra* of mutations; these *mudras* inform or inflate the text with a language of excess, both iridescent and precise, exemplifying one of Barthes's definitions of the pleasure of the text as being "that moment when my body pursues its own ideas—for my body does not have the same ideas I do." Sarduy, who often wrote without his clothes on, believed in an erotics of reading and writing, and practiced it to a degree that borders on unhinged rapture, trying to inscribe the body of perfection (the Buddha, nirvana) through his own words.

The tantric tradition sees language as a verbal double of both the body and the universe and often doesn't even take a whole word, a syllable alone can become a *mantra*, a unit of sound that has great religious, emotional or magical impact. A mantra is not a concept, but a non-discursive, sonorous fetish that makes the body vibrate, and links it up to the cosmos. The bones of the deceased master at the beginning of the novel are like *mantras* scattered to the wind, but instead of being a bridge between body and cosmos, it initiates a long series of migrations and transformations because *Maitreya* is, above all, a novel about exile.

2

The second, or index finger, points, indicates, decides. It is the finger of equilibrium, of just reasoning. By being an indicator it denotes the realm of vision and of flirting. It is related to silence and self-restraint. By signaling out limits, it points beyond, to the limitless.

Maitreya begins with one such limit, death. The demise of the master in the Tibetan monastery begins as a limit which will be transgressed. There is a double reference to Lezama here, both as a person (he died while Sarduy wrote the novel) and as literary catalyst and mentorship in that Luis Leng (and to a lesser extent Juan Izquierdo) are both characters from *Paradiso*. In Lezama's novel, however, they are minor: in Sarduy Luis Leng, a Cuban–Chinese cook, is central, and even becomes a reincarnation of the Buddha. And why not? Cooks have become Presidents.

Exile can be seen as a limit imposed by revolution and the novel sports three major historical convulsions: the Chinese, the Cuban, and the Iranian. The monks, after a crushed uprising, will flee Tibet and Chinese domination. The Leng sisters escape through India to Sri Lanka with the new child master, The Instructor. They're joined later by their niece, Iluminada Leng, who shacks up with *El Dulce* (Honey Boy). The couple takes a boat from Colombo to Cuba, where Luis Leng is born. Also born in Sagua La Grande (a nucleus of the Chinese community in Cuba) are the female twins *La Divina* and *La Tremenda*, of unknown parentage. They are likened to the *ibeyes* of *santería* (St. Cosme and St. Damian in Catholicism), the offspring of Oshún and Changó. They perform miracles and cure the sick until their first period, when their powers disappear. They become opera singers, but with the Cuban revolution they flee to Miami with a dwarf named *Pedacito*, who also paints murals. There *Las Tremendas* become fanatical members of F.F.A., Fist Fuckers of America. When later they go to New York one of the twins falls in love with an Iranian chauffeur. They follow the Iranian to his native land, where *La Tremenda* and *Pedacito* run a massage parlor and an S & M emporium. The last stages of the revolution of the mullahs, which would soon overthrow the Shah, again cause them to flee and the novel ends with *La Tremenda* after giving anal birth to a strange creature with blue hair and webbed feet, starting a new cult in Afghanistan. Even the physical attributes of characters are varied, Sarduy borrowing heavily from painting: the monks in the monastery are surrounded by Tibetan mandalas and gods depicted in Himalayan art, the Leng sisters are like Kuhn-Weber puppets, the twins are right out of Botero, Pedacito (modelled after Velázquez dwarfs) paints murals inspired by Wifredo Lam, and the description of the Iranian episodes have the lush, dense details of Persian miniatures. The loss and displacement of exile is compensated for by a proliferation of images, new cultural icons and beliefs, different kinds of food, new experiences that push limits to their breaking point.

Maitreya is a novel about exile and the dispersion of culture, language, and belief systems, bereft of any idea of recuperating some kind of totality or center with which to anchor one's existence. Despite this, and the novel's ambiguous ending, it is not a despairing work: one is left with a sense of expansion, of a conference of birds waiting to take flight.

Sarduy has taken the anecdote from Lezama and made it a novel, the displacement of humans due to revolution as a springboard (transmigration as transformation) of fashioning beings into new selves; he has tantric eroticism, Sufi mysticism, and *santería* ritual collide into a shimmering, exploratory tapestry that focuses on the decentering of identity, culture, time, and place.

3

The middle finger is what defines and affirms personality. It is the symbol of searching, of the spirit, the soul, that of adventure, risk and certitude. It is the finger which convinces the beloved and is associated with concentration, stillness (*fijeza*) and melancholy.

It is a stretch to call the people in Sarduy's fiction characters. Often we have no physical sense of what they're like; in other instances they are deformed, monstruous, fantastic or hybrids. They often sprout doubles, they vanish or die suddenly, they become transformed into other characters, they change gender, name and place in a flash. If Sarduy were an orthodox believer, we could say that he concurs with Buddhist teachings that insist on seeing human development as a series of mental states (towards corruption or enlightenment) not underlined by a sense of unified self, or rather the self is a necessary illusion on the way to enlightenment. Instead, in recognizing his unorthodoxies towards virtually everything, it might be more prudent to say that his "characters" are a place where all of the signifiers of desire gravitate. They cluster together and then disperse, moving along with a kind of metonymic breathlessness. Characters, words flock together, soar upwards.

Birds appear constantly in his work, in *Cobra, Colibrí, Pájaros de la playa* as well as *Maitreya*. In many religions or cultures they denote the soul or the spirit, for example the *simmurgh* of Persian and Sufi origin, a conference of thirty birds that went in quest of inner purity and the Supreme Being. The *simmurgh* migrated towards India and became Garuda, Vishnu's charger and creature of the higher realms. In Christianity the dove's symbolism is a well-known spiritual sign and in Guaraní mythology, the spirit of dead shamans speaks to apprentice shamans in their dreams through a hummingbird. Though his writing is jagged, fragmented, the humor and lightness of expression make Sarduy's words ripple and fly.

The soul has always been described in organic models, vitally linked with the body and its metaphors. Indeed, Francis Huxley claims that Plato likened it to a double of the body claiming that the soul "was fixed to the body by a multitude of small nails that made up the totality of the spirit—a sort of organic crucifixion." This is reminiscent of Kongo practices, whereby *minkisi* (sculpted human figures in wood that are spirit personalities that control a particular activity or function) have nails, blades driven into them, often to hunt down and haunt a wrongdoer or, in more benign cases, heal. Sarduy takes the nails of the "totality of the spirit" and makes them into syllables, mantras, in order to pierce the writing body. The nails are traces, mnemonic devices, which imprint or mark the body (literally) of the author, what Sarduy called *la arqueología de la piel* (the archeology of skin/flesh). And it reminds us that the mystic drive is always a spiritualizing of desire, of being part of the body of Christ or to "...obtain the perfect body [of Buddha], adorned with signs and graces."

But unlike Christianity (where the soul departs the body at death), in the *Tibetan Book of the Dead* the initiation is to prepare the soul for a descent into the body, the locus of a new incarnation and life. The disciple attains mastery over death, sees it as illusion and soars far from fear. In the words of Lama Anagarika Govinda: "This illusoriness of death comes from the identification of the individual with his temporal, transitory form, whether physical, emotional, or mental, whence arise the mistaken notion that there exists a personal, separate egohood of one's own, and the fear of losing it."

Maitreya, with its characters suffering transformations, births and deaths is an exorcism of death, or better yet, a rehearsal for death in that it implies a denial of just one universe and one life for each human being, it affirms that death is only an initiation into another form of life. The body is not a tomb or a slab of flesh, but a creator and vessel for epiphanies that unchain the imagination. Lezama spoke in similar terms: "...death engenders us all anew. That infinite possibility which is in death, by becoming visible, stakes out its perishable space. Non-time, that is, the edenic, the paradisiacal, makes us think about life as infinite possibility that arises from death."

4

The fourth finger is the ring finger of commitment and marriage. Church figures use rings on this finger to denote authority and rank. It is the solar figure and, in cultures that believe that life is like a spiral, the ring finger shows the way.

In his *Cristo de la Rue Jacob*, one of his most autobiographical works, Sarduy mentions that the short pieces in the book are what he called "epiphanies," when a daily ocurrence is suddenly linked to the sacred, the absolute. It is a Joycean term derived from Christianity; others, like Alberto Ruy Sánchez, call it "a prose of intensities," Paz, "our ration of eternity," Pasolini, "the apparition of the Centaur," Roland Barthes, "the neutral." With Sarduy, it's important to retrieve an expression from his essay on the baroque, *filigrana*, or filigree. His writing could be referred to as *una escritura de epifanías en filigrana*, or a writing of epiphanies in filigree. In Spanish *filigrana* is from Latin (*filum* and *granum*) thread and grain. It designates something made with perfection, subtlety and delicacy, or a watermark. In Cuba it is also a wild plant with rough and aromatic leaves (*lantana odorata*) with flowers and a small pineapple-shaped fruit.

Sarduy's writing, his *escritura de epifanías en filigrana* (filigree), his finely wrought arabesques, trace a welter of cultural allusions, heterotopias, historical tropes. The sheer proliferation makes it gain texture, grow thicker and yet the humor, the precision of his language, the supple lightness of the metaphors give it the purity of line you find in fine etchings. The words hit splitting wood like the nails driven into the *mkisi*, as if time were being sundered by a blade made of shadows.

5

The fifth finger, or pinky, is also the auditory finger (to unclog your ears or your nose). Because of this it is linked with a love of music, sacred tales and stories. It is also the finger of appetites: of food and sex. But it is also concerned with divination, magic and occult powers.

No doubt, Sarduy was fond of tantric beliefs and tales, like that of Purusa and Prakriti united in trascendental intercourse, which obviously suggested more earthly variants of bliss. He would be in agreement with Zen master Sengai, who wrote:

> *Falling in love is dangerous,*
> *For passion is a source of illusion;*
> *Yet being in love gives life flavor*
> *And passions themselves*
> *Can bring one to enlightenment.*

Or the following verses laced with mystical allusions, a ludic foray into cosmic foreplay:

> *To conquer this world*
> *And control the future,*
> *Come, come,*
> *Let me help you become Buddha one time—*
> *Take my hand and sleep with me.*

The sexuality in *Maitreya* has this quality of playfulness to it, but often it is pure expenditure and rarely is it "fertile." Ejaculation rarely finds a womb. The release of sperm in tantric coitus is often accompanied by the recitation of a *mantra* that makes the act a ritual sacrifice where *el líquido feliz* (the joyful liquid), as Lezama called it, is amorously offered to the fire (associated with the feminine). With Sarduy, though, this ritual sacrifice is ungendered and non-procreative, and, as in Tantra, a religious violation of moral strictures. Says

Octavio Paz: "Sperm in the tantric tradition is transmuted into a divine substance that ends by becoming immaterial, either because it is consumed by the fire of sacrifice or by virtue of being transformed into the thought of illumination." How different, say, from Protestantism where it "engenders children, families: it becomes social and action to transform the world."

But Sarduy takes it further than this. The novel has several episodes of fisting in it, an act which does not include heavy genital contact. In fact, as Michel Foucault said in an interview: "Physical practices, like fist-fucking, are practices that one can call devirilizing, or desexualizing. They are in fact *extraordinary falsifications of pleasure*, which one achieves with the aid of a certain number of instruments, of signs, of symbols, or of drugs such as poppers and MDA..."to make of one's body a place for the production of extraordinarily polymorphic pleasures, while simultaneously detaching it from a valorization of the genitalia, and particularly of the male genitalia." The hand is closed, it is a fist, more like a cone, sinking into the gluteal depths of different characters in the novel. The intensity of the act is so great that it shatters the self's notion of itself in sexuality. If one is on the receiving end it is an act of total abandonment, of releasing any control of your body and your pleasure. (Many testimonies clearly state, for men at least, that during fisting they get neither hard nor aroused in any usual way.) It is as feminized as a man can get; the rectum is the only "canal" or source of men's fantasies of child birth. In the case of Lady Tremendous, fisted by the Iranian chauffeur, it is a devirilizing gesture that is also germinative, since she gives anal birth to a creature, albeit somewhat deformed (it has blue hair, gigantic ear lobes and webbed feet and hands). This last characteristic bears an eerie resemblance to nuclear holocaust mutations. After the miraculous birth, the Iranian disappears, his paternity vanishing with him. The hand or fist in Sarduy—like nails driven into *mkisi*, like Plato's nails of the souls—are they instruments of ecstasy or torment, illumination or degradation, life or death? Is it a trick to turn the void into a mirror, bursting with movement, like the swirling hips and bodies that adorn some Buddhist temples, literally erotic murals of the universe? Sarduy is suggestive, but offers no sure answers. He ends the novel thusly:

Embalmed Islamic twins: thus beneath minarets, lay the dwarf and Lady Tremendous' anal son, Koranic saints joined together, buried between oil wells, listening to the sound of pigeons, their feet ciphered in gold letters. They adopted other gods, eagles. They indulged in rites until they were bored or stupefied. To prove the impermanence and the emptiness of everything.

It is curious that Sarduy ends the novel in Afghanistan, a sort of gateway for the Middle East, Asia and the furthest extensions of Europe. A year after the novel was completed the Soviets would invade (1979). Again, like in many parts of the novel, East meets West, often with catastrophic and bloody consequences. Sarduy's *Maitreya* is a relentless effort to sift through the shards of Eastern mysticism and the ideological detritus of the West. In the karmic tussling of his characters, and through a "prose of intensities," Sarduy renders the epiphany of the body luminous, where the pleasure of the void meets the furious fire of the world.

REFERENCES

Evans-Wentz, W. Y.. *The Tibetan Book of the Dead*. London: Oxford Univ. Press,1960.

Huxley, Francis. *The Way of the Sacred*. New York: Doubleday, 1974.

MacGaffey and Harris, *Astonishment & Power*. Washington: Smithsonian, 1993.

Miller, James. *The Passion of Michel Foucault*. New York: Simon and Schuster, 1993.

Paz, Octavio. *Conjunciones y disyunciones*. México: Joaquín Mortiz, 1969.

Rawson, Philip. *The Art of Tantra*. Greenwich, CT: New York Graphic Society, 1973.

Ruy Sánchez, Alberto. *De cuerpo entero*. México: Ediciones Corunda, UNAM, 1992.

Shah, Idries. *The Sufis*. New York: Doubleday, 1971.

Sarduy, Severo. *Maitreya*. Hanover, NH: Ed. del Norte, 1987. Trans. Susan J. Levine.

———. *El Cristo de la Rue Jacob*. Barcelona: Ediciones del Mall, 1987.

Stevens, John. *Lust for Enlightenment: Buddhism & Sex*. Boston: Shambala, 1990.

Parodia, ideologías y humor en la novelística de Arenas, Robles, Barnet y Vásquez: convergencias y divergencias[1]

Elena M. Martínez

Para Francisco Soto

El propósito de este trabajo es examinar los mecanismos de la parodia, el humor y su relación con las ideologías en algunos textos de Arenas, Robles, Barnet y Vázquez[2]. Para acercarme a las obras de estos escritores cubanos propongo el estudio del análisis de cinco discursos en que se dan convergencias y divergencias. Considerará algunos aspectos que estos textos comparten—aunque no quiere decir que los traten de igual forma—tales como: la transgresión o la subversión que se textualiza a dos niveles: el del mundo representado en la obra, es decir, cuando las obras presentan una visión que confronta los postulados histórico-sociales de la cultura o la sociedad en que surgen; o a nivel de su escritura, es decir, cuando la escritura cuestiona sus procedimientos y que supone una ruptura con las convenciones literarias; la presencia de un discurso feminista o la preo-

---

[1] Cabe preguntarse ¿por qué la inclusión de Barnet en un estudio dedicado casi por completo a escritores en el exilio? Dado que este trabajo es de convergencias y divergencias, la preocupación en *Oficio de ángel* por la situación de opresión de las mujeres es un aspecto en el que coinciden las obras de Arenas, Vázquez, Robles y Barnet. Por otro lado, como es sabido—y es de esperar por las distintas circunstancias históricas de los escritores—las ideologías que presentan Arenas y Barnet son totalmente opuestas. La inclusión de un comentario sobre la obra de Barnet muestra otra perspectiva ideológica. Sin embargo, aún queda por hacerse una lectura intertextual de *Oficio de ángel* y *El color del verano* que examine la riqueza del contrapunto ideológico que sostienen estos dos textos. He incluido a Barnet consciente de que en los estudios realizados en Cuba se suele ignorar a los autores del exilio.

[2] La primera versión de este ensayo fue leída en la sección "Rasgos comparativos entre la literatura de la isla y la del exilio" durante el simposio "Literatura cubana: en torno al escritor exiliado". Por favor ver nota 2, p. 53 para darse cuenta de las preguntas sugeridas a los participantes.

cupación por la situación de la mujer cubana, ya sea en la sociedad pre-revolucionaria, en la Cuba actual, o en la comunidad del exilio; el discurso de grupos o personajes marginados o asociados con una ideología marginal; el discurso de la metaficción o la reflexión sobre el proceso de escritura. Cabe aclarar que no propongo un examen exhaustivo ni sistemático de la parodia, del humor ni de las ideologías en los textos de Arenas, Robles, Barnet y Vázquez. Mi interés es iluminar algunas convergencias y divergencias lo que facilita un diálogo entre las distintas perspectivas.

Mikhail Bakhtin, a través de sus estudios, propone la autonomía del texto novelístico y estudia el discurso novelesco como género carnavalizado que nace de la confrontación y el diálogo. De sus estudios emerge la noción de polifonía, característica del discurso narrativo, que supone el carácter autocrático y subversivo toda vez que transgrede el monologismo de la verdad institucionalizada.[3] La polifonía es, entonces, un enfrentamiento de voces que queda sin posibilidad de resolución, que se opone al monologismo de la épica y de la ficción tradicional (discursos en los que una voz unificadora implanta un centro). Bakhtin, Julia Kristeva y Milan Kundera han estudiado la novela como género que se funda en la posibilidad de muchos discursos y cuya característica principal es la apertura.[4] Sobre la novela, Bakhtin afirmó lo siguiente:

> *The novel, after all, has no canon of its own. It is, by its very nature, not canonic. It is plasticity itself. It is a genre that is ever questioning, ever examining itself and subjecting its established forms to review.*[5]

La novela es un género que usa distintas estrategias y sus unidades estilísticas heterogéneas se combinan para formar un sistema artístico. Todo en la novela tiene que ver con sistemas, el lenguaje de la novela es un sistema de lenguajes, una diversidad de discursos sociales. El

---

[3] M. Bakhtin, *The Dialogic Imagination*.
[4] Julia Kristeva, *El texto de la novela*. Milan Kundera, *El arte de la novela*.
[5] M. Bakhtin, *The Dialogic Imagination*, p. 39.

formalista ruso puso como requisito para la novela la heteroglotía social y la variedad de voces individuales.

La novelística de Arenas, Robles y Vázquez se propone ante el lector como un espacio de transformación y orquestación de voces que interactúan representando un universo dominado por el diálogo; es decir, el proceso de interacción entre distintos significados que logra la relativización del lenguaje, y en última instancia la del discurso, despojándolos de su fuerza autoritaria y absoluta. El universo novelesco es, según la definición de Bakhtin, un intrincado sistema de voces, de diálogos a distintos niveles. En ese universo dialogal y polifónico los discursos no se intalan como centros de "verdades" sino que, precisamente, impiden la instalación de un centro o de un discurso monologal. Así, el sentido de la obra nace del diálogo y la confrontación entre todos los discursos que en su oposición pugnan y se alteran entre sí. Bakhtin sostiene que ese riguroso sistema está fundado en la heteroglotía y el diálogo. Por heteroglotía entiende Bakhtin:

> *The base condition governing the operation of meaning in any utterance. It is that which insures the primacy of context over text. At times, in a any given place, there will be a set of conditions—social, historical, meteorological, physiological—that will insure that a word uttered in that place and at that time will have a meaning different that it would have under any other conditions: all utterances are heteroglot in that they are functions of a matrix of forces practically impossible to recoup, and therefore impossible to resolve.*[6]

El diálogo es, según Bakhtin:

> *...the characteristic epistemological mode of a world dominated by heteroglossia. Everything means, is understood, as a part of a greater whole—there is a constant interaction between meanings, all of which have the potential of conditioning others. Which will affect the other, how it will do so and in what degree is what is actually settled at the moment of utterance.*[7]

---

6   Bakhtin, p. 428.
7   Bakhtin, p. 426.

I

Gran parte de la literatura producida por escritores cubanos en el exilio tiene un alto carácter transgresivo o subversivo; pensemos, por ejemplo, en las obras de Severo Sarduy, Cabrera Infante, Elías Miguel Muñoz, Mireya Robles y Reinaldo Arenas.

La obra de Reinaldo Arenas es obra de transgresión y subversión, como han expuesto los críticos Perla Rosencvaig, Roberto Valero y Francisco Soto, en que no se intenta fijar una verdad ni una ideología.[8] A pesar de que Rozencvaig señala que en la novelística de Arenas hay una ideología fija, ella la define como una ideología de transgresión y de ruptura. Apunta la crítica que precisamente el objetivo de su libro es:

> *demostrar que las novelas de Arenas...constituyen un cuerpo orgánico por el cual se filtra una visión del mundo en correspondencia con una ideología fija: la constante búsqueda de un espacio liberador, sede de incesantes transgresiones. Abundan los mecanismos de fragmentación, confusión, desorden y multiplicidad.*[9]

En toda la trayectoria de Arenas desde *Celestino antes del alba* hasta culminar en *El color del verano, El asalto* y *Antes que anochezca*, el acto de escritura está vinculado con un espíritu de rebeldía, como Arenas señaló en un artículo de la revista *Unión* en que manifiesta la imposibilidad de analizar su propia obra ya que: "La obra literaria, como toda creación del espíritu más que de la inteligencia, no tiene explicación directa, además no hay por qué explicarla".[10] Más adelante continúa Arenas en ese mismo artículo una defensa del espíritu rebelde y creativo que se opone a aceptar los convencionalismos. El niño narrador de *Celestino antes del alba* crea un espacio imaginario que rompe con la realidad y en el que le puede dar rienda suelta a sus deseos y sus sueños:

---

8 Perla Rozencvaig, *Reinaldo Arenas, narrativa de transgresión* (Oaxaca: Editorial Oasis, 1986); Francisco Soto, *Conversación con Reinaldo Arenas* (Madrid: Editorial Betania, 1990); Roberto Valero, *El desamparado humor de Reinaldo Arenas* (Madrid: Editorial Betania, 1990).

9 Perla Rozencvaig, ibid.

10 Reinaldo Arenas, *Celestino y yo* (Unión 3, 1967: 117). Le agradezco a Francisco Soto la referencia a este artículo.

Si tú no existieras tendría que inventarte. Y te invento. Y dejo ya de sentirme solo. Pero de pronto llegan los elefantes y los peces. Y me aprietan por el cuello, y me sacan la lengua. Y terminan por convencerme para que me haga eterno. Entonces, debo volver a inventar. [11]

El espíritu de rebeldía que ya aparece en *Celestino antes del alba* reaparece en las aventuras de Fray Servando Teresa de Mier en *El mundo alucinante* en el que Arenas toma un personaje histórico y, siguiendo la tradición borgeana de *Historia universal de la infamia*, transforma y parodia el discurso histórico, serio y con pretensiones de verdadero, en un juego de la imaginación. *El mundo alucinante* está en la tradición más rica de la novela y pone en cuestión la relación entre historia y ficción. Así, concordamos con Milan Kundera quien advierte que:

> ...*el mundo basado sobre una única Verdad y el mundo ambiguo y relativo de la novela están modelados con una materia totalmente distinta. La Verdad totalitaria excluye la relatividad, la duda, la interrogación y nunca puede conciliarse con lo que yo llamaría el espíritu de la novela.*[12]

Termina el desfile vuelve a tomar el discurso histórico en el relato que da título a la colección, pero con el propósito de presentar distintas perspectivas. O como sucede con otro de los relatos de esta colección, "La vieja Rosa", le da entrada a voces subversivas que presentan una transgresión a las normas sociales y al discurso privilegiado de la heterosexualidad, presentando abiertamente una relación homosexual.

La representación del deseo y de las relaciones homosexuales es central en los últimos textos de Arenas: *El color del verano* y *Antes que anochezca*. En estos textos aparece una sexualidad sin límites que se opone y que se resiste a la ideología oficial revolucionaria,—la cual tiene una historia de marginación a los homosexuales, desde el

---

11 *Celestino antes del alba*, p. 210.
12 *El arte universal de la novela*, p. 24.

UMAP hasta los "sidatorios" de hoy—opresiva y que ya Arenas había presentado en "Arturo, la estrella más brillante".

En *El color del verano*, texto sumamente humorístico y subversivo, se aúnan sexualidad y humor como mecanismos para atacar el discurso autoritario y desvirtuarlo de su carácter persuasivo creando un universo de festividad y de renovación. Como Bakhtin ha apuntado, la risa no crea dogmas, sino que crea un sentimiento de fuerza y está unido con un renacimiento. Ese renacimiento está simbolizado en el motivo del carnaval de *El color del verano*[13]:

> *Corre, corre, y ya veía en la distancia a la muchedumbre erotizada en medio del tum tum...Desatrácate, vuela; bien sabes que ésta es tu última oportunidad, que esta noche comienzan y culminan los carnavales y no volverán más. Así lo anunció Fifo en un discurso de doce horas. Después de este carnaval—sentenció—se acabó el relajo. ¡Habrá que trabajar por lo menos cien años para lograr nuestras metas gloriosas!...*[14]

La parodia, género prolífico, les ha servido a los escritores contemporáneos para hacer una revisión de la historia. La parodia es un género complejo, como advierte Linda Hutcheon: *"Parody is a complex genre, in terms of both its forms and its ethos. It is one of the ways in which modern artists have managed to come to terms with the weight of the past"*.[15] Muchos críticos han estudiado el uso de la parodia en la obra de Arenas (Rozencvaig, Béjar, Valero y Soto). En *El color del verano* la parodia y la intertextualidad se unen para subrayar el carácter no mimético de la novela, reafirmando el concepto de literatura como ente de ficción. En *El color del verano* algunos fragmentos de textos literarios de estos escritores se elaboran paródicamente. Y también se establecen diálogos entre escritores de distintas épocas. La primera sección de *El color del verano*, "La fuga de la Avellaneda. Obra ligera en un acto de repudio" presenta a Gertrudis Gómez de Avellaneda —resucitada por Fifo (Fidel Castro, por supuesto) para celebrar sus

---

[13] Mikhail Bakhtin, *Rabelais and His World*, p. 95
[14] *El color del verano*, p. 69.
[15] Linda Hutcheon, *A Theory of Parody*, p. 29

cincuenta años en el poder—quien se escapa en una lancha a la Florida. En esa sección altamente paródica abundan las intervenciones de personajes de la historia cubana y escritores cubanos contemporáneos cuyos nombres aparecen transformados creando un efecto de humor. Esta sección—como toda la novela—se caracteriza por la presencia de una feroz ideología contrarrevolucionaria que desmantela y ataca el exceso de las "fidelidades" que caracterizan al régimen cubano.

La parodización de personajes de la literatura cubana ya la había explotado Arenas con gran éxito en *La loma del ángel*, la cual es una lectura paródica del clásico de la literatura cubana, *Cecilia Valdés* (1882). Arenas toma la novela de Villaverde y realiza una re-lectura condensando situaciones, eliminando descripciones y transformando la ideología del texto de Villaverde.

Arenas se vale de un código lingüístico híbrido que mezcla cubanismos y coloquialismos (por ejemplo: chancletera y satísima) con un lenguaje más refinado y literario.[16] En muchas ocasiones el narrador explota las connotaciones de la lengua y busca acepciones más precisas, las cuales se incluyen en paréntesis.

La conciencia que tienen los personajes de la *La loma del ángel* de ser entes de ficción aparece claramente en el capítulo XXVI ("La confusión") en que se da una interesante discusión sobre la intención del diálogo y los personajes. Estos reconocen sus limitaciones como personajes y expresan que la intención de ellos sólo podría conocerla Cirilo Villaverde, el autor. Aquí Arenas ficcionaliza a Villaverde convirtiéndolo en personaje e incluyendo detalles de su biografía. Luego, en el capítulo XXX Arenas se vale de un artificio común en la ficción contemporánea: se incluye como personaje. Con esta práctica lúdica Arenas no sólo transforma el universo de la ficción, sino que socava el poder del discurso autoral y hace que el lector reconsidere la relación de los autores, el narrador y, en última instancia, su participación como lector.

En *La loma del ángel* Arenas le da voz a personajes que carecen de voz en el texto de Villaverde o exagera sus características y las acciones que llevan a cabo. Ejemplo de esto es cuando el mayordomo en el capítulo VII ("Reunión familiar") resuelve la disputa que

---

16 José Sánchez Boudy, *Diccionario de Cubanismos más usuales*, pp. 127, 303.

sostienen Doña Rosa y Don Cándido sobre la compra del reloj para Leonardo. Arenas transforma, por medio de la inversión, las características de algunos personajes. Este es el caso de Isabel Ilincheta, a quien transforma en una mujer calculadora, fría, ahorrativa y práctica. La repetición crea un efecto humorístico como se ve en el capítulo XXV ("El romance del palmar") en que Isabel repite la palabra "santiamén" con lo cual no sólo se da prueba de su religiosidad sino también de su carácter ahorrativo: "porque así tendría acumulada la palabra 'amén' para las oraciones de la noche". (98) En el capítulo XIX ("La cita"), el pintar de blanco a la abuela negra sirve para mostrar, por medio del humor, el carácter racista de la sociedad cubana del siglo XIX. Y también en ese capítulo cuando el narrador dice que Nemesia—personaje que recuerda a Adolfina de *El palacio de las blanquísimas mofetas*—sale en busca de un hombre y asedia al mulato Polanco y se dice: "*ése*, ese mulato era ahora el hombre de sus sueños...", y luego, al ofrecerse a Tondá, advierte: "*ése*, ese era ahora el hombre que ella idolatraba...*ése*...(44) La repetición de "ése" acentúa de forma humorística la urgencia sexual de la mujer.[17]

El texto de Arenas mantiene los personajes de la novela de Villaverde: Cecilia, Leonardo, Don Cándido, Doña Rosa, María Josefa, Adela, Carmen, Isabel Ilincheta, José Dolores Pimienta, Tondá y el Obispo. Pero los personajes de Arenas dicen y hacen lo que los de Villaverde, por su moral y su condición, no podían expresar o hacer. Un ejemplo claro de esto es la actuación de Doña Rosa quien confronta, abiertamente, la autoridad del marido, Cándido Gamboa. En la obra de Villaverde se muestra sumisa a la voluntad del marido y sus reacciones están siempre condicionadas por el canon de conducta establecido.

Las relaciones incestuosas se multiplican en el texto de Arenas. Nemesia Pimienta está enamorada de su hermano José Dolores, Don Cándido de sus hijas y Doña Rosa de su hijo Leonardo: "Leonardo no ha cogido esposa ni la escogerá mientras yo viva, pues no hay mujer, excepto yo, que pueda quererlo, mimarlo, sobrellevarlo y comprenderlo como él se merece...". (102) Isabel aparece enamorada

---

17 El énfasis ha sido añadido.

de su padre (Don Pedro), y Leonardo de su hermana Adela. Y en la sección final la hija de Cecilia y Leonardo se enamora de su hermano, Leonardito, hijo de Isabel y Leonardo.

La novela tiene varios momentos en los cuales el autor le da rienda suelta a la imaginación. En el capítulo IX ("José Dolores") el narrador advierte que "los músicos se inspiraban hasta el extremo de elevarse hasta el techo de la mansión donde quedaban engarzados a la cumbrera donde, patas arriba, seguían tocando...". (40) Otro ejemplo es cuando Cecilia da a luz antes de tiempo y la niña alcanza inmediatamente la edad de cinco años.

La lectura paródica que Arenas lleva a cabo en *La loma del ángel* permite un diálogo "contestatario" con el clásico de la literatura cubana, *Cecilia Valdés,* y Arenas, a través del humor y la parodia, cuestiona, modifica y transforma sus valores, significados e ideología. Reinaldo Arenas configura este universo paródico por medio de la imaginación y el poder de síntesis que lo caracteriza.

II

En *Hagiografía de Narcisa la bella* Mireya Robles, valiéndose del humor, crea un microcosmos que confronta no sólo la ideología y las convenciones de la pequeña burguesía sino también las de su escritura. La novela elabora una oposición sistemática al orden social para atacarlo y subvertirlo. Esta oposición se articula en tres niveles: el de la anécdota, el de los personajes y el del lenguaje.

El carácter humorístico de toda la novela sirve para desenmascarar los mecanismos del orden vigente. El humor funciona a favor de la pulverización de los valores del mundo representado. A través del humor, el narrador se distancia de los personajes y de los sucesos narrados y logra apelar a la inteligencia de los/las lectores/as y no a sus emociones. La risa, producida por la imagen que se configura de los personajes y sus acciones, entabla una relación mediatizada por la distancia. El humor—como apunta Bakhtin en *Rabelais and His World*—funciona como opositor de la autoridad y crea confusión, subversión y desorden, postulando un espacio de liberación que confronta la rigidez y el autoritarismo:

> *Laughter is essentially not an external but an interior form of truth; it cannot be transformed into seriousness without destroying and distorting the very contents of the truth which it unveils. Laughter liberates not only from external censorship but first of all from the great interior censor; it liberates from the fear that developed in man during thousands of years: fear of the sacred, of prohibitions, of the past, of power. It unveils the material bodily principle in its true meaning. Laughter opened men's eyes on that which is new, on the future. This is why is not permitted the expression of an antifeudal, popular truth; it helped to uncover the truth and to give it an internal form... Laughter shows the world anew in its gayest and most sober aspects... This is why laughter could never become an instrument to oppress and blind people. It always remained a free weapon in their hands.*[18]

El título de la novela, *Hagiografía de Narcisa la bella*, alude a un género literario de gran auge durante la Edad Media: la vida de santos que se caracteriza por su seriedad, su carácter confesional y la conformación de la imagen de un personaje ejemplar. La novela de Robles se sostiene, precisamente, en la diferencia entre los personajes, la anécdota y el paradigma de la hagiografía. La novela es un trabajo paródico—prefiero hablar de "trabajo paródico" y no de parodia, porque esta última supone una imitación cómica o satírica de una obra seria que ridiculiza una tendencia o estilo conocido o dominante; la novela se limita a evocar ese "horizonte de expectativas" del género, pero sin ridiculizar ni imitar de forma sistemática todos los elementos de la hagiografía, sino sólo retomando algunos de sus componentes. Al leer la novela lo que menos importa es la imitación o subversión de ese género y lo que importa es la oposición al discurso autoritario y a las convenciones de cierta clase social.

La novela de Mireya Robles—a diferencia de la hagiografía—articula momentos o sucesos de vidas comunes a través de las cuales la autora propone su crítica a la sociedad y la familia pequeño burguesa. Se ocupa de una familia cubana compuesta por los padres:

---

18 *Rabelais and His World*, p. 63

Flora y Pascual, y los hijos: Manengo, Narcisa y Florita-ita. La novela narra nacimientos, fiestas de cumpleaños, vacaciones en la playa, cambios de cuartos en la casa, el comienzo de la escuela, y experiencias de Narcisa.

El nacimiento de Narcisa está marcado por el rechazo. Pascual le había advertido a su esposa: "Flora, mi hija, eso que tienes ahí en la placenta, procura que sea un macho porque, si es hembra, no quiero ni verla..." (2). Así, al nacer Narcisa experimenta la falta de aceptación por parte de sus padres, por ser mujer y por no poseer el atributo de la belleza. Narcisa evoca inmediatamente el mito de Narciso, pero irónicamente ella carece de la característica principal del personaje mitológico: la belleza.

La pareja Flora/Pascual evoca varios tipos de combinaciones que por su carácter inusitado y redundante producen risa en los lectores/as quienes piensan en Flor de Pascua o Flor Pascual. La posición de la madre, Flora, está marcada por las coordenadas patriarcales que le asignan a la mujer un lugar secundario en la sociedad y que la limitan al ámbito de lo doméstico como ha apuntado Monique Plaza:

> La noción de "Mujer" está superpuesta a la materialidad de la existencia: las mujeres están encerradas en el círculo familiar y trabajan gratuitamente. El orden machista no es sólo ideológico, no está en el terreno de lo abstracto; constituye una opresión material concreta. Para poner al descubierto su existencia y revelar sus mecanismos, es necesario rebajar el concepto de "mujer", es decir, denunciar el hecho de que la categoría de sexo ha invadido grandes territorios para fines opresivos.[19]

A pesar de que la novela trunca las expectativas del género hagiográfico lo que interesa no es la subversión de las características de ese género sino la sátira a la sociedad y en especial al papel que se le destina a la mujer. La novela presenta una visión caótica que desenmascara la supuesta armonía familiar y da testimonio de la experiencia de la mujer cubana. Muestra y ridiculiza las diferencias entre los papeles asignados y la división de géneros sexuales. Pone en evidencia cómo las mujeres, Narcisa, Flora y Florita-ita, viven en una sociedad machista donde son desvalorizadas y donde las característi-

---

19 Citado en Toril Moi, *Teoría literaria feminista* p. 155.

cas que se han llamado "femeninas" se han usado para desplazarlas a un lugar secundario, restringirles su participación al terreno de lo familiar, condenándolas a llevar toda la carga de las ocupaciones domésticas. A nivel de escritura, *Hagiografía de Narcisa la bella* rompe con la tradición novelística, pues tiene la forma de un discurso continuo sin división de partes ni de capítulos y ni siquiera de párrafos, lo cual funciona como elemento de subversión. Robles se vale del monólogo interior, la repetición de frases, y las preguntas retóricas que al no ser contestadas quedan como materia de reflexión para el lector o la lectora. Las preguntas retóricas funcionan a favor de la ironía y del humor ya que los personajes las presentan de manera neutral, pero los lectores, quienes tienen conocimiento de otros sucesos, las reciben dentro del contexto de ciertas expectativas.

El lenguaje que Robles utiliza es coloquial, está al servicio de la sátira y la parodia y produce un efecto cómico. La parodia se nutre del diálogo de lenguajes y transpone los valores de los estilos parodiados. El lenguaje coloquial satírico que utiliza Robles socava y subvierte el discurso serio y autoritario del texto hagiográfico. La autora toma el discurso hagiográfico y lo rebaja, lo deforma, alterando así no sólo el lenguaje sino también la ideología y las estructuras que lo contienen y lo formulan. La autora hace una desconstrucción del lenguaje donde lo alto se convierte en bajo y mezcla el discurso literario al de otros géneros no literarios como la telenovela, el cine y los programas radiales.

III

La novela testimonio junto a la novela histórica y la novela detectivesca son las manifestaciones más representativas de la literatura que se ha producido en la Cuba revolucionaria. Las novelas testimonio representan un mundo en que la subversión y la transgresión no tienen cabida ni a nivel del enunciado ni a nivel de la enunciación y donde, precisamente, a través de la escritura, se intenta recobrar o elaborar una visión de mundo coherente con los postulados oficiales y de acuerdo a los parámetros delimitados por el orden social y político. También hay obras que sin ser testimoniales reflejan unas coordenadas ideológicas que están necesariamente de acuerdo con los ideales revolucionarios. Ejemplo de esto son los relatos y novelas de Miguel Barnet y Manuel Cofiño. Obras en las que se presenta el desarrollo de una conciencia histórica colectiva.

La novela testimonio, por definición, se propone relatar con "veracidad" unos hechos históricos y articular un discurso que sea coherente con el discurso histórico oficial. Por lo general, se ocupan de una vida individual pero, a través de esa vida, se intenta rescatar la historia colectiva. Así, las novelas testimonio, las históricas y las detectivescas, según se han producido en Cuba, tienen un propósito moralizador y didáctico.

En la categoría de novelas testimonio se destacan las de Miguel Barnet, *Biografía de un cimarrón* (1966), *La canción de Rachel* (1969), *Gallego* (1981), *La vida real* (1984) y la última, *Oficio de ángel*. Aquí Barnet narra la vida de un joven cubano de clase media alta, en las décadas 40, 50 y 60, en quien se da una toma de conciencia que lo lleva a incorporarse a la revolución. La novela relata los años de la niñez y de la adolescencia del protagonista antes de unirse a las fuerzas revolucionarias cubanas y los años en que se integra a la lucha revolucionaria con fervor, a la vez que articula los acontecimientos históricos más importantes de esas décadas. Aquí, como en sus otras novelas, Barnet entrelaza la historia personal (la vida escolar, los romances, el despertar sexual, la relación con sus padres, anécdotas y episodios familiares, celebraciones, muertes) con la historia colectiva. La imbricación de la historia personal y la colectiva posibilita un sondeo, no sólo de estas décadas, sino del siglo anterior y la primera mitad de éste. Por medio de la combinación de elementos autobiográficos y de ficción, Barnet ilumina la vida de varias generaciones y da detalles que forman un cuadro de la vida cubana en esas décadas: la cultura, las artes, la literatura, la moda, los problemas sociales, los programas de radio y televisión, y la penetración de la cultura norteamericana en todos los niveles de la vida insular pre-revolucionaria.

En *Oficio de ángel*, por medio del personaje de la sirvienta, Barnet, al igual que Robles en *Hagiografía*, le da voz a la opresión de la mujer. Su discurso permite un diálogo entre las clases sociales y entre dos discursos, uno, poético y metafórico del narrador, y el otro, directo y coloquial. El estilo del capítulo relatado por Milagros es muy diferente al del resto de la novela. La prosa de Barnet alterna un tono poético y un tono humorístico, utiliza muchos coloquialismos e incorpora frases hechas. Ese capítulo narrado por Milagros es muy revelador, y ofrece un testimonio, como el del Cimarrón o el de Rachel, de las diferencias sociales y cómo las obras de Arenas, Robles y Vázquez Díaz examinan el papel de la mujer en la sociedad cubana y la presencia de los papeles sexuales y del machismo en Cuba:

> Los dos hacían buena pareja, ella era muy bonita y él era un tipazo de hombre con un carro de cuatro puertas y una billetera de piel. Yo sé, porque lo vi muchas veces, que la engañaba con el primer palo vestido de largo que le pintaba monos. Había mucha necesidad, y un hombre con un buen trabajo y joven era un merengue a la entrada de un colegio. (87)

La representación de los padres del narrador, Elvira y Richard, materializa una observación de la ideología de la clase acomodada, clase que veía en los Estados Unidos un modelo ideal de vida. La imitación de modelos norteamericanos es evidente en la celebración de la Navidad con trineos *papier maché* y un Santa Claus mecánico cantando *Christmas carols*. La penetración de la cultura norteamericana también se manifiesta en el uso de palabras en inglés: *rushes*, *lunch box*, *fudge*, sobre todo en el capítulo donde el narrador habla de la escuela bilingüe a la que asistía.

Oficio de ángel sigue la línea ideológica de las novelas anteriores de Barnet. El logro mayor de la novela testimonio en Cuba y en otros países de Latinoamérica (pienso en *Hasta no verte Jesús mío* y *Me llamo Rigoberta Menchú*) es que han podido darle voz a los sectores que tradicionalmente se han visto privados o excluidos del discurso: el negro, el indio, la mujer como se ve en *Biografía de un cimarrón* donde se le da voz al ex-esclavo Montejo, o en *La canción de Rachel*, a la mujer oprimida que estaba a la merced del hombre.

Sin embargo, la novela de Barnet no presenta innovación, ni al nivel del enunciado, ni al de la enunciación. Las técnicas narrativas de las que se vale son tradicionales, y en cuanto a su contenido ideológico repite los lugares comunes de la producción novelística cubana de los 70 y 80. Barnet, en *Oficio de ángel,* idealiza a la revolución cubana mientras que Arenas, en *El color del verano,* ataca ferozmente al gobierno de Castro y los efectos de la revolución. Estas dos novelas quedan como testimonios ideológicos—obviamente los dos textos entablan una pugna ideológica—dentro de las letras cubanas contempóraneas.

Si Barnet, en *Oficio de Angel,* le da voz a Milagros, la sirvienta, los negros, los desposeídos, las prostitutas y los trabajadores, entre las novelas que se producen en el exilio se puede notar la tendencia a prestar atención a otros personajes marginados: el homosexual, el excéntrico y el artista. Se echa de menos en la literatura producida en Cuba personajes cuya marginalidad radique en una preferencia sexual diferente. El discurso oficial revolucionario—en este aspecto—no supone ruptura con la tradición cultural cubana que privilegia el discurso heterosexual. La revolución, que trató de abrir nuevas posibilidades para la mujer, a los homosexuales los ha perseguido y hostigado abiertamente. Uno de los pocos textos actuales en que se presenta un personaje homosexual es el relato "El lobo, el bosque y el hombre nuevo" del joven cubano Senel Paz quien reside en Cuba y resultó ganador del concurso Juan Rulfo.

Hagiografía de Narcisa la bella, Viaje a la Habana, El portero y *La era imaginaria* le dan entrada a la representación de artistas y homosexuales. En *Hagiografía,* Manengo, el hijo homosexual, se niega a asumir el papel que la sociedad machista-patriarcal le impone. La novela, junto al discurso feminista, le da entrada al discurso del homosexual, quien oprimido como la mujer cae también en la esfera de la marginalidad. En *Viaje a la Habana* se presenta con gran urgencia el tema de la homosexualidad y la necesidad de la aceptación del homosexual. Aparece en los tres relatos de la colección: "Que trine Eva", "Mona" y en "Viaje a la Habana". En este último aparece vinculado con el tema del incesto. En *El Portero* aparece en la representación de una pareja de dos hombres idénticos. En *La era imaginaria* aparece en la figura de Pirulí, el pintor, doblemente marginal por ser artista y homosexual.

En gran parte de la literatura que se produce fuera de Cuba se puede observar la tendencia generalizada en la literatura actual de la inclusión de una reflexión sobre el proceso mismo de la escritura y que se conoce como metaficción.[20] La reflexión sobre el acto creativo aparece en *La era imaginaria.*

---

20 Hasta donde tengo conocimiento esa tendencia tan generalizada en las letras hispanoamericanas no se da en la literatura que se produce en Cuba en la actualidad.

IV

En *La era imaginaria* de René Vázquez Díaz (escritor cubano que reside en Suecia) hay continuas referencias al proceso de la escritura, al lenguaje y a la ambigüedad que éste y el acto de comunicación literaria implican. La novela comienza con la frase "Es una lástima que esto no sea un libro". (11) Paradójicamente, la frase negativa se usa para afirmar: esto es un libro. La frase, lejos de negar la existencia de la novela como artificio, la reitera. La novela presenta innumerables referencias al proceso de la escritura y a su contraparte, el acto de lectura.

Si la última novela de Miguel Barnet privilegia el discurso revolucionario, *La era imaginaria* a través del humor rebaja el discurso oficial y lo desmantela de su poder serio, autoritario y persuasivo. El humor en la novela funciona como rebelión contra la autoridad y el sentimentalismo—el tono de seriedad es característico del discurso oficial—y a la vez es una negación de la implantación de jerarquías: previene que la novela establezca centros ideológicos de autoridad.

En *La era imaginaria* el humor es un recurso muy útil para desacralizar tanto la ideología dominante (revolucionaria) como la marginal, opositora y subversiva (contrarrevolucionaria). Así, el humor vale para expresar las contradicciones humanas o las de una ideología. Vázquez Díaz advierte:

> *Lo que tal vez diferencie* La era imaginaria *de lo que se produce hoy en Cuba es lo que hace programática todo lo que hago: no hay zonas sagradas, no hay temas santos.*

Y luego agrega:

> *no creo que esa novela* [La era imaginaria] *se hubiera podido producir dentro de Cuba a causa del tratamiento libre de la realidad, exento de "fidelidades" que nada tienen que ver con la literatura.* [21]

En *La era imaginaria* se crea un universo dialogístico en que las ideologías revolucionaria-castrista y la contrarrevolucionaria encuen-

---

[21] Elena M. Martínez, "Conversación con René Vázquez Díaz", *Linden Lane Magazine*, Vol. X, No. 2, abril-junio, 1991, p. 10.

tran un espacio en que se debaten, se confrontan y se ponen a prueba. Creo que este rico diálogo que permite, sustenta y posibilita *La era imaginaria* es, entre otras cosas, el mayor logro de la novela y la ubica en la mejor tradición novelística.

En *La era imaginaria* el humor se produce por medio de los siguientes mecanismos: la descripción de los personajes; la conjunción de personajes que no tienen mucho en común o que se oponen porque su representación física, moral o ideológica encierra disparidades; el discurso de los personajes (aspecto ideológico o lingüístico); o por las disparidades ideológicas o lingüísticas que presenta el discurso del narrador.

Los personajes que producen un efecto más humorístico, ya sea por las descripciones que el narrador hace de ellos, por las situaciones en que se ven involucrados o por el discurso que portan, son: Yoya, Mediopeje, el hijo mayor de ellos, Romo y Cecilia. Yoya, si bien es el apodo de Yolanda, también es una amalgama del nominativo del pronombre personal de primera persona y número singular Yo y Ya (adverbio conque se denota el tiempo pasado o cuando se usa en presente haciendo relación al pasado; también connota finalmente, últimamente o luego, inmediatamente. Esta última acepción denota o está asociada con la prontitud, la rapidez con que Yoya lleva a cabo las acciones).

Es Yoya, la miliciana, el personaje más humorístico, lo que resulta muy interesante pues ella es la portadora del discurso oficial. Yoya es portadora del discurso retórico revolucionario (recordemos que la retórica es la facultad de conocer en cada caso aquello que puede persuadir). Al poner a Yoya, quien es una especie de héroe en el pueblo, en posición cómica, se destruye la admiración que podemos sentir por un personaje "tan perfecto", tan sacrificado, tan trabajador. Si la revolución invirtió las jerarquías sociales, Vázquez Díaz, por medio del humor, invierte a través del discurso de su novela las nuevas jerarquías que la revolución ha establecido.

La ironía surge en la novela de Vázquez Díaz casi siempre al contraponer el discurso oficial al discurso subversivo y los lectores/as tenemos acceso a ese discurso subversivo que se transforma. Vázquez Díaz presenta la disparidad entre el discurso y la ideología del personaje que lo porta; los lectores tenemos acceso a un discurso oculto, vedado y subversivo. La ironía y el humor son elementos intrínsecos de la novela de Vázquez Díaz. Es decir, la novela presenta un código doble en que los personajes afirman algo para negarlo y viceversa.

En resumen, Reinaldo Arenas, Mireya Robles y Vázquez Díaz son escritores que sacan partido de la parodia y el humor, dado que esos son recursos muy útiles para impedir la reproducción de un mensaje de forma lineal y de una ideología. Así, la parodia y el humor posibilitan el enfrentamiento de significados. Sus textos presentan la lucha de varias modalidades entre sí, permitiéndole al lector o a la lectora un acercamiento y un distanciamiento y proveyendo varias perspectivas que crean una confluencia de voces y sentidos dentro de la mejor tradición de la novela.

OBRAS CITADAS

Arenas, Reinaldo. *Celestino antes del alba.* La Habana: Unión, 1967.

_____. "Celestino y yo". Unión no. 3, 1967.

_____. *El mundo alucinante.* México: Editorial Diógenes, 1969.

_____. *Arturo, la estrella más brillante.* Barcelona: Montesinos, 1984.

_____. *La loma del ángel.* Miami: Ediciones Mariel, 1987.

_____. *El color del verano.* Miami: Ediciones Universal, 1991.

Bakhtin, M.M. *The Dialogic Imagination. Four Essays*. Traducción de Michael Holquist y Caryl Emerson. Austin: Texas University Press, 1981.

_____. *Rabelais and His World*. Traducción de Helene Iswolsky. Cambridge: The M.I.T. Press, 1968.

Barnet, Miguel. *Oficio de ángel.* Madrid: Alfaguara, 1989.

Hutcheon, Linda. *A Theory of Parody*. New York and London: Methuen, 1985.

Kristeva, Julia. *El texto de la novela.* Barcelona: Lumen, 1981.

Kundera, Milan. *El arte de la novela.* Traducción de Fernando de

Valenzuela y María Victoria de Villaverde. Barcelona: Tusquets, 1987.

Martínez, Z. Nelly. "El carnaval, el diálogo y la novela polifónica". *Hispamérica*, 6-7, 1977-78, pp. 3-21.

Martínez, Elena M. "Conversación con René Vázquez Díaz". *Linden Lane Magazine*, Vol. X, No. 2, abril-junio 1991, pp. 9-11.

_____. *El discurso dialógico de* La era imaginaria. Madrid: Betania, 1991.

Robles, Mireya. *Hagiografía de Narcisa la bella*. Hanover: Ediciones del Norte, 1985.

Rozencvaig, Perla. *Reinaldo Arenas: narrativa de transgresión*. México: Editorial Oasis, 1986.

Sánchez-Boudy, José. *Diccionario de cubanismos más usuales*. Miami: Ediciones Universal, 1978.

Soto, Francisco. *Conversación con Reinaldo Arenas*. Madrid: Betania, 1990.

_____. "Parodic Echoings in *El palacio de las blanquísimas mofetas*". Trabajo inédito.

Vázquez Díaz, René. *La era imaginaria*. Barcelona: Montesinos, 1987.

Constantes dispersas en la narrativa cubana del exilio[1]

Perla Rozencvaig

Son varias y complejas las preguntas que se supone contestemos los que integramos este panel sobre los "elementos comunes en la literatura cubana del exilio". Primeramente, hablar de una literatura producida en el exilio da ya por sentado que existe un conjunto de obras concebidas en unas circunstancias histórico-políticas que de alguna manera han influido en la producción literaria del grupo. Entonces no sorprendería que dentro de la multiplicidad y riqueza que caracteriza al proceso de creación se esperara una serie de elementos comunes en los textos que constituyen esta categoría. Sin embargo, cuando recordamos a algunos de los escritores más importantes de la literatura del siglo pasado y de este siglo hasta 1959 (Cirilo Villaverde, José Martí, José Ma. Heredia, la Avellaneda, Virgilio Piñera y hasta el mismo Carpentier) constatamos que una gran parte de la literatura cubana ha sido escrita en el exilio voluntario o forzoso en el que vivieron estos escritores. Sin embargo no se han buscado elementos comunes en sus obras y mucho menos se han organizado congresos para analizar sus textos a la luz de la literatura del exilio.

Es a partir del éxodo cubano de los sesenta y de las décadas posteriores que esta tradición de escritura desde el exilio adquiere un nuevo significado más plural y abarcador que, creo, nos permite hablar de una literatura propiamente *de* exilio con todas las contradicciones, matices, similitudes y diferencias que en ella conviven. Gran parte de la obra de los narradores y narradoras de este grupo está marcada por la experiencia común de un destierro demasiado

---

1 Ponencia leída durante el simposio "Literatura cubana: en torno al escritor exiliado" el 9 de mayo de 1994. Por favor ver nota 1, p. 43 para las preguntas que se le sugirieron a los panelistas para su consideración.

prolongado. De este destierro surge la necesidad del desplazamiento mental hacia la isla. Vale señalar que una de las constantes de la narrativa del exilio durante las dos primeras décadas fue la de recrear la represión, el terror y los conflictos familiares que produjo la institucionalización de la revolución.

Una de las novelas más desgarradoras de ese período es *El sitio de nadie* (1972) de Hilda Perera. La desintegración total de una familia por el choque de ideologías contrarias es, precisamente, el tema central de la novela. Sin embargo, con excepción de Perera, los narradores de esta primera etapa, excluyendo a las figuras ya entonces consagradas como Guillermo Cabrera Infante y Severo Sarduy, siguen siendo poco conocidas. Quizás esto se deba a que se trata de un *corpus* de novelas demasiado transparentes para el lector ávido de juegos lingüísticos y deseoso de encontrar en el plano textual, además de una historia interesante, conmovedora y/o entretenida, técnicas literarias de mayor complejidad.

La novela de Mireya Robles, *Hagiografía de Narcisa la bella*[2], es quizás la primera novela escrita en el exilio por una narradora hasta ese momento relativamente poco conocida que responde a las exigencias de ese tipo de lector.

Desde su publicación la novela de Robles ha recibido una constante atención crítica. Robles, quien reside actualmente en Sudáfrica, ha dicho en una entrevista publicada en *Linden Lane* el año pasado: "...el hecho es que en mis novelas siempre vuelvo a la Cuba de mi niñez. Es como si dentro de un amplio marco universal mi identidad nacional se mantuviera en algún rincón, intacta".[3] La Cuba de su niñez es la de 1940, época en la que transcurre la novela.

La necesidad de Robles de recuperar su centro perdido a través de la literatura permite hablar de una vertiente evocativa dentro de la narrativa del exilio que, dicho sea de paso, ha ido enriqueciéndose paulatinamente a partir de los ochenta. Por otra parte, al final de esta década aparece *El portero* (1989), la única novela de Reinaldo Arenas am-

---

2 N de R. Mireya Robles, *Hagiografía de Narcisa la bella* (Hanover, NH: Ediciones del Norte, 1985).
3 Francisco Soto. *Mireya Robles: una cubana en Sudáfrica*, Linden Lane, oct.-dec. 1991, p.18.

bientada en Manhattan. El compromiso simbólico de Juan, el protagonista, con el exilio cubano sitúa el texto de manera señera dentro de la vertiente que recrea la temática del exilio en su infinita complejidad.

Detengo brevemente mi atención en estos dos textos porque, a pesar de sus diferencias temáticas, tanto Robles como Arenas utilizan técnicas muy similares para estructurar el orbe novelesco. Ni los cubanos de los cuarenta en Cuba (*Hagiografía*) ni los exiliados cubanos de Miami en los ochenta (*El portero*) responden a la lógica convencional ni a las leyes de causa y efecto que rigen fuera del texto. Son verdaderos seres literarios, cuya carencia de realismo es lo que precisamente los hace más creíbles y, por supuesto, mucho más humanos.

Narcisa, la protagonista de la novela de Robles, pertenece a una familia pequeño-burguesa del interior de la isla. Los padres tienen un hijo varón un poco mayor que ella y una hija menor. La condición de segundona de Narcisa se vuelve trágica desde antes de su nacimiento ya que, para no disgustar al padre que anhelaba otro varón, esconde su sexo tan ingeniosamente que viene al mundo con un pañal puesto. "El bulto", como la llaman sus padres, es feo y desprovisto de los atributos tradicionales que dentro de una sociedad patriarcal son indispensables para recibir la aprobación masculina. Narcisa trata de suplir esta carencia física con un comportamiento sumiso, producto de un auto-engaño que le hace continuamente vociferar lo mucho que sus padres, hermano y hermana la quieren, y lo feliz que ella se siente en el seno familiar.

En cuanto a Flora y Florita-Ita, su aparente situación privilegiada se desmorona cuando tienen que cumplir el papel que les ha asignado la tradición. La madre se evade de la realidad por medio de las novelas radiales y Florita-Ita sólo vive en función de la moda. Ninguna es capaz de transgredir el orden hegemónico impuesto por el padre. Es más, se vuelven cómplices de los hombres de la familia para participar en el acto caníbal que ocurre al final de la novela cuando simbólicamente se devoran a Narcisa. La falta de solidaridad entre las mujeres es uno de los *Leitmotive* de la novela. Ni las fibras de madre ni de hermana despiertan en estas mujeres la más mínima conmiseración hacia su víctima. Ellas cumplen mecánica y sumisamente el papel que les ha sido asignado sin ni tan siquiera cuestionar sus implicaciones morales.

El discurso autoritario de Pascual, el padre, y de Manengo, el hermano, rige la vida de estas tres mujeres de principio a fin, quedando la víctima y sus victimarias por igual sometidas a los mecanismos de represión que imperan en cualquier sociedad regida por un orden patriarcal.

La homosexualidad de Manengo funciona en el texto como un signo "bisémico" y contadictorio a la vez. Por un lado, su orientación sexual lo margina y lo sitúa en una posición inferior con respecto a su padre; pero en relación a su madre y hermanas, él representa la autoridad.

Robles, en la entrevista que mencioné anteriormente, insiste en que su novela no tiene el cariz político que algunos estudiosos del texto han querido ver en ella, de ahí que asociar los años cuarenta con la época pre-revolucionaria le parezca innecesario para el análisis de *Narcisa*; no obstante, la novela denuncia, sin aportar soluciones, la situación sofocante de la mujer en Cuba durante esos años. En cuanto a si se puede o no considerar parte de la novelística del exilio *per se*, creo que ésta responde más bien a la necesidad de su productora de recobrar su lugar de origen y desde él dar cuentas de las condiciones represivas que someten a la mujer dentro de una sociedad patriarcal. Robles no está sola en esta empresa; son varias las narradoras cubanas que utilizan sus ficciones para directa o indirectamente abordar el mismo tema.

En cuanto a Juan, el protagonista de *El portero*, llegó, como Arenas, a los Estados Unidos en 1980 por el Mariel.[4] "Era como casi todos nosotros" —señala el narrador— "un joven descalificado al llegar aquí, un obrero. Tenía que aprender, como aprendimos nosotros... el alto precio que hay que pagar para alcanzar una vida estable".[5] El narrador desde la primera página se autodefine como el elegido de la comunidad para contar la historia de este hombre.

La voz que habla por la comunidad deja entrever que Juan se aferra desesperadamente a las palabras como si éstas fueran los únicos predicados definitorios de su propia identidad, la cual ve en peligro

---

4 N de R. Por favor, ver nota 2, p. 271.

5 Reinaldo Arenas, *El portero* (Málaga: Editorial Dador, 1989), p. 47. En lo adelante sólo se indicará el número de la página entre paréntesis.

de disolución al entrar en contacto con otro código lingüístico que, aunque él burdamente lo utiliza (apenas sabe inglés), se va infiltrando paulatinamente en su discurso cotidiano. El lenguaje autorreferencial de *El portero* recoge el sentimiento de pérdida que produce la desintegración del idioma. Este subraya en qué consisten sus fallos y confiesa hasta su propia incapacidad de expresión. Palabras en inglés aparecen con demasiada frecuencia, por lo que la voz narrativa pide perdón. Por ejemplo, cuando se refiere al oficio de Juan, la voz narrativa dice " '*doorman*', perdón, portero, queremos decir".(13)

Arenas subvierte el propósito de la fábula tradicional al darles voz a los animales que completan y enriquecen la dimensión psicológica de sus dueños (los inquilinos del edificio donde trabaja Juan de portero), no con el propósito de transmitir una moraleja al estilo de La Fontaine, sino con el de examinar más de cerca esas zonas oscuras del proceder humano que, analizadas desde una perspectiva más distante, descubren las ambiciones, miedos, inquietudes, flaquezas y frustraciones de los personajes.

El conejo, por ejemplo, busca un lugar en donde cavar huecos para esconderse. Lo que parece una tonta "conejada", para usar el término propuesto por Roberto Valero[6], es una clara señal de los miedos que acosan al individuo forzado a vivir entre cerrojos, puertas, porteros, cuidando espacios cerrados, defendiendo y protegiendo el producto de una riqueza acumulada que le exige el precio de renunciar quizás al disfrute de una vida más a la intemperie, con todos los riesgos y goces que ésta podría proporcionarle.

Vale señalar que el único que sabe que los animales hablan es el portero. Esta treta de Arenas permite que estos puedan expresar sus opiniones sin las restricciones a las que se verían sometidos si sus dueños supieran que ellos son capaces de cuestionar sus acciones y hasta de abandonarlos y buscar cada uno el medio de vida que le parezca más apropiado; por eso, precisamente, se unen al portero al enterarse de que él también está buscando la puerta que le permitiría llegar a ese lugar soñado del que su memoria no se puede escapar. Claro que a Juan le hubiera gustado compartir sus impresiones y sus

---

6 Roberto Valero, *El desamparado humor de Reinaldo Arenas* (Miami: Hallmark Press, 1991). Ver capítulo sobre *El portero*.

angustias con otro ser humano, pero hablar con cualquiera de los vecinos, tarea que se había impuesto en un principio, era imposible. Cada uno de ellos estaba demasiado ocupado, demasiado embebido en su propio mundo y en sus propias fantasías para prestarle a él alguna atención. El Señor Friedman, por ejemplo, creía firmemente que las confituras que repartía en inimaginables tamaños y colores era la labor más hermosa que podía realizar. Y no es que repartir caramelos fuera del todo despreciable, pensaba Juan (y también lo pensaría el lector), lo patético, lo verdaderamente inadmisible para él era ver como este hombre dedicaba todos sus recursos humanos a la compra, el consumo y la distribución de sus melcochas.

Sin embargo, no es la crítica al modo de ser del norteamericano promedio lo que me parece motivó a Arenas a escribir la novela. Una lectura capaz de transgredir la fachada de los discursos de los personajes revela un propósito mucho más importante: el de analizar cómo las estructuras socioeconómicas de este país, al igual que los patrones culturales imperantes en él, han afectado a la comunidad cubana, la cual desde el principio queda doblemente involucrada en la historia ya que tanto el narrador como el ente narrado son productos de esa misma comunidad.

Una vez más, Arenas juega con la historia al confiarle las riendas del relato a una colectividad cuyas relaciones intertextuales con el exilio cubano recoge su visión ambivalente (triste y festiva) de esa comunidad. Le advierte, por otro lado, al lector que el texto se basa tanto en los informes supuestamente verificables que ha suministrado la comunidad como en los elementos imaginativos que de alguna manera lo hacen más verosímil. A pesar de la aparente contradicción que esto indique, es precisamente el elemento ficticio, con sus plenos poderes para subvertir la realidad empírica, lo que le añade mayor profundidad psicológica a los personajes. Claro que al descubrir el texto sus propios mecanismos de artificialización está revelando su conciencia autorreferencial, a la vez que enseña una cierta (o total) desconfianza por el discurso histórico, ya que aun cuando está elaborado en base a la información archivada y, por lo tanto, verificable de los hechos, dicha información está sujeta a las manipulaciones conscientes (la ideología del autor) e inconscientes (experiencias múltiples vividas por el autor) a las que lo somete el historiador.

El negarle una voz autorial a la historia es otra treta narrativa de Arenas para que el texto recoja sus opiniones acerca de los escritores cubanos más imporantes de hoy día, entre los que él justamente se incluye. Así dice:

> Con Guillermo Cabrera Infante este relato perdería su sentido medular y se convertiría en una suerte de trabalenguas... Heberto Padilla aprovecharía cada renglón para interpolar su yo hipertrofiado... En cuanto a Reinaldo Arenas, su homosexualismo [sic] confeso, delirante y reprochable contaminaría a todas luces textos y situaciones, descripciones y personajes... Por otra parte, si nos hubiésemos decidido por Sarduy, todo habría quedado en una bisutería neobarroca que no habría Dios que pudiese entender. (p. 17)

Obviamente el reemplazo de una voz única por otra que se propone como la representativa de un grupo de individuos le permite a Arenas mostrar cómo esa voz fuerte, poderosa (y que se reconoce triunfadora por todo lo que ha logrado en su nuevo país) se identifica progresivamente con el sufrimiento de Juan, hasta tener conciencia plena de su propio desarraigo.

Tal vez por eso, Arenas les niega a Juan y a Cleopatra (perra egipcia cuya raza está en peligro de extinción) la posibilidad de encontrar la puerta que los otros animales atraviesan al final en busca cada uno del espacio anhelado. Juan y Cleopatra representan en el texto una actitud de crisis existencial permanente. La puerta que ellos necesitan parece que no existe en ningún lugar concreto. Juan, en su búsqueda, grita desesperadamente:

> Pero yo busco, pero yo busco, pero yo siento, pero yo grito...yo grito en medio del mar...dentro del tren o bajo la nieve o sobre un palmar o sobre la arena...abriendo y cerrando la puerta, yo busco la salida. (p. 137)

Su exilio trasciende el destierro. Aunque para un gran número de exiliados cubanos, Cuba guarda la semilla de su felicidad, Juan busca un destierro de todo destierro, el salir de un cuerpo arraigado a la tierra y a la vida material. Como explica el oso "¿qué sentido tiene la libertad cuando se vive dentro de un cuerpo?". (p. 129) Pero ¿es posible vivir de otra manera?

La plena libertad del espíritu y la total liberación de la existencia sólo se consiguen en el espacio de la imaginación. Al portero no le queda más remedio que aceptar ese destino. Como víctima de sus propias fantasías, el/la lector(a) podría entender que Juan no encontrará la puerta que tan desesperadamente busca, pero Arenas le otorga a su vez la misión de ser el elegido de una comunidad que ha depositado en él toda su confianza, al extremo de considerarlo el único que podría salvarla. Tal parece que su fuerza de líder comunitario reside en las debilidades que le impiden llevar una vida "normal". En estas contradicciones se encuentra, creo, uno de los significados más importantes de la novela: el de recordarle a esa comunidad que además del triunfo económico y los logros materiales, el ser humano necesita soñar e inventarse puertas por donde puedan salir sus múltiples e infinitas fabulaciones.

Quizás ésta sea la razón principal por la que los narradores cubanos del exilio y muy en especial las voces de los narradores más jóvenes están produciendo textos más imaginativos, los cuales responden a la utilización de novedosas técnicas narrativas y mecanismos de artificialización verdaderamente atrevidos.

En *La trenza de la hermosa luna*[7], Mayra Montero sitúa a sus personajes en el contexto geopolítico de Haití durante la dictadura del último de los Duvaliers. Y en su novela más reciente, *La última noche que pasé contigo*[8], examina provocativamente las relaciones maritales de una pareja y sus enfrentamientos simbólicos con la muerte; de ahí que estos textos puedan incluirse en la vertiente de la narrativa del exilio que se distancia de la problemática cubana. Por su parte Cristina García acaba de publicar en inglés *Dreaming in Cuban*[9], lo cual demuestra que Cuba aún en otro espacio y otra lengua sigue apareciendo en sus sueños y, por lo tanto, se convierte en materia de

---

7 N de R. Mayra Montero, *La trenza de la hermosa luna* (Anagrama, 1987). Es su primera novela.

8 N de R. Mayra Montero, *La última noche que pasé contigo* (Barcelona, España: Tusquets Editores, S.A. Colección de Erótica, 1991).

9 N de R. Cristina García, *Dreaming in Cuban* (New York: Valentine Books, 1992).

ficción. No debe sorprender que aquéllos que llegaron a este exilio siendo muy niños prefieran escribir en inglés. Su obra también tiene cabida en la novelística del exilio. Para algunos, inclusive, es su única posibilidad de afianzar su propia identidad, la cual se ve continuamente amenazada por una cultura y un idioma extranjeros.

Vivir en suelo ajeno es de alguna manera sentir continuamente que no pertenecemos a ese lugar, por eso creo que en las tres vertientes por donde corren las ficciones de los narradores y narradoras cubanos del exilio se alberga gran parte de nuestra tradición y su realización es de algún modo nuestra posibilidad de seguir siendo un pueblo que, aunque disperso, permanece unido en el espacio infinito de la creación.

De la poesía

Confluencias dentro de la poesía cubana posterior a 1959[1]

Jesús Barquet

Un aspecto común a ambas orillas de la poesía cubana posterior a 1959 es la creciente cantidad y alta calidad de la poesía escrita por mujeres fuera y dentro de la Isla. Algunas poetisas del exilio publicaron sus primeros poemarios en Cuba (Isel Rivero, Belkis Cuza Malé, Rita Geada, etc.). Otras han publicado toda su obra en el extranjero (Juana Rosa Pita, Carlota Caulfield, Alina Galliano, etc.). Sus colegas en Cuba son muchas: Dulce María Loynaz, Fina García Marruz, Carilda Oliver Labra, Georgina Herrera, Nancy Morejón, Reina María Rodríguez, Marilyn Bobes, María Elena Cruz Varela y Chely Lima, entre otras.

La obra de todas ellas continúa el auge de las grandes poetisas posmodernistas (Mistral, Agustini, Storni, Ibarbourou) y posvanguardistas (Ocampo, Castellanos, Gramcko) latinoamericanas del siglo XX. Representantes cubanas de estos dos movimientos poéticos son, respectivamente, Loynaz y García Marruz en la Isla.[2] Pero la destacada presencia femenina en la poesía actual no constituye en Cuba una inusitada novedad: en el siglo XIX cubano habían aparecido ya grandes poetisas como Gertrudis Gómez de Avellaneda y Luisa Pérez de Zambrano dentro del movimiento romántico y Juana Borrero dentro del modernismo. En particular la Avellaneda, quien vivió tanto en la Isla como en España, ejemplifica además, magistralmente, la efectiva interacción que, a diferencia de ahora, existía entonces entre los dos espacios de la literatura cubana.

Al contrastar el modernismo y la vanguardia con sendas derivaciones, el posmodernismo y la posvanguardia, Fernández Retamar

---

1 Versión resultante de la ponencia comisionada por **OLLANTAY Center for the Arts** para el simposio "Literatura cubana: en torno al escritor exiliado" el 9 de mayo de 1992.

2 Roberto Fernández Retamar, "Situación actual [1957] de la poesía hispanoamericana", *Para el perfil definitivo del hombre* (La Habana: Letras Cubanas, 1985), p. 51.

afirma que estos dos últimos movimientos, por ser "menos renovadores que íntimos (para distinguirlos de alguna manera)" han ofrecido "ocasión mejor a la expresión femenina".[3] Sin embargo, entiendo que, en numerosos casos, ese *intimismo femenino* que se ha querido destacar en la poesía escrita por mujeres ha llevado en sus entrañas — sin los alardes programáticos modernistas de Darío o vanguardistas de Huidobro—una profunda y necesaria renovación metafórica, temática y formal de la poesía hispanoamericana; esto se puede demostrar ampliamente no sólo con la poesía de Julia de Burgos, Storni y Mistral en este siglo, sino también con textos tan antiguos como la innovadora epístola de la peruana "Amarilis a Belardo" (1621) y la poesía barroca de Sor Juana Inés de la Cruz. Además de sus atrevidos poemas en contra de los "hombres necios" y a favor de la mujer, el *Primero sueño* de Sor Juana ofrece novedosas propuestas temáticas y estilísticas ampliamente estudiadas por Octavio Paz.[4] En tanto que muestras de una consciente intención artística, los elementos de renovación presentes en las poetisas actuales no son, entonces, una total novedad, sino que, como afirma Randall, *"they are as old as women writing and only recently coming into our line of vision"*.[5]

La historia de la poesía cubana posterior a 1959 estaría, pues, incompleta si no se tuvieran en cuenta los momentos claves de renovación ideoestética que significaron los siguientes poemarios publicados por mujeres dentro y fuera de Cuba: *La marcha de los hurones* (1960) y *Tundra* (1963) de Rivero, *Casa que no existía* (1967) de Lina de Feria, *Richard trajo su flauta y otros poemas* (1967) de Morejón, *Cuaderno de agosto* (1968) de Lourdes Casal, *Todos me van a tener que oír* (1970) de Tania Díaz Castro, *Mascarada* (1970) de Geada, *Visitaciones* (1970) de García Marruz, *Viajes de Penélope* (1980) de

---

3   Fernández Retamar, op. cit., p. 52. Aunque en menor número que los hombres, hubo, sin embargo, varias poetisas (entre las más conocidas, Norah Lange, Norah Borges, Magda Portal y Storni) vinculadas, por su obra o su actividad cultural, a los movimientos de renovación literaria durante las primeras décadas de este siglo. Por otra parte, se ha advertido el peligro de homologar en un grupo a las mencionadas poetisas posmodernistas del Cono Sur sin tener en cuenta sus respectivas peculiaridades; recuérdese, por ejemplo, el peculiar desplazamiento de la Storni hacia el superrealismo.

4   Octavio Paz, *Sor Juana Inés de la Cruz o las trampas de la fe*, 3era. ed. (México: Fondo de Cultura Económica, 1983), pp. 469-507.

5   Margaret Randall, *Breaking the Silences* (Vancouver: Pulp, 1982), p. 21.

Pita, *Oscuridad divina* (1985) de Caulfield, *La extremaunción diaria* (1986) y *Hermana* (1989) de Magali Alabau, *Para un cordero blanco* (1984) de Rodríguez, *En el vientre del trópico* (1994) de Galliano, *Afuera está lloviendo* (1987) e *Hijas de Eva* (Premio Nacional de la UNEAC en 1989) de Cruz Varela. Para entender poéticamente el legado que estas poetisas nos han dejado, valga el siguiente fragmento del "Legado" de Cruz Varela a su hija:

> *Si alguna herencia puedo*
> *es el amor   y el odio necesario. . . .*
> *No puedo regalarte camafeos*
> *ni muñecas con lazos*
> *ni una abuela blanquísima en una mecedora;*
> *sólo puedo legarte la ira,*
> *la búsqueda incesante de los detonadores*
> *un precario equilibrio cuesta arriba,*
> *la vocación del faro*
> *y una pasión de vidrio intransferible.* [6]

Por todos esos poemarios y por muchos otros debidos a poetisas latinoamericanas de íntima rebeldía existencial, tales como Sor Juana, Storni, Pizarnick y Julia de Burgos, no creemos que falte en América Latina ni en Cuba (no olvidar *Ultimos días de una casa*, publicado por Loynaz en 1958), como asegura Madeline Cámara que faltó en la Isla hasta fines de los años ochenta, "una tradición de poesía femenina social contemporánea que hable desde la oposición, pero a la vez desde el ser-mujer".[7] Si entendemos por social todas las instancias (moral, sexual, familiar, económica, etc.) que constituyen la vida humana y no solamente la sobrevalorada instancia política, y si consideramos, además, como propiciadoras de cambios sociales otras propuestas diferentes a las meramente políticas, podrán detectarse entonces, con mayor justicia, los elementos de renovación social que, desde su ser-mujer, han aportado las poetisas latinoamericanas—siempre presentes, aunque en mucho menor número que los hom-

---

6   María Elena Cruz Varela, "Legado", *ABC Cultural* (23 de abril de 1993), p. 23.
7   Madeline Cámara, "Locura, poesía y subversión. Una mujer que espera por la lluvia", *Plural*, No. 250 (julio 1992), p. 12.

bres, en nuestros anteriores movimientos poéticos de mayor o menor renovación, y no siempre desde el margen.

Sin embargo, el querer *descubrir* sorpresivas novedades e inestrenados atrevimientos en la poesía femenina posterior a los años sesenta ha llevado a varios hispanoamericanistas de orientación feminista a hablar de la supuesta ausencia o invisibilidad de una tradición de escritura femenina en nuestra literatura. Al señalar ese supuesto déficit, dichos críticos revelan o bien un parcial desconocimiento de la producción anterior, o bien sus propias anteojeras o prioridades ideológicas, las cuales parecen estar más atentas a las modas políticas o teóricas occidentales del momento que a la concreta evolución de la poesía hispanoamericana y las reales circunstancias desde las cuales nuestras poetisas—casi nunca guerrilleras ni militantes políticas, sino maestras de escuela, esposas *más o menos* abnegadas, monjas, artistas, oficinistas—lograron en múltiples ocasiones expresar su rebelde intimidad. Dichos críticos feministas suelen olvidar hechos tan visibles y fundamentales como que el primer Premio Nobel adjudicado a la literatura hispanoamericana lo obtuvo una poetisa chilena en 1945; que Sor Juana y la Avellaneda, además de alcanzar, en sus respectivos siglos, mayor fama internacional (y calidad estética) que sus colegas hombres, han conformado siempre el canon de sus respectivos movimientos literarios hasta en los textos escolares; y que intelectuales como Victoria Ocampo y Nilita Vientés Gastón dirigieron personalmente, por décadas, revistas literarias de gran repercusión en el mundo artístico latinoamericano. Muchos otros momentos notables de la presencia femenina en esta literatura podríanse citar aquí, aunque sabemos que en asuntos literarios importa más la calidad que el número. De todas formas, es necesario continuar la labor de rescate y valoración de esas voces y figuras femeninas olvidadas o desconocidas por muchos historiadores, antologadores y estudiosos de la literatura hispanoamericana.

Sólo considerando, pues, a todas estas prestigiosas poetisas, no como meras precursoras casi invisibles de las poetisas actuales, sino como voces logradas en sí mismas y conformadoras de una importantísima tradición de poesía femenina en América Latina, puede comprenderse a cabalidad el nuevo fenómeno generacional que, en 1992, Cámara encuentra entre las autoras cubanas más jóvenes:

La dicotomía entre razón/pasión, observada y legitimada por José Martí en la poesía femenina cubana del siglo XIX, no ha sido subvertida con una fuerza generacional tan cohesiva hasta la irrupción de la más reciente oleada de jóvenes poetisas (consúltense las antologías Retrato de grupo *y* Poesía infiel, *ambas publicadas en La Habana durante 1990), de la cual Cruz Varela es representativa, aunque no la única voz beligerante.*[8]

Analizando la obra de Cruz Varela, la propia Cámara revela la fuerza de renovación social que puede entrañar la consabida *intimidad femenina* cuando afirma que la inicial rebeldía de la poetisa "contra el estatuto subordinado de la mujer en tanto amante" se desplaza, en sus libros posteriores, "de lo privado a lo público, del yo reflexivo al nosotros, de la queja a la imprecación", convirtiéndose así en "un llamado a la resistencia frente al poder cuyo receptor implícito puede ser la mujer, o simplemente su semejante, una vez anuladas las diferencias jerárquicas que impiden la unidad frente a la autoridad".[9]

Un discurso igualmente "contestatario", basado en "vivencias y actitudes que difieren significativamente de las que encontramos en el discurso de los hombres", puede rastrearse en varias poetisas cubanas del exilio tales como Alabau y Caulfield, afirma Elías Miguel Muñoz. Y anota el crítico tres áreas donde las mujeres marcan dicha diferencia: "la configuración del espacio de la naturaleza, el cuestionamiento de la figura masculina y la reescritura del mito".[10] Sin embargo, la voz de la mujer no necesita abandonar sus temas y tonos más tradicionales (el amor, el cuerpo, la sensibilidad, la ensoñación, la intimidad) para mostrar su valentía y cuestionar su circunstancia social; así lo demostró Loynaz con su mencionado poemario de 1958 y lo refirma Caulfield en "Universo único":

> *No quiero escapar de mi cuerpo*
> *Amor y poesía son mi voz auténtica*
> *No quiero que mi estirpe*

---

[8] Cámara, "Locura", p. 12.
[9] Ibid., pp. 7-8.
[10] Elías Miguel Muñoz, *Desde esta orilla: poesía cubana del exilio* (Madrid: Betania, 1988), pp. 43-49.

> *sea cobarde*
> *Soy yo*
> *una mujer*
> *que siente*
> *y sueña.*[11]

Con heroica dedicación y notables constancia, número y calidad, las poetisas cubanas de las dos orillas son cada vez más visibles en la vanguardia de la poesía cubana actual. Sus voces contestatarias pero a la vez solidarias, en la mayoría de los casos, hacia sus colegas masculinos se perciben en la siguiente reescritura o inversión del motivo del héroe, realizada por Juana Rosa Pita en su poema "De cómo dar con el mito moderno":

> *Tómese el viejo mito e inviértanse los términos,*
> *y—claro—multiplíquense los dragones.*
> *Vale decir: está cautivo el príncipe,*
> *y la heroína*
> *—sin yelmo, sin caballo, sin espada—*
> *acude a rescatarlo*
> *a puro corazón, a puro canto.*[12]

La poesía cubana posterior a 1959 constituye un *corpus* bipartito (Isla/Exilio) que, como ya expliqué en *Tres apuntes para el futuro: poesía cubana posterior a 1959*[13], se encuentra también fragmentado en cada orilla debido a, por una parte, los vaivenes político-editoriales y críticos en Cuba y, por otra, las dificultades económicas y la diáspora del exilio.

A diferencia de otros períodos históricos en que los dos espacios se mantuvieron en contacto permitiendo así su interacción y fusión en un mismo *corpus* orgánico tanto creativo como crítico (piénsese en la influencia que tuvieron sobre sus contemporáneos en la Isla

---

11 Carlota Caulfield, *El tiempo es una mujer que espera* (Madrid: Torremozas, 1986), p. 18.
12 Juana Rosa Pita, en Caulfield, op. cit., p. 9.
13 N de R. Comisionada por **OLLANTAY Center for the Arts.** Se leyó en el panel "Rasgos comparativos entre la literatura de la isla y la del exilio" el 9 de mayo de 1992 y se publicó en *Plural*, no. 262 (julio 1993), pp. 51-56.

poetas como la Avellaneda, Eugenio Florit, Mariano Brull, Virgilio Piñera y Fayad Jamís, quienes radicaron por muchos años en el extranjero), la actual bipartición de la cultura cubana no ha gozado de similares contactos. Dicha cultura permanece aún dividida en dos entidades fragmentadas a su vez, las cuales han mantenido un difícil, y por varios lustros imposible, diálogo no sólo creativo sino también crítico. Por esto, no creo que sea útil especular ahora sobre lo que habría pasado con la poesía y la crítica cubanas, de haber existido, durante las últimas décadas, un diálogo permanente y fructífero entre ambos espacios.[14] De mayor utilidad sería, en cambio, comprender cuán relevante ha sido para la poesía en exilio la ausencia de nexos físicos con ese suelo natal que no logra olvidar, y descubrir si la poesía publicada en la Isla también *ha echado de menos* al exilio.[15] Tras desentrañar ambos asuntos, tal vez descubramos, entre los dos espacios poéticos, más similitudes de las que esperábamos.

Para la mayoría de los cubanos, el indetenible éxodo de cientos de miles de compatriotas ha significado la ruptura de una continuidad en los afectos (familiares, amorosos, amistosos) y, por extensión, en su ser más íntimo; y así lo ha sabido expresar gran parte de la poesía en exilio. En la Isla, sin embargo, las directivas gubernamentales castristas en contra de los exiliados obstaculizaron por varios lustros la compleja presentación artística de este conflicto de separación.[16] La poesía publicada podía sólo reproducir la directiva política y desatender el conflictivo terreno afectivo. Esto comienza a apreciarse sutilmente en los años sesenta en poemas como "Addio" de Miguel Barnet y *"Postcard to USA"* de Heberto Padilla. Tras la salida de su familia, Barnet afirma: "De la familia errante quedo

---

14 Dicho diálogo sólo parece haber ocurrido en la Isla con la poesía de Casal y en el exilio con la obra de poetas alguna vez presos, disidentes o silenciados allá (Padilla, Cuadra, Díaz Rodríguez, Valls, Delfín Prats, Loynaz, Cruz Varela, Díaz Castro).

15 N de R. No solo la poesía, también los demás géneros literarios y se debe tener en cuenta que la culpa no es sólo de los que viven en la Isla. Algunos cubanos *residentes en el extranjero* no tienen en cuenta la literatura escrita en el exilio; tal es el caso—entre varios—de Emilio Bejel en su *Escribir en Cuba. Entrevistas con escritores cubanos: 1979-1989* (Puerto Rico: Ed. de la Universidad de Puerto Rico, 1991). Por favor, ver "Cuando vuelva a tu lado...", la introducción a *Lo que no se ha dicho*.

16 La obra teatral *Los siete contra Tebas* (1968) de Antón Arrufat se atrevió a presentar de manera heterodoxa este tema y fue duramente censurada.

yo/Mejor será que yo invente otros nombres,/otros rostros para mañana,/para hoy ya".[17] Padilla, en cambio, no corta totalmente el cordón umbilical con su madre en el extranjero, le pide que le guarde "los grabados de Blake" y "aquel libro", pero el reencuentro no llega aún: "Ha pasado otro año/y tu hijo comunista no podrá visitarte".[18] Esta ruptura o separación familiar que, debido al nuevo parentesco político del poeta, es expresada sin visos de dramatismo ni conflicto interior, llega a cobrar en otros poetas dimensiones rígidamente absolutistas y condenatorias. Valgan como ejemplo unos versos de "Una Carta Oro por tu antimemoria" de Mario Martínez Sobrino:

> *Ahora vendrá tu carta* US stamp
> *desertor, aparente*
> *cubano durante 35 años,*
> *fragmento de traición y olvido . . .*
> *¡Aprende pronto el inglés!*
> *Te prohibimos, habaneros, nuestro argot de pueblo.*
> *Ya no eres, date cuenta. Ya no existes.*
> *No tienes derecho a nuestra voz . . .*
> *Nada tienen que hacer en la Isla [tus] palabras.*[19]

Pero en los últimos años algunas voces en Cuba han comenzado a expresar más libremente la profunda significación de esta ruptura afectiva, cuestionando así el discurso oficial, el cual también ha disminuido su intolerancia hacia el tema. Usando como metáfora la historia de un parque de diversiones para niños, el cantautor Carlos Varela nos habla en su canción *"Jalisco Park"* de un mundo infantil alegre y armonioso que resulta de pronto desmembrado por un aluvión incomprensible, la Historia: el parque (el país) entra así en un período de confusión y sin sentido existencial que trae como consecuencia el fin de los alegres juegos y la separación de los "amiguitos", porque algunos padres deciden llevárselos del país. Fuera de

---

17 Miguel Barnet, *Con pies de gato* (La Habana: Letras Cubanas, 1993), p. 75.
18 Heberto Padilla, *Poesía y política* (Washington D.C.: Georgetown University, Cuban Series, 1974), p. 30.
19 Mario Martínez Sobrino, en Luis Suardíaz et al., eds., *La generación de los años 50* (La Habana: Letras Cubanas, 1984), pp. 328-329.

Cuba, el poemario *Hermana* de Alabau presenta a dos hermanitas en similar estado de desolación y confusión ante los azotes del exterior y el exilio de una de ellas.

Muchos poetas de las varias generaciones y promociones que confluyeron en la Cuba de los años sesenta vieron el nuevo proceso histórico realizándose en la Isla como la instancia de sorpresiva alteridad a la cual abocarse con todos sus sentidos y hasta contradicciones. Así lo afirma el entonces joven poeta Barnet: "Entre tú [Revolución] y yo/hay un montón de contradicciones/que se juntan/para hacer de mí el sobresaltado/que ... te edifica".[20] De igual forma, en enero de 1960, el origenista José Lezama Lima escribía en su ensayo "A partir de la poesía" que, con la Revolución Cubana, "lo imposible al actuar sobre lo posible" engendraba por fin "un *potens*, que es lo posible en la infinidad" realizándose en la Isla.[21] En su poema "Epifanía" a la Revolución, Pablo Armando Fernández se une al coro de los místicamente alumbrados ante la realizada infinitud: "Revolución,/naces y veo la edad cambiada/En el futuro halla el hombre su límite".[22]

No sabían entonces estos autores que, mientras ellos cantaban sus encuentros (encontronazos serán, años más tarde, para algunos poetas como el propio Lezama) con la alteridad en la Historia, estaban ya naciendo unos futuros creadores que hacia fines de los años ochenta no expresarán similar actitud de conformidad o justificada aceptación ante sus coordenadas tempoespaciales. Nacidos principalmente en los sesenta, los nuevos creadores serán mucho más atrevidos que sus predecesores no sólo en pintura (grupos Arte-Calle y Arte Libre) y música (Varela), sino también en poesía, donde parecen no temer expresar sus angustias de vacío existencial y oscuro desconcierto, su desafío a la Historia que los ha condicionado y hasta limitado, su imprecisa sensación de que una parte de sus vidas se les ha escatimado ("la vida que nos falta"[23]), es decir, temas extremadamente afines a la poesía en exilio. Para estos jóvenes poetas, antologados en *Retrato de grupo* (1989) y *Un grupo avanza silencioso* (1990), las circunstancias

20   Barnet, op. cit., p. 74.
21   José Lezama Lima, *Obras completas*, vol. 2 (México: Aguilar, 1977), p. 839.
22   En *La generación de los años 50*, op. cit., p. 209.
23   Emilio García Montiel, en Carlos Augusto Alfonso Barroso et al., eds., *Retrato de grupo* (La Habana: Letras Cubanas, 1989), p. 57.

inmediatas de la Isla constituyen ahora una opresiva limitación que los lleva a abogar por un necesario salto liberador o viaje hacia otro espacio desconocido y de mayor realización.

Es frecuente en estos jóvenes poetas la presencia de un sujeto lírico enfrentado a diferentes imposiciones aniquiladoras del ser. Estas imposiciones son las siguientes: "mil puertas que no fugan"[24]; miradas espías que "me han estado mirando.../me miran"[25]; "muros" que necesita derrumbar porque en su circunstancia de encierro "pesa demasiado la luz" y "la ventana fue una mentira muy dulce"[26]; rutinarias escaleras sin sentido: "este escalón hace siglos que lo estoy subiendo/y se repite cada vez interminable".[27] Ajenos al culto de los mayores (usualmente héroes y mártires de la patria) que profesaron los poetas anteriores,[28] los jóvenes autores reciben ahora las enseñanzas de sus mayores (sus maestros, sus padres) como materia muerta que no responde a los afanes de expansión ilimitada que sus actuales naturaleza y mundo interior les dictan. Así nos dice María Elena Hernández Caballero:

En verdad, no nos alcanzaba la primera juventud;
(el hombre vive un pedazo en la Tierra y el otro a gran altura).
Pero los maestros, qué sabían de nubes y nubes; tanta Botánica
y eran ciegos al árbol que afuera desparramaba sus frutos; tanta Literatura
y eran sordos al griterío que producen los que sueñan.
Yo no perdono a los maestros detenidos allí,
delante del pizarrón.[29]

Omar Díaz López hace un recuento del legado que recibió de sus padres para concluir afirmando que todo ello "estropea hoy las pupilas del hijo pródigo".[30] Wendy Guerra Torres cierra esta parábola que

---

24 Pedro Márquez de Armas, en *Retrato de grupo*, p. 143.
25 Wendy Guerra Torres, en Gaspar Aguilera Díaz, ed., *Un grupo avanza silencioso*, vol. 2 (México: UNAM, 1990), p. 107.
26 Heriberto Hernández Medina, en *Retrato de grupo*, p. 109.
27 Sonia Díaz Corrales, en *Retrato de grupo*, p. 126.
28 Recuérdense *El libro de los héroes*, de Pablo Armando Fernández y *De todos los hombres*, de Barnet, entre otros.
29 En *Retrato de grupo*, pp. 170-171.
30 En *Un grupo avanza silencioso*, p. 39.

hemos trazado aquí entre cierta poesía de los años sesenta y cierta poesía actual cuando, con tono irreverente, se ríe de cualquier posible autoridad por parte de los mayores: "Me río de las barrigas de algunos /y del inexplicable aspecto atlético de otros./Ellos/y también mamá / son de los años sesenta". Y con los héroes prefiere evitar toda exterioridad patriotera: "Quizás hoy/no acudiremos al museo/a contemplar [la] foto" de Rubén Martínez Villena.[31] La expresión más acabada del conflicto político-generacional de estos jóvenes hacia la autoridad se encuentra en la canción "Guillermo Tell", de Varela.

Por una parte, la sensación de sin sentido, encierro, represión, rutina, impotencia y confusión ante su circunstancia; por otra, la necesidad de afirmar el ser individual haciendo fuerza de sus debilidades, exhibiendo una soterrada protesta y una controlada irreverencia ante la autoridad de los mayores, parecen ser las coordenadas de estos jóvenes poetas que encuentran una metáfora de su condición existencial en el poema "En el laberinto de Creta", de Harold Perdomo Torres:

Perdidos,
sin el hilo mágico,
rotas las espadas
y acechados por el minotauro.
Porque no aceptamos la leyenda
no tuvimos la suerte de héroes mitológicos,
pero no queríamos abandonar luego a Ariadna.
Pero ganaremos por la forma piadosa que tenemos
de perder.[32]

Hay en muchos de ellos, pues, la expresa necesidad de un viaje, "un largo y limpio viaje para no pudrirme", un deseo de "cosas que no eran más que otro país y otras ciudades". Saben que, gracias a su imaginación y su escritura, habitan la "frontera"[33] entre el espacio conocido y otro desconocido pero necesario. Este espacio *inconnu* por el que abogan los jóvenes puede confundirse a veces con el

---

31 En *Un grupo avanza silencioso*, pp. 108 y 110.
32 En *Un grupo avanza silencioso*, p. 103.
33 García Montiel, en *Retrato de grupo*, pp. 53-55.

exilio en tanto que alteridad; esto resulta explícito en "Confesionario" de Víctor Fowler Calzada. En este poema, el espacio *otro* se manifiesta a través de los motivos típicos del exilio exterior e interior que fijaron nuestros poetas decimonónicos (José María Heredia y Julián del Casal, respectivamente), motivos tales como la nieve, la cascada, el ave, la lejanía:

> *Yo no he visto la nieve,*
> *pero tampoco siento excitación*
> *contemplando los animales que poseo*
> *mientras pastan en la llanura inmensa y verde.*
> *Sin embargo, el rumor de lejanas cascadas*
> *me acelera el ritmo de la sangre.*
> *Esa agua que salta en mi imaginación*
> *es más real que ningún otra*
> *porque baña mi espíritu y me calma.*
> *Y es el agua más segura que conozco.*
> *Cuando el ave atraviesa los océanos*
> *no piensa que es tan cruel la lejanía.*[34]

Despojado así de sus implicaciones políticas, el exilio representa para Fowler Calzada esa existencia *otra*—fuera de la grisura inmediata—ese espacio de alteridad que desde la época de Baudelaire ha atraído tanto a los poetas, el realizado viaje hacia lo otro, lo imposible actuando de diferente forma en lo posible. Otro joven, Armando Suárez Cobián, retoma el tema del viaje o "salto" hacia lo otro, manifestando su incertidumbre ante lo que le esperaría:

> *como todos los días pensé saltar la baranda*
> *siempre pienso a partir de la tarde saltar la baranda*
> *la caída en el agua la caída en el agua . . .*
> *para cambiar de cara . . .*
> *es una revelación saltar la baranda*
> *qué me espera fuera del portal*
> *el jardín qué me ofrece*
> *qué hay después que lo alcance.*[35]

---

34 En *Retrato de grupo*, p. 24.
35 En *Retrato de grupo*, p. 8. Los énfasis son míos.

No sólo la necesidad de traspasar dicha baranda o frontera para "cambiar de cara" y encontrarse con lo *inconnu*, sino también cierta conciencia de impotencia o fracaso, marcan la sensibilidad de estos jóvenes:

> *más allá del anillo de fuego*
> *que está rodeando la ciudad terrible*
> *un grupo avanza silencioso* . . .
> *Atrás quedaron las murallas*
> *los viejos del pueblo como antiguos guerreros petrificados...*
> *Ninguno pasó de la frontera.*[36]

Cambiar de identidad o circunstancia, abandonar lo conocido mutilador, descubrir y describir un nuevo espacio infinito, fueron los primeros impulsos de muchos poetas al llegar al exilio: "Dame la mano, padre mío,/Vamos a echarnos a correr/Por las inmensas autopistas de este país del norte".[37] La poesía en exilio, aquélla que ya dio supuestamente el "salto" físico y se halla "fuera del portal", comple(men)tará entonces la propuesta existencial de los jóvenes poetas de la Isla.

En Alabau, la separación de su patria (en este caso, tras una visita, pero puede extenderse a todo destierro) constituye una forma de pérdida no sólo de sus derroteros vitales ("Náufrago, qué haces por acá, vas tan perdido"[38]), sino también de su ser esencial:

> *Ya es hora de marcharme.*
> *(La hora ha sido siempre.)*
> *Se me queda algo detrás*
> *que yo no miro.*
> *Se quedan mis zapatos plantados en la puerta.*
> *Se queda la mirada de mi madre,*
> *las caras diluidas en el barrio*
> *diciéndome también que ya me marcho.* . . .
> *Repaso los objetos sin destino,*
> *las ropas que he dejado de regalo,*
> *retiro de mi cuerpo lo aún pertenecido*
> *hace unas horas.*[39]

---

36 Ernesto Hernández Busto, en *Un grupo avanza*, p. 88.
37 Reinaldo García Ramos, *El buen peligro* (Madrid: Playor, 1987), p. 50.
38 Magali Alabau, *Hemos llegado a Ilión* (Madrid: Betania, 1992), p. 22.
39 Alabau, op. cit., p. 27.

Al despojo físico corresponde el despojo de su identidad: la falta de una referencialidad concreta, "viva", lleva a la poeta a enmascararse tras figuras meramente literarias (Ulises, Electra, la luna, etc.[40]):

> ¿Quién soy? ¿De dónde vengo? Soy Ulises, Electra,
> soy la luna, el triunvirato, soy Persífone perdida,
> seis meses allá en sangre viva, seiscientos siglos acá
> ya sin certeza.[41]

Una vez abandonada la patria física y conocidos hasta el hastío todos los otros espacios posibles, la voz del poeta resulta menos esperanzada e irreverente que la de sus compatriotas en la Isla cuando confiesa, como respondiendo a Suárez Cobián, que "aquí no hay luz. Allá tampoco"[42], y que, aunque quisiera, ya no le queda ningún sitio real hacia donde partir, que estamos "hundido[s] en la cripta de granito,/amoradazado[s] tras las rejas", prisioneros de una extraña "cifra que nos define a todos".[43] El exiliado busca infructuosamente, apunta Muñoz, "un espacio que lo acoja, como lo hiciera un día la patria, y una identidad que no se defina en la fragmentación".[44] Ante este fracaso, comienza paradójicamente a concebir la patria abandonada como un espacio ideal, un anhelado imposible; como un médium involuntario, el poeta está condenado a convocar esa patria a través de misteriosas efusiones espirituales que no puede controlar: "sintiendo que la patria me fluye/como un desbordamiento misterioso, en un vetusto/y tolerante parque de Nueva York".[45] De esta forma, los poetas en exilio parecen enfrentarse también a una "frontera" paralizante: presencia de una ausencia, la persistente imagen de la patria. A un lado de esta "frontera" se halla la circunstancia real de su

---

40 Encontramos este enmascaramiento mitologizante de la voz autorial en *Electra, Clitemnestra* de Alabau, y en otras poetas exiliadas tales como Pita (*Eurídice en la fuente, Viajes de Penélope*) y Caulfield (*Oscuridad divina*). Al respecto, véase mi artículo "Juana Rosa Pita o Penélope reescribe la *Odisea*", en Fernando Alegría y Jorge Rufinelli, eds., *Paradise Lost or Gained? The Literature of Hispanic Exile* (Houston: Arte Público, 1990), pp. 130-144.
41 Alabau, *Hemos*, p. 14.
42 Ibid., p. 24.
43 Reinaldo García Ramos, *Caverna fiel* (Madrid: Verbum, 1993), p. 19.
44 Muñoz, op. cit., p. 21.
45 Rafael Bordao, "Días como éstos", en *Nueve poetas cubanos* (Madrid: Catoblepas, 1984), p. 19.

exilio; al otro lado su pérdida irremediable, es decir, el vaciamiento del ser, la sobrevida, el silencio, la muerte. El siguiente poema de Rafael Román Martel se coloca precisamente en dicha "frontera" y desde allá nos describe el alma del poeta:

> *La isla nos imanta con su delirio*
> *e insiste,*
> *por muy lejos que nos hayamos sorteado.*
> *Queremos ver el más azul Caribe*
> *pero se nos estrujan las perspectivas*
> *aun forzando los sentidos.*
> *La isla se sienta entre nosotros y la muerte.*
> *Aprendemos, amigo, a marchitarnos*
> *aunque sea la forma más bella de encontrar la Verdad.*
> *Porque . . .*
> *conservamos la miseria del silencio,*
> *después apretamos el corazón para asegurarnos*
> *que hemos sobrevivido.*[46]

Como el poema anterior, otras obras de exilio se hallan en esa "frontera", describiendo desde allí o bien la intimidad del inmigrante (*Caverna fiel* de García Ramos) o bien la imagen espiritual de la patria convocada (*En el viente del trópico* de Galliano, *Las cartas y las horas* y *Crónicas del Caribe* de Pita). Otras obras prefieren permanecer en el lado de la circunstancia real del exiliado y describirla con mayor o menor objetividad: *Mascarada* de Geada, *Entresemáforos* de Uva Clavijo, *La extremaunción diaria* de Alabau, *Carolina Cuban* de Gustavo Pérez Firmat. Otros poetas—los menos—han decidido traspasar la "frontera" y lanzarse a la aventura y expresión de su autodestrucción; en este lado se encuentran algunos poemas de Severo Sarduy y Mauricio Fernández, los poemas no recogidos en libro de Emilio V. López Alonso y la poesía y poética de Octavio Armand, quien con gran valentía verbal ha desafiado todos los retos del vacío (de ser, de sentido, de intención, de signo, de grafía, de forma, de ritmo, de página) para llegar a los umbrales de la muerte de sí mismo y del texto:

---

46 Rafael Román Martel, *Barlow Avenue* (Miami: Impr. San Lázaro, 1990), p. 20.

> *Viaje ¿interrupción del espacio? Ni aquí ni allá.*
> *Desterrar / destetar. Ninguna parte / todas partes:*
> *trivio, cuadrivio. Estar entre espacios, fuera de*
> *l tiempo.*
> *Elasticidad del espacio. ¿Dimensión como dinamism*
> *o? Viajo ergo soy. Un silogismo más entrañable: v*
> *iajo ergo ya no soy. Dejar de estar = dejar de ser,*
> *por definición situacional. Extensión = extinción.*[47]

De ahí que, entre los temas más recurrentes en la poesía cubana en exilio, tengamos la persistencia de la memoria como una forma de restauración y resistencia de la identidad en crisis (la desesperada necesidad de reconstruir el pasado y con él la identidad), el ser fragmentado, la ausencia y el vacío, el desamparo e intemperie existencial, la dispersión familiar, la desconfianza hacia la Historia, el paraíso (o infierno) perdido, la espera y el regreso míticos (Penélope y Ulises[48]), el lenguaje y la poesía como patria y salvación individual. Todos estos temas cobran fuera del país una peculiar entonación por el desarraigo causado por la pérdida/ausencia de la Isla.

En cambio, durante los años sesenta y setenta, la poesía en la Isla siguió derroteros estilísticos y urgencias temáticas muy diferentes a las del exilio, si nos atenemos a los textos publicados por poetas como Fernández Retamar, Suardíaz y David Chericián, entre otros. Pero ésta es una observación limitada a las obras *publicadas* en esos años porque no conocemos todavía toda la poesía que entonces se escribió y ciertas preferencias ideoestéticas (coloquialismo, explícita militancia política) de algunos funcionarios poetas—además de los rígidos dictámenes culturales del Congreso Nacional de Cultura de 1971—influyeron grandemente en la monotonal selección y difusión de cierto tipo de poesía en los setenta.[49] Una vez que se publique

---

47 Octavio Armand, *Piel menos mía*, 2da. ed. (Los Angeles: s.e., 1979), p. 14.
48 Un texto en prosa y verso de Oscar Hurtado, "Penélope en Marte", *Casa de las Américas*, Año 4, nos. 22-23 (enero-abril 1964), contiene ya una temprana imagen de la Isla como Penélope, asediada, construyendo "la tramoya de su urdimbre" y caminando—dice Hurtado retomando un verso de *La pupila insomne* (1936) de Martínez Villena—"con los párpados abiertos/a destruir la diurna regla de oro; a deshilar los hilos medulares" (p. 49).
49 Virgilio López Lemus, "Poetas en la Isla", *Equivalencias*, vol. 19 (mayo 1990), p. 134.

toda la producción poética de esa época, tal vez cambien muchos de los criterios actuales sobre la poesía en la Isla[50] y comiencen a despuntar inusitadas semejanzas entre los dos espacios de la poesía cubana, como pude comprobar recientemente al leer un desfasado poemario de César López.

López, miembro de la generación de los años cincuenta, es un ejemplo interesante de esos súbitos que marcan el zigzagueante curso de la poesía y la crítica en la Isla. Nos referimos a la tardía—desfasada— aparición en 1988 de su libro *Ceremonias y ceremoniales*, escrito entre 1968 y 1974. A diferencia de los poemarios políticamente verticales publicados en los setenta por otros de su generación, este libro de López presenta tempranas preocupaciones sobre el sentido de su existencia condicionada por una historia que todavía no comprende pero que ya le ha mostrado su lado absurdo y aniquilador en manos de un "patriarca otoñal" ganado por "una torpeza paralizante".[51] Ulises mismo, tan común en la poesía actual en exilio (Pita, Lilliam Moro), ya era figuración poética en López, quien durante la década del cincuenta había vivido en el exilio: su posterior regreso y la confrontación con la realidad de su Itaca (Cuba ya en medio del proceso revolucionario) lo vuelven un personaje impotente ante sus circunstancias, "más trágico/o bufón que el héroe griego".[52]

Estos sin sentido y destino incierto que provocan un desconcierto existencial en el autor, tema obviado en la poesía *publicada* en Cuba en los años setenta y tan frecuente entonces, sin embargo, en mucha poesía en exilio (Geada, Roberto Cazorla), aparecen también en un poema reciente de Bernardo Marqués Ravelo, quien fue curiosamente el último jefe de redacción de aquella revista tan batalladora y segura de sí misma en sus primeros quince años, *El caimán barbudo* (1966-1991). Borracho, alarmado, acremente crítico e iconoclasta

---

50 Con motivo de la publicación desfasada, en los años ochenta, de poetas silenciados en los setenta (Rafael Alcides, César López, Manuel Díaz Martínez), han cambiado algunos criterios sobre la llamada "generación de los años cincuenta". Según me confiesa en una carta del 15 de diciembre de 1991 un importante crítico de la Isla, el liderazgo generacional que habían mantenido de forma casi indiscutible Fernández Retamar, Fayad Jamís, Pablo Armando Fernández y Heberto Padilla, se ha comenzado ahora a revis(it)ar debido a las obras tardíamente publicadas de Alcides, López y Díaz Martínez.

51 César López, *Ceremonias y ceremoniales* (La Habana: Letras Cubanas, 1988), p. 47.

52 López, op. cit., p. 73.

ante el discurso oficial cubano (el cual, por décadas, tomó como ejemplares ciertos momentos históricos de la antigua Unión Soviética y, en los ochenta, desplegó una famosa campaña de "rectificación"), dice Marqués Ravelo en su poema "Alarma" lo siguiente:

> ¿por dónde iba?
> ya   decía que Stalin armó todo este lío con
> lo de la burocracia y la nomenklatura no me vengan
> con historias sí ya sé la batalla del arco de kurst
> la carretera de volokolamsk leningrado sitiado
> por mil días y noches mientras esperaban al viejo godot
> soprano calva en la mirilla algún día lo arreglamos
> estoy patas arriba es la locura rectificamos
> la rectificación de lo rectificado.[53]

En *Poetas en la Isla*, López Lemus anota algunas modalidades de la poesía posterior a 1959 de allá que pueden encontrarse también entre los poetas de acá. A continuación mencionaremos algunas de estas modalidades registrando entre paréntesis los poetas exiliados que podrían representarlas: neorromanticismo (José A. Buesa), negrismo (cierta producción de José Sánchez Boudy, cierta poesía de Alina Galliano y Maya Islas), coloquialismo (cierto Florit, Clavijo, Padilla), decimistas cultos y populares (Orlando González Esteva), desorganización del lenguaje (Armand, López Alonso), lucubraciones metafísicas (Amando Fernández), "posorigenismo" (Gladys Zaldívar).

Sólo bocetos de diferencias, similitudes, divorcios y—en este trabajo—confluencias entre ambos espacios de la poesía cubana posterior a 1959 nos es dado hacer en la actualidad, ya que aún es temprano para establecer sólidas conclusiones sobre un proceso del cual somos, a su vez, con toda la lucidez o ceguera que esto implique, protagonistas.

---

53 Bernardo Marqués Ravelo, "Alarma", *Plural*, no. 238 (julio 1991), pp. 39-40.

El tema de lo cubano en el escritor exiliado[1]

Angel Cuadra

Cuando José María Heredia, en la primera mitad del siglo pasado, al escribir su famosa *Oda al Niágara*, entre los elementos del paisaje de invierno que rodeaban la catarata vislumbró la fantasmal presencia de las palmas, elemento de otro paisaje superpuesto al que tenía ante sí, estaba concretando en el poema la noción inusitada de patria para los cubanos.

No era ya la tierra que pisaron sus plantas o los atributos cualesquiera que podía palpar en su país en contacto directo con la cosa u objeto de verificación física. Eso es lo telúrico, lo inmediato, lo que la experiencia directa y cercana ofrece.

En Heredia fue otro tipo de experiencia, otro modo de advertir una presencia, algo a manera de revelación. Era lo telúrico específico, pero en esencia; era la peculiaridad distintiva y simbólica de un todo, en una trascendente metáfora de la parte por el todo: la espiritualización, en fin, de la tierra en que el país consiste. Y así se dio el salto de calidad conceptual de "país" a "patria", en la intuición sugerente de un poeta exiliado.

Podemos diferenciar el país, que es territorio ocupado por un grupo humano que allí coincide y se desenvuelve en necesaria interacción de actividades, y patria, que es un concepto, una noción, eso que con el tiempo se constituye en conciencia colectiva y, por tanto, en un sentido de afirmación del conjunto—una concreción de lo abstracto en el espíritu colectivo. Aquello que Martí formuló como "fusión dulcísima de amores y esperanzas", a lo que se llega por la "unidad de fines", por la "unidad de tradiciones", por la "comu-

---

[1] Ponencia leída como parte del panel "Desarrollo de la literatura cubana en el exilio (Por géneros)" en la conferencia "Literatura cubana: en torno al escritor exiliado" el 9 de mayo de 1992. Por favor, leer la nota 2, p. 97.

nidad de intereses". Y de ellos concluyó Martí, que "ese repartimiento de la labor humana... es el verdadero e inexpugnable concepto de la patria".

El país no se lleva con uno en el itinerario errante, pues como objeto físico se queda atrás, inmóvil en la distancia. Lo que se lleva con uno es la patria. Hay una sutil diferencia entre distancia y lejanía. Distancia se identifica más con la separación física, con lo objetivo en el espacio; lejanía se identifica más con la separación espiritual, el ámbito subjetivo y anímico. Por eso la patria podrá estar distante, pero no lejana cuando marcha con uno en el exilio itinerante.

Las palmas, en Heredia frente al Niágara, no estaban lejanas; marchaban con él, al alcance de su alma, como símbolo peculiar de la patria cubana.

En el siglo pasado mucha de la gran literatura cubana de entonces se concibió y se escribió en el exilio, en la distancia física, pero con la patria cercana aportando los temas a sus intermediarios los escritores, los artistas. Nunca se estuvo más cercano a la sociedad cubana de la primera mitad de aquella centuria que ante las descripciones de Cirilo Villaverde en *Cecilia Valdés*, que escribió en la emigración; ni, más adelante, en la exquisitez nostálgica y su asfixia de alma de los poemas del desterrado Juan Clemente Zenea. Y nunca, quizás, tampoco se sintió más enajenada y borrosa la impresión de la patria que en la cercanía distanciadora del poeta Bonifacio Byrne "al volver de distante ribera" a su patria adulterada.

La literatura complementa la historia. "Cada estado social," escribió Martí, "trae su expresión a la literatura". En este nuevo exilio, prolongado y masivo de los cubanos, en la segunda mitad del siglo actual, el tema de lo cubano, las motivaciones múltiples de lo cubano, desde la simple nostalgia personal y el desgarro familiar, hasta el replanteo social y político, aparecen continuamente en las obras de los diferentes géneros literarios de los escritores cubanos exiliados.

Pero en este largo tiempo que sobrepasa las tres décadas, más de una promoción de exiliados ha arribado a tierra extranjera, y en diferentes momentos. Las oleadas de emigrados traen así desde Cuba distintas experiencias, visiones distintas del país que acaban de dejar; y tienen, a su vez, distintas impresiones del mundo al que han arribado y desenvuelven de nuevo sus vidas.

A modo de esquema sobre el cual organizar el asunto, podemos dividir estas promociones en tres: la de los escritores que arribaron al exilio en los años posteriores cercanos al triunfo de la revolución; la de los que arribaron durante el éxodo del Mariel, en 1980, uniendo a éstos los de los días inmediatos anteriores y posteriores a dicho acontecimiento: y, en tercer lugar, los de reciente aparición como escritores, ya porque vinieron muy pequeños o porque han nacido aquí de padres cubanos y, con tal origen, se han formado cultural y socialmente en los Estados Unidos sobre todo, aunque familiarmente en el ambiente cubano.

De lo anterior se desprende que al hablar de "promociones" no podemos referirnos a las generaciones, porque éstas se califican por la coetaneidad de sus integrantes, relativa a la fecha de sus nacimientos, sino que nos estaremos refiriendo a la etapa de salida de Cuba y al tiempo de convivencia en las comunidades de emigrados cubanos, y en muchos casos también a sus interrelaciones con el medio social del país en que residen.

El tema de lo cubano en la poesía del exilio en general—y más exclusivamente en los poetas de la primera de las promociones antes clasificadas—se nos da en la evocación del objeto Isla, idealizado en su objetividad misma, y en el testimonio de la impresión del desarraigo como una pesadilla, a veces manifestado en forma directa, a veces en forma refleja, por la comunicación metafórica o alegórica, en la presentación de mundos similares y referentes.

En los años anteriores al triunfo de la revolución podían distinguirse dos líneas o proyecciones bastante diferenciadas en la poesía cubana. Una de comunicación más directa, por el lenguaje más claro y el predominio de lo racional y lo coherente; otra línea hermética, diluído en sus contornos el objeto temático y dada a la evocación sugerente: línea sostenida—según la expresión de Raimundo Lazo— por "cultivadores del arte de un hombre y un mundo desrealizados por la inteligencia aliada a una fantasía audaz".[2]

Los cultivadores de la primera de las líneas citadas tenían como antecedentes a poetas como Eugenio Florit, Emilio Ballagas, José

---

2   Raimundo Lazo, *La teoría de las generaciones y su aplicación al estudio histórico de la literatura cubana*.

Angel Buesa, Guillermo Villarronda, Dulce María Loynaz, Félix Pita Rodríguez, Carilda Oliver Labra, entre otros, sin un punto central de gravitación. La segunda dirección estaba influenciada por el antecedente del Grupo Orígenes, girando sobre el eje central de José Lezama Lima.

Los jóvenes poetas de los años inmediatos anteriores al triunfo de la revolución se movían más o menos dentro de una de aquellas dos esferas. De modo que, en los poetas del temprano exilio, la proyección de lo cubano (evocación del objeto Isla y el testimonio del desarraigo, que antes precisamos) viene dada dentro de la línea estética de la que provenían.

En su libro *La otra orilla*[3], PURA DEL PRADO, con su poesía comunicativa y directa, nos habla de esa pesadilla del desarraigo; el no saber si es realidad o sueño indeseable:

> *¿Dónde estamos parados?*
> *¿En Flagler, en Neptuno, en no sé dónde?...*
>
> *No nos vayamos a volver más locos,*
> *hay que tener mucho cuidado.*

Pero en medio de todas esas incertidumbres, hay sólo una certidumbre, fija e inmutable, que sobrevivirá al desastre, para sobrevivirnos a nosotros. Es el objeto Isla que dijimos:

> *La Isla estará siempre invictamente viva,*
> *aunque faltemos.*
> *Sobrevivirá a los derrumbes históricos,*
> *las emigraciones*
> *y los conflictos políticos.*
> *Es bueno que así sea.*
> *Consuela pensar que al paso de los siglos*
> *la tierra estará allí chorreando espumas,*
> *bajo los nimbos de orlas mandarinas,*
> *con su verde inviolable,*

---

3 N de R. Pura del Prado, *La otra orilla* (Nueva York: Ed. Plaza Mayor, 1972).

> *los dedos de sus palmas arañando*
> *el cordaje del viento cuando llueve.*
> *Y ojalá que se llame siempre Cuba...*

Proveniente de la otra corriente poética que citamos, GLADYS ZALDIVAR aborda el mismo tema, pero desde otra óptica. Gladys como que roza el tema, no va a él directamente. Bajo la herencia de Lezama Lima y su cónclave, no sólo evade la anécdota específica, sino que acude a otro asunto, por vías de lo fabuloso, y entonces, por una asociación de vivencias, por lo sugerente y analógico, asoma tangencialmente el asunto, en una poesía para iniciados, de no fácil captación de su mensaje, pero de una gran imaginación creadora.

De ahí que en alguna parte de su obra, en el inesperado rincón de algún poema—otro el tema, otra la intención central—diga como de soslayo:

> *No sé dónde he escondido mi país;*
> *un puente de pájaros fabrico para encontrar su*
> *   azul amanecido.*
> *Y sólo el viento, como un negro áspid, se levanta.*[4]

Pero donde se cumple lo antes expuesto sobre esta modalidad es en su largo poema *Fabulación de Eneas*.[5] Aquí, como por lejano reflejo, el héroe troyano proyecta su imagen hacia un mínimo espejo actual.

> *Soy el piadoso Eneas, cuya fama sobrepujó los*
> *astros, y que en mi armada llevo conmigo los*
> *penates salvados del enemigo.*

Los penates son los "dioses domésticos de los antiguos paganos". Por asociación, el emigrado cubano de hoy, como ayer Eneas, trajo consigo sus símbolos de una cierta mística de la cotidianidad: costumbres, maneras familiares, idiosincracia doméstica, cosas que salva del enemigo.

---

[4] N de R. Gladys Zaldívar, "Hondor del loco" en *Viene el aserio* (Miami: Publicaciones de la Asociación de Hispanistas de las Américas, 1987).

[5] N de R. Gladys Zaldívar, "Sostén del fuego" en la edición bilingüe *Fabulación de Eneas, The Keeper of the Flame* traducido al inglés por Elías L. Rivers (Miami: Ediciones Universal, 1979), p. 39.

Como Eneas busca un suelo para asentarse en paz:

> ... *y tenga al fin un suelo tibio donde nombrarse*
> *sin asombro,*
> *un suelo donde nombrarlos con la burbuja del*
> *odio apaleado.*

En el hallazgo de lo que me aventuro a calificar como un sincretismo histórico (para eludir lo de anacronismo), Gladys sitúa el asentamiento de este Eneas apolides sobre un terruño americano (acaso sea un fallido acto poético), que es la "puna", tierra alta cercana a los Andes:

> *un olor socorre mi habitación de puna, me da*
> *pulmón, un olor de patria no perdida.*

Y allí, en aquel nuevo asentamiento, todo el horror ha quedado atrás:

> *y adiós a todos esos clavos para siempre*
> *vivo leño que regresa de un viaje al fondo de*
> *la noche*
> *"un suelo tibio donde nombrarme" es la medida de*
> *este gesto*
> *un suelo tibio...*

Más cercana a nuestros días, y aunque vino a desarrollar su quehacer poético (no su formación cultural e idiosincrásica) en los Estados Unidos, JUANA ROSA PITA retoma el objeto Isla al que habla como a un ser amigo en tono epistolar, pero en este caso con aquella línea poética de comunicación coherente y directa. Así, en su "Carta a mi isla", de su libro *Las cartas y las horas*[6], le dice:

> *Isla*
> *lejos de ti es cerca del punto*
> *más sensible*
> *de la herida del tiempo.*
> *(..............................)*
> *Lejos de ti es la soledad concreta*

---

6 N de R. Juana Rosa Pita, *Las cartas y las horas* (Washington, D.C.: Ed. Solar, 1979).

(los que viven en ti sólo conocen
la otra soledad:
esa que tiene siete letras)
(..........................)
Lejos de ti mis manos corren
con avidez
por las carnes de un mundo de poema...
(..........................)
Isla
lejos de ti mi vida es la ironía
el garabato tierno de un escritor ausente:
una paja
en el ojo simbólico del cielo.

Hubo en Cuba un grupo de poetas que comenzó a asomarse a la poesía a pocos años del arribo de la revolución. Difuminadas aquellas líneas citadas en que se proyectaba la poesía antes del triunfo revolucionario, con la irrupción oficial en la cultura cubana y la motivación de nuevos temas, mas lo que al cabo se impuso como una estética determinada, dicho grupo de poetas jóvenes hicieron quizás el primer intento (o balbuceo de disidencia) de asumir una actividad y una actitud poéticas un tanto al margen de la cultura oficial. Fundaron el grupo "El Puente", de breve duración, y editaron en 1962 la colección *Novísima poesía cubana*, en donde calificaban como "extremos estériles" tanto a la "poesía vuelta hacia sí misma que renuncia a toda comunicación", como a la "poesía propagandística de ocasión".

Presionado dicho grupo a dispersarse en 1965, algunos de sus integrantes se incorporaron a la demanda gubernamental dentro de sus organismos de cultura; otros como José Mario, Mercedes Cortázar, Lilliam Moro, marcharon pronto hacia el exilio, o años más tarde como Reinaldo García Ramos.

Tomo de LILLIAM MORO, exiliada hasta hace poco en España[7], un poema que repite la motivación citada del objeto Isla, el poema "Recordando a la Isla"[8]:

---

7   N de R. Lillian Moro reside actualmente en Puerto Rico.
8   N de R. Lilliam Moro, *La cara de la guerra* (Madrid, España, 1972).

> *Sobre los árboles*
> *por las calles calientes y agitadas*
> *los dioses africanos auscultan el destino de la ciudad.*
> *Piensas, registras los rincones más escondidos*
> *del recuerdo*
> *—en La Habana todas las calles conducen al mar—*
> *(................)*
> *Recordar a la Isla es dejar un instante*
> *la carta que estamos escribiendo*
> *o soltar la cuchara indefensa sobre la mesa*
> *sobre los árboles*
> *sobre las noches guardadas como un tesoro infantil*
> *los dioses africanos reparten culpas,*
> *oraciones.*
> *(................)*
> *Recordar a la Isla*
> *es flotar en Madrid, en Londres, en Miami,*
> *es un mantel manchado en una esquina,*
> *son las pobres comidas inventadas por tu difícil madre...*
> *(................)*
> *Recordar a la Isla*
> *es un sol poderoso, un malecón interminable*
> *largo como la Historia*
> *y tú y yo de la mano inventando la vida.*
> *Recordar a la Isla es vivir en Europa*
> *es dormir en pensiones alquiladas*
> *es tener mucho miedo*
> *mucha prisa,*
> *mucha distancia encima*
> *y un avión que echa sombra sobre mi cuarto solitario*
> *sobre el azul del mar.*

En 1980 se produjo el conocido éxodo masivo cubano vía Mariel-Cayo Hueso. A veinte años del triunfo de la Revolución, mucho había cambiado en la Isla, tanto en la experiencia y actitudes vitales, en una nueva toma de conciencia (así de simpatizantes como de opositores), como en la formación cultural y las manifestaciones estéticas de la nueva generación.

Los escritores y artistas que llegaron por aquella vía al exilio traían características estéticas que diferían de los primeros exiliados y también de sus coetáneos que vinieron al exilio muy pequeños o nacieron aquí en los Estados Unidos, diferencias debidas, en lo principal, a las circunstancias de su formación cultural. Los que se formaron culturalmente en la Cuba revolucionaria tenían ciertas influencias estéticas de las que, por lo general, carecían los otros, e incluso los poetas de Hispanoamérica: tenían los aportes recibidos de los escritores de la Europa del Este, de los poetas rusos, checoslovacos, húngaros, etc., que algo agregaban a la formación literaria de estos emigrados del Mariel.

Se diferencian, a su vez, de los poetas jóvenes formados en los Estados Unidos (lo que se ha dado en llamar *"Cuban-Americans"*) en cuanto a lo que entendemos por "identidad", en el choque de su origen y su formación cultural y nacional. Estos últimos han tenido que hallarla como una opción. Los poetas llegados por el Mariel no tienen ese problema: son cubanos, y donde quiera que residan por el mundo, su identidad cubana se afirma—se les impone, incluso—en su idiosincracia personal y en su genuina nacionalidad; en última instancia, a su pesar.

Traen, además, estos últimos las vivencias de su existir en Cuba y el haberse desarrollado en la evolución de aquella sociedad. Otra es su reserva anecdótica, su diversidad temática y, por tanto, sus referencias relacionadas con lo cubano en su poesía.

Andrés Reynaldo, poseedor de ese estilo coloquial lacio, que se puso en boga en la poesía cubana desde mediados o finales de la década del sesenta, unido a la norma de pintar la inmediatez con la mayor economía de elementos intermediarios entre el poema y el objeto y que reviste la nostalgia de cierta ironía, trae al poema del destierro "Cuentas claras"[9] la remembranza de su país en el recuento del existir cotidiano en las calles, sitios y rincones nocturnos de La Habana, frecuentados con familiares y amigos:

---

9   N de R. Andrés Reynaldo, *La canción de las esferas* (Barcelona: Salvat Editores, 1987).

> *La noche rápida y tibia en las ventanas*
> *de una casa junto al mar en La Habana Vieja.*
> *Las campanas en punto del Convento de San Francisco.*
> *El café en la taza de porcelana china.*
> *El ajedrez con el amigo.*
> *La charla de los guapos en el Callejón del Chorro.*
> *El almuerzo en familia.*
> *La línea de ron bajo las columnas de El Patio.*
> *La caminata en invierno por la calle Obispo...*

Era difícil apartarse de aquello. La opción de marcharse o quedarse en el país, dilema real y torturante de tantos cubanos, porque aquello es tan de uno, y uno es tanto esa vida que se ha hecho y que lo define a uno, que cualquiera se arrepiente de marcharse: "Por menos," dice el poema, "cualquiera claudica".

Pero hay que optar. Si uno se ha situado ya en la disyuntiva, si ha demostrado ya su desacuerdo, la vida aquélla ya no le será igual. De todos modos tiene que renunciar a un bien o al otro:

> *¿De cuál juguete ya nunca te rehaces?*

Luego, hay que escoger. Y, entonces:

> *Mejor será que te borres de ese mapa*
> *y embarques*
> *en el próximo vuelo...*

Para ROBERTO VALERO su evocación de la Isla no es sólo como objeto vislumbrado desde afuera en la perspectiva geográfica, o evocado casi arcádicamente en las exclusivas bienandanzas de un pasado maquillado de ensueño. Para él la Isla viene al poema en las vivencias que de allá trajo: el trajín cotidiano de la actividad pública de la revolución que a todos arrastra, y a muchos golpea; desde los golpes de las consignas en altoparlantes y carteles, hasta del arduo vivir diario entre la subsistencia y los deberes sociales. En su poema "Aniversario"[10] leemos un modelo de consignas oficiales y, entre sus

---

10 N de R. "Aniversario" Roberto Valero, *Venias*. (Madrid, España: Colección Betania de Poesía, Editorial Betania, 1990), p. 94.

líneas, aparecen versos con otras referencias, desmintiendo dichas consignas:

> *La larga isla ensanchándose,*
>   GRANMA, LA HABANA, PRIMERO DE ENERO DE 1986,
> *le aburría tan estrecha arquitectura*
>   XXVII ANIVERSARIO DEL TRIUNFO DE LA REVOLUCION:
> *y decidió crecer,*
>   PRAVDA ACABA DE PUBLICAR UN ARTICULO
> *anchar sus costas con putrefactas carnes.*
>   DONDE SE SEÑALAN
> *Los huesos se amontonan hacia el norte,*
>   MUCHOS DE LOS LOGROS DEL PARTIDO COMUNISTA CUBANO,
> *hacia África, por el sur se prolongan.*
> *(...................)*
>   ESTO ES UN RESULTADO
> *se restriegan sobre la arena nocturna,*
>   DE LA REVOLUCION SOCIALISTA CUBANA,
> *surgen claros contra el disco celeste*
>   LA SOLIDARIA
> *y parecen muertos,*
>   Y DESINTERESADA
> *y cantan himnos*
>   AYUDA SOVIETICA
> *y canciones de mar,*
>   Y EL ABNEGADO ESFUERZO
> *cantos de marineros beodos,*
>   DEL COMANDANTE EN JEFE.
> *cantos borrachos con las gargantas crucificadas por erizos marinos.*
> *(...................)*
> *A la isla le han brotado miles de pies,*
>   DENTRO DE LA REVOLUCION TODO
> *El la ha dotado de miles de bocas que no gritan consignas*
>   FUERA DE LA REVOLUCION NADA.
> *incontables manos que no aplauden,...*

En el poema "En cadenas, vivir es morir"[11], Valero da una respuesta al verso de Pablo Neruda "Os voy a contar lo que me pasa", verso que nuestro poeta cita como exergo:

> Lo que pasa, y no debo decirlo,
> es entrever un futuro de disparos
> un futuro de dagas y cangrejos,
> pero no expresarlo...
> (.............)
> Lo que me pasa,
> y eso sé que no puedo mencionarlo,
> es no confiar en América Latina,
> ni en gringos, mucho menos en rusos o alemanes,
> no hay salida, amigo, Alí Babá está al mando.
> (.............)
> Escucha una sola plegaria de odio:
> Señor y Padre Celestial,
> barre una mañana con tiranos y puercos (perdona la
>   redundancia)
> en una sola mañana llévate al monstruo en un carro
>   de fuego...
> (.............)
> Esto es parte de lo que me pasa.
> (.............)
> Por tanto, distinguidos lectores y periodistas,
> no me pregunten nada,
> vivan en la isla veinte años,
> sean perfectas momias voluntarias
> y después conversamos.

De este modo, sale labio afuera, pecho afuera, aquello que él vivió allí, que cuelga tras su vida como estela, y que por más que lo eclipsa entre los poemas escritos al paso por Virginia, en la escala de un viaje a Hawaii o por Nueva Inglaterra o tras el aquietado poema del regreso al hogar...salta a ratos eso que se desahoga en este poema. Y entonces Valero cambia el tono, y surge el que le impone el tema, en el chorro agresivo de una catarsis.

---

11 N de R. Ibid., p. 98.

Finalmente, en su poema en prosa "Tendrá una cruz vagabunda"[12]:

> *No sé si los dioses escriban historias, no sé de qué formas divinas se valgan para archivar recuerdo seco. Lo único que puedo asegurar es que si necesitan los huesos de los hombres para inmortalizar nuestros pequeños atrevimientos, ¡qué confusión a la hora de resumir a Cuba!*

RAFAEL BORDAO, también venido vía Mariel, y radicado desde hace años en Nueva York, su obra poética no se caracteriza por el predominio del tema cubano específico. Se proyecta más a la multiplicidad de lo existente, lo que se apropia la poesía y hace entrar en su reino: pero en medio de aquella universalidad—llamémosle así—asoma alguna vez, como lava de pequeño volcán oculto o aparentemente extinto, el asunto de lo cubano. Y esto es una característica observable en el género "poesía", dentro de la literatura cubana del exilio.

De Rafael Bordao escojo un poema en el que lo más significativo y tipificador es el título "Catarsis"[13]. Porque es así, como una purga desde lo hondo del ser y sus vivencias—catarsis en la nomenclatura psicoanalítica—que se producen estos brotes desde lo interno de la historia personal. A veces, como en el ejemplo de Roberto Valero, ese brote catártico estalla en la réplica violenta y aguda; a veces, como en Rafael Bordao, asoma en una como nostalgia de la novia distante que, por su significado de objeto-amor, suaviza y encausa los "crónicos furores":

> *Habana*
> *yo te pienso de noche*
> *como piensan los emigrantes a sus novias:*
> *te camino a la inversa*
> *desde tanta distancia aglomerada*

---

12 N de R. Ibid., pág. 119.
13 N de R. Rafael Bordao, "Catarsis" en *Poesía cubana contemporánea* (Madrid: Editorial Catoblepas, 1986), p. 40. El poeta, Rafael Bordao, nos informa que existe una nueva versión de este poema.

>   —regocijado y mudo—
>   observando mis crónicos furores
>   vencidos para siempre en tus riberas.
>   He quedado inerme encima de tu aliento...
>   (..................)
>   De tus calles nocherniegas y torcidas
>   escamoteo mi semblante
>   de erubescencia y acoso.
>   Dame el don de hallar tu mansedumbre
>   en el clandestinaje reacio de mis cicatrices;
>   oculta en mis latidos crece tu estatura,
>   semejante a un secular grano de centeno,
>   dando fertilidad y apoyo
>   a mi vida.

Y en Bordao, como en otros poetas cubanos, asoma también, dentro de lo cubano que enunciamos al comienzo como temática del poema exiliado, la sensación del desarraigo, como una pesadilla. Así en su breve poema "Oración del exilio"[14], escuchamos:

>   Estoy a una nación de distancia,
>   sumergido y convexo
>   semejante a un feto,
>   irrigando tus dolores
>   inagotables por mi ausencia.
>   No hay fuga de tu pecho que en mí
>   no se convierta en grito, patria.
>   ¡Voy a cerrar mis ojos
>   para verte despierta!

Una tercera promoción la constituyen—como ya expusimos—poetas, por lo general más jóvenes que los anteriores, que llegaron al exilio a muy temprana edad o que nacieron aquí en los Estados Unidos, de padres y familia cubanos. Ellos se han educado en las escuelas norteamericanas; su desarrollo social se ha hecho en la sociedad estadounidense; su primer idioma (no por la prioridad de su

---

14 N de R. Rafael Bordao. "Oración del exilio" en *Poesía cubana contemporánea* (Madrid: Editorial Catoblepas, 1986), p. 41.

aprendizaje, sino por ser la lengua en que usualmente más se expresan) es el inglés. Hablan español mayormente en sus hogares. Están insertados en dos historias: la de los Estados Unidos que estudiaron en la escuela; la de Cuba, hecha de referencias dispersas escuchadas a sus padres, familiares y amigos.

Algunos de ellos escriben sólo en inglés; otros comenzaron por este medio de comunicación su poesía y más tarde, acaso por hacerse más conscientes de sus raíces históricas y culturales, han dado en escribir, además, en el idioma paterno; otros se expresan indistintamente en ambos idiomas o los mezclan en sus obras, y enriquecen de peculiaridad y horizontes la cultura híbrida de este país, y hasta del de origen, en una mezcla cultural resultante a la que hacen referencia términos ya convencionales aquí de *melting pot* o *Spanglish*. Por ello se les ha dado en llamarlos *"Cuban-Americans"*.

Pero en gran parte de ellos puede observarse también lo que apuntamos en la promoción anterior de poetas cubanos exiliados. Sólo que en aquéllos el tema de lo cubano surge o como catarsis o como recuerdo de Cuba, objeto Isla que dijimos, y como añoranza o lastimadura de una experiencia tenida allá, que aquí se hace dolor y remembranza. Este es su conflicto, su nudo dramático dicho en términos de la literatura teatral.

En la otra promoción, la tercera, que ahora abordamos, la de los *"Cuban-Americans"* (no sé si acabará por gustarme ese término, o me contente con el jocoso y criollo término de "yuca", por tirar las cosas a choteo cubano), en esta promoción el conflicto, si existe como tal, es el de la identidad.

Están, como se dice, a caballo en dos idiomas, en dos historias, en dos culturas, en dos motivaciones vitales...y tienen que optar, definiéndose a sí mismos en una identidad esencial. La búsqueda y encuentro de esa identidad es, en primera instancia, su conflicto, si queremos ver en ello categoría de tal.

En fecha bastante reciente, 1988, se dio a la publicidad en Miami la recopilación de poemas titulada *Cuban American Writers*, calificados como *"los atrevidos"*.[15] Recoge un conjunto de poetas en los Estados

---

15   N de R. *Los atrevidos: The Cuban American Writers*, Carolina Hospital, *Linden Lane Magazine*, 6 (1987):22-33. El libro: Carolina Hospital. *Cuban American Writers. Los atrevidos* (Princeton, N.J.: Ediciones Ellas/Linden Lane Press, 1988).

Unidos pertenecientes a esta última y peculiar promoción. Los poemas están escritos en inglés, pero en ellos está presente lo que antes dijimos de esta promoción de jóvenes poetas. Del conjunto extraigo cuatro nombres que juzgo los más significativos: Ricardo Pau Llosa, Pablo Medina, Carolina Hospital y Gustavo Pérez Firmat.

El propio libro señala que en la poesía que contiene está la influencia de dos culturas, lo que se proclama como *"a new historical reality"*.[16] Y que los escritores—afirma el prólogo—no se definen sólo por los idiomas que escogen, sino por el legado cultural, social y lingüístico de lo que son legatarios.

Afirmando esa heterogeneidad constitutiva, el prólogo señala en Pau Llosa, por ejemplo, las influencias de Borges y Lezama Lima, dos escritores de habla española. Y así en cada uno de ellos se señala esa conjunción de contradicciones que les da esa original peculiaridad, señalada antes como nueva realidad histórica, referida a la literatura.

En ellos el tema de lo cubano aparece no impelido por las motivaciones de las otras promociones antes analizadas, sino principalmente impelidos por el hallazgo y afirmación de la identidad, como opción, que ya señalamos. Si colateral y raramente aparece el tema de la nostalgia, es un sentimiento distinto al de los otros poetas, porque es un sentimiento no relacionado directamente con una experiencia personal, que no tuvieron, o les queda muy nebulosamente de la infancia; sino que es una experiencia referida, legada por vía familiar, que a veces se intelectualiza, y sabe a paradójica añoranza de lo desconocido, más bien de lo no vivenciado.

Esto aparece en CAROLINA HOSPITAL exquisitamente expresado en su poema en inglés *"Dear* Tía"[17] (adjetivo en inglés; sustantivo en español).

---

16 N de R. Quizás un futuro, e interesante, estudio comparativo podría ser el de este grupo de escritores (sobre todo poetas) con los escritores *nuyoricans* o *chicanos*. Una amplia bibliografía ya existe sobre estos dos grupos de creadores.

17 N de R. Op. cit., p. 169.

I do not write.
The years have frightened me away.
My life in a land so familiarly foreign,
a denial of your presence.
Your name is mine.
One black and white photograph of your youth,
all I hold on to.
One story of your past.

The pain comes not from nostalgia.
I do not miss your voice urging me in play,
your smiles,
or your pride when others call you my mother.
I cannot close my eyes and feel your soft skin;
listen to your laughter;
smell the sweetness of your bath.
I write because I cannot remember at all.

Tiene de su tía sólo una foto. No la conoció. Junto al cuento familiar, este objeto es la única referencia. No puede sentir nostalgia, sin embargo, siente dolor que no viene de aquélla: *"The pain comes not from nostalgia"*. Y entonces el poema que escribe le sirve a la autora para completar el recuerdo o, mejor aún, para rescatarlo: *"I write because I cannot remember at all"*.

En GUSTAVO PEREZ FIRMAT, referente a los temas y asuntos que ahora estamos enfocando, poco hay que argumentar que no está elocuente y sintácticamente descrito en sus poemas al respecto. Modelo de esa heterogeneidad contradictoria y peculiar de la identidad cuestionable es su poema *"Bilingual Blues"*[18]:

> *Soy un ajiaco de contradicciones.*
> *I have mixed feelings about everything.*
> *(............)*
> *name your* cerca, *I'll straddle it*
> *like a* cubano.

---

18 N de R. Op. cit., p. 157.

> (............)
> You say tomato,
> I say *tu madre;*
> You say potato
> I say *Pototo.* [19]
>
> (............)
> consider yourself at home,
> consider yourself part of the family.
> *Soy un ajiaco de contradicciones,*
> *un potaje de paradojas,*
> a little square from Rubik's Cuba
> *que nadie nunca acoplará.*
> *(Cha-cha-cha.)*

Y finaliza, como choteo cubano, con el nombre de un baile popular.

El planteamiento de esa diversidad de ingredientes en su toma de conciencia, y la urgencia de una definición al efecto, la presenta Gustavo Pérez Firmat, como serio autoanálisis, en su poema en español "Plantado".[20]

> *Digo (me digo) que tanta vuelta*
> *acabará por aplastarnos.*
> *Que no es posible residir (agrio) aquí,*
> *vivir (agrio) allá.*
> *De tanto no ser quien soy*
> *acabaré por no serme.*
> *De tanto no estar donde estoy*
> *acabaré por no estarme.*

La especulación sobre el "yo" como paso previo a identificarse no puede ser más elocuente y sintáctica que en "Díptico de la identidad"[21], que consta de un solo verso en dos palabras:

---

19 N de R. Personaje cómico del desaparecido actor Leopoldo Fernández, creador, también, de Trespatines.
20 N de R. Gustavo Pérez Firmat, *Equivocaciones* (Madrid: Editorial Betania, 1989).
21 N de R. Ibid.

Soy yos

O sea, él es más de un "yo"; un yo múltiple. Realmente pudiéramos epilogar: "un ajiaco de contradicciones".

Y entonces, en una definición final de lo indefinible, en una conclusión de identidad no identificada en uno sólo y homogéneo elemento—y, por eso, ya tipificada identidad—nos la da en su poema "Carne de identidad"[22]:

> *Hoy me siento la álgida nostalgia de siempre:*
> *no cambio, no evoluciono, no me acostumbro.*
> *Me he estancado en mi cuerpo,*
> *que tampoco cambia*
> *ni se acostumbra*
> *ni nada.*
>
> *Soy el que fui, alguna vez, hace años,*
> *para siempre.*
>
> *Nazco a mi pasado cotidianamente*
> *sin dejar de parecerme siempre a mí.*
>
> *Me duplico mas no cambio.*
> *Me propago mas no cambio.*
> *Me arrugo mas no cambio.*
> *Me baño, me afeito, me pelo*
> *mas no cambio.*
> *Me cambio mas no cambio.*
>
> *No hay remedio: soy quien fui.*
> *No cambio.*

Finalmente, en una afirmación de su ser en la encrucijada histórica del joven escritor cubano-americano, en la opción definitiva con la que se inserta en su raíz de historia y de cultura, en el poema "Matriz y margen"[23], se dirige a Roberto Valero, cubano en definida esencia, de la promoción anterior, y reclama formar fila en el sitio preciso donde está la matriz.

---

22 N de R. Ibid.
23 N de R. Ibid.

> *Roberto: joven hermano mayor*
> *en la poesía y en la historia:*
> *reconozco mi déficit de acontecer.*
> *En tus palabras hay matriz,*
> *en las mías, margen.*
> *En tu acento hay espesor y alarma,*
> *en el mío, reminiscencia.*
> *Y sin embargo reclamo un turno y una voz*
> *en nuestra historia.*
> *Reclamo marcar en la cola*
> *de ese ilustre cocodrilo inerte*
> *que nos devora en la distancia.*
> *Reclamo la pertinencia y el mar.*
>
> *También es matriz mi margen.*
> *Mi recuerdo se espesa como tu acento.*
> *Yo también llevo el cocodrilo a cuestas.*
> *Y digo que sus aletazos verdes me baten*
> *incesantemente.*
> *Y digo que me otorgan la palabra*
> *y el sentido.*
> *Y digo que sin ellos no sería lo que soy*
> *y lo que no soy:*
> *una brisa de ansiedad y recuerdo*
> *soplando hacia otra orilla.*

Hay muchos otros poetas cubanos en el exilio de las tres promociones citadas. Sus obras poéticas han sido editadas en distintas partes del mundo. El tema de lo cubano que he intentado resumir en dos aspectos, no es, en la mayoría de ellos, el contenido temático de sus libros, sino un asomo que aparece, como he explicado, en medio de una obra más de universalidad, de intemporalidad, como todos los temas de la poesía que trasciende. Sea esta anotación otra característica de la poesía cubana del exilio. Cosa en la que supera a la producción teatral cubana de esta orilla, en la cual el tema de lo cubano es el asunto casi exclusivo de las piezas teatrales hasta la fecha.[24]

---

24 N de R. Aunque existe una temática *cubana* en el teatro del exilio, no es la única y muchas veces ni siquiera la predominante en la obra de muchos dramaturgos. Entre otros autores que

Pero el último capítulo de la presencia de los poetas cubanos en el exilio no está aún escrito. Otros escritores continúan marchándose de la Isla y sumándose al exilio. Traen de su país y la sociedad allí establecida experiencias nuevas que trasmitir, y otros contenidos estéticos y temáticos. Con esa suma renovadora seguirá desarrollándose una literatura que, complementando a la producida en la Isla, constituirá la literatura global de este período de nuestra historia, a contrapelo de todo vano afán de exclusiones. Puesto que somos un mismo pueblo, una misma patria, una misma ha de ser nuestra cultura, uno mismo el Poema.

podría citar están: Eduardo Manet, Héctor Santiago, Manuel Pereira García, José Peláez, Pedro Monge Rafuls, Rosa Caparrós, Laureano Corcés, Renaldo Ferrada, Dolores Prida, Eduardo Machado, María Irene Fornés (no exiliada). Por otro lado, José Corrales, René Ariza, Manuel Martín, Jr. (no exiliado) y otros escritores no se limitan a *la temática cubana*.

Poesía y exilio[1]

Belkis Cuza Malé

Para pensar en la poesía cubana del exilio nos bastaría quizás con leer a nuestra compatriota, la bella Mercedes Santa Cruz, Condesa de Merlín, en su libro *La Habana*. De paso por estas tierras—ella, una exiliada por vocación—nos cuenta cómo en fecha tan temprana como 1842, los neoyorquinos recibían con deleite cargamentos de mangos, cocos y piñas. "Al escribirle estas líneas—le dice en carta al marqués de Custine—estoy tomando agua de coco con hielo y unas piñas que llegaron anoche de La Habana, lo que hace palpitar aceleradamente mi corazón, como el abrazo de un amigo tras una larga ausencia".

Casi siglo y medio después, aquí en estos parajes visitados por la Condesa de Merlín, en su viaje hacia La Habana, ustedes y yo, mis queridos compatriotas, sabemos que tampoco nos faltan mangos, ni cocos ni piñas en este Nueva York de fines del milenio. Sólo que el cargamento con las preciosas frutas—y puedo imaginar un cuadro de Ramón Alejandro[2] y unas décimas a propósito de Severo Sarduy[3]— no nos llega de La Habana. Que de allá sólo nos llegan el dolor y la pena y la incertidumbre de reconocer que el exilio no sólo ha sido un duro oficio, como diría Nazim Hikmet—un poeta turco que sólo conoció el exilio bastante cómodo del Partido Comunista—sino un error irremediable. Porque no debimos permitir jamás que nos obligaran a abandonar nuestro país.

---

1 Trabajo leído en el panel "Desarrollo de la literatura cubana en el exilio (Por géneros)" durante el simposio "Literatura cubana: en torno al escritor exiliado" el 9 de mayo de 1992. Para las preguntas que se le suministraron a los panelistas para su consideración ver nota 2, p. 97.

2 N de R. Ramón Alejandro es un pintor cubano residente en París.

3 Ramón Alejandro y Severo Sarduy, muerto de Sida en París en 1993, colaboraron en un libro sobre las frutas cubanas, con los poemas del segundo y los dibujos del primero.

Ahora Cuba, díganme lo que me digan, está cada vez más lejos, porque apenas —cuentan los viajeros— si lo único que se mantiene en pie es el muro del Malecón, como el triste recuerdo de que somos una isla rodeada de agua por todas partes. Los que quedaron allá, del otro lado, ya ven en su acto de permanencia la resignación que otorga un destino aciago. Todo el mundo quiere marcharse y los que no pueden, ya no aman la isla, porque la isla voló no se sabe a dónde.

Yo no creo que Cuba está aquí ahora con nosotros. Yo creo que Cuba ha desaparecido del mapa. He leído que cuando el mar se tragó a la Atlántida, Cuba fue una de las islas de nueva formación que salió a flote. De ahí quizás nuestro extraño karma de isla maldita.

Lo que voy a decir no ha de gustar a los que usan careta, ni dejan de inventar una isla que nunca existió. Fuimos siempre una tierra linda, eso sí, amable con los demás, alegre, pero ni refinada, ni culta. La poesía no tenía cabida en nuestra isla, ni siquiera en el cuarto de desahogo de las casas. La poesía era una cosa para ser recitada con "picuismo" por la radio, por personajes con las voces más "impostadas" que puedan ustedes imaginarse. La poesía era —con perdón de los buenos difuntos— ese verso de cabaret, "Pasarás por mi vida sin saber que pasaste..." Que a mí también me gusta...¡cómo no!

Pero pocos leían a José Martí, el poeta, o a Mariano Brull, o a Juanita Borrero, o a José Lezama, o a Dulce María Loynaz, o a Nicolás Guillén. La poesía era, y también la literatura y las artes en general, las hijas bastardas de la isla. Lo que se hizo, se hizo con el sudor de unos pocos locos que se esforzaban inútilmente por hacer de Cuba un país culto.

Digo todo esto para llegar al grano: el exilio cubano de hoy no puede, aunque quiera, elevar su nivel más allá del de la isla que lo prohijó, porque todo exilio es de algún modo la pequeña antesala del infierno. Aquí salen a relucir las buenas y las malas cualidades de cada quien; no hay un medio propicio al ocultamiento, aunque se pretenda. Tenemos cortadas las alas, restringido el ámbito. No hay eco, si cantamos nadie nos presta la debida atención, ni siquiera para refrenarnos. La indiferencia es absoluta.

De todas las ramas de la literatura, la más maltratada es la poesía, por ausencia de lectores y por exceso de falta de oficio. Abundan los poetas. Ha sido siempre así, pero creo que el exilio ha ido demasiado lejos en esto de desparramar poetas por la faz de la tierra. La culpa la tiene quizás el inventor de la imprenta, el señor Guttemberg que, sin saberlo, es el padrino de más de un millón de poetas desconocidos. A muy pocos parece seducirle el teatro, el cuento o la novela. En cambio, la poesía... Quizás sea porque en esta época con tanta falta de tiempo, el medio idóneo para expresar lo que queremos sea la poesía. Por lo menos es el más corto.

Pero, por suerte, no somos nosotros los cubanos y exiliados los únicos en darle preferencia a la poesía. Los norteamericanos ya no saben qué hacer con sus poetas: han inventado concursos, antologías, premios al peor poema, al que recuerde al de un gran poeta o al que no diga nada. Hay de todo. En muchos casos, la gran mayoría de estos "poetas *pops*" terminan tratando de vender sus poemas como canciones. Y lo que es peor, marcan con el signo del *copyright* todo lo que hacen. Es decir, si el poema tiene cuatro líneas, la número uno es para el dichoso signo, para que nadie se atreva a copiárselo, como si esto fuese posible. Mientras peor es el poema más grande es su signo de *copyright*.

Pero el exilio cubano—Nueva York, Miami, California, Tejas o Chicago—es muy diferente al de las otras inmigraciones. Y también lo es su literatura y su poesía en particular. Nuestra poesía, en la gran mayoría de los casos, no se ha enterado dónde habita. Sigue siendo de una imaginación engañosa. Podríamos leer algunos de los poemas que se escriben ahora y compararlos con los de los años cuarenta y veríamos que siguen diciéndose casi del mismo modo, las mismas cosas. La poesía del exilio no se ha enterado que Cuba no existe más, en principio porque no estuvo en ella nunca. No me refiero acá a palmas o maraquitas, sino a su alma. ¿Cuál es el alma de la poesía del exilio? No me voy a detener a señalar a nadie, Dios me libre. Pero no estamos a la altura de la Cuba que nos habíamos inventado.

Vivimos, compartimos ciudadanía (honorífica, claro) y hasta sueños y pesadillas, pero no queremos enterarnos de lo que se escribe acá. No van a influir jamás ni Marianne Moore, ni Elizabeth Bishop, ni Auden, ni Robert Lowell, ni siquiera Ezra Pound. Y casi me atrevería a señalar que ocurre lo mismo con los otros géneros literarios. Es un fenómeno generalizado este rechazo a la literatura norteamericana, y a la francesa, y a la inglesa, y a la alemana. ¿Saben qué pasa? Creo que a los escritores cubanos del exilio les falta curiosidad intelectual.

Eso, por supuesto, debe tener un origen sicológico o como prefieran llamarlo. Pero yo recuerdo la ansiedad, la agonía de los intelectuales cubanos jóvenes y marginados a la búsqueda de las últimas obras de sus colegas, norteamericanos o ingleses traducidos, pasados por España, o los propios escritores del *Boom* latinoamericano. Se leía de todo, clandestinamente muchas veces, pasándose unos a otros el único ejemplar. Y no sólo esto, sino que la gente todavía tenía la necesidad de leerse mutuamente lo que escribían, y se hacían tertulias en casas alternas; la gente se visitaba, e incluso se ofrecía un refrigerio (el más pobre si se quiere, pero el más rico y exquisito porque todo el mundo quería agradar de corazón y compartir). Yo extraño esta solidaridad habanera, este ir de casa en casa, estos encuentros de sábados, esta avidez.

El exilio, por el contrario, siempre tiene prisa y pocas ganas de oir a los demás. En muchos casos si hay una conferencia sólo se oyen a ellos. Yo no vengo a regañar a nadie acá, ni a agriarles el día con malas interpretaciones, pero sí quisiera recordarles que hay que hacer un gran esfuerzo en éste, o en otro país que no es el de uno, para no caer en el vacío. La falta de ambiente, de interés de las casas editoras, o de las publicaciones norteamericanas en las obras de los hispanos[4] no puede llevarnos a cercenar nuestro mundo interior. El escritor casi nunca nace, es un trabajador como cualquier otro. Esto le exige concentración en su obra y en la de los otros. No se puede hacer una gran obra si echamos a un lado al resto de la literatura que escriben nuestros contemporáneos.

Los poetas del exilio cubano de este siglo deberíamos indagar un poco—y quizás esto nos sirva de consuelo—cómo fueron los otros exilios para los escritores cubanos del siglo XIX. Por aquí pasaron todos o casi todos: desde Heredia y Martí hasta mucho de esos poetas que sólo pueden llamarse así porque se agruparon en la antología

---

[4] N de R. Por favor ver nota 2, p. 303.

Poetas de la guerra, que prologó Martí. Bien sabía Martí que no todos merecían el título de poeta y sí el de patriotas. Pero lo exigía el entusiasmo por Cuba y sus ansias de libertad.

Me resta sólo recordarles que si hoy podemos reunirnos acá se debe al entusiasmo de **OLLANTAY,** una institución que ha abierto sus puertas a la literatura y el arte latinoamericanos en este país.[5] Actos como éste nos ayudan a rescatar a Cuba de la no existencia, a devolverle su identidad. Hagámosnos acreedores de su herencia, el único bien que seguramente van a heredar los que intenten, como nosotros, escribir poesía. Y ojalá que nunca más en el exilio.

---

[5] N de R. **OLLANTAY Center for the Arts** fue fundada en 1977 por Pedro R. Monge Rafuls para conservar y difundir el arte y la cultura latinoamericana que se hace en los Estados Unidos, principalmente en Nueva York. Conferencias como este "Encuentro" y libros como éste son algunos de los medios usados.

La fortaleza en el desierto: obra reciente de algunos poetas cubanos exiliados

Reinaldo García Ramos

> *Mi casa no se fuga; está lejos, siempre.*
> —Fayad Jamís

El título de este trabajo, "La fortaleza en el desierto"[1], es una frase con que Cintio Vitier describió la actividad creativa de José Manuel Poveda y Regino Boti, poetas que a principios de este siglo heredaron el doble fardo de salvar la continuidad del país en dos niveles que considero bastante excluyentes: el poético y el político. En su reciente ensayo sobre la generación de *Orígenes*, Jesús Barquet cita más de una vez ese concepto de Vitier y lo proyecta sobre su propio intento de describir la tarea que los "origenistas" se impusieron en el plano ético-patriótico, y que desde luego tenía sus raíces en las ambiciones fundadoras de José Martí.[2]

En mi opinión, esa doble tarea, enraizada de manera innegable en la tradición cultural cubana, es una tentativa defraudante, que parte de un concepto simplista y atrofiado de las responsabilidades que incumben a la conciencia creadora. En su prodigioso ensayo *El sueño y la distancia*, escrito en 1968, Luis Ortega describió las consecuencias que en el plano político habían tenido las ideas generosas y deslumbrantes, pero desmesuradas de Martí, y las comparó con las obsesiones demenciales de Fidel Castro: "La idea de liberar a la América Latina del yugo imperialista norteamericano," dice Ortega, "no es de Castro. Es de Martí. ¿No es quizás un rol desorbitado para la isla? ...

---

1 Texto leído en el simposio "Literatura cubana: en torno al escritor exiliado" en la sección "Desarrollo de la literatura cubana en el exilio (por géneros)" el 9 de mayo de 1992.
2 Jesús J. Barquet, *Consagración de La Habana* (Miami: University of Miami, 1992), p. 64.

No hay duda de que [Martí] tuvo intuiciones geniales con respecto a la América. Donde hay que discrepar de él es cuando, por soñar demasido a Cuba, le encarga tareas imposibles".[3] Y yo subrayo en ese texto las palabras *soñar demasiado a Cuba*.

La fortaleza en el desierto en la que Boti y Poveda intentaron prolongar la ética martiana y obligarla a que, con toda su pureza, echara raíces en el proyecto republicano se impregna inevitablemente de la grandilocuencia de nuestro mayor patriota. Con enorme dedicación y vocabulario, Boti y Poveda se refugiaron en un esteticismo aleccionador muy bien organizado y se dedicaron con ahínco a injertar la tentativa del simple político en la del poeta. Eso lo hicieron en el "desierto" arrasado que empezaba a ser la vida republicana, con su conocida sarta de corrupciones y banalidad. Años después, los "origenistas" asumen esas fantasías redentoras y, según recuerda Barquet, lo hacen como un gesto de "resistencia" ante la "noche moral" en que la "frustración de la utopía" republicana los había colocado. Al igual que Poveda, los poetas de *Orígenes* manifestaron la presunción de conocer los secretos de la praxis cívica, la convicción de que una persona que sabe construir un soneto tiene que destacarse necesariamente en la organización de un gobierno. El propio Barquet cita un texto de José Lezama Lima en que éste habla de "artistas capaces de comunicarle al hombre de estado una misión", es decir, artistas dispuestos a dedicarse a un proyecto poético-político.[4]

La diferencia estribó, creo, en que Poveda llegó a dar el salto suicida al intervenir en la estridente lucha electoral local e incluso desempeñar un cargo de juez (lo que constituye, en mi opinión, el colmo de un poeta autodestructivo), mientras que la actitud de los "origenistas" era exclusivamente teórica, y posiblemente más arrogante. Los mejores escritores de *Orígenes* estaban convencidos de tener una solución clave para el desgaste de las instituciones republicanas: un básico llamado a la honradez que emanaba de los propios principios éticos individuales de esos escritores, pero ninguno de ellos pretendió intervenir, que yo sepa, en la mecánica de la militancia inmediata. Les bastaba con dictar principios generales, a veces

---

3   Luis Ortega, *El sueño y la distancia* (México: Ediciones Ganivet, 1968), pp. 25-26.
4   Barquet: *op. cit.*, pp. 68, 82, 67 y 73.

bastante ingenuos y retóricos, desde una especie de mágica atalaya, sin desde luego ofrecer programas prácticos ni medidas concretas. Y quizás lo que Cuba necesitaba en esos años no eran decálogos herméticos, no eran estéticas ni éticas almibaradas, sino sencillas y humildes lecciones diarias de democracia explícita.

En el capítulo final de *Lo cubano en la poesía*, que el autor fechó en 1957, Cintio Vitier parecía pedir con cierta impaciencia que los poetas cubanos entraran en lo que él llamaba "la visibilidad de la historia". Condenaba implícitamente el deseo del cubano de "no ser fijado", ese "escepticismo como norma" que él veía en sus compatriotas, y consideraba que "nuestra Historia" empezaría cuando se pasara de la "increíble profecía martiana" a la "libertad profunda" que supondría la aceptación de "la autoridad legítima".[5]

Han pasado 35 años y una terrible "noche moral" se ha apoderado de la isla, mucho más indescifrable que todas las anteriores. Ante ese panorama aterrador, se diría que numerosos poetas cubanos exiliados de los que he leído recientemente parecen haber construido también una fortaleza de emergencia, pero con materiales y propósitos muy diferentes. Por lo general, se han atrincherado desesperadamente (aunque hay excepciones, desde luego) en un proyecto creativo que no admite promesas extraliterarias en la génesis de la obra. Las veleidades "origenistas" se han visto redefinidas por una cruda realidad, que abarca las circunstancias asfixiantes del exilio: se aspira ahora solamente a salvaguardar un proyecto individual de perduración a través de la obra poética; un proyecto que, afortunadamente, no pretende arrogarse otras misiones objetivas. La redención que se persigue ahora es de índole exclusivamente interior, imaginaria, la que en definitiva corresponde a la poesía: elucidar las cambiantes iluminaciones del espíritu y la imagen, sin intentar meter los dedos en la hoguera de los negocios públicos.

Y, claro está, no estoy hablando de las simpatías o antipatías que cada cual manifieste en sus ocasionales o frecuentes actividades políticas; no creo que haya en ningún cubano exiliado la posibilidad genuina de practicar una neutralidad radical en ese terreno. Estoy hablando de algo que atañe medularmente al germen iniciador de la

---

5   Cintio Vitier, *Lo cubano en la poesía* (La Habana: Instituto del Libro, 1970), pp. 579 y 583.

expresión, al alimento del ego creativo, y lo que veo es una higiénica decantación, un aséptico gesto intuitivo, y en algunos casos automático, que busca mantener la conciencia en el ámbito privado y exclusivo que corresponde a la ficción y a sus prerrogativas insustituibles.

Ante el encontronazo con la historia que pedía con tanto entusiasmo el señor Vitier y la crisis de valores que impone la supervivencia en una sociedad asentada en perspectivas casi siempre ajenas, ante la dolorosa sensación de estar constantemente en peligro de desaparecer como creadores, de anularse como testigos de la hecatombe política, los poetas cubanos exiliados que he leído en los últimos años parecen haberse fortalecido en lo que yo llamaría una *distancia protectora*. Una distancia que de ningún modo implica la renuncia a cierta particular forma de nostalgia, ni el rechazo a las emociones que provoca la evolución dolorosa del país, sino que asume esas percepciones a través de un particular distanciamiento.

En estas ciudades de inviernos interminables, escuchando "los bárbaros sonidos" del "extranjero idioma" que tanto molestaron también a Heredia, los poetas cubanos parecen haber descubierto una especie de fértil *lejanía*. Esa *lejanía* no es algo nuevo en la poesía cubana. En el capítulo final del libro mencionado, Vitier afirma que la *lejanía* era una de las diez "esencias" que atravesaban nuestra poesía desde el surgimiento de la nación. Con la retórica típica de su método, Vitier atribuía a esa *lejanía* manifestaciones como la "historia y cultura como sueño", pero también señalaba cuestiones más concretas, al hablar de la "nostalgia desde afuera", es decir, desde la emigración.[6]

En el verso of Fayad Jamís que sirve de epígrafe a estas notas (*"Mi casa no se fuga; está lejos, siempre"*[7]) se puede constatar de qué modo esa *lejanía* se plasmaba en la obra de uno de los poetas que Vitier mencionaba como valores recientes a finales de los años cincuenta. Pero no sería difícil encontrar huellas de ese distanciamiento medular en otros poetas de lo que se ha llamado la cuarta generación republicana. Recordemos el extraño anuncio de Heberto Padilla en

---

6   Vitier, *op. cit.*, p. 574.
7   De su poema "A veces", citado por Cintio Vitier, *op. cit.*, p. 568.

su poema "Dones": *"en tu patria, sobre su roca,/con tanto sol y aire caliente,/... silbaste contra la lejanía"*.[8]

Usando el título que Elías Miguel Muñoz dio a su excelente reflexión sobre la poesía cubana del exilio[9], se podría decir que "desde esta orilla" se conserva también esa *lejanía*, como tantas otras modalidades del legado cultural de nuestra nación. Pero las condiciones del exilio han conferido a ese legado resonancias particulares. Si la casa de Fayad Jamís estaba en una eterna lejanía, la casa de Noel Jardines la va *"haciendo el cadáver"*, *"con la lengua seca"*; si Rolando Escardó preguntaba *"dónde encontrar...el sitio de estarme para siempre"* y comprobaba que *"en esta profunda cavidad sin mapa estoy perdido"*, el exilio lleva a Rafael Bordao a sentirse *"abandonado en un campo de golf"*, mientras que Rafael Martel nos informa que *"la ventana de mi casa/tiene nueve años de ausencia"*, como si la permanencia año tras año en el sitio distante acentuara, en lugar de atenuar, esa impresión de desposesión, de desamparo. Muñoz define esta intemperie existencial de los poetas cubanos exiliados de manera acertada: "en cierto sentido, el mundo [para esos poetas] ha llegado a su fin". Y agrega: "el hablante lírico...es un personaje...que se refugia en su interioridad; exiliado dentro del exilio, escindido y flotante". Y a continuación apunta que ese hablante busca amparo "en un sitio interior".[10]

A mi modo de ver, una de las características principales de la obra escrita por la mayoría de los poetas cubanos del exilio en los últimos años es precisamente ese "sitio interior", protegido y sagaz, esa nueva "fortaleza" inexpugnable que cada uno de ellos reconstruye a diario, para desde allí observar y asentar en palabras lo observado, como un escriba abandonado en un desierto.

Tratemos de ver este fenómeno con mayor detalle. Creo que la

---

8   De su poema "Dones", incluido por Orlando Rodríguez Sardiñas en su antología *La última poesía cubana* (Madrid: Hispanova de Ediciones, 1973), p. 325.

9   Elías Miguel Muñoz, *Desde esta orilla: poesía cubana del exilio* (Madrid: Editorial Betania, 1988).

10 Muñoz, *op. cit.*, pág. 21. Los versos de Noel Jardines aparecen citados por Muñoz en la página 52 de esa obra; los de Rolando Escardó son del poema "El valle de los gigantes", incluido por Rodríguez Sardiñas en su antología (*op. cit.*, pág. 139); el verso de Rafael Bordao pertenece al poema "Impromptu", de su libro *Acrobacia del abandono* (Madrid: Editorial Betania, 1988); los versos de Rafael Martel pertenecen a su poema "La ventana de mi casa...", de su libro *Barlow Avenue* (Miami: San Lázaro Graphics, 1990).

actitud de muchos de estos poetas se puede resumir diciendo que todos ellos han logrado convertir el proceso creativo en un ritual autoafirmativo. Ese ritual los distancia del peligro inmediato, pero al mismo tiempo solidifica el asentamiento espiritual de ese peligro y fragua los diversos elementos de la angustia resultante. De ahí que muchos de los textos de estos autores no se refieran directamente a los conflictos inmediatos, sino que funcionen como fórmulas mitificadoras. En algunas de estas obras el mito está presente como contenido (Magali Alabau recrea las leyendas grecolatinas; Valero, en su reciente libro *No estaré en tu camino*, juega con las mitologías leídas y explora sus vinculaciones contemporáneas[11]), mientras que en otras de esas obras el propio lenguaje, la propia forma, se mitifican, se erigen en potencia salvadora. En ambos casos, ya sea mediante la forma como mito o mediante el mito como tema, ese ritual distanciador confiere al poeta una convincente protección, ya que mediante él se pueden asumir las circunstancias actuales, con toda su sensualidad o dramatismo, sin correr el riesgo de sacar la obra de su universo atemporal y exponerla a la dentellada del simple acontecer inmediato.

En su prólogo a la antología de cinco poetas cubanas en Nueva York, recientemente publicada por la Editorial Betania, Perla Rozencvaig señaló un aspecto de esta tentativa general cuando dijo que las cinco escritoras agrupadas en ese volumen habían sentido la necesidad de recurrir a diversas variantes del rito: "Es precisamente la desintegración de la isla la que invita a la práctica ritual", dice Rozencvaig con gran acierto.[12] Y unos años antes, en su prefacio a la antología de Felipe Lázaro *Poetas cubanos en Nueva York*, José Olivio Jiménez no dejó de percibir la intensidad que ese distanciamiento adquiría como elemento estilístico, y señaló que "el escritor en un país ajeno se retira a la casa del lenguaje materno, porque en su seno se siente protegido". Pero Jiménez afirmó también que las palabras de ese poeta exiliado "ya no son la voz de la vida, sino tan sólo su

---

11 Roberto Valero: *No estaré en tu camino*, Colección "Adonais" (Madrid: Ediciones Rialp, 1991). Para ejemplos en la obra de Alabau, véase *Electra, Clitemnestra* (Santiago de Chile: Libros del Maitén, 1985).

12 Perla Rozencvaig, "Prólogo" a *Poetas Cubanas en Nueva York* (Madrid: Editorial Betania, 1991), p. 10.

puro eco, su resonancia".[13] No creo que eso sea así: aunque la distancia a la que yo me refiero es precisamente la que da lugar a ese eco, a esa resonancia, hago la salvedad de que, en mi opinión, no se trata de una distancia empobrecedora o lamentable, sino de una estrategia intuitiva del poeta para defenderse y perdurar.

Es curioso cómo, una y otra vez, la palabra Isla con mayúscula aparece en los versos de estos escritores. Así, y volviendo a los contrastes generacionales, si Escardó sencillamente constataba: *"Esta Isla es una montaña sobre la que vivo"*, contento de quedarse sobre ella, Alina Galliano no vacila en anunciarnos con cierta pesadumbre que *"de una Isla jamás nadie se escapa"*. Tres décadas de perplejidad en un exilio que termina siempre por diluir de algún modo las imágenes ancestrales han dado a estos poetas una particular forma de nostalgia, en la cual no se manifiestan ya aquellos sentimientos edulcorados de Heredia, Martí o incluso Eugenio Florit (para aludir sólo a los tres autores que comúnmente se mencionan como continuadores de la tradición del destierro). Aquí el poeta contempla el lugar natal sin demasiados lloriqueos. Para Magali Alabau la Isla es una especie de caja de Pandora que más vale no abrir: *"un baúl amarrado/lleno de prohibiciones,/una caja que no abro/porque salen todas, una a una,/las maldiciones"*. Para Iraida Iturralde, que se niega a que la nostalgia de un Santiago alucinante la devore, la famosa Isla es un *"frágil colibrí"* que *"flotante se golpea"*. Y si bien Maya Islas, en sus fervientes poemas sobre La Habana, nos dice que en la vegetación de esa ciudad hay *"moradores invisibles/que aún llevan flores dentro del corazón"*, tiene la astucia de aclarar que esos moradores se *"ocultan"*.[14]

Las alusiones a acontecimientos conocidos están presentes en los versos de algunos de estos poetas, pero no son generalmente alusiones explícitas a la situación actual imperante en Cuba, sino a

---

13   José Olivio Jiménez, "Por suelo extraño: poetas cubanos en Nueva York", en *Poetas cubanos en Nueva York* (Madrid: Editorial Betania, 1988), pp. 9-10.
14   Los versos citados de Escardó pertenecen a su poema "Isla" (Rodríguez Sardiñas, *op. cit.*, p. 145); los de Alina Galliano, a su poema "La orilla del asombro, XXII", incluido en su libro *Hasta el presente* (Madrid: Editorial Betania, 1989), p. 283; los de Magali Alabau, a su poema *Hermana* (Madrid: Ed. Betania, 1989), p. 21; los de Iraida Iturralde, a su poema "Santiago", de su libro *Tropel de espejos* (Madrid: Ed. Betania, 1989), p. 45; los de Maya Islas, a su poema "La Habana 1", incluido en *Poetas cubanas en Nueva York* (Madrid: Ed. Betania, 1991), p. 100.

hechos ocurridos en otras latitudes o en épocas lejanas. En sus poemas, por ejemplo, Lourdes Gil se refiere a personajes como Isak Dinesen, a hechos como *"las guerras de Centroamérica"*, pero la asombrosa imaginería verbal de la autora coloca esos hechos en un ámbito mitificador. En uno de sus poemas más complejos, Gil recurre a vocablos tan asentados en el pasado como un *"puente levadizo"*, un *"torreón"*, *"una delgada fortaleza"*, pero ese laberinto de vocablos que ella nos propone constituye tal vez su manera de prestar atención al caos objetivo del exilio y del mundo en general, desde la distancia iluminante que la poesía requiere para germinar. Como a menudo sucede en poéticas de esta índole, el andamiaje formal no oculta, sino que permite filtrarse con lentitud, una angustia subyacente: *"¿qué juego aprendo, aprendes tú, en este círculo tan cegadoramente iluminado?"*, se pregunta Gil de pronto, como despertando de una pesadilla.[15]

Y es posible que muchos otros poetas cubanos del exilio, ante este *"círculo tan cegadoramente iluminado"* del acontecer inmediato en estas tierras ajenas, se hagan cada día esa misma pregunta: *¿Qué juego estaremos aprendiendo?* Quizás se podría responder con una buena frase que tiene el propio Vitier en el capítulo ya citado: "La poesía nos cura de la historia".[16] A lo mejor lo que hemos aprendido es a dejar que la poesía nos inmunice contra la tentación de creer que la política nos puede enaltecer.

No quisiera concluir sin señalar que ese distanciamiento protector tiene otros efectos que podrían ser nocivos. Si la obsesión por mantenernos ilesos se convierte en aislamiento, si para concentrarnos en nuestra obra evitamos escuchar lo que otros dicen, descifrar sus intuiciones y temores, corremos el peligro de empobrecernos, de no aceptar en su debida proporción las tareas que nos corresponden en el enriquecimiento cultural de la nación. No debemos permitir que una razonable necesidad de autodefensa nos impida intervenir en la reconstrucción espiritual colectiva. Y no encuentro mejor modo de

---

15 Lourdes Gil: "A las memorias del marqués de Bradomín", en *Blanca aldaba preludia* (Madrid: Editorial Betania, 1989), p. 13.
16 Vitier, *op. cit.*, p. 585.

ilustrar este temor mío que leyendo, para concluir, un breve poema. Creo que es uno de los mejores poemas que se han escrito en el exilio en años recientes, y es muy sencillo, desolador en su sencillez. Se puede interpretar como una advertencia contra ese aislamiento en el que podríamos caer. Se titula "Entre hermanos", y su autor es Gustavo Pérez Firmat.

> *Hermano, yo a ti no te conozco*
> *y tú a mí no me leerás.*
> *Nos separan tu indiferencia y mi cansancio*
> *(o tu cansancio y mi indiferencia, da igual).*
> *Nos separan tus palabras y mis pausas,*
> *tus júbilos y mis vacilaciones.*
> *La cotidianidad, que debiera unirnos,*
> *nos separa también:*
> *tantos años de convivencia sin confluencia.*
> *Porque aquí, entre hermanos,*
> *no existe ni siquiera un camino,*
> *ningún tránsito compartido, ningún sendero por compartir.*
> *Aquí, entre hermanos,*
> *nadie nunca ha dicho nada a nadie.*
> *Aquí, sencillamente, no ha pasado nada.*
> *Por eso te digo ahora, hermano que no escuchas*
> *(hermano que no existes)*
> *que yo a ti no te conozco*
> *y que tú a mí no me leerás.*[17]

---

17 Gustavo Pérez Firmat: "Entre hermanos", en *Equivocaciones* (Madrid: Editorial Betania, 1989), p. 15.

Los signos del leopardo o la seducción de la palabra[1]

Lourdes Gil

I

Cuando la Condesa de Merlín regresa a Cuba tras largos años de ausencia en París, describe en una carta a George Sand fechada en 1843[2], el desconcierto que le produce su condición de expatriada: ¿es ella criolla o francesa?, se pregunta, ¿qué queda de "su doble", la otra que ella fue antes de su partida? Sarduy, que compartió una trayectoria similar a la de la Condesa, no pudo, 150 años más tarde, hacerse los mismos planteamientos. Su sueño de volver a la tierra natal, recrudecido por la enfermedad, no llegaría a cumplirse. "Yo voy a regresar", había declarado en una entrevista[3], "como hacían los caballeros de la Edad Media con sus emblemas". Pero Cuba no sería más que un desencuentro para el fin. A pesar de la intensidad de sus deseos no claudicó ante los cantos de sirena que le incitaban.

Pero yo no pretendo explayarme sobre los sentimientos de Severo hacia su patria, ni analizar la irreductible cubanidad de una obra que, como sabemos, fue realizada fuera del territorio nacional. Tampoco indagaré en las reflexiones de su predecesora en la historia de las letras cubanas, la Condesa de Merlín, aunque sus preguntas a George Sand acaso encuentren un contrapunteo en los años que se avecinan,

---

1   Trabajo leído durante "El SEVERO placer de una escritura. *A Tribute to SARDUY*". La idea de este homenaje de **OLLANTAY Art Heritage Center** al fallecido escritor el 30 de abril de 1994 fue de Lourdes Gil.

2   La Condesa de Merlín, "Cartas dirigidas por la Sra. de Merlín a George Sand. Las mugeres de La Habana", *Diario de La Habana* (10 a 12 de septiembre, 1843): 1-2. Citadas en el estudio de Adriana Méndez Rodenas *"A Journey to the (Literary) Source: The Invention of Origins in Merlin's Viaje a La Habana"*, *New Literary History* 21 *(1989-1990)*, pp. 707-31.

3   Jacobo Machover, "Severo Sarduy y Ramón Alejandro", entrevista radiada por Radio Latina de París, en octubre, 1990. Reproducida en *Linden Lane Magazine* (julio-septiembre, 1991), p. 10.

como articulaciones ante la encrucijada que atraviesa nuestro país, que habrán de escucharse y repetirse, como augura la frase acuñada por Benítez Rojo sobre "la isla que se repite".

Severo murió sin haber regresado. Este hecho alude de modo especial al escritor exiliado, a la calidad errante de su obra. No puede entonces sorprendernos que los papeles, documentos y cartas de Severo se hayan recopilado en Princeton (donde también se guardan los de Arenas) y no en la Biblioteca Nacional de Cuba, ni en su Camagüey natal, ni siquiera en su francesa ciudad de adopción. Se recalca una vez más la categórica desubicación de la escritura del exilio cubano—su orfandad. Pues si para consultar los papeles de Sarduy—uno de los autores más felizmente afincados extraterritorialmente—debemos desplazarnos a Nueva Jersey, donde nunca vivió, ¿a cuántos puntos del planeta deberemos trasladarnos para estudiar a las decenas de escritores que viven fuera de Cuba? ¿O es que esta circunstancia viene a identificar una nueva multidimensionalidad de la cultura cubana, más allá de las fronteras geográficas?

La muerte de Severo suscita no pocas reflexiones; la pérdida de todo gran escritor trae su cola de cometa. Y más cuando se trata de alguien cuya obra, como advirtiera Julián Ríos, no hemos "empezado aún a leer como se merece".[4] Reflexiones que dificultan la tarea de hablar de él, de escribir sobre él. Se agolpan a la imaginación lecturas y vivencias, retazos de conversaciones, la seducción de ese mundo suyo extraordinario; detalles que se desalojan de su insignificancia y cobran una mayor nitidez, como la elegante pulcritud de su vestir, o los pequeños dientes montados que asomaban cuando se reía. Persona y escritura entretejidas, que no permiten que separe al hombre de su discurso; aventura que me habita indisoluble.

Hubo también una distancia atlántica que lo apartaba de los simbólicos focos cubanos de Miami y de La Habana, envolviéndolo de una pátina de irrealidad, una no-corporeidad brumosa que confirió visos míticos a su figura. Mitificación que cultivó con gozo y con astucia, con el talento histriónico que le era natural, y una hábil prestidigitación para la imagen que se escabulle y se transforma. Capaz

---

4 Julián Ríos, "El Buda de mañana", *Diario 16* (12 de junio, 1993), p. 49.

de cautivar en la página y fuera de ella como pocos, su presencia contagiaba el mismo regocijo inteligente de su escritura, él y el texto confabulando una misma realidad. Por éso, al evocarlo, no sé si evoco al escritor o evoco al mito.

Y entre los mitos sarduyanos, el signo del leopardo. Quizás hayan leído ustedes el relato de Ernesto Hemingway "Las nieves del Kilimanjaro", que se desarrolla a partir del siguiente epígrafe:

> *El Kilimanjaro es una montaña cubierta de nieve, de 19.710 pies de altura, y se dice que es la más alta del Africa. Los Masai llaman a la ladera occidental cercana a la cima Ngàje Ngài, que significa la Casa de Dios. Junto a la cumbre occidental se divisan los restos congelados y secos de un leopardo. Nadie ha podido explicar lo que buscaba a semejante altura.*[5]

De niña había visto la película que Hollywood filmó del cuento, y la imagen enigmática del leopardo extraviado me impresionó profundamente. Años después leería el texto de Hemingway, donde el protagonista—escritor que vivía en París, la ciudad de su predilección y no de su nacimiento—herido de muerte y tendido en una hamaca al pie del Kilimanjaro, medita sobre lo que no podrá escribir en el tiempo que le resta de vida, las cosas que no podrá decir. Se consuela convencido de que *"there was no truth to tell"*.[6] En el delirio que le produce la gangrena, balbucea: *"I'm full of poetry now. Rot and poetry. Rotten poetry"*.

Y al igual que al leopardo que, atravesando parajes colmados de riesgos desconocidos para su especie, extravió el rumbo en una búsqueda cuyo misterio nunca logramos desentrañar, a Harry (porque el personaje se llama Harry a secas) lo va cubriendo un manto helado que paraliza irremediablemente su cuerpo.

Pero no, dirán algunos, Sarduy no escribió sobre leopardos; el del leopardo en su monte seco y pardo fue Martí. Sarduy construyó arquetipos centrados en el trópico antillano: caimanes y cocuyos,

---

[5] Ernest Hemingway, *The Snows of Kilimanjaro and Other Stories* (Cambridge: The Riverside Press, 1964), p. 5.
[6] *The Snows of Kilimanjaro* ..., p. 9.

cobras y colibríes, camaleones, iguanas y lagartos. Su búsqueda, habrán de recordarme, lo condujo a la India y al Tibet, no al Africa. Y tendrán razón: ese monte, altísimo y nevado en medio de la selva, y esa fauna no le corresponden; no son ésas su imágenes ni sus alegorías. Pero la conjugación de diferentes épocas y sitios, como atajos lezamezcos cuyo engarce revela similitudes disonantes, eso sí le pertenece.

Pues si sabemos reconocer a Sarduy en el contorno familiar del cocuyo o el aleteo del colibrí, también podremos encontrarlo dibujado en el intrépido animal ajeno a la campiña cubana, la criatura de hermoso pelaje que se interna por elevados matojales apenas explorados por su raza. Hemingway no nos dice nunca qué incitó al leopardo a escalar la cima, posiblemente porque él tampoco lo sabía. ¿Fue el instinto del hambre suscitado por la presa olfateada?, ¿fue acaso el resplandor proveniente de la cumbre, la llamada Casa de Dios de los Masai?

Y la silueta sarduyana, ¿no se insinúa también en el personaje creado por Hemingway, agonizando en un rincón remoto, auscultando su escritura hasta el último instante? Porque ya fuera en Kenya o Indonesia, con el nombre de Severo o de Harry, autor o ente de ficción, lo que ambos perseguían era el rastro del leopardo, el llamado desde la alta cima.

Juan Goytisolo, amigo entrañable de Severo, lo describió como "el amado y amante de los dioses".[7] Y ciertamente lo fue. Pero cuando Goytisolo sitúa a esos dioses en "algún Parnaso nirvánico", yerra una vez más en la visión europeizante e incompleta de la obra sarduyana, que aunque la exalta, no acierta a acomodarla en el cauce legítimo de su ámbito cubano. Nosotros, conocedores de las diversas creencias que como rías desembocan en la cuenca del Caribe, podemos sin ambages agregar a la frase de Goytisolo que Severo fue el amante y el amado de los dioses del panteón afroantillano. Lo que daría más solidez a las esferas de su cosmogonía.

Nada, sin embargo, nos acerca más a ese mago de la simulación y el ocultamiento que su poesía. La narrativa prohija el venturoso fruto

---

7 Juan Goytisolo, "Severo Sarduy", *Quimera*, 102 (1991), p. 28.

de su intelecto, pero la poesía es su primera vocación, el lenguaje de su intimidad, la última confidente de su vida. *("I'm full of poetry now. Rot and poetry")*. Cuatro poemarios en los tres largos años de su enfermedad: *Corona de las frutas*, *En el ámbar del estío*, *Un testigo perenne y delatado*, y *Epitafios*. Perfectamente imbricados ya el legado africano, las devociones católicas y las creencias búdicas. Pues si Severo era el mimado de deidades cuyos nombres casi seleccionamos de acuerdo a nuestras preferencias—desde Santa Teresa a Obatalá, pasando por las encarnaciones del Buda—era también un seductor de la palabra. Su discurso, preciosa confección de erotizada esencia, conjura sabiamente las luces y las sombras del habla cubana, sus texturas insinuantes y sedosas, sus profundas resonancias. Como en aquel pasatiempo de nuestros bisabuelos que se llamó *camera obscura*, Severo fija en el daguerrotipo de sus textos el lenguaje de una Cuba que existe ya solamente atrapada entre sus páginas.

El Sarduy que escribió en su madurez *Maitreya*, que buscó en la India las ajorcas de los orishas y el olor a caña de azúcar, o "el garabato furioso en el índigo de las hojas del flamboyán",[8] era el mismo adolescente que en Camagüey leía a Madame Blavatsky y a Krishnamurti. Porque, ¿no forma parte el esoterismo de lo cubano? ¿No sacuden el alma nacional la inclinación por lo popular y el delirio por lo exótico; el aspaviento folclorista ante lo sobrenatural y las sensaciones deleitosas del misterio?

Se ha dicho que el budismo de Severo fue una adquisición europea, que subraya la avidez del mundo actual por integrar las culturas del Oriente, afán de una unidad global y planetaria. Pero no deja por ello de insertarse el orientalismo sarduyano a la tradición criolla que Don Fernando Ortiz señaló en el ajiaco: conciliación procaz de factores incongruentes. Pues el carácter nacional no sólo logra la transculturación de los ritos africanos y la iconografía cristiana, sino que mediatiza lo telúrico en epopeyas seculares, donde un fervor religioso tiñe de ciega intransigencia nuestras periódicas gestas nacionales. Tampoco la afición del pueblo cubano por los juegos

---

8   Eloísa Lezama Lima, "Como el vuelo de un colibrí" *(entrevista a Severo Sarduy), Lyra*, I (1987), p. 17.

eróticos y semánticos, en que el misticismo va de la mano del deseo, son exclusivos de Sarduy.

Las ambivalencias, además, de esa fe que se deshoja en virulentas aleaciones, y oscila entre la superstición y el éxtasis, van acompañadas de una actitud irreverente ante la autoridad. Rasgo de burla, de desenfado y rebeldía que condiciona todo, abarca todo. Y es desde esa irreverencia tan inherentemente nuestra que debemos leer a Sarduy—releer, tal vez desde la transgresión, toda nuestra literatura.

Hay otra forma de transgresión que Sarduy plantea en el discurso y que Wifredo Lam había representado sobre la tela: la metamorfosis como metáfora de lo cubano. Pero Severo, como el leopardo del Kilimanjaro, escala más lejos. No conforme con un típico que alude sólo a lo cubano, elabora, a partir de la metamorfosis, una visión del mundo. Sus personajes habitan todos los elementos: agua y tierra; el aire y el espacio sideral. Seres de una androginia giratoria y recurrente, de escurridizas formas y de nombres que recurvan y reemplazan otros nombres; de inversiones infinitas; de camuflajes que niegan y rescatan los significados y los sitios.

II

Quisiera relatar un incidente que creo ejemplifica la naturaleza iconoclasta de Severo, tanto como su condición de amado de los dioses. Me contó él que, al terminar el manuscrito de *Cobra* en 1972 —novela que lo consagró en Europa y en el mundo hispanohablante, y le valió el Premio Médicis Internacional—quiso ofrendarlo a los dioses.[9] Con tal propósito se desplazó en una embarcación por el río sagrado de la India y lo lanzó a las aguas. El libro, tras flotar unos instantes sobre la superficie, regresó al bote. Severo lo tomó y lo echó una segunda vez al Ganges, pero la corriente no era propicia y *Cobra* volvió a su autor. Varias veces más intentó enviar su ofrenda e invariablemente *Cobra* regresaba, como un niño que no se atreve a separarse de su padre.

9   Fue Julio Ortega quien me alertó sobre este incidente. Cuando quise explayarme sobre el tema con Severo, no lo acogió con demasiadas ganas. *Cobra* era ya un hecho mitificado y no tenía interés en que la historia original se regara.

Alguien más respetuoso de la divinidad se habría intimidado ante el aparente rechazo y puesto fin a la ceremonia. Pero Severo había decidido que *Cobra* reposaría en el santo seno del Ganges, donde sería bendecido para la eternidad. Buscó en la barcaza un objeto pesado, y hallando una piedra grande, la amarró al manuscrito. Esta vez, al echarlo por la borda, *Cobra* se hundió en las profundidades.

La ceremonia se consuma, entonces, por la insistencia. Y si Severo insistió fue porque creía que podía imponerle condiciones a los dioses, determinar los límites del rito sacramental. ¿Hay gesto más cubano, me pregunto, que forzar a los santos para salirse uno con la suya, o violentar los signos que indican un camino diferente al que se desea?

III

No quisiera terminar sin repasar las circunstancias en que conocí a Severo hace dieciséis años, en mi época universitaria. Iraida Iturralde[10] y yo, que entonces co–dirigíamos la revista *Románica* de New York University, de paso por Francia, concertamos por teléfono una cita con él. Acordamos vernos diez días después, cuando los tres regresáramos de nuestros respectivos viajes fuera de París. Recorríamos Iraida y yo la Provenza en un auto alquilado, cuando nos dimos cuenta que el presupuesto se agotaba. Llamamos desde Hyères a una amiga en Nueva York, a la que habíamos dejado un dinero para emergencias. Como no disponíamos de una dirección en París, le pedimos enviara el dinero a Severo. A él no le pudimos avisar porque estaba de viaje. Tras devolver el auto en San Sebastián, tomamos el tren nocturno a París, que era el más económico.

Llegamos a nuestro destino a las 9 y 30 de la mañana: huesos adoloridos, ropa ajada y, para colmo, desgreñadas—parecíamos personajes sarduyanos. Pero la cita era a las diez, en el Café de Deux Magots, y no quedaba tiempo para peinarnos. Así nos aparecimos en el proverbial café de las tertulias de Sartre durante la posguerra, el cual,

---

10 N de R. Iraida Iturralde es una poetisa cubana; se puede leer sobre su trabajo en este libro. Ella y Lourdes Gil colaboraron en la organización del simposio "Literatura cubana: en torno al escritor exiliado" cuyas ponencias se reproducen en este libro.

tras un sol demasiado brillante en la calle, me pareció de una oscuridad cavernosa. A aquella hora no había más que un camarero que pasaba el paño a las mesas, y lo solitario del lugar creaba una atmósfera de aislamiento e intimidad.

Quizás porque la mala noche en el tren, rodeada de turcos que mordisqueaban trocitos de queso de cabra, me había dejado con una sensación de vulnerabilidad, o tal vez porque yo no era más que una joven e impresionable lectora de todo lo que hasta entonces había publicado Sarduy, lo cierto es que, cuando se perfiló a contraluz en la entrada la silueta del Severo de entonces—delgado, rebosante de salud, entusiasmado, luciendo apretados jeans y oloroso a colonia— me tomó bastante rato recuperar el habla.

Severo pidió un Perrier, con la estudiada coquetería de cerrar brevemente los ojos (quizás en un parpadeo de colibrí) y hacer con los labios el asomo de un puchero. Se volvió a nosotras divertido y anunció que tenía nuestro dinero. Riéndose, añadió: "¡Y se los manda Dolores Rondón!" Nos mostró la nota de la amiga de Nueva York, que había firmado Dolores Rondón en vez de su propio nombre. Severo estaba encantado: "Yo decía, ¿qué es ésto?, ¡mis personajes cobran vida!".

Pero de aquella mañana (que me pareció eterna), lo que más recuerdo es la despedida. Severo nos llevó a una *boutique* e, inesperadamente, nos compró un regalo a cada una, aduciendo que no podíamos marcharnos de París sin llevar algo *kitsch*. Además de los finos modales, Severo era galante, con esa galantería ya en desuso que encierra voluptuosidad y el vínculo del afecto. Me sorprendía siempre celebrando la seda de mi vestido durante una cena o un prendedor de nácar. Recuerdo que en una ocasión me preguntó por teléfono si todavía usaba "Opio". Cuando le contesté que ahora prefería "Paloma", procedió a describir una ceremonia en la que me vertiría el frasco sobre el pelo.

Esta faceta suya, que se ha tachado de superficial y frívola, encaja bien en el derroche extravagante del barroco, como aquellos opíparos festines lezamescos de *Paradiso*. Y no como un canon literario de la América Latina, sino como el gesto cotidiano de su personalidad. Para Severo el disfrute de las cosas exquisitas tenía un espacio, dentro y fuera de la página. Era racional, y no lo era, al hablar del *Libro de horas* del Duque de Berry o del paisaje de la selva venezolana; de la danza de Nureyev o el arte de Lam y de Alejandro; de la calle Trocadero, que para él fue un culto; del harakiri de Mishima o el observatorio de Arecibo; de un guaguancó o del extracto de Paloma Picasso. Por eso estar a su lado suponía un ostentoso placer estético y sensual.

Como *addenda* a este trabajo, quiero incluir estos versos suyos que encontré casualmente, del poema titulado "El Buda de Chinatown": "*Gautama*, el ascendente leopardo cuyo rostro es el camino de una galaxia sobre el occidente".[11] Severo sí escribió sobre el leopardo e hizo más abordable el enigma del Kilimanjaro.

---

11 Sarduy, *Un testigo fugaz y disfrazado* (Barcelona: Ediciones del Mall, 1985), p. 25.

Tres poetas cubanas: Magali Alabau, Lourdes Gil y Maya Islas[1]

Ana María Hernández

Entre las turbulentas corrientes que han sacudido la poesía del mundo occidental durante el pasado siglo se distinguen dos tendencias fundamentalmente opuestas que agrupan a los escritores de acuerdo a su relación con el lenguaje y, por ende, con el público[2]. El primero está constituido por los llamados destructores del lenguaje o terroristas de la lengua que rechazan la noción burguesa de "cultura" y luchan contra la coagulación y consolidación de la vida artística, queriendo conservar lo directo y original de la experiencia sensorial y espiritual. Estos poetas van a proponer un nuevo misticismo del lenguaje que considera al mismo como algo no ya más poético, sino más filosófico que la razón. Este misticismo del lenguaje o "alquimia del verbo", así como toda la interpretación alucinante de la poesía, ya se anunciaba en la obra de Charles Baudelaire, pero va a nacer en la obra revolucionaria de Arthur Rimbaud. Fue él quien sentó las bases de la visión subsecuente del poeta como visionario y el que declaró que el poeta debe prepararse para su misión librando sus sentidos de toda percepción "normal" o fácilmente identificable. Esta teoría ya implicaba el uso de la mueca/máscara o deformación expresiva como modo de comunicación que va a ser tan importante en el arte expresionista moderno, y sostiene que lo fácilmente aprehensible es estéril y que el poeta debe ir mucho más allá de lo obvio para descubrir el significado oculto de las cosas. La metáfora se vuelve no ya una forma de descripción sino un auténtico proceso de exploración y descubrimiento. Se vuelve al mito, pero no como una afectación parnasiana escapista, sino como instrumento de explo-

---

1 Este trabajo se leyó en el panel "Mujeres hispanas y su escritura" el 3 de marzo de 1990.
2 Jean Paulhan, *Les Fleurs de Tarbes*, en Arnold Hauser, *The Social History of Art*, Vol. 4 (New York: Vintage, S.D.), pp. 231-236.

ración para indagar en los orígenes de la conciencia.

El segundo grupo de escritores está formado por los poetas comunicadores o retóricos que insisten en la comunicación como entendimiento mutuo y la tradición retórica compartida por una cultura como base de toda comunicación. Este segundo grupo ve las raíces de la poesía en el espíritu mismo del lenguaje, la literatura y la tradición. A este grupo pertenecen los poetas como T.S. Eliot, William Butler Yeats y Wallance Stevens en la lengua inglesa y Antonio Machado y Jorge Luis Borges, en la española; estos escritores producen una obra erudita plena de referencias a la tradición cultural aceptada y sus vidas y profesiones se desarrollan generalmente dentro de círculos intelectuales y académicos, muchas veces como profesores, a diferencia de los poetas malditos que son siempre marginados.

La obra alucinante y la vida misma de MAGALI ALABAU se inscriben en la tradición rebelde e inquietante de los poetas malditos, que no establecían ni admitían distinciones entre la búsqueda literaria y la búsqueda personal de significado y armonía. Magali Alabau nació en Cienfuegos en 1945 y estudió arte dramático en la Escuela Nacional de Arte de Cubanacán; desde el principio el gesto, el doble, la máscara van a ser elementos intrínsecos de su experiencia, ya que la poeta se inicia en las artes teatrales como actriz y directora. En 1968 fundó con Manuel Martín el DUO Theater donde se presentaron producciones experimentales de la pluma de José Triana, Virgilio Piñera y Leonard Melfi entre otros.[3] En 1976 fundó con Ana María Simo *Medusa's Revenge*, donde dirigió varias obras.[4] Su último trabajo como actriz (en el papel de Cuca en *La noche de los asesinos*) fue presentado por La Mama Experimental Theater Company en 1982. Sus antecedentes poéticos, por ende, están imbuidos de una fuerte dosis de vanguardia y expresionismo. En la época que sigue a 1982, Magali abandona el teatro como actividad fundamental y comienza su descenso a los infiernos buscando el sen-

---

3   N de R. DUO Theater se encuentra localizado en Manhattan. Su programación en 1994 parece estar apartada de su historial de producción de diversos autores famosos y desconocidos y, también, de la experimentación teatral.

4   N de R. *Medusa's Revenge*, un teatro dirigido casi exclusivamente a la población lesbiana, tuvo una muy corta existencia.

tido que no hallaba en el mundo limitado de la producción teatral en español en una ciudad y país cuya lengua oficial no es la española. Este viaje interior la va a llevar a la poesía.

En la poesía de Magali Alabau se vislumbran los temas de los poetas malditos: el rechazo de la realidad cotidiana como insuficiente y enajenante y, con ella, el rechazo de la tradición en busca de la esencia perdida. Hermana de Kafka y Vallejo en su sensibilidad, a Magali le ha tocado vivir de lleno la deshumanización y reificación del individuo que los simbolistas vagamente vislumbraban y que los vanguardistas y expresionistas recién comenzaban a sentir. Magali publica su primer poemario *Ras*[5] en 1987. Los poemas fueron escritos entre 1982 y 1985. Acerca del título ha señalado lo siguiente:

> *Ras es un ángel de la mitología judía. Ciego. Ras también quiere decir secreto. Qué importa si nadie lo entendería. Porque la negación a veces es ceguera y ese fue mi intento. Libro de imágenes que no usaría ya y por eso lo quemó.*

El título contiene otra referencia implícita al ras de mar, la furia devastadora del elemento femenino en su manifestación más oscura que arrasa y destruye con las construcciones humanas que ignoran su fuerza ancestral. No le pregunté a la poeta durante nuestra entrevista si era una de las alusiones en el título; no importa que no fuera consciente; el huracán y el ras de mar son una experiencia acendrada en el subconsciente colectivo cubano, y la violencia devastadora de los elementos se ve trasladada poéticamente en la furia de estos primeros poemas. La máscara, el espejo, la sombra y el abismo emergen como imágenes centrales en *Ras*. En los siguientes poemas se ve la poesía como un elemento subversivo que amenaza la estabilidad precaria del mundo circundante.

> *Vivo con una máscara*
> *buscando una obsesión*
> *No la dejo reposar.*
> *Ella es el punto a donde todo se desliza,*
> *el arma a donde mi rostro en contorsiones,*

---

5 N de R. Magali Alabau, *Ras* (Nueva York: Ediciones Medusa, 1987).

estropajo de ira, va.
La boca en ella es un blanco alambre
que amarra cualquier intento de armisticio.
Un arma como la mía
puede desbaratar los pensamientos
con balas de extrañeza o estupor.
Aspavientos que entre máscara y rostro
no permiten ni una tranquila hora,
ni un segundo de paz.

Aquí se caracteriza la poesía como un arma y la poeta aparece con el rostro cubierto por una máscara, recordándonos el anonimato del verdugo o sacrificador ancestral. La boca es "un blanco alambre" añadiendo tensión y severidad a la imagen anterior. Del mismo tono es:

A mi ojera yo me cierro,
no me cierres los ojos,
no me pintes de rosado,
lo morado con rosa
se pervierte.
No intentes
porque todo ha de volar.
Se rajará la cama,
la ventana,
los búcaros.
Por la noche
los dientes crujirán.
Como un volcán
me tuerzo.
El sonido es tan árido,
tan vivo,
tan tenso,
que un gesto tan pobre
como el de mis puños
hace a los vecinos
despertarse con miedo

En este poema la poeta es una visionaria subversiva cuyo ojo vigilante hace saltar en pedazos la complacencia malsegura de los vecinos.

La promesa de *Ras* se va a cumplir en los dos libros siguientes de la poeta, *Electra, Clitemnestra*[6] y *La Extremaunción diaria*[7] publicados ambos en 1986. *Electra, Clitemnestra* es una reinterpretación feminista del mito griego. En él la poeta aúna su fascinación con otros dos mitos: el de Caín/Abel y el de la Gorgona Medusa. En *Electra, Clitemnestra* los celos y la postergación de un hermano—o en este caso hermana—a favor de otro por razones arbitrarias se hallan en el vértice de un torbellino emocional que va a desembocar en el asesinato. En la versión de Alabau el luto por Ifigenia y la constante rememorización de la hija sacrificada se interponen entre Clitemnestra y Electra; el dolor de la hija preferida es el móvil que conduce al crimen llevado a cabo por Electra misma prescindiendo de Orestes; al final del poema, Electra devora el útero de la madre, logrando así la unión que le negara en vida la madre indiferente. La negación arbitraria del amor convierte a Clitemnestra en el arquetipo de la madre terrible, todopoderosa e inaccesible en la frialdad de su desdén. Esta identificación de Clitemnestra con la madre terrible se logra en una dantesca escena del poema en que Clitemnestra y la Medusa se unen en una grotesca cópula que simbólicamente aúna los dos aspectos del arquetipo de la madre: la destructora y la creadora. La cópula con la Medusa eleva a Clitemnestra, una simple mortal, al plano inmortal de la diosa; según J.E. Cirlot[8], la Medusa representa la fusión de los opuestos; lo movible y lo inmóvil, la belleza y el horror. Por eso simboliza una condición que va más allá del entendimiento humano, y destruye al que la contempla. Esta reinterpretación del mito y, en particular, la introducción de la Gorgona en el esquema simbólico del poema merecen especial atención. La Medusa petrifica y destruye a los hombres, puesto que la mitología griega—con la rara excepción de Psiquis y otras pocas figuras femeninas—reserva el papel de buscador heroico al sexo masculino. En este poema, no obstante, Electra usurpa a Orestes el papel de vengador, y su móvil

---

6   N de R. Magali Alabau. *Electra, Clitemnestra* (Chile: Ediciones del Maitén #11, 1986), p. 7. Se puede leer sobre este libro en Maya Islas, "Reflexiones sobre los arquetipos feministas en la poesía cubana de Nueva York", pp. 239-252 en este mismo volumen.

7   N de R. Magali Alabau, *La extremaunción diaria. Poemas* (Barcelona: Ediciones Rondas, 1986).

8   *A Dictionary of Symbols* (New York: Philosophical Library, 1962), p. 115.

no es vengar la traición de Clitemnestra a su esposo Agamenón, sino la traición a otra mujer, su propia hija, a quien niega su amor. Como mujer, Electra es inmune a la mirada de la Gorgona con la cual se ha fundido Clitemnestra elevándose al papel de diosa. Al matarla y llevar a cabo el rito ancestral de la antropofagia—o en este caso ginofagia—Electra incorpora a sí misma el elemento divino de la Clitemnestra/Medusa y, por lo tanto, su horrible visión preclara que la separa de los humanos. Este rito de iniciación poética va a signar la poesía posterior de Magali Alabau caracterizada por una visión preclara y cáustica como la de su persona poética, Electra/Medusa.

Casi simultáneamente con *Electra, Clitemnestra* Magali Alabau escribe *La extremaución diaria* donde el tema de la búsqueda, del viaje a los orígenes, alcanza una manifestación más completa que en *Ras*. Del primer poema cito los siguientes versos:

> Ni siquiera sé a quién dirijo las palabras
> y en el fondo sé que es a un
> reflejo
> que conocí en un abismo
> atrás del tiempo.
> Busco
> como si encontrar fuera el punto donde pudiera
> descansar
> porque me falta esa forma que hace las cosas enteras.
> Miro el vino derramándose en una vasija
> y en ese instante percibo lo que podría ser.
> A veces
> camino y busco entre el aire y una cara ajena
> el instante del coágulo.
> Cuando se abre una puerta miro
> quién sabe entrara la sombra que me pertenece.
> El papel inflada una palabra busca un molde,
> en la piel el poro al cual pudiera entrar
> y encontrar un hueco donde dormir,
> en la enredadera, una piedra húmeda donde
> restregar la hoja. Busco
> hasta en la suciedad de la acera
> una forma donde encubrirme.

La palabra "busco" se repite como *leitmotif* a lo largo del poema, y al final se da una disgregación entre la mente y el cuerpo de la poeta en que la pierna se niega a obedecer las directrices de la persona poética, como si condenara el camino donde la llevan.

> (..................)
> *Camino y la pierna no responde. Le doy,*
> *le arremeto para que obedezca. Se vira contra mí. Infame.*
> *Se bota contra el piso, se rebela. Me agarro la pierna*
> *y brinco las calles.*
> *La baba negra chorrea mi presencia.*
> *Un hospital. Un universo podrido. Busco.*
> *No hay policías ni vigilantes. La mitad me sirve, sigo.*
> *Busco. El parque, la floresta de los muertos.*
> *Allí voy, un farol como un bate amenaza a la cabeza.*
> *Entro y muerdo el aire*
> *San Sebastián las flechas*
> *Las ramas se acuestan frente a mí*
> *Brinco, no me falles, pierna*
> *Brazo sé mi amigo. Busco. Una lápida.*
> *Un universo. Un basurero. Roto los bancos,*
> *fósforos se encienden en el parque.*
> *El monstruo de la noche acercándose. Me quiebro.*
> *Tocan a la puerta.*
>   *No encuentro.*

El tono a lo largo de *La Extremaución diaria* es uno de exploración y búsqueda; hay dos poemas "La soga del ahorcado" y "Al" que ejercen un interés especial para mi enfoque crítico por la presencia de situaciones y figuras arquetípicas. En el primero la persona poética intenta rescatar un perro callejero que se posesiona de una casa como si fuera la propia y se resiste al rescate de su salvadora.

> (..................)
> *Fui a ver al perro.*
> *Un perro viejo, acabado, de orejas largas de gangrena y*
>   *de ojos con*
> *legañas. Hacía dos días que estaba inmóvil, parado*
>   *delante del portal*

de una casa que no era su casa.
No comía.
Arrastraba una soga quemada que llevaba al cuello.
La arrastraba despacio.
Las patas zambas, la cara vieja, serena.
Actuaba como si cuidara su casa y yo fuera una extraña.
Si no fuera porque yo soy una y él es lo que es
pensaría que sí, tiene razón. Pero no, no es ningún perro de casa
y además se está muriendo.
Está viviendo de ilusiones.
No come, no duerme y arrastra la soga del ahorcado.
La cerca de ese jardín desierto está abierta,
pudiera salir de ese jardín prestado, marcharse, quizás hasta salvarse.
Tarde o temprano lo echarán a patadas, pero no, sigue inmóvil,
me amenaza.
La puerta está abierta David, Davito.

La presencia del perro en este poema es de un simbolismo obviamente místico, aparte de las connotaciones evidentes de amistad, abnegación y fidelidad que ansía la alienada persona poética. El perro es, junto al buitre, el compañero de los muertos en su viaje nocturno y, por ende, es el que guía hacia la resurrección. En este caso, el perro está asociado con la imagen del ahorcado, de profundo y complejo simbolismo, que alude al aislamiento del místico, suspendido entre cielo y tierra. Este es un poema en que la soledad y la desesperación llegan a un grado superlativo. La misma desesperación caracteriza otro de los poemas extensos del libro, "Al", basado en un incidente autobiográfico en que la poeta asume el cuidado de un anciano solitario, quejumbroso y tiránico. Este poema está permeado de imágenes que pintan lo grotesco en su más negras tintas.

(...................)
La apertura de la puerta inyecta al aire del pasillo un sepulcro sin
cerrar. Todo se está pudriendo.
No limpio, ya no se puede limpiar.
Querer aguantar una fruta muy madura se pudre al tocar.

> *Nadie cerca cera por primera vez defeca*
> *la cuna cama pañal sábana*
> *El* lullaby *Ay Señora Santana ay subhumanas*
> *submarinas sumergidas sujetas a condiciones submembranas.*
> *La manzana.*
> *Hablo de hospitales.*
> *Me he sentado en la punta de la cama a cantar mientras los pies se hinchan. El Castillo Blanco de Nabucodonasar.*

La relación poeta/sujeto es compleja; *Al* se presenta como un espejo de alienación de la persona poética; su enajenación y podredumbre reflejan la propia soledad de la poeta; al igual que en "La Soga del Ahorcado" el intento de solidaridad con el prójimo doliente es también un intento de rescatar la propia realidad perdida.

La búsqueda va a ser también el tema de *Hermana*.[9] Basado en la visita real a su hermana, que ha vivido internada en Mazorra por años, el libro es también un viaje a los orígenes a muchos niveles: es un viaje a Cuba, a la niñez, a los orígenes de la conciencia.

El libro está estructurado en cuatro partes: viaje/recuerdos en la casa de la infancia/el encuentro con la hermana/la unión en el plano trascendental. Además de ser una hermana real, la hermana representa la sombra, el otro yo que se encerró, que no vivió.

Hermana es la toma de conciencia por parte de la poeta de una torturada división en sí misma, de una desgarradora dualidad en su propia naturaleza que ella está condenada a unir de nuevo. Y esta división está también ligada al trauma del exilio, que Magali recrea en estos versos:

> *Ser desertor*
> *implica que en cualquier ocasión*
> *cuando se habla de honor o de fidelidad,*
> *o de amor, o de heroicidad o de qué altura,*
> *uno se escurre por donde pueda.*

---

[9] N de R. Magali Alabau, *Hermana* (Madrid, España: Editorial Betania, Colección de poesía, 1989).

Significa quedarse fuera de las conversaciones
y si uno se atreve a ponerse una máscara
luego retirarla con alivio de que no había
por ahí uno conocedor.
Es no comer con fruición, no dormir a pierna suelta,
llevar una soga en el bolsillo
y ver, en caso de que el recuerdo volviera,
dónde aguantar la soga del ahorcado.
Es ser Pedro, el gallo y las tres veces,
es saber la sentencia de antemano,
es leer y no identificarse con la protagonista.
Es renunciar a los discursos y a los premios,
a las pequeñas alegrías.
Es mirar el vaso con la propia dentadura
y que nadie te diga por qué lloras.
De pronto ocurre que hay que cuidar a alguien,
que hay que bañar a un perro, que hay que cruzar
a un ciego, y la palabra "mentira" salta por todos lados
inesperada y fría.
Ser desertor es haber dejado los ojos,
preparar el suicidio
y no llevarlo a cabo.

Pero más allá de la circunstancia personal, la poesía de Magali Alabau muestra una visión y una fuerza trascendental que le dan sitio notable en la poesía contemporánea.

De diferente tono y tradición es la poesía de LOURDES GIL, la más académica, por así decir, de las tres poetas que hoy discuto, en su modo de abordar el discurso poético.

Lourdes Gil nació en La Habana en 1951 y reside en los Estados Unidos desde 1961. Estudió literatura hispanoamericana en Fordham y en New York University donde co-dirigió la revista *Romántica* de 1975 a 1982. Sus actividades literarias son muy extensas; Lourdes e Iraida Iturralde co-dirigen la Editorial Giralt y co-editan la revista literaria *Lyra*. Sus obras se han visto galardonadas por varios premios: el premio Cintas en 1979; Premio de Poesía Ateneo de Barcelona (Venezuela) en 1982; Segundo Premio de Poesía Bessalem

Association of Women Writers, Pennsylvania, 1984, entre otros. Lourdes también ejerce la crítica literaria y ha dictado conferencias sobre la obra de Severo Sarduy y de Belkis Cuza Malé. Respecto a la distinción establecida al principio de mi ponencia, cabe señalar que Lourdes Gil pertenece indudablemente al segundo grupo de poetas, los comunicadores o retóricos, en la compañía de T.S. Eliot, Antonio Machado y Juan Ramón Jiménez. La importancia de mantener la comunicación con el lector es una preocupación constante de la autora, que se ha referido a la crisis de la poesía contemporánea en estos términos.

> La poesía es el medio artístico que utiliza el lenguaje para la expresión de la experiencia de lo trascendente. En épocas anteriores (quizá más simples) el recogimiento profundo de lo religioso permitía el desarrollo y cultivo del quehacer poético. Nuestra civilización actual, en especial las sociedades más desarrolladas, han trasladado lo trascendente, lo maravilloso, a un plano de menor significación y utilidad. La poesía, así como la creación artística y legítima, se hallan pues en una enorme crisis.[10]

Al preguntarle a la poeta para quién escribe, contestó:

> Escribir es para mí una necesidad vital. Luego hay que empollar esos huevos de oro. ¿A dónde va el producto y para quién es? Son planteamientos que, de haber vivido y podido crear en el propio país de uno, tomarían otro sentido. Probablemente mi poesía misma habría tomado otra configuración; quizá sería menos retorcida, más espontánea, suelta. No lo sé. Un entorno social indiferente resulta más tremendo cuando ni siquiera guarda respeto por la lengua en que uno escribe. Hay soledades a ese nivel que, yo al menos, no intento salvar. No puedo decir que escribo para un público definido. José Olivio Jiménez señaló que la lengua era nuestro hogar, nuestro país. Quizá entonces nuestra poesía parte de la experiencia aislada de la lengua y va hacia la lengua también. Un poco la serpiente mordiéndose la cola. Pero

---

10 Pablo Le Riverend, *Diccionario biográfico de poetas cubanos en el exilio (contemporáneos)* (Newark, N.J.: Ediciones Q-21, 1988), p. 93.

> *más allá del oído receptivo, debe haber un tú con quien el poeta dialoga. Mis poemas a Ana María Mendieta o a Nijinski, por ejemplo, eran conversaciones con ellos.*

La preocupación de Lourdes Gil por el lenguaje y la comunicación se manifiesta desde una época temprana; cuando la poeta viaja a España en 1972 y estudia en la Universidad Complutense de Madrid, va a recibir un certificado de la Facultad de Sociología en un programa sobre los medios de comunicación de masas.[11] Esto no quiere decir, de ninguna manera, que la poesía de Lourdes sea fácilmente asequible; no lo es, puesto que se inscribe en la tendencia neobarroca que se deleita en las elegantes circunvoluciones y laberintos verbales de la lengua española.

La filiación neobarroca de Lourdes es aparante en el título mismo de su primer poemario *Neumas*[12] en el que juega con la polisemia de tal vocablo. "Neuma" proviene del vocablo griego "pneuma" o espíritu, pero también es un término musical que alude a la notación del canto gregoriano y, específicamente, a unas notas de *adorno* que terminaban ciertas composiciones del canto llano y se vocalizaban con la última sílaba de la palabra final. Neuma también se asocia al vocablo griego "neuma", movimiento de cabeza, y significa, en esta segunda acepción, la expresión de un sentimiento por medio de movimientos o señas. Al escoger este título la poeta muestra los elementos que caracterizan su visión de la poesía: es la expresión del espíritu por medio de música y adornos, es una serie de señas que expresan un sentimiento. Este mensaje se refuerza con el epígrafe de José Lezama Lima que reza "Esa respiración es el primer apresamiento de lo sobreabundante".

En efecto, el lenguaje mismo aparece como tema poético en uno de los primeros poemas de *Neumas*, "Credo en el señor mío lenguaje" (p. 16). El primer verso nos da la semilla de lo que va a germinar como el canon poético de Lourdes Gil durante su trayectoria creadora. El poema manifiesta la frustración de la poeta con las limitaciones

---

11 Le Riverend, p. 93.
12 N de R. Lourdes Gil, *Neuma* (Montclair, N.J.: Senda Nueva de Ediciones, 1977).

del lenguaje y su incapacidad para ampliar la conciencia humana, y culmina con el verso "craso lenguaje muda le voy". En los poemas de *Neumas* se dan las características singulares de la poesía de Lourdes Gil: su minucioso cuidado en buscar la palabra justa, lo sonoro, vital y musical de sus versos que fluyen no como canto gregoriano, sino como verdaderas sonatas, y su preferencia por juegos neocultistas y neoconceptistas de corte neobarroco. De carácter refinado y erudito, la poesía de Lourdes Gil abraza la tradición literaria y cultural del occidente y está plena de referencias a la historia, el mito, las bellas artes y la música. Su amor por el lenguaje la lleva a resucitar, así como Carpentier, Lezama y Sarduy, palabras arcaicas que ella rescata del desuso y el olvido para engarzarlas en sus poemas como joyas ancestrales.

Los poemas reunidos en su segundo libro, *Vencido el fuego de la especie*[13] muestran un nuevo matiz en la tonalidad poética de Lourdes en el que palidece la pirotecnia estilística a favor de una poesía más directa permeada de una gran serenidad y de una subyacente ternura, sobre todo en los poemas de la primera parte, agrupados bajo el título "Un raro aflorar a las costas de hermosura", y específicamente en el poema titulado "El manatí" (p. 15) del que proviene el título. Este poema de gran complejidad simbólica bajo su apariencia sencilla constituye una de las joyas de esta colección y prueba evidente de la madurez estilística de la poeta. El símbolo central, el mamífero acuático autóctono de Cuba y la Florida, se manifiesta al principio del poema asociado a la esperanza; a todo lo largo del poema la poeta reitera asociaciones que relacionan al manatí con la vuelta a los orígenes a muchos niveles. Especialmente incisivos son versos como "tímida asoma a los canales del cerebro" que logra un simultáneo enfoque de la realidad objetiva y la subjetiva, y "en la inconsciencia anfibia del sonar asciende/la espiral". En el verso "Colón contempla la memoria arquetípica de Cuba" la poeta captura en una poderosa imagen el nefasto encuentro de dos mundos que instantáneamente va a condenar y amenazar todo lo que significa el sirenio prehistórico:

---

13 N de R. Lourdes Gil, *Vencido el fuego de la especie*. (New Brunswick, N.J.: Editorial Slusa. 1983).

el Paraíso, la inocencia, la sensualidad sin pecado. El final del poema revela la honda creencia de la poeta en lo imperecedero del espíritu vital anterior a lo humano ya simbolizado en el manatí; la razón cede ante la sabiduría de sus ojos dulces y su imagen emerge limpia, imperecedera, depurada de la corrupción que amenaza al animal real, pero que es impotente para suprimir lo numinoso de su simbolismo profundo y su alusión a la energía vital.

Su próximo libro, *Blanca aldaba preludia*[14], es un libro de síntesis en que coexisten los juegos conceptuales con poemas de gran ternura y fina sensualidad. Poemas como "Su rugido anoche":

> *Pasa el león por la encuadernación temprana*
> *de un librero de Nuremberg*
> *(germana y siglo XV,*
> *tablillas bajo el cuero marroquí).*
> *Como un repositorio omnívoro*
> *cuyo curso se ha trazado en la indulgencia,*
> *las dispares materias que en la entidad de un tomo*
> *surgen lentas, tocan en redoble*
> *y con un grito buscan armonía:*
> *años y días enriquecidos*
> *en los autores incunables,*
> *las horas de un pasado reverente.* (10)

está lleno de referencias librescas a la Borges y de ricas aliteraciones como "Desvelada en el voraz vacío vital e inevitable" además de juegos intertexuales en que un epígrafe de Juan Ramón Jiménez se yuxtapone con otras asociaciones referentes a la imagen del león. El erotismo de los últimos versos, sin embargo, añade un elemento muy vital a un texto de estirpe tan borgiana. La preocupación por el lenguaje continúa en poemas como "Habrá señales en el cielo" de donde cito:

---

14 N de R. Lourdes Gil, *Blanca aldaba preludia* (Madrid, España: Editorial Betania, Colección de poesía, 1989).

Mi lenguaje está lleno de escaparates
tiovivos reversibles
como un caduceo tibetano
o como un puente colgante en el vacío
donde la frase o la imagen se repiten
se conmutan en torno al tiovivo
y amplio de velas surca y gira
el codicilio seductor (34)

Otro poema que quisiera mencionar es "A mi hijo"(35), cuyo verso central da título a esta colección de poemas y que muestra admirablemente la fusión del intelectualismo juguetón de la primera obra de Lourdes con la profundidad y unidad simbólica de su obra madura. Cabe señalar que este poema, además de ser un tributo al hijo real de Lourdes, también alude al niño divino, simbólico del yo profundo y de la armonía, como denotan las asociaciones con la flor blanca, el ámbar, el delfín, todos símbolos arquetípicos del origen, el centro, lo eterno.

Mi corazón, mis ojos, sostenidos por un niño
mis brazos detenidos vertederos
(abrazo vertebral)
y rojo el tiempo detersorio
que estacionado en su escafandra idílico
como una blanca aldaba preludia este delfín
este jazmín de ámbar
este duende de linaje venerable

La poesía de MAYA ISLAS se inscribe a mitad de camino entre ambas tendencias de la poesía contemporánea que anteriormente señalara. Como Magali Alabau, Maya Islas rechaza la realidad de la metrópolis tecnológica y se lanza en un viaje de descubrimiento místico. Como Lourdes Gil, salva la comunicación con el lector al rescatar ciertos elementos de la tradición cultural que considera inmanentes e imperecederos. Para ella, la intercomunicación entre el ser interno de las cosas y el ser interno del poeta se percibe como adivinación, y trata de devolverle el significado a la palabra latina vate, que además de poeta significa adivino, como lo denota la palabra vaticinio, que significa poesía y profecía a la vez.

Maya Islas, *neé* Omara Valdivia Isla, nació en Cabaiguán, provincia de Las Villas, en 1947 y reside en los Estados Unidos desde 1965. Maya escribe poesía desde muy temprana edad. Sin embargo, sus estudios académicos se van a llevar a cabo en el campo de la sicología, mientras que su formación literaria va a ser casi completamente autodidacta. Al preguntársele a Maya por qué escogió la sicología y no la literatura como campo académico me contestó que para ella la poesía es el resultado, no el objeto, de una búsqueda; la sicología por tanto es una forma de ahondar en el conocimiento humano así como la filosofía y la música, para llegar a la poesía por otros canales. Al negarse a estudiar la literatura de modo sistemático, Maya mantiene la libertad y espontaneidad que son tan característicos en su producción poética.

Entre sus influencias tempranas reconoce a Bécquer y Amado Nervo, cuyas huellas se notan en su primer poemario *Sola...desnuda.. sin nombre*[15] de intenso contenido erótico y romanticismo marcado. Otras influencias en la fase formativa de Maya van a ser el Pablo Neruda de *Residencia en la tierra* y *Geografía infructuosa*. También en esta época lee intensamente al León Felipe de *Antología rota* y a César Vallejo, de quien admira la espontaneidad y aparente sencillez expresiva, aunque no comparte su visión trágica de la vida. Los poemas de esta colección se caracterizan por la voz espontánea e inocente de la poeta, libre de tonos afectados o pirotecnia estilística. En él se manifiestan, no obstante, los temas recurrentes que van a signar la poesía de Maya Islas y que se van a manifestar en su etapa madura: la preocupación por el tiempo y la conciencia de su misión como poeta. También en este poemario se ponen de manifiesto otros rasgos característicos de su poesía tales como el don para captar la metáfora de sello creacionista que va a alcanzar pleno apogeo en su libro *Altazora*.[16] La Maya de *Sola..desnuda* se presenta como una poeta sensual, curiosa, totalmente entregada a su quehacer poético. Poemas eróticos

---

15 N de R. Maya Islas, *Sola... Desnuda... Sin nombre* (Nueva York: Editorial Mensaje, 1974).
16 N de R. Maya Islas, *Altazora acompañando a Vicente*. Por favor, ver nota 20.

de gran intensidad marcan esta época temprana, entre ellos "Vine", "Mis ojos aprendieron" y "Te bebo".

Maya ve su vida como una serie de epiciclos de cinco años; uno de estos comienza tras la publicación de su primer libro y abarca de 1975 a 1980. Esta época está demarcada por dos viajes seminales: el primero a México en 1976 y el segundo a la India en 1980. Estos viajes van a abrir un mundo de experiencias trascendentales para Maya y van a plantar las semillas de su proceso de maduración como poeta. Del primer viaje señala Mireya Robles, en su panfleto *Profecía y luz en la poesía de Maya Islas*[17], la influencia profunda en Maya del contacto con las civilizaciones precolombinas y su encuentro con las teorías esotéricas de José Díaz Bolio, autor del tratado *La serpiente emplumada, eje de culturas*. Esta nueva apertura al misticismo combinada con la experiencia adversa de sus estudios de maestría en Montclair State University van a proporcionar el transfondo de su segundo libro *Sombras-Papel*[18] escrito entre 1974 y 1977. La sensibilidad poética se da aquí más depurada y, remontándose sobre las circunstancias del *Hic et Nunc*, se lanza en vuelo metafísico hacia temas universales. Persiste su preocupación por el tiempo, que se nos da en versos como el siguiente:

> *Aquí a mi izquierda: una mosca*
> *aleteándome su vida*
> *en trilogía de tiempo, muerte*
> *e inocencia;*
> *bostezo de la fuerza por mis poros*
> *un cartucho*
> *el vaso sucio de huellas digitales,*
> *la pata negra de la mosca*
> *(ya muerta)*. (22)

En vez de divagar sobre el paso del tiempo, la poeta nos muestra el mismo a través de la imagen de la mosca que "aletea su vida" al principio del poema, pero está ya muerta al final del mismo. Persiste,

---

17 Mireya Robles, *Profecía y luz en la poesía de Maya Islas* (San Antonio, Tejas: M & A Editions, 1987).
18 N de R. Maya Islas, *Sombras-Papel* (Barcelona, España: Ediciones Rondas, 1978).

asimismo, la conciencia de su misión como poeta, aparente en versos como el siguiente:

> *Yo camino primero,*
> *abriendo las yerbas a tus pies descalzos,*
> *porque después de todo*
> *ése es mi oficio.* (35)

También se percibe el conflicto entre su deseo por dedicarse a la poesía y las exigencias del mundo material, evidentes en el poema que sigue:

> *Quién pudiera dedicarse al verbo*
> *y al aire sin impuestos, quiero...*
> *el alimento*
> *parido con raíces*
> *por un hambre primitiva de pureza;*
> *el pelo al viento*
> *buscando su principio,*
> *sin miedos escritos en proféticas prosas,*
> *los que supieron de cuevas*
> *con un fuego brotado por dos palos...*
> *... quién pudiera*
> *sentarse*
> *a pensar en los misterios,*
> *sin casas... ni escuelas...*
> *...ni negocios*
> *ni dinero.* (46)

En la última sección de su libro sobre Maya Islas, Mireya Robles señala la creciente influencia de las obras del ocultismo en la poesía de Maya. En efecto, este interés se va a intensificar en los años que siguen a la publicación de este libro. En una reciente entrevista me señalaba Maya el profundo impacto que había causado en ella la lectura del tratado de Richard Maurice Bucke, *Cosmic Consciousness*, originalmente publicado en 1901, que explora el desarrollo de la conciencia de lo infinito en varios escritores entre los que figuran Walt Whitman, Thoreau, Wordsworth, Emerson y otros. También en esta época lee la obra de Ouspensky y de Madame Blavatsky. Todos esos autores tienen en común la experiencia de la conciencia cósmica que se define como una conciencia del cosmos, o sea, de la vida y orden del universo. Con la conciencia del cosmos ocurre una iluminación que sitúa al individuo en un nuevo plano de la existencia caracterizado por una sensación de exaltación moral, elevación e intensa alegría, acompañados de la conciencia de la vida eterna; no una convicción de que existirá, sino una sensación de que ya existe. La teoría de Bucke, inspirada en la teoría de la evolución de la especie de Darwin, sostiene que así como la evolución biológica va de organismos simples a sistemas complejos hasta llegar al ser humano, del mismo modo la evolución espiritual va de una conciencia animal sencilla, a la conciencia del yo, y se dirige inevitablemente a una conciencia superior de nuestro espacio en el cosmos.[19]

Entre las lecturas de esta época resurge Vicente Huidobro que había constituido un interés temprano de la autora, pero que Maya vuelve a leer a instancias de su amiga Mireya Robles. De Huidobro le llaman las imágenes creacionistas y la visión de la mujer universal que se anuncia al principio de *Altazor*. Este redescubrimiento de la obra de Huidobro, y específicamente de *Altazor*, van a resultar en la escritura de *Altazora acompañando a Vicente* escrito en 1980 y publicado en 1989.[20] La estructura de *Altazora* emula la de su progenitor/espejo: está constituido por un prefacio y siete cantos; el número siete, de connotaciones cabalísticas, alude a la escala musical y, en un sentido más transcendental, a la escala mística. La poeta relata que escribió el poema en una especie de trance durante una noche corrida, casi sin hacer correcciones, con el texto de *Altazor* en la mano y como una especie de diálogo con Altazor, más que con Huidobro. La selección de un texto de Huidobro como inspiración y base de este libro merita consideración especial. Para Huidobro la poesía es un rito mágico a través del cual el poeta se pone en contacto con el Universo, descubre su unidad, se convierte en un demiurgo y crea su cosmos; vemos en el poeta chileno una manifestación del *"cosmic con-*

---

19 Richard Maurice Bucke, *Cosmic Consciousness* (New York: E.P. Dutton, 1969), p. 3.
20 N de R. Maya Islas, *Altazora acompañando a Vicente* (Madrid, España: Editorial Betania. Colección poesía, 1989).

sciousness" a que aludía Bucke. El poeta se vuelve un hechicero del lenguaje que tiene el poder sobrenatural de crear nuevas realidades. Para Huidobro el poeta es una especie de Prometeo que no sólo crea palabras nuevas, sino que libera a los humanos al ofrecerle el éxtasis y el infinito por medio de su poesía. La metáfora creacionista hermana pájaros, ángeles y cometas y crea una superrealidad en la que el poeta es el héroe de un viaje épico a nivel cósmico. A semejanza de Rimbaud, al que admiraba profundamente, Huidobro se vuelve el poeta-héroe en una época en la que ya no hay héroes.

Maya Islas observa que el libro *Cosmic Consciousness* sólo incluye obras escritas por hombres; Huidobro a su vez, sólo escribe sobre héroes masculinos en sus épicas—el Cid, Colón, Napoleón, Cagliostro, Don Juan. La única excepción es Juana de Arco. La mujer, por tanto, se ve excluída de esta búsqueda del infinito y del lenguaje que lo haría accesible. De aquí que *Altazora* sea un intento de incluir a la mujer y darle el puesto que se le ha escatimado como médium, vehículo y buscadora de eternidades. Otro importante descubrimiento de Huidobro en *Altazor* que Maya incorpora es el objetivismo cubista-creacionista que permite liberar al poema del sentimiento esterotipado que siempre pesó como un ancla en la literatura de lengua española. A través de la imagen creacionista Maya crea sorprendentes mundos nuevos donde la emoción sólo nace de la fuerza creativa, no de situaciones de fácil identificación.

El reconocimiento de la mujer en el papel de Maga/sacerdotisa/mistagoga es aparente a lo largo de *Altazora*. En su prefacio, la poeta se queja de la presencia demasiado breve de la figura femenina en *Altazor* y alega:

> La virgen no sabe
> de qué color eran tus agallas,
> hasta mí llegó el secreto de tus cambios
> llevando la sangre a las aguas inmaculadas. La virgen
> sabía montar paracaídas,
> pero olvidaba el nombre de su hijo
> cuando te buscaba a gatas,
> sé que no te dio tiempo a leerle tus poemas: la virgen
> se durmió en el aire.

Acto seguido anuncia la presencia femenina:

> *Soy Altazora acompañando a Vicente,*
> *soy poeta, el poeta, la poeta,*
> *ando a pie sin animales que me carguen el cansancio*
> *llegué a las galaxias con nueve dedos.*

Y termina el prefacio exhortando a Altazor:

> *regresa a tu madre por el camino del sueño*

A todo lo largo del poema se reitera el regreso a la mujer, a la madre universal como complemento del viaje de descubrimiento de *Altazor*, que lo separa de la tierra, y que se puede interpretar como un vuelo hiperintelectual que separa al poeta de la intuición sabia personificada en la madre universal:

> nadie rompe los espejos
> donde aparece la mujer que buscas;
> ella dibuja la espiga,
> comprende tu dolor de animal
> que vuela la noche...
> La mujer no muere,
> atraviesa tu cuerpo,
> se aloja en tu ternura,
> comprende tu rompecabezas de estrellas
> (....................)
> La mujer
> continúa saboreando los colores de tu lengua,
> pareces un niño perdido
> pareces un perro perdido
> pareces un hombre perdido
> no puedo encontrarte por dentro de los pies,
> te esfumas
> cuando las sombras juegan a la araña.
> (....................)
> Te has salvado ahora
> que ya vives en la piel de la mujer

> *que imita a los fantasmas,*
> *tu soledad de universos*
> *tiene ojos a la vida*
> *(..................)*
> *Eres feliz ahora; estás hecho*
> *de palabras creadas para las lenguas*
> *de los altavoces, mientras*
> *suavizas a esa mujer*
> *que te corre en los surcos.*
> *No has pensado*
> *que la muerte*
> *puede tocarle a los cristales*
> *y a la mujer que te enseña las imágenes.*

En su visión poética, Maya ve el regreso a la mujer y a todo lo que implica el complejísimo arquetipo de la Gran Madre como una compensación a los excesos mentales que han plagado la poesía y el arte y, por supuesto, la realidad de la época contemporánea.

En resumen, mis breves comentarios introductorios a estas tres poetas que enfocan de modos diversos los problemas de la lengua y comunicación de la poesía contemporánea muestran que hay un terreno común en que convergen las tres: en el terreno del mito. El mito surge como el único elemento en común que puede proporcionar una tierra de todos y de nadie, un vehículo de exploración síquica y cósmica a la vez capaz de unir la fragmentada realidad del caduco siglo XX, pues el mito actúa como un vehículo para comprender el significado universal y arquetípico del arte y ofrece respuestas a los dilemas del individuo y, en un contexto más amplio, a los dilemas de la civilización moderna.

Reflexiones sobre los arquetipos feministas en la poesía cubana de Nueva York[1]

Maya Islas

Quizás vamos a tener, como dicen los americanos, *"a trip"*. Desde que decidí este tema como base para desarrollar en este "Encuentro de escritores cubanos"[2], he llevado el título colgado al cuello como esas letanías de Semana Santa que se aprenden para presuntamente sacar almas del pulgatorio: "el feminismo...el feminismo...Ave María Purísima...el feminismo...el feminismo...sin pecado concebida..." y así he ido confundiendo mis viejos hábitos de católica con los fuegos presentes de la palabra.

Y de tanta retórica interior, buscando el tema, me vino a la mente la imagen de una conversación con Alina Galliano, poeta cubana residente en Nueva York, la cual un día me afirmó sin titubeos: "Maya, Dios fue y es mujer".

Tal afirmación me ha dado la pauta para iniciar este análisis reflexivo sobre los arquetipos feministas que he observado en la poesía cubana que se desarrolla en Nueva York.

Ubicándome en la protección de los diccionarios, busqué una definición directa del feminismo y cito: "Doctrina social que concede a la mujer capacidad y derechos reservados hasta ahora a los hombres".[3] Tal definición no llenaba mi propósito, ya que este estudio no enfoca el aspecto social del feminismo, sino que trata de explorar las

---

1 Ponencia leída en el panel "El feminismo en la literatura cubana de Nueva York" durante el "Encuentro de escritores cubanos del área de Nueva York" el 17 de junio de 1989.

2 N de R. A las participantes a esta sesión "El feminismo en la literatura cubana de Nueva York" se les pidió que consideraran las siguientes preguntas como parte de sus presentaciones: Ser mujer y escritora: ¿Es necesario la clasificación? ¿En qué forma es distinta la situación de las escritoras frente a la de los escritores? ¿Escriben las mujeres distinto a los hombres? ¿Qué dificultades encuentran para desarrollar sus creaciones?

3 *Vox, Diccionario general ilustrado de la lengua española* (Barcelona, 1968).

teorías establecidas del inconsciente y unificar los factores comunes en los procesos psíquicos de la creación y su aspecto feminista.

Mi tesis afirma que la poesía feminista cubana refleja en la temática de sus obras una fuerte raíz arquetípica matriarcal, donde se manifiestan abiertamente los arquetipos de la magia, la diosa, la madre universal y la fuerza cósmica femenina.

Con este punto a probar, decido añadir una definición más extensa a la anterior dada sobre el feminismo y defino:

Feminismo es también:
1. Una actitud hacia el reconocimiento de la existencia de la Madre Cósmica en la conciencia, canalizada especialmente en estos momentos en los cuerpos femeninos.
2. Feminismo es la fuerza existente en la intuición como aspecto femenino universal.
3. Feminismo es la representación de la deidad también como madre.
4. Y feminismo es el poder mítico de las diosas.

Para adentrarnos en este terreno peligroso, como dirían muchos, del lenguaje de la metafísica y de la psicología, explicaremos primero lo que es un arquetipo: arquetipo es un modelo original que sirve de base al patrón de otras cosas similares. Un sinónimo de esta palabra es prototipo.

Los arquetipos son los contenidos del inconsciente colectivo, según la teoría del psicólogo suizo Carl Gustav Jung.

Pero, ¿qué es el inconsciente colectivo?

En la teoría de Jung sobre las estructuras de la personalidad, él hablaba de una porción de la psiquis cuya existencia no dependía de la experiencia personal, y a esta porción de la psiquis Jung le llamó el inconsciente colectivo, o sea que todos lo tenemos, la cual es *una reserva de imágenes latentes, usualmente llamadas imágenes primordiales.* Estas imágenes se heredan del pasado ancestral, pero no son heredadas en el sentido que una persona conscientemente recuerda, o tiene las imágenes que sus antepasados tenían. Estas imágenes son más bien—y esto es bueno recordar—*predisposiciones o potencialidades para experimentar y responder al mundo de la misma forma en que sus antepasados también reaccionaron.* O sea, nosotros heredamos predisposiciones de conducta; nacemos con predisposiciones de pensar, sentir, percibir, y actuar en formas específicas[4]. Ahora, el desarrollo y expresión de estas predisposiciones o imágenes latentes dependen enteramente de las experiencias del individuo. Las repeticiones continuas de experiencias en la vida hacen que éstas se graben en nuestra constitución psíquica. No en la forma de imágenes con contenido, pero son formas sin contenido que representan la posibilidad de cierto tipo de percepción y acción.[5] Es como mirar a una fotografía y buscar el negativo. El negativo es el arquetipo. Cuando el negativo se lleva a un cuarto oscuro y se hace la química, sale la fotografía. Entonces es la misma idea. Es como un molde. Pecando de redundancia, repito que observo en nuestra literatura feminista estos intentos constantes de expresar esas imágenes primordiales de diosa, madre, magia y poder cósmico.

¿Cuál es el carisma?

Ahora vamos enfocando directamente a nuestra literatura y a nosotros. Me atrevo a definirnos como escritoras telúricas, donde las raíces son raíces filosóficas. Nuestras imágenes primordiales fueron heredadas genéticamente en la isla. Allí fuimos concebidas. Tenemos también en común las fuerzas geográficas exteriores de la experiencia (vida en Cuba y en el área de Nueva York); esto ha ejercido presión en nuestras psiquis. El desarrollo de nuestras imágenes latentes y predisposiciones de conducta han sido afectadas por los campos de fuerza del ambiente, que han hecho que estas emerjan en nuestra conciencia. Nuestra experiencia como escritoras concuerda con la teoría de Jung.

Lo que no tiene explicación es por qué precisamente la temática en esta poesía cubana contemporánea se manifiesta muy marcadamente en estas imágenes primordiales de mujer, diosa, madre universal, magia, fuerza cósmica femenina, y no en otros arquetipos. Porque hay muchos más arquetipos. Quizás es (y este es un análisis personal, naturalmente) porque los cubanos somos bastante mitológicos, y a pesar de ser tan geográficos y personales, nuestra literatura es hondamente cósmica.

---

[4] Calvin S. Hall; Vernon Nordby, *A Primer of Jungian Psychology* (A Mentor Book, Nal Penguin Inc. 1973), p. 42.

[5] Ibid., p. 43.

Sólo puedo tocar a vuelo de pájaro el trabajo poético que, a mi parecer, refleja las dinámicas antes mencionadas.

Comenzaré con ALINA GALLIANO. En su libro *Hasta el presente (poesía casi completa)*[6], Alina Galliano se define con nueve poemarios donde la mujer está en el centro de la palabra. Poemarios dedicados a Sor Juana Inés de la Cruz, Teresa de Ahumada y Julia de Burgos, entre otras, atestiguan su necesidad de perpetuar los arquetipos de la inteligencia, el amor, y la intuición.

En *La orilla del asombro*, uno de los libros, nos confirma que:

> Y Dios es
> un andrógino sonido
> según la posición
> que inventa el ojo.[7]

La poeta cambia de perspectiva para ver la otra realidad de la creación. Este aspecto feminista del cosmogénesis nos da el reconocimiento del arquetipo del aspecto de Dios como madre.

El comprender que la energía femenina está envuelta en el proceso de la creación nos libera psicológicamente de un complejo de inferioridad. Por eso la poesía de Alina Galliano deja esa impresión global de liberación a través de la manifestación plena de la mujer en sí misma, completa, y participando activamente en el universo.

Orlirio Fuentes define perfectamente la misión de esta poeta como "al servicio de un propósito único: la liberación existencial".[8]

En mi propio trabajo poético, el arquetipo del aspecto divino-femenino, o fuerza inherente de la diosa, se da a plenitud en *Altazora*[9], poemario con un prefacio y siete cantos, siguiendo la trayectoria del *Altazor* de Vicente Huidobro.

En *Altazora*, la mujer, poeta, madre universal, desciende con el propósito de salvar, de abrir conciencia, de divinizar a sus hijos como misión principal. Como experiencia personal, puedo decir que

---

6 Alina Galliano, *Hasta el presente. Poesía casi completa* (Madrid, España: Editorial Betania, 1989).
7 Ibid., "Poema VI", p. 268.
8 Ibid., contraportada.
9 Maya Islas, *Altazora acompañando a Vicente* (Madrid, España: Editorial Betania, 1989).

Altazora, como imagen primordial, emerge en mi conciencia en un plan arquetípico, existente *a priori* a mi experiencia.

La sabiduría e intuición como aspectos femeninos crean una jerarquía que da a enteder el poder de las diosas mitológicas. Así, le digo a Altazor:

> *Nadie*
> *nos toca las sandalias*
> *de los ciervos,*
> *llevamos los rayos en los senos.*[10]

Hago a Altazor partícipe de mi feminidad; le enseño el poder que existe en esa feminidad:

> *Tú,*
> *que eres hombre*
> *te he prestado mis senos*
> *para que conocieras la maternidad*
> *de los poetas.*[11]

El símbolo femenino, senos, combinado con la creatividad intelectual, alimentan a la humanidad.

Joseph Campbell afirma en *El poder del mito*[12], que en el mito de la gran diosa, cuando una diosa es creadora su cuerpo es el universo. Ella es idéntica con el universo.

El arquetipo de la magia inunda el concepto de la madre. La mujer da a luz a sus hijos de la misma forma que la tierra da a luz a las plantas. La magia de la mujer y la tierra es la misma magia, porque la personificación de la energía que da a luz las formas y las alimenta es propiamente femenina.[13]

En el poema de LOURDES GIL "En la Sixtina, esfera"[14], la poeta manifiesta la imagen primordial de una conciencia de igualdad en el proceso del génesis; y reclama:

---

10 Ibid., p. 38.
11 Ibid., p. 38.
12 Joseph Campbell, with Bill Moyers, *The Power of Myth* (New York: Doubleday, 1988).
13 Ibid., Chapter VI, *The Gift of the Goddess*.
14 Lourdes Gil, *Vencido el fuego de la especie* (Somerville, N.J.: Slusa Editores, 1983), p. 35.

*Concíbeme de arcilla
no extensión ósea de ése que duerme todavía.*

Es más, continúa limpiando su imagen de toda culpa:

*Ponme la máscara la risa el movimiento
retira mi fugaz complicidad con tu serpiente.*

    La culpa siempre disminuye la conciencia del valor del ser, de ahí que fue usada para romper la fuerza femenina. Por eso la poeta inicia su reclamo, su regreso a la magnitud de su herencia y ya no teme ser: "vástago de sol".
    En su poema "Devoción de Teresa de Cepeda"[15], BELKIS CUZA MALÉ afirma que: "Todas las mujeres son de Dios, pero él no es de ninguna". Esta visión me recuerda el desequilibrio de las prioridades; la petrificación de la igualdad, aún en el plano de conciencia superior. Aquí tratamos de la vida, y la imagen feminista no es tan mística. Sin embargo, sabemos que la voz poética de Belkis personifica ya el viento del futuro. Su gaviota es Juana Salvadora, por eso escribe que Teresa de Cepeda se equivoca buscando un Dios masculino en su propia realización de diosa. En otro poema, "Los fotogénicos"[16], encontramos también el desequilibrio de las fuerzas:
    Mientras él canta, ella es un ruido más.
    La propia realización de esta realidad lleva al poema hacia el movimiento de los ciclos alternos, donde se alcanza un instante de equilibrio, y puede interpretarse como:

Los dos cantamos y ya nadie es ruido.

    IRAIDA ITURRALDE, en su libro *Hubo la Viola*[17], enfrenta la realidad de sus imágenes consciente de su procedencia. El libro se abre con una cita de Jung:

---

15 *Poesía Cubana Contemporánea. Antología* (Madrid, España: Editorial Catoblepas, 1986), p. 82.
16 Ibid., p. 81.
17 Iraida Iturralde, *Hubo la Viola* (Montclair, N.J.: Ediciones Contra Viento y Marea, 1979).

Pero la conciencia, ante el riesgo de ser descarriada por su propia luz, añora el poder de la naturaleza, los profundos manantiales del ser y la comunión inconsciente con la vida en cada una de sus innumerables formas.[18]

En los poemas de este libro la hablante observa con el factor operante de la intuición. La voz femenina es la voz activa que se da cuenta de la metamorfosis de la conciencia. La viola y la mujer son una:

> Y lóbrega la viola se encogía
> en su vello peliblando.
> Lóbrega se encogía en la cejilla:
> ladino su varón
> le acariciaba las clavijas.[19]

En esta manifestación el feminismo es más denso, ya que toca el plano más concreto de la feminidad: la sensualidad.

Esta expresión del arquetipo es menos universal, pero igual de válido.

Con MAGALI ALABAU entramos más de lleno al núcleo del arquetipo. En *Electra Clitemnestra*[20], los poemas son actos ritualísticos, mitos consumados que, como bien dijera José Triana, es entrar "al umbral de una fascinación tan material como metafísica".[21]

En esta poesía estamos en la presencia de una historia contemporánea que se remonta a la primera potencialidad de experimentar el mito.

En *El poder del mito*, Campbell nos habla de que el recuerdo ancestral se vierte en los mitos.[22] Hamilton, en su libro *Mitología*[23] explica que los mitos narran la historia sagrada de las gentes; que los mitos relatan los eventos que tomaron lugar en tiempos primordiales,

---

18 Ibid., p. 7.
19 Ibid., p. 9.
20 Magali Alabau, *Electra Clitemnestra* (Chile: Ediciones del Maitén #11, 1986).
21 Ibid., p. 7.
22 Por favor ver nota 12.
23 Edith Hamilton, *Mythology* (Boston: Little, Brown and Co., 1942). p. 8.

de manera que estos pudieran explicar los varios aspectos de cómo la realidad llegó a existir.

Magali Alabau desborda el arquetipo mágico de la mujer en el momento mitológico. Electra devora la feminidad de su madre, Clitemnestra, y la fuerza de la venganza la adquiere de Medusa, la diosa en su aspecto negativo.

El aspecto erótico de la entrega es un símbolo matriarcal del que se deja fecundar; la metamorfosis de Electra-Clitemnestra-Medusa nos recuerda la Trinidad Divina Masculina, que aquí se invierte en la ritualización de la mujer como elemento activo y pasivo. Las diosas ejercen la magia:

> *La hija, como trofeo, arrancó con la mano el útero*
> *a la madre*
> *lo lavó*
> *lo comió, devorando el primer recuerdo de su vida.*[24]

En conclusión, pienso que nuestra literatura feminista no está invadida de tanto reclamo social; los complejos de inferioridad no abundan; tampoco las imágenes de víctima.

Esto me da el convencimiento de que nuestra literatura feminista existe en la fuerza del reconocimiento. No pedimos que nos dejen ser; simplemente somos. Intelectualmente, la poesía nos ha permitido expresar las intuiciones de cómo son realmente las cosas en los planos universales.

Es interesante añadir que Jung decía que los símbolos arquetípicos son niveles de desarrollo, y que cuando se manifiestan en la conciencia son predestinaciones del futuro de los individuos. ¿Estamos quizás hablando de que este despertar de conciencia a la imagen primordial del universo en su aspecto femenino sugiere un regreso al matriarcado?

Regresando al *Poder del mito*, en una de las entrevistas que Bill Moyers le hace a Campbell, le pregunta: "¿Qué pasaría si alguna vez comenzáramos a rezar *Madre nuestra que estás en los cielos..*?"[25]

Por eso pienso que nuestra poesía feminista cubana es ya literatura de premonición.

---

24 Ibid., p. 35.
25 N de R. Por favor ver nota 12.

II [26]

Belkis Cuza Malé: Solamente quería apuntar a lo que ha dicho Maya que en la religión de la Ciencia Cristiana Dios es padre/madre. Así que, por lo menos, existe alguna religión que contempla esa posibilidad, ¿no? Que Dios no es exclusivamente masculino.

Alina Galliano: Me gustaría agregar la situación, a lo que Maya ha dicho. Yo nunca he tenido ni he sentido necesidad de buscar, de ampararme en el prototipo masculino. Porque siempre he estado muy definida. A mí me gusta ser mujer y escribir como tal. Creo que no tengo límites, porque no permito que nadie me los ponga. Escribo sobre lo que quiero y nadie puede escribir mejor que yo sobre mí. Pueden escribir otras gentes sobre mí, la mujer que yo implico. La diosa cósmica que yo soy, por supuesto. Pero todo no sería más que un gran acercamiento hasta un momento implícito. Pero yo puedo escribir como mujer sobre mi existencia, o sea una existencia universal mucho más definida, con una mejor seguridad. No estoy diciendo que otros no puedan escribir lo mismo, pero considero que en mi mano, por supuesto, puede salir más agudamente. Y en eso se basa lo que Maya estaba hablando. La poesía que yo he escrito se basa en mi percepción de las mujeres, qué han sido, y qué he sido yo con estas mujeres. Puesto que todas ellas han hecho un marcapauta a través de la historia de la civilización. Algunas de ellas han muerto aquí, en el exilio, como la puertorriqueña Julia de Burgos. Como moriré yo, en el exilio, y supongo que como morirán algunas de ustedes.

Para resumir, yo me siento muy bien con ser lo que yo soy: poeta y mujer, dentro de cualquier universalismo donde puedo existir; universalismo que también creo proviene de nuestra isla. El cubano es sumamente universal.

Ana María Hernández: Absolutamente no tengo la menor intención de refutar nada de lo que se ha dicho aquí. Quisiera hacerle a Maya

---

26 N de R. A esta ponencia le siguió un acalorado debate sobre *el feminismo* que desvirtuó el propósito de este "Encuentro sobre literatura". Sin embargo, transcribimos algunos comentarios y/o preguntas que surgieron después que Maya Islas y Belkis Cuza Malé leyeron sus ponencias porque quizás puedan servir para esclarecer algunos aspectos de las mismas. Al hacerlo, hemos tratado de conservar el tono informal de conversación, tal como sucedió.

Islas una pregunta específica puesto que me interesa mucho el estudio de los arquetipos de la psicología jungiana. En su estudio sobre la gran madre, Erich Neumann, que es uno de los discípulos de Jung, divide el arquetipo femenino en varios ejes: la madre positiva, la madre negativa y el ánima que es la mujer más joven que funciona como inspiración. Entonces, la inspiración positiva que es como, por ejemplo, en la Virgen María; la inspiración negativa que son las sirenas, las Lorelei y los espíritus que atraen a los hombres para destruirlos. ¿Existe algunos de estos prototipos que predomine, que sea más prevalente que otro en la poesía femenina de las cubanas, desde tu punto de vista?

Maya Islas: Eso fue precisamente uno de los aspectos que a vuelo de pájaro tuve que tocar, pero yo creo que sí, que toca los diferentes aspectos de la madre universal. Lo que pasa es que casi siempre el arquetipo femenino se manifiesta mucho. Y en este momento sobre todo, sobre el aspecto particular de la madre universal. No tanto como en el aspecto de atracción en sí. No, el ánima y el *animus*...

Lourdes Gil: Yo quisiera regresar al tema de la mujer cubana como escritora.[27] Creo que es interesante que las dos ponencias que Maya y Belkis presentaron son como dos extremos.[28] O sea, tú, Maya, hablaste de la temática presente en la poesía nuestra. Y describes todo ese mundo mágico de diosas que nos sirven —quizás— de inspiración. Son imágenes que podrían llamarse positivas; es un universo idealizado. Entonces Belkis habla de la situación nuestra, la de todos los días, ¿no?, de nuestra escritura. Y esa situación es una situación terrible como tú (Belkis) la planteas. No digo que no sea verdad, pero entonces es como el otro extremo de lo que plantea Maya. Y yo me pregunto si quizás esa situación diaria, cotidiana nuestra es la que nos lleva a buscar una orientación en un mundo que nos permita sentir que estamos por encima de todas esas cosas terribles. Es que han descrito dos mundos casi en contraposición uno

---

27 N de R. La discusión se había desviado al interesante tema del feminismo socio-político. La transcripción del mismo se encuentra en los archivos de **OLLANTAY Art Heritage Center**, pero no se reproduce aquí. Por favor ver la nota 26.

28 N de R. Por favor ver la ponencia de Belkis Cuza Malé en este mismo libro, pp. 303-305. Las preguntas ocurrieron al final de las dos ponencias mencionadas. Por favor ver la nota 2.

con el otro y sin embargo yo sé, por experiencia propia, que ambos conviven en uno, como una sola realidad.

Maya Islas: Es difícil contestar esa pregunta porque yo pienso que los arquetipos de los cuales hablé primero son producto de un proceso de proyección a nivel cósmico. Porque estar a ese nivel es muy difícil bajarlo y decirte: ¡ah!, el arquetipo diosa se ha manifestado aquí como una compensación o escape de tu experiencia en el plano real. Yo creo que quizás tengamos que encontrar otro término medio como explicación. Porque el arquetipo, manifestado a ese nivel de magia, va a suceder igualmente, sin que tengamos en cuenta el proceso social de Nueva York u otras circunstancias. Yo creo que es un proceso de evolución y que no tiene nada que ver con esa experiencia; por ejemplo, Belkis decía que cuando Heberto[29] sale, ella se tiene que quedar porque tiene que cuidar al niño y estar segura de que no le pase nada.[30] Ella está manifestando su arquetipo de madre pero a un nivel muy concreto. Cuanto tú (Lourdes) manifiestas el arquetipo de diosa no lo haces para escaparte y decir, bueno, yo voy a ser esta diosa mágica ahora, porque la verdad que hoy no tengo deseos de cocinar el platanito. No, eso no es un escapismo. Eso va a suceder, así seas la reina Isabel II, que lo tiene todo y no tiene por qué sentirse que "no voy a manifestar tal cosa como mujer" a un nivel más natural. Pero yo pienso que la manifestación de esto es independiente del proceso que hablo.

Silvio Torres-Saillant[31]: La pregunta mía es una variación en el tema que acaba de evocar Lourdes. Cuando ella nota esa tal disparidad entre la posición de Belkis, en la cual pues se presenta a la mujer en una lucha constante contra unas estructuras que favorecen la supremacía del hombre. Ella le llama "unos esquemas sexistas". Y por la otra parte, está esa armonía cósmica que percibe Maya Islas en la

---

29 N de R. El poeta Heberto Padilla es el esposo de Belkis Cuza-Malé.

30 N de R. Se refiere a los comentarios de Belkis Cuza Malé durante la discusión que no aparece en este libro. Por favor, ver nota 27.

31 N de R. Dr. Silvio Torres-Saillant, investigador y profesor dominicano. Coordinador del Departamento de estudios dominicanos del sistema universitario de la ciudad de Nueva York. Co-editor de la revista *Punto 7 Review*. Durante varios años fue coordinador del programa de literatura de **OLLANTAY Center for the Arts.**

poesía de las poetas cubanas del área. Entonces, variando un poquito la pregunta de Lourdes, quisiera saber cómo se explica—y la pregunta va específicamente dirigida a Maya Islas—cómo se explica entonces que la poesía de la mujer cubana, al afirmar su feminidad, no llega a manifestarse en términos sociales, cuando sí sabemos que en la mayoría de todos los otros feminismos se manifiesta socialmente.

Maya Islas: Yo no dije eso, ni lo sé. Es que nosotros somos mitológicos y somos cósmicos. Si no, pónganse a analizar cómo toda la literatura de la novela que existe en nuestra literatura—no por la mujer sino por los escritores cubanos hombres que son los que han tenido la posibilidad de escribir las novelas y el teatro—a nivel de esa magia que quizás otras culturas no tienen. Y es la explicación. Por eso yo digo, lo que no se puede explicar es por qué precisamente nosotros manifestamos eso. Y la única causa que yo puedo dar es que quizás porque tenemos ese aspecto especial étnico que proviene de no sabemos dónde, donde precisamente canalizamos esos aspectos universales.

Héctor Luis Rivera[32]: Hoy yo esperaba descubrir en este "Encuentro" si realmente existe una literatura feminista cubana. Confieso que no me llevo la respuesta, pero sí me llevo la impresión de que hay un movimiento feminista cubano. En cuanto a la literatura, lo que escriben las mujeres cubanas, primero que nada no creo que sea feminista, nunca he visto una literatura feminista cubana en lo que he conocido hasta la fecha, y sólo he conocido la obra femenina de Cuba, escrita por mujeres o por hombres. Creo que lo que existe es una literatura cubana en general. Pero en vista de la ponencia que ofreció Maya, yo quisiera saber si yo puedo considerar el desdoblamiento de la mujer real a la mujer mito como una característica de la literatura cubana. Y de ser eso cierto, ¿dónde se encuentra la mujer real cubana? O sea, la que no quiere ser diosa, la que ama, sufre y espera.

---

32 N de R. Héctor Luis Rivera, dramaturgo, actor y director puertorriqueño. Entre sus obras se encuentra *I-Juca-Pirama* (estrenada en 1993 en El Portón, Nueva York), una farsa llena de ironía sobre el "Descubrimiento".

Maya Islas: La mujer, como tú dices, real, que ama, es también la diosa. O sea el aspecto universal de esa manifestación no le quita su manifestación real a la mujer. Con frecuencia las mujeres que dejan emerger esos arquetipos universales son precisamente las más apasionadas y las más sensuales en el plano real. Eso no quiere decir que uno esté como un burro en una montaña. Uno puede estar fregando los platos y pensando en filosofía. Eso lo hago yo. En el budismo Zen dicen que los momentos del entendimiento, el entendimiento más tremendo, no se da estando en un templo meditando, sino haciendo las cosas diarias, como lavando unos vasos y concentrándose en el objeto. De ahí emergen las respuestas filosóficas más importantes. Así es que yo no quiero crear la idea de una mitología o de que porque una cosa existe, la otra, o es la misma, o son dos cosas diferentes. Yo encuentro que mientras más la mujer va hacia esos planos místicos, más manifiesta su plano físico. Ahí es donde está el verdadero valor.

Esteban Torres[33]: El análisis donde se sostuvo el concepto sobre Jung, sobre el aspecto mitológico, que proviene fundamentalmente por una composición de la influencia más poderosa del mundo que fue el budismo Zen, se deben elaborar en un análisis comparativo de la ontología del mito, dado que sugiere a lo que tú (Maya) estabas aludiendo constantemente, ideologizaron culturalmente todas las culturas del valle de la India y de las otras que venían a través de Libia y de Egipto. Te pregunto, ¿si tú estás de acuerdo en que muchos de los símbolos que hoy nosotros tenemos, como el concepto de lo femenino, la separación entre lo femenino y lo masculino en términos de mito, es el producto de una conspiración cultural recia, que ha traído una resultante en todos los elementos económicos, psicológicos, jurídicos, filosóficos y la actividad misma de la vida? Es decir, que generalmente lo que norma la conducta de la ontología del mito es el vacío. Pero eso ha pasado a Occidente por el sincretismo religioso y por otras cosas más, dentro de los aspectos de dioses y diosas. O sea, que hay que decodificar, y esa es mi pregunta, ¿si tú estás de acuerdo en que hay que decodificar, a través de un

---

33 N de R. Escritor e investigador dominicano.

análisis comparativo de la ontología del mito? O sea, que nos ubiques a nosotros, por ejemplo, en Mali, en la cultura de los Bambara, y que nos ubiques también en lo que Platón dice sobre el desarrollo de la Atlántida que le fue confiado a un sacerdote de los griegos. O sea, que si realmente hay que reincidir todavía y ubicarse en el análisis de la ontología del mito, para podernos ubicar dentro el contexto del arte en la literatura. Ni siquiera voy a abordar la temática sobre la mitología en la literatura cubana que he leído, sino desde el punto de vista teórico y filosófico hay que abordar ese estudio.

Maya Islas: La pregunta es profunda, se alarga de una forma demasiado dividida y es un tema demasiado profundo que me obligaría a entrar en citas de libros y una cantidad de cosas para las que no vine preparada. Yo simplemente lo que pudiera complementar a lo que tú has presentado es que yo creo que lo que nosotros necesitamos es tener un conocimiento de que en nuestra evolución planetaria existen los ciclos alternos. Desde el punto de vista del mito, existe y se conoce la evolución del patriarcado y que, por alguna razón, como tú dices, hay como una conspiración, que del matriarcado pasó al patriarcado. O sea, vinieron muchos años y quizás es que ya existe, en una forma muy sutil, otra conspiración, que va a dar la vuelta a la manifestación del matriarcado. Y parte de esa conspiración es la emergencia de los arquetipos en nosotros, expresada en palabras y poesías, en canciones, a través de las entidades que existen en este momento, por ejemplo, dentro del cuerpo femenino. Quizás es una conspiración. Pero yo no quisiera llegar a la dicotomía. Yo quisiera más bien, como dice Belkis, decir que hay un complemento en el cual las dos fuerzas se manifiestan en el mismo momento. Simplemente que como nosotros somos, estamos manifestando en planos de ciclos alternos: a uno le toca una vez y a otro le toca otra vez. Y por supuesto, a mí me va a tocar.

Silencio, memoria, sueños: tres temas de la poesía cubana de Nueva York[1]

Octavio de la Suarée

> *Emigrar es arrancar una planta de raíz y no plantarla en ningún sitio.*
> —*Miguel Correa,* Al norte del infierno

Vista con la privilegiada perspectiva histórica que ofrece el pasar de tres décadas de novel y emocionante creación artística, la poesía cubana de la diáspora continúa resaltando y siendo objeto de estudio debido a la evolución que presentan las valiosas aportaciones de sus escritores. Y nos referimos aquí tanto a los nombres de los autores ya conocidos y consagrados como asimismo a los que florecen a diario en el sinfín de publicaciones literarias de todo el país.[2] Nos hallamos, pues, ante una expresión lírica que refleja certeramente la ideología estética y la variada trayectoria individual de la experiencia cubana en los Estados Unidos, y por lo tanto resulta atractivo motivo de estudio para el observador imparcial de la literatura. Tal proyección, finalmente, brinda a su vez el testimonio de la labor de constante revaluación y renovación que exhiben estos manipuladores de la escritura en su búsqueda constante y persistente por delinear nuevos y válidos parámetros expresivos.

---

1 Conferencia leída en el panel "Elementos comunes en la literatura del exilio" en "Literatura cubana: en torno al escritor exiliado" que se celebró el 9 de mayo de 1992. Para conocer las preguntas sugeridas a los panelistas, por favor ver nota 1, p. 43 de este mismo libro.

2 La obra total de los poetas cubanos exiliados en la Florida y en otras partes de nuestra diáspora es a su vez original y extensa, y, por lo mismo, exige estudio aparte. En este trabajo solamente habremos de ocuparnos de las contribuciones de algunos de los poetas radicados en el área metropolitana de Nueva York que de por sí es no solamente autóctona y meritoria sino voluminosa por igual.

En una publicación del *Centro Cultural Cubano* de Nueva York donde se reunieran por primera vez hace ya quince años las voces de diecinueve creadores del momento, señalábamos por aquellas fechas: "A todos los presentes...les une...ya sea inconsciente o deliberadamente [y]...como resultado de su cosmovisión, una añoranza del pasado perdido expresada en la inconformidad con su ser actual. O [dicho] de otro modo, el pasado en función del presente íntimo, preferido siempre al presente social o histórico que nos limita... Llámese anti-presente si se quiere".[3] Ya desde entonces—recalquemos que desde 1977—se percibía un marcado interés y una conciencia clara y definida por comprender el valor representativo de la palabra como sugeridora de ideas y como actitud artística. Vale mencionar que muchos de los poetas incluídos en esta antología continúan hoy día entregados a su labor, lo cual no sólo celebramos con entusiasmo, sino que sobre muchos de ellos es que trataremos en las siguientes páginas. Estos autores, repetimos, tratan de lograr un renuevo expresivo y de hallar el camino hacia la independencia intelectual y lingüística, laborando constantemente con el símbolo en el texto hasta sacársele el secreto que éste posee con sus múltiples significados. De esta manera, en una incesante evolución hacia el mañana, y muestrario, por qué no decirlo, de un *"boom"* poético inigualable en su originalidad y producción, estos poetas logran romper con las circunstancias específicas que originaron el exilio cubano, y zafarse muy pronto de los amarres temáticos y estilísticos impuestos por las voces antiguas establecidas en la ciudad de Miami.

Esta añoranza del pasado perdido y su consiguiente inconformidad con la existencia actual que mencionábamos, características *sui géneris* de los poetas cubanos de Nueva York[4], van a plasmarse en composiciones breves en su gran parte y que reflejan este universo aparentemente fragmentado y confuso en que vivimos. Estos poemas

---

[3] Octavio de la Suarée, *Fiesta del poeta en el Centro* (Nueva York: Centro Cultural Cubano, 1977), p. 9.

[4] Hasta un crítico hostil a los cubanos exiliados y su literatura reconoce la importancia capital de la memoria y, especialmente, la nostalgia en la concepción de su creación poética. Cf. Eliana S. Rivero, *"Hispanic Literature in the United States: Self-Image and Conflict"* in *Revista Chicano-Riqueña*, Vol. XIII, Nos. 3-4 (Fall-Winter 1985), p. 184.

se encaminan a su vez a recuperar las vivencias referentes a Cuba y a forjarse a la par la creación de mundos imaginarios, placenteros y aceptables. Por medio de esta activa manipulación de la memoria y su mezcla expresionista con la imaginación y la fantasía, el artista se enfrenta no solamente con el pasado recordado, sino de manera similar con el pretérito que se quiera voluntariamente recordar, sea verídico o no. La anécdota, como es de esperarse, cobra nuevamente importancia capital en estos poemarios. Uno de estos escritores, Alina Galliano, se refiere a esta capacidad de posibilidades expresivas definiéndolas como "la multiplicidad de la memoria" en el proceso de la creación, al mismo tiempo que hace hincapié en el motivo anecdótico señalado. Dice así: "Mi origen es múltiple y parte de esa multiplicidad es la memoria". Y más adelante: "En cierta forma, mis libros son como obras de teatro... Mis libros de poemas [te] relatan algo. Tienen un tema principal".[5] Esta es una poesía, como vemos, que dista mucho ya de comulgar con los programas inmediatos establecidos por los miembros anteriores de la literatura testimonial y social, con su mucha carga de protesta, recogidos por Ana Rosa Núñez en su ya clásica selección *Poesía en éxodo*.[6]

Mas si por suerte esta nota testimonial con su limitado lastre lírico desaparece pronto de las composiciones de estos más avisados escritores, ese anhelar literario por el ayer, único lazo que los une con sus predecesores, va a perdurar en este novísimo conjunto que Carolina Hospital clasifica como los nacidos después de 1940, según su criterio generacional.[7] Las mismas características ha de encontrar en la generación poética que viene cronológicamente después de este llamado grupo de transición, la que más nos ocupa en estas páginas, aquellos nacidos después de 1949, y a quienes la citada crítica se refiere más propiamente como "Los hijos del exilio cubano".[8] Todos

---

5   José Corrales, "Mar picado. La multiplicidad de la memoria: conversación con Alina Galliano", *Brújula-Compass*, No. 10, The City College of New York (septiembre-octubre 1991), pp. 14-15.
6   Ana Rosa Núñez, *Poesía en éxodo. El exilio cubano en su poesía: 1959-1969* (Miami: Universal, 1970). Consúltese el índice de autores incluídos.
7   Carolina Hospital, "Los hijos del exilio cubano y su literatura", *Explicación de textos literarios*, Volumen XV, No. 2 *Literatura hispana de los Estados Unidos* (Sacramento: California State University Press, 1986-87), p. 103.
8   Idem.

ellos, en conjunto, además de la actitud de *saudade* mencionada y de la limitada mención de sus vivencias en Norte América, exhiben asimismo en sus obras notas de silencio ante la inmediatez y lo cotidiano que por fuerza va a dirigirlas a valerse mucho en el proceso de la concepción de lo que llamaremos la atractiva dualidad del binomio "memoria-sueños". Detengámonos un momento en precisar su importancia.

El empleo de la memoria como piedra angular de la creación poética es el elemento más sobresaliente, original y posiblemente mejor desarrollado de nuestra literatura, y aún de toda la expresión hispana escrita hoy día en español en los Estados Unidos (valga la redundancia). La memoria, o sea, la facultad de reconocer información en base a una experiencia previa, tal y como se le concibe en su acepción tradicional de recuerdo, precisemos que tiene muy poco que ver con el trato que le brindan estos delineadores de la escritura.[9] Resulta indispensable destacar la polarización que existe en el binomio "memoria-sueños" con el objeto de lograr una mejor comprensión de la estética y subsiguiente temática a que se aspira en estos versos. Los sueños, tengamos presente, se describen en la teoría más conocida como ese fenómeno involuntario y de marcada aparición que aunque ocurre constantemente en el cotidiano existir son casi siempre imposible de comprobar. Se ha señalado ya también que el estado inconsciente del ser humano es responsable por la producción de los sueños; o sea, que soñamos diariamente, pero del mismo modo no recordamos casi nada cuando nos proponemos rehacer el sueño reconstruyéndolo y trayéndolo a colación.[10]

En nuestro afán por apresar, ilustrar y dejar constancia de estas anheladas y escurridísimas imágenes cuyo misterio de por sí les otorga un áurea poética irresistible, suplantamos en la mayor parte de las veces el sueño inaprensible por nuestra representación voluntaria del mismo y la subsiguiente interpretación y expansión que le damos. Este mecanismo hace que sea imposible definir con precisión su veracidad, pero a la vez le sirve de perillas al artista en la fundición de su visión lírica en el texto. Nuestra poética, por lo tanto, va a redun-

[9] John T.E. Richardson, *Mental Imagery and Human Memory* (New York: St. Martin's Press, 1980), pp. 82-83.
[10] Ibid., p. 113.

dar distorsionada y asimétrica si se la compara con el improbable verismo del proceso "sueño-recuerdo", pero igualmente va a convertirse en material estético único, amplio, originalísimo y muy conveniente. Por otra parte, encajará a la perfección con nuestros propósitos de querer expresar la desgarradora y alienada contemplación de la existencia de transplantados, inconformes y marginados, sin dejar por eso de constatar nuestra más sentida aunque lírica protesta, estilo Generación del '98. De esta forma es que brota en la escritura la posible reconstrucción del sueño escenificado por la capacidad múltiple de la memoria creada a voluntad. Esta realidad, que tampoco tiene nada que ver con la llamada memoria verídica de los recintos académicos[11], proporciona un maravilloso y anhelado eslabón que le permite al poeta manipular y entendérsela con una lógica y cómoda continuidad del pasado en una trayectoria ininterrumpida de acontecimientos. En otras palabras, ya que al creador no se le permite soñar otra vez y volver a vivir sus sueños deseados, sí le es lícito, por otro lado, crear y formarse imágenes de memorias que no sólo siempre han de ser nuevas, sino que también disfrutarán de la novedad que ofrece la creación espontánea al gusto preciso de la volición. En un reciente artículo sobre "La escritora transplantada", Lourdes Gil teoriza certeramente sobre el novel método: el escritor o la escritora —nos dice—"construye así una singular, rara, portentosa, evanescente topología de mitos, símbolos nuevos, alegorías múltiples, como tamiz donde destilara las crudas substancias del desenraizamiento, como mapa de ecos que prefigura su discurso. Es a través de estas 'eras imaginarias' que una conciencia múltiple halla articulación y se hace documento".[12]

Surge así, con el propósito de ilustrar estas "eras imaginarias" forjadas por la voluntad, el interés por la inclusión de paisajes y lugares remotos los más alejados posible, en distancia y semejanza, a los que se pudieran encontrar a nuestro paso por Queens[13]:

11 Roy Bernstein, Wickens Srull, *Psychology* (Boston: Houghton Mifflin, 1991), pág. 108.
12 Lourdes Gil, "El patio de mi casa: La escritora transplantada", *Brújula-Compass*, No. 12, The City College of New York (enero-febrero, 1992), pp. 20-22.
13 N de R. Uno de los cinco "condados" (barrios) en que se divide la ciudad de Nueva York. En Queens se encuentra **OLLANTAY Art Heritage Center** que organizó estos encuentros de escritores cubanos.

> *Hoy Marruecos, mañana,*
> *quién puede predecirlo:*
> *Logroño, Tananarive,*
> *Zanzíbar o Indonesia...,*
> *Mar Rojo...* [14]

Mano a mano con la geografía exótica de Alina Galliano, la búsqueda de épocas pretéritas y su detallada plasmación en la página aparece como otro de los motivos preferidos por este novedoso y original grupo lírico. Esto se puede percibir en dos poemas de Lourdes Gil sobre los siglos XVII y XIX, respectivamente, donde junto a la mención temporal existe la consideración de personajes tanto históricos como literarios. Debe observarse asimismo el interés de la autora, en su propósito por conseguir una ampliación de sus límites estéticos, por la específica selección de personas y obras que pudiéramos calificar de "menores", mientras se evita toda mención de cualquier elemento anterior relacionado con lo conocido y lo ya establecido. Así, en "El sucesor de Drake", el énfasis de la composición recae sobre la figura de Henry Morgan, no de tanta panoplia como el famoso Francis Drake, y en "De Ibsen salvan los lirios", también de Lourdes Gil, la acción se concentra alrededor de Hedda Gabler y no sobre el personaje Nora de *Casa de muñecas*, la obra más importante y conocida del dramaturgo noruego.[15]

Otro de los motivos frecuentemente empleados en esta creativa e ilimitada concepción poética resulta el uso de las artes plásticas como base para forjar y delinear este nuevo edificio que se desea construir. Un acercamiento entre las diversas artes, digamos, parece ser otra vez tema preferente de escritura. De este modo, debe destacarse la labor de Maya Islas en tres poemas relacionados con la pintura: "Texto basado en una pintura de Ruth Hardinger", "Texto basado en una pintura de Rudolf Stussi", y por igual "Texto basado en una pintura de Jesús Desangles", que recuerdan tanto el detalle de la escuela pictórica prerrafaelista como el cultismo literario tan en moda en los

---

[14] Alina Galliano, *La geometría de lo incandescente (En fija residencia)* (Miami: Letras de Oro, 1992), p. 26.

[15] Perla Rozencvaig, *Poetas cubanas en Nueva York* (Madrid: Betania, 1991), pp. 72 y 78.

escritores de finales del siglo pasado.[16] Si por una parte sorprende el encontrarnos con el retorno de algunos conceptos del mismo siglo XIX considerados inconexos hoy día o que ya han sido olvidados hace mucho tiempo, por otro lado se ven algunos que brillan y atraen por su fresquísima novedad. Es así que junto a la representación de mundos pasados e imaginarios se pueden notar muestras realistas, audaces y de innegable sabor contemporáneo que ejemplifican la saludable evolución de estos progresistas creadores. Esto lo hallamos en una de las seis secciones en que se halla dividido el último poemario de Iraida Iturralde, "De necios y varones". Fijémonos en los siguientes versos en la sutil ironía conjurada por su autora contra el personaje masculino en la composición jocosamente titulada "El cumpleños de Bobo/vsky". Obsérvese también cómo el "ave tonta" del habla popular se transforma en motivo literario por medio de la varita mágico-poética de la escritora:

> *Oh Bobovsky,*
> *ave empedernida:*
> *¿qué remolino de lirios*
> *desato en tu mantel?* [17]

En una de sus composiciones, Rafael Bordao nos precisa claramente la función capital de la memoria en el proceso creador como forjadora de símbolos nuevos y alegorías múltiples, y asimismo aclara la importancia de la cuidadosa selección del vocabulario para el poeta de hoy día, quien se halla

> *asido al hallazgo de la memoria*
> *a la incidencia*
> *al vocablo que vincula*
> *buscando en la periferia un gancho*
> *alguna luz que se derrame.*[18]

---

16   Ibid., pp. 92-99.
17   Iraida Iturralde, *Tropel de espejos* (Madrid: Betania, 1989), pp. 11-20.
18   Citado por Ileana Godoy, "Acrobacia del abandono", *La Nuez* (Nueva York, Año 3, No. 7 1991), p. 18.

Y similar interés expresa José Corrales cuando puntualiza el poder de la memoria-sueños para la retención halagadora como a la vez su facilidad para deshacerse de todo tipo de recuerdo en un instante, especialmente tratándose de imágenes de dolor y muerte:

> *La memoria se escurre*
> *entre ahogados y suicidas*
> *y toda clase de muertos.*[19]

Esta personalísima y abarcadora concepción artística va mano a mano, como es de esperarse, con una de las vertientes de la llamada literatura del silencio, y que se detecta en la indiferencia o negación del escenario neoyorquino en el texto poético. Esta auto-censura del medio, vale la pena señalar, adquiere todas las proporciones de una censura real y férrea como la impuesta en los escritores del otro lado del exilio por la dictadura castrista. Lo que varía, sin embargo, es la manera de tratar los símbolos opresores y el modo de actuar ante los mismos. Los poetas prisioneros en la isla del Caribe tienen que arreglárselas para subsistir ante una opresión externa que no tolera disidencia, y sirvan de ejemplo los casos de Tania Díaz Castro y María Cruz Varela. Los poetas de Nueva York, por otra parte, se enfrentan con un tipo distinto de represión y su modo de reaccionar ante la misma será por fuerza diferente. Limitado y excluido de la literatura de los Estados Unidos, tanto la que se escribe en español e inglés como en inglés solamente[20], con la que por fuerza tiene que lidiar, al transplantado no le queda más remedio que apartarse de esta atmósfera sofocante y excluyente y crear su arte propio en íntima comunión con su vivencia personal. Tengamos presente, pues ya se ha dicho en varias ocasiones (José Kózer entre ellos), que la literatura

---

19 Citado por José Olivio Jiménez, "Por suelo extraño: Poetas cubanos en Nueva York", en Felipe Lázaro, *Poetas cubanos en Nueva York* (Madrid: Betania, 1988), p. 12.

20 Juan Bruce-Novoa, por ejemplo, excluye arbitrariamente la poesía cubana del exilio de lo que él llama literatura hispana que se produce en los Estados Unidos en su obra *Hispanic Literature in the United States*. En su parcial y excluyente opinión, la poesía de los cubanos es representativa exclusivamente de la poesía latinoamericana, puesto que la misma *"Neither treats nor engages the U.S. experience"*. Citado por Eliana S. Rivero en *Hispanic Literature in the United States: Self-Image and Conflict*, opus cit., p. 184.

cubana escrita en este país no es de aquí, de los Estados Unidos, ni de allá, de Cuba, tampoco.[21] El poeta, por lo tanto, no sólo ha de transformar la realidad para poder subsistir, sino de transformarse a sí mismo, y de ofrecer a la vista de todos y en todo momento, "las muchas caras demoledoras de un Mayakovski"—al decir de Noel Jardines y de ocultarse "tras el sueño.../acaparado por un dolor/que se inventa—último en la tierra".[22]

Resumiendo, queremos señalar tres puntos que nos parecen muy importantes en el desarrollo de nuestra expresión en los últimos treinta años. En primer lugar, la labor creada por los escritores cubanos en el área metropolitana de Nueva York que hemos someramente mencionado representa una obra muy atractiva, y muestra a toda luz un saludable crecimiento y una evolución muy superior, en conjunto, a la que se nos permite ver del otro lado del estrecho de la Florida. Comparándosela con las creaciones que esporádicamente salen de Cuba, la poesía de esta área disfruta de una estética mucho más moderna y abarcadora y de logros mucho más sorprendentes y duraderos.[23] Segundo, estos originales poemarios escritos en castellano continúan ampliando y enriqueciendo a la par el horizonte poético de nuestra lírica, y asimismo contribuyen a consolidar y enriquecer la evolución de la lengua y de la cultura hispánica en este país. Finalmente, es de todos conocido que una sección de la crítica literaria que se publica aquí en los Estados Unidos persiste en definir el quehacer poético hispano exlusivamente como la expresión inglesa y bilingüe de una literatura de protesta social en busca de su propia identidad.[24] Tratan así de reducir el arte a una sola de sus múltiples vertientes sin querer darse cuenta que sus compromisos ideológicos resaltan a simple vista y nos limitan a todos. Con esta parcial y partidista concep-

---

21 José Kózer, "Los escritores y el público", *Escritores inmigrantes hispanos y la familia* (Nueva York: **OLLANTAY Press**, 1989), pp. 89-90.

22 Noel Jardines. "Las muchas caras", *En camino (A Bilingual Collection of Poetry and Prose)*, edited by Onilda A. Jiménez (Jersey City, N.J.: Jersey City State College, 1990), p. 44.

23 Mauricio Fernández, "El ángel de María Elena Cruz Varela", *Linden Lane Magazine* (Princeton, N.J.: Vol. X, No. 4, octubre-diciembre, 1991), p. 13.

24 Eliana S. Rivero, *Hispanic Literature in the United States: Self-Image and Conflict*, opus cit., pp. 178-89.

ción artística, excluyen por completo la labor de nuestros poetas cubanos, y asimismo una muestra muy válida, si no la más interesante y novedosa, de toda la expresión hispana escrita en los Estados Unidos.

BIBLIOGRAFIA CONSULTADA

Alegría, Fernando y Jorge Ruffinelli. *Paradise Lost or Gained? The Literature of Hispanic Exile*. Houston, TX: Arte Público Press, 1990.

Barquet, Jesús J. "La producción literaria cubanoamericana y cubana en los Estados Unidos (1989-1991)". *La Nuez (Revista Internacional de Arte y Literatura)*, Nueva York, Año 3 (Nos. 8 y 9), 1991, pp. 10-12.

Burunat, Silvia y Ofelia García, eds. *Veinte años de literatura cubanoamericana*. Tempe, Arizona: Bilingual Press, 1988.

Duany, Jorge. "Hispanics in the United States: Cultural Diversity and Identity", *Caribbean Studies*, Vol. 22 (Nos. 1-2), 1989, pp. 1-36.

Fernández, Mauricio. "El ángel de María Elena Cruz Varela". *Linden Lane Magazine*, Princeton, N.J., Vol. X, No. 4. (octubre-diciembre 1991), p. 13.

Montes Huidobro, Matías y Yara González. *Bibliografía crítica de la poesía cubana (Exilio: 1959-1961)*. Madrid: Playor, 1973.

Suarée, Octavio de la. "Veinte años de poesía cubana: Extrañamiento, ruptura y continuidad" (Sobre la obra de Alberto Romero, José Corrales y Xavier Urpí). North East Modern Language Association Convention, Southeastern Massachusetts University, marzo 20-22, 1980.

—————. "Octavio Armand y Angel Cuadra: convergencias y divergencias de una lírica bifurcada", The Thirtieth Annual Mountain Interstate Foreign Language Conference, Clemson University, S.C., 23-25 octubre, 1980.

Yánez, Mirta. "La mujer y la poesía cubana". *Claridad*, San Juan, Puerto Rico, Año XXXIII, No. 2039 (del 6 al 12 de marzo de 1992), pp. 24-25.

De la literatura

El futuro de la literatura cubana desde el punto de vista del escritor[1]

Uva de Aragón Clavijo

El tema que se me ha encargado para clausurar esta valiosa jornada—el futuro de la literatura cubana desde el punto de vista del escritor—presenta no pocos problemas. Aunque recordamos que los romanos llamaban a los poetas vates, es decir, adivinos, no podemos dejar de coincidir con el proverbio chino que afirma que hay un gran riesgo en todas las predicciones, especialmente si tratan de anticipar el futuro. Si, además, hablamos desde el punto de vista del escritor, el único porvenir al que pudiéramos referirnos, y aún así de forma dudosa, sería al propio. Nada más individual que la labor del creador, por mucho que el arte sea reflejo de una sociedad, sobre la que, al mismo tiempo, los artistas pondrán su signo.

No se me ocurre, pues, manera mejor para intentar ver el futuro, que mirar, siquiera de forma somera, hacia el pasado, y hacerlo más que con los ojos del escritor con los del crítico.

Si hay un signo que desde sus comienzos, a nuestro entender, marca lo cubano en la literatura, es la contradicción, el contraste, la tensión entre valores opuestos, entre fuerzas antagónicas. A partir del obligado primer (y primario) poema cubano *Espejo de paciencia*, fantástica mezcla de mitología clásica con la flora y la fauna indígenas de la isla, encontraremos ya siempre la yuxtaposición de elementos. Y es en lo más genuino de esta continua paradoja que se reflejan más claramente las características tan disímiles del pueblo cubano: su sentido del humor y su inescapable destino para el sufrimiento; su frivo-

---

[1] Ponencia de clausura pronunciada en el congreso "Literatura cubana: en torno al escritor exiliado" el 9 de mayo de 1992. Publicada en dos partes en el *Diario Las Américas*, Miami, FL., el 14 y 21 de mayo de 1992 y en *El caimán ante el espejo: un ensayo e interpretación de lo cubano* (Miami: Ediciones Universal, 1993).

lidad y su ansia de trascender; su provinciano etnocentrismo y su insular apertura universalista; su tendencia a la imitación y su audaz originalidad; su apego a lo cotidiano, lo acostumbrado, lo próximo e inmediato, y su proyección hacia lo lejano, lo ideal, lo mítico, que le imprime, especialmente en la lírica, un constante sentimiento de nostalgia, como si aún el futuro se mirara con el dolor de los adioses. Junto al sensualismo tropical, el sentimiento religioso. Por un lado, el gusto por las formas barrocas, culteranas y los tonos altisonantes y sonoros; por otro, las expresiones sencillas, casi ingenuas. Nuestras letras recogen, desde las formas más elevadas, en ocasiones hasta pedantes, hasta lo más popular, o, al decir de Alvaro de Villa, esa "bendita chusmería cubana". Tenemos autores, movimientos "escapistas", desligados de nuestra realidad, al igual que otros—quizás en mayor proporción—ferozmente comprometidos con sus tiempos. Nada en lo cubano logra el justo medio aristotélico. Del amor más tierno y la hermandad de rosa blanca[2], pasamos al odio fratricida y las pasiones desmedidas. Nada en nuestro carácter ni en nuestra literatura conoce de medianías. Somos hijos de los extremos.

Tal vez estas contradicciones sean el resultado de la necesidad que ha tenido el cubano a través de su historia de disimular. Bajo el yugo de la colonia española primero, luego durante la breve pero dañina intervención norteamericana, en la República de generales y doctores y, claro, en las tres décadas de Castrocomunismo: una cosa ha dicho el cubano en la casa y otra en la calle. De ahí que en el acontecer literario cubano, más que en los libros de texto, más que en los fríos datos de la historia, más que en ningón estudio sociopolítico, se encuentra nuestra infrahistoria, ese sustrato inmutable no siempre visible pero que atestigua nuestra existencia, nos agrupa e identifica. Después de todo, ¿no existe Cuba porque Colón—el primero en "adivinar" la Isla—, Heredia y Martí la crearon en su poesía? La literatura cubana, pues, es mucho más que un conjunto de volúmenes: es el alma de nuestro pueblo, su conciencia más secreta, el reflejo de sus anhelos más íntimos. En nuestra literatura están nuestras máscaras y disfraces, pero también nuestro rostro más genuino. Nuestro acervo

---

2   N de R. La autora utiliza los títulos de varias obras de la literatura cubana para ofrecernos su perspectiva sobre la misma.

literario revela nuestros viejos pánicos, junto a nuestro paradiso. Por eso, todo intento de predecir el futuro de nuestras letras, es, en cierta forma, un intento de aproximación al futuro de Cuba.

A partir de la revolución cubana, la literatura en nuestra isla, como todo lo demás, sufrió una grave escisión. Ahora es necesario plantearse si esa dolorosa división podrá algún día zanjarse.

En Cuba—es bueno reconocerlo—la Revolución creó casas editoriales, instituyó premios literarios, invitó a escritores extranjeros al país, fundó revistas, en fin, armó todo un aparato para propiciar la creación literaria. De nada servía, sin embargo, si el poeta estaba siempre fuera de juego, si, más allá de una oda a Ubre Blanca[3], cada verso era un motivo de peligrosidad. Cantarle al amor en Cuba ha sido—en las últimas décadas—un acto "contestatario". Y el escritor se vio con pocas opciones: o la libertad condicionada; o el exilio interior, la marginación; o el mundo alucinante de cárceles y persecusiones. Ya se colocara en el sitio de nadie, ya observara callado los héroes pastar en su jardín, un aire frío, cargado de presagios, se le colaba hasta en la caja de zapatos vacía. A cambio, tenía una sola bendición: un suelo firme bajos los pies, un lenguaje propio para llenar sus páginas en blanco y, claro, la vista del amanecer en el trópico.

La otra opción era huir. Otra vez el mar. De esta orilla de Cuba ha surgido, contra la indiferencia de las casas editoriales, a pesar de la escasez de lectores, a contramarea de otras culturas y otras lenguas, aunque nadie escuchaba y, mucho menos leía, un *corpus* literario con toda la riqueza temática y estilística que ofrece el espacio ilimitado de un destierro. Pero siempre enfrentados a dioses ajenos. Siempre con las raíces al viento.

Claro que, ni aquí ni allá, están todos los que son ni son todos los que están. En la Cuba de intramuros sospecho que hay hoy, como los ha habido siempre en esta triste etapa, manuscritos ocultos en tejados de casas o túneles subterráneos. En esa Cuba oficial que repite en *ritornello* el lema de "socialismo o muerte", en ese país inmensamente

---

3   N de R. Ubre Blanca fue una vaca símbolo de la *nueva sociedad comunista* llena de triunfos. Hasta el mismo Castro se sentía orgulloso de la vaca. Todos los días a través de todos los medios de difusión se iba informando a la población sobre los logros de la vaca cuando era ordeñada. Al morir se le hizo un monumento. ¿Quién puede negar que este hecho no es digno de "Creálo o no" de Ripley?

pobre, donde los niños toman agua con azúcar para acallar el hambre, hay, lo sé, poetas que aún sueñan en la noche y escriben al amor y a la rosa, como si fueran los primeros en descubrir el misterio de un beso y la belleza de un capullo. Los hay—ahí está María Elena Cruz Varela[4]—que usan su pluma para advertirnos el peligro de un país que se hunde como un ángel agotado bajo el peso del fango en las alas. Hay escritores mudos, callados, que rasgan con la caligrafía herida un aire que huele a pólvora; los hay que ocultan el rostro tras la máscara de la sonrisa oficial, y los hay valientes y comprometidos, que enseñan la faz desafiantes y valerosos. Y eso es lo que importa.

El largo exilio ha servido para decantar al escritor de domingo de los hombres y mujeres para quien la literatura es una vocación comprometedora. Este Congreso de **OLLANTAY** es fehaciente prueba de la abundancia y la calidad de la literatura cubana fuera de la isla. Y todos aquí sabemos lo que representa ser un escritor exiliado. Es como no existir.

Pero se existe. Se existe en el poema que hay que escribir aunque sea entresemáforos. Se existe en la trama histórica que nos sentimos obligados a plasmar entre portada y contraportada de una novela cuya escasa edición está condenada a no agotarse nunca. Se existe en la labor cotidiana de cientos de periodistas que documentan el acontecer nuestro de cada día. Existimos en la medida que creamos, y creamos para existir, aunque nunca, o casi nunca, podamos vivir de ello.

Al finalizar el siglo XX nos enfrentamos, pues, al panorama de una Cuba de escritores oficialistas, de escritores de rostros encubiertos y de otros francamente disidentes, mientras que en el exilio, contra toda esperanza de recompensa económica ni de gloria, se crea en todos los géneros y surgen nuevas generaciones que plantean el mayor de los atrevimientos: ser cubano en inglés, ser cubano en *Spanglish*. En fin, ser cubano fuera de Cuba, en cualquier idioma, en cualquier rincón del universo, gigantesca página en blanco cuya inmensidad amenaza tragarse nuestras características nacionales.

---

4   N de R. En ese momento la poetisa María Elena Cruz Varela estaba presa por sus ideas políticas. Después de grandes campañas fue puesta en libertad. En mayo de 1994, otra vez bajo presión international, recibió un permiso de treinta días para viajar a Washington, donde recibió el Premio Libertad 1992. Valientemente declaró que no piensa abandonar la Isla, donde posiblemente continuará siendo acosada.

Y llegamos a donde íbamos. ¿Se unirán estas dos literaturas? ¿Son dos en verdad o es una sola a pesar de diferencias y distancias? ¿Cuándo podremos ver una abundancia de antologías donde aparezcan, agrupadas por generaciones, los escritores de ambas orillas? ¿Cuándo podrá llevarse a cabo un congreso como éste en La Habana?[5] ¿Qué podremos observar claramente entonces? ¿Qué hilos de unión recorrerán nuestras obras? Las vivencias distintas, los ambientes tan diversos, ¿habrán creado distancias insalvables? Pero, ¿y la herencia común, y las mismas lecturas que hemos leído, y la infancia compartida, aún en la distancia, con mares propios o ajenos, con sol de Miami o de La Habana, pero con las mismas canciones de cuna, con los mismos juegos—a Mambrú Cható, Alánimo, Alánimo...—en el mismo patio de mi casa/tu casa?

El único vaticinio que puede hacer con certeza un escritor es que siempre, mientras aliente en él la vida, escribirá. Sólo eso puedo decir esta noche sin riesgo. Es ya decir bastante. Es decir que siempre habrá quien le cante a Cuba, o sea, quien la sueñe, quien la invente. Es decir que la literatura queda, y puede que, enloquecidos en odios fratricidas, algún día cubanos contra cubanos luchen cuerpo a cuerpo... Pero es decir también, parodiando al poeta romántico, que aunque no haya cubanos, siempre habrá una Cuba, una Cuba que sobrevivirá los huracanes más fieros y los tiranos de turno y perdurará en la literatura de esos hijos obcecados que han sido infligidos con la inescapable vocación de escribir.

Aspiremos a una Cuba donde los libros de Carpentier descansen en un estante junto a los de Cabrera Infante y Lydia Cabrera, donde los de Florit y Gastón Baquero se coloquen cerca de los de Guillén, y los de María Elena Cruz Varela y Pura del Prado junto a los de Nancy Morejón, donde los niños en las escuelas memoricen los versos de Ernesto Díaz Rodríguez y Lezama y en las universidades consulten las obras de Leví Marrero y de Moreno Fraginals. Aspiremos a una Cuba donde no se eliminen las contradicciones y tensiones que conforman nuestra literatura, pero donde, curados ya de extremos, logremos al fin conciliarlas. Una Cuba en la que al fin las máscaras nos cubran sólo en tiempos de carnavales. Una Cuba donde el

---

5 N de R. Esta es una posibilidad en 1994. Por favor leer la introducción de Pedro R. Monge Rafuls: *Cuando Vuelva a tu lado...*

escritor pueda crear sin miedos ni cortapisas, y los niños no tengan que despedirse de nuevo de todo cuanto conocen y aman. Una Cuba donde no tenga jamás que exiliarse un millón de cubanos.

La responsabilidad del escritor en construir esta Cuba futura es inmensa. Por eso, no hay otro derrotero que el de la pluma y el ordenador. Hay que escribir, que el paraíso nos será dado si sabemos inventarlo.

En torno a la 'generación' del Mariel[1]

Vicente Echerri

Las comillas entre las que he encerrado la palabra generación en el título de esta breve ponencia revelan de principio la intención de acercarme, desde una posición no muy convencional, a un fenómeno que insiste en adquirir carta de naturaleza en la historia de la literatura cubana.

A nueve años de que llegara a los Estados Unidos la más nutrida migración de cubanos en toda la historia de nuestros exilios, los llamados "marielitos" han logrado disipar bastante el estigma que, gracias a unos pocos miles de delincuentes y enfermos mentales, recayera sobre ellos como grupo.[2] La mayoría, casi en la misma proporción que sus predecesores, se ha integrado a la vida norteamericana: muchos han terminado estudios universitarios y ejercen profesiones, otros son prósperos empresarios; algunos hasta han llegado a ser parte activa y eficiente de la burocracia federal; casi todos llevan vidas decentes.

En este grupo de inmigrantes también había escritores que en el exilio prosiguieron su quehacer o, en el caso de los más jóvenes, perfilaron una vocación en cierne. Pero ¿constituyen una generación?

Ciertamente que no, si por generación se entiende la reunión, o la coincidente producción, de un grupo de coetáneos. Entre los escritores llegados por el Mariel puede haber diferencias de edades realmente drásticas que implican, de suyo, diferentes perspectivas y diferentes peripecias, tanto como para establecer entre algunos una verdadera distancia generacional. Por ejemplo, entre el novelista

---

1 Este trabajo fue leído en el panel "Generaciones" como parte del "Encuentro de escritores del área de Nueva York" el 17 de junio de 1989. Las preguntas sugeridas a los participantes fueron: Los escritores que publicaron antes de exiliarse; El Mariel; ¿Escribir en inglés significa la pérdida de la identidad cubana?; diferencias que puedan existir en el tema, el estilo, etc.

2 N de R. El fenómeno conocido como "El Mariel", o sea la escapada política de Cuba vía el puerto de Mariel, sucedió en 1980.

Reinaldo Arenas, el escritor más justamente conocido y reconocido de este grupo y su más entusiasta portavoz, y Miguel Correa, su epígono más fervoroso, median quince años de edad, lo cual, según algunos cómputos, es precisamente el transcurso de una generación.

Si la generación se definiera no en base a la edad de los que la integran sino a valores intrínsecos de sus obras, digamos a una suerte de estética común, tampoco podríamos justificar aquí el término; pues si bien la narrativa de Arenas, como ya apuntábamos antes en el caso de Correa, ha hecho escuela entre algunos de los escritores llegados en el ochenta, hay voces personalísimas, que exploran temas y formas muy peculiares y que sólo de modo muy forzado podríamos reunir en un mismo ámbito: la narrativa de Carlos Victoria y la poesía de Reinaldo García Ramos son ejemplos elocuentes.

En la historia de su trabajo literario las diferencias son mayores: algunos ya habían publicado en Cuba y luego habían sido silenciados, si bien su obra seguía divulgándose en el extranjero, como es el caso casi exclusivo de Arenas. Otros, como García Ramos, habían descollado en un momento como escritores jóvenes de gran precocidad—como lo fueron todos los integrantes del grupo El Puente—y luego ya no tuvieron más oportunidad de publicar. Los hay, como Roberto Valero y Jesús Barquet, que nunca pudieron publicar nada en Cuba.

Si con esto de generación del Mariel sólo se quiere sugerir—y esto es un argumento retórico—a los escritores que aparecieron en la primera época de la revista *Mariel*, de tan efímera duración, los lindes se hacen muy difusos, dada la heterogeneidad de los colaboradores.

Entonces, ¿cuál es el denominador común de la generación del Mariel, tan sólo la accidentada travesía del Estrecho de la Florida en el éxodo masivo de 1980 y la mala fama que subsiguientemente los estigmatizó? Se podría responder afirmativamente, si no fuera porque hay otros rasgos dignos de tomarse en cuenta, y estos rasgos son extraliterarios.

La diferencia de los cubanos que salieron en la década del sesenta, o en cuotas muy limitadas durante los años setenta, los que emigraron de Cuba a través del puente marítimo Mariel-Cayo Hueso, con muy pocas excepciones entre los escritores, no eran personas que se incluían, al tiempo de su salida, en el grupo políticamente marginado que habían optado abiertamente por la emigración sino más bien, personas que, aún sintiendo una gran repulsión por el régimen cubano, decidieron fingirle simpatías a cambio de realizar estudios o conservar empleos. Esta dicotomía, en la que muchos de mis mejores amigos habrían de vivir por años, produjo un perfil colectivo—que no es muy diferente entre muchos de los escritores y el resto de la población que sufre el mismo proceso—en el que primaba la simulación, y que produjo, como legítimas secuelas, el rencor más ciego contra los opresores, al tiempo que—y paradójicamente—una gran indiferencia hacia el acontecer del país, especialmente en el orden político. La mayoría de los escritores llegados por vía del Mariel querían olvidarse de un pasado donde, moralmente, habían sufrido tanto y que les había impuesto masivamente la hipocresía y, parejamente, profesaban un odio sin matices por todo lo que representaba el sistema que les obligó a esta degradación. Reinaldo Arenas define bien este carácter, cuando en uno de sus relatos le hace decir a un personaje que su odio por ese pasado es mucho mayor que su nostalgia.

Esa primacía del odio sobre la nostalgia y, al mismo tiempo, este interés de trasponer, de dejar atrás el "problema cubano", van a ser características de casi todos nuestros compatriotas exiliados de los últimos tiempos—y no sólo los llegados por vía del Mariel, y mucho menos de los escritores.

Por otra parte, los que por puro azar, o por insólita testarudez, rechazaron esta duplicidad con todos sus riesgos terminaron por sufrir mucho menos y, paradójicamente, mientras vivieron en Cuba fueron mucho más libres. En este último grupo prima la nostalgia y hay un mayor aprecio por el pasado, personal y colectivo.

Habrá quien pueda sugerir que el término generación del Mariel debe limitarse a los más jóvenes de ese grupo, con exclusión, por razones de mayor edad, de algunas de sus figuras más conspicuas; pero aquí la acepción pecaría por defecto, ya que dejaría fuera a escritores cubanos de la misma edad que no han podido o no han querido emigrar pero cuya obra—a pesar de la activa censura del gobierno cubano—es cercana, por razones estéticas, de la que hacen algunos de los "marielitos" más jóvenes. Esta acepción también dejaría fuera a otros escritores de la misma generación llegados posteriormente al exilio y que comparten con la gente del Mariel la cólera y el deseo de olvidar el pasado.

Creo, sin pretender arribar aquí a conclusiones ni a nuevas denominaciones, que el término "generación del Mariel" es un comodín demasiado superficial que muchos escritores de esa migración adoptaron como un desafío frente a otros estamentos del exilio cubano y como una afirmación de su propia experiencia histórica, que no es la misma de los cubanos que les antecedieron en el destierro pero que, en su sentido literario, resulta demasiado precaria, embotellando, bajo una misma etiqueta, a elementos muy diversos que exigen un mejor estudio y una reagrupación más racional y formal.

El Mariel fue un accidente histórico—desgraciado, en muchos sentidos, desde el punto de vista político—pero no una epifanía literaria. El mosaico de escritores que lo representa tendrá que ser reagrupado por la crítica de una manera más orgánica, en tendencias y generaciones.

II [3]

Gladys Triana[4]: Yo quiero preguntar a los miembros del panel si realmente ellos creen que nosotros tenemos una generación que nació en este país o si se podría decir que nació de lectores, en cualquier género cubano. Ya sea novela, poesía o teatro. ¿Una generación de exiliados cubanos?

Vicente Echerri: Yo, personalmente, me resisto a ver la cultura cubana en el exilio como una escindida de la cultura en la isla de Cuba. Yo pienso que esto es un reconocimiento. Por otra parte, sí hay gente que escribe, y eso de lo de las generaciones, yo pienso que

---

3 N de R. En este panel de las "generaciones", igual que en el del "feminismo" ocurrido durante el "Encuentro de escritores cubanos del área de Nueva York", se hicieron preguntas que—quizás—puedan aclarar las ponencias leídas. Por eso se incluyen en este libro, tratando de mantener el ambiente informal y amistoso en que ocurrieron. Por favor, lean también el artículo de Rosario Rexach. Encontrará—en esta sección—que se hacen algunas referencias al mismo y al de Noel Jardines que no se publicó. También Ana María Hernández hace referencias a estos trabajos en el que ella improvisó al final de este simposio, pp. 293-299.

4 N de R. Gladys Triana es una pintora cubana. Ha expuesto en innumerables galerías. Fue ganadora de la Beca Cintas 1993.

estamos demasiado cerca. Vamos a dejárselo a los críticos de aquí a veinte años que determinen si tuvimos o no una generación. Que nos agrupen.

Noel Jardines: Siempre ha sido una cuestión de los críticos meterse en el acto de medir una generación. Digo que siempre ha sido de críticos el asqueroso trabajo de poner a la gente "en generación". Porque en realidad nosotros aquí estamos preocupándonos por algo que en estos momentos me parece totalmente inútil. ¿Adónde vamos a llegar con definir a una generación, cuando la cosa está en la producción? Ya cuando *estiremos las patas* todos, pasado el tiempo, entonces ya sabrá la próxima generación quienes fuimos. ¡A lo mejor!

Gladys Triana: Yo voy a explicar por qué hago la pregunta. Yo soy pintora, y aquí algunos cubanos organizaron una exposición de pintores cubanos.[5] Y estuvieron organizándola por generaciones. Entonces, ¿quiénes influyeron en la generación del Mariel, la generación del veinte o la del treinta? Entonces yo digo, O.K., ¿existe realmente eso así como generación? Por eso fue que les quise preguntar a ustedes, que me dijeran como escritores. Porque yo no lo entendí así nunca.

Noel Jardines: Yo no sé, señora, si se dio cuenta que nosotros tres[6] fuimos invitados bajo la insignia de *generaciones* y ninguno de los tres nos atrevimos ni siquiera a tocar el hecho de la generación. Nos fuimos todos por la tangente.

Persona del público[7]*:* Yo quisiera saber qué opinión tienen ustedes en el panel cuando una persona presente identifica como la única cultura cubana la de "allá", y no la cultura cubana de "aquí". ¿Qué "definición" podemos darle a eso?

---

5   N de R. Se refiere a "*Outside Cuba*/Fuera de Cuba. *Contemporary Cuban Visual Artists/* Artistas cubanos Contemporáneos", una exposición que viajó a través de los Estados Unidos entre 1987 y 1989. El resultado es un magnífico libro con el mismo título. Ambos proyectos fueron coordinados por Ileana Fuentes.

6   N de R. Vicente Echerri, Noel Jardines y Rosario Rexach. El trabajo de Noel Jardines no aparece en este libro.

7   N de R. Esta pregunta y otras que siguieron a la presentación de los panelistas de "Generaciones" se incluyen es esta parte del libro porque dieron motivo a asuntos de la literatura cubana que se trataban de analizar en el "Encuentro de escritores cubanos del área de Nueva York".

Pedro Monge Rafuls: Esa pregunta usted la hizo antes y se le explicó que el propósito de este simposio es el de estudiar a los escritores cubanos que viven y trabajan en el área de Nueva York únicamente. Los escritores de Cuba, quizás, se discutirán en otro encuentro de escritores cubanos. Ojalá que también ellos nos estudien a nosotros, pues siempre nos están desconociendo.[8]

Rosario Rexach: Yo desearía decir algo al respecto. Es que todo juicio de valor no puede ser hecho por los contemporáneos, a menos que ese contemporáneo sea demasiado atrevido. Yo, por lo tanto, lo único que voy a dar como una premisa para que piensen y no como una solución que yo ofrezco, es decirles que en el siglo XIX cubano muchas obras se escribieron fuera de Cuba. Y hoy forman parte, aquí y allá y en todas partes, del tronco de la cultura cubana. Si lo que se está produciendo en el exilio en Nueva York quedará como tronco de la cultura cubana única, de allá, de aquí, de otras partes, nadie de los que están en esta habitación, pienso yo, puede responder. Lo responderá, como dijo Jardines, cuando ya todos hayamos *estirado la pata*. Pero, por lo pronto, lo que sí cabe es que trabajemos en serio para que en el futuro tal vez formemos parte—no ninguno, ni individualmente—del tronco general de la cultura cubana. Nada más.

Persona del público: Tengo una pregunta para Noel Jardines.[9] Cuando tú señalaste que hiciste una lectura de Poe que te dio miedo en la niñez, ¿en qué idioma leíste el cuento? ¿En español? ¿Al tú leer a un americano en español, sentiste miedo? ¿Fue una traducción? ¿Qué sientes cuando lees a un cubano en inglés?

Noel Jardines: Bueno, depende, porque hay cubanos pavorosos cuando los lees en inglés o en español. Pero es un enfrentamiento a la lectura como otro cualquiera. En realidad, no la enfrento como una lectura de cubanos si no me enredo en el manejo del lenguaje. Yo no tengo ningún problema con la lengua inglesa como medio de expresión de un cubano, de un puertorriqueño o de quien sea. Para mí es

---

8   N de R. Por favor, ver la introducción de Pedro R. Monge Rafuls a este libro "Cuando vuelva a tu lado".

9   N de R. Por favor, ver nota 3.

simplemente una expresión más, la dimensión de un artista al expresarse en el conocimiento de una lengua. No veo ninguna dicotomía dentro del hecho de escribir en español o en inglés.

Ileana Fuentes[10]*:* Yo quisiera simplemente asomarme a lo que dijo Vicente [Echerri] anteriormente. El hecho, como Vicente dijo, es que nosotros hemos relegado lo que de cubana tiene nuestra cultura y nuestra literatura y nuestro arte. Lo hemos relegado al gobierno de Cuba. Hemos sido de alguna manera partícipes de la exclusión que hemos sufrido en Cuba. Ya hace años recuerdo un artículo que escribí en donde por primera vez utilicé la palabra. Entonces propuse que nosotros, en vez de decir "la literatura cubana en el exilio", o "la literatura cubana del exilio", cambiáramos esas preposiciones y usáramos la palabra "desde el exilio", que integra nuestra cosa a ese tronco que estaba diciendo Rosario. Verdaderamente creo que expresa que no estamos desconectados de esa verdad histórica que es nuestro exilio, de 135 ó 150 años de tradición, que en algún momento tendrá que tomarse en serio. Yo creo que las palabras que nosotros usamos, la semántica, nos traiciona y nos adormece. Las palabras que usamos para describirnos y para describir nuestras tareas son tan importantes como la tarea misma. Yo propongo que desde ahora en adelante no digamos "de exilio" o "en el exilio" que nos desprende. Sino "desde el exilio", como para tender un puente existencial.

Ana Ma. Hernández[11]*:* La doctora Rexach estableció una diferenciación entre los emigrantes y los exiliados. Yo quería preguntarle si usted cree que, de alguna manera, en algunos grupos de escritores la visión del exiliado haya terminado a la larga como visión de emigrantes.

Rosario Rexach: En primer lugar, hice la aclaración al comenzar a leer mi trabajo que esto es una cosa completamente libre. Que yo había decidido hacer una diferenciación semántica entre exilio y emigración. Por tanto, eso no está consagrado en parte alguna. Ni tengo autoridad académica respaldando esa idea. Simplemente, la

---

10 N de R. Ileana Fuentes es una estudiosa del feminismo y de las artes cubanas.
11 N de R. Por favor, ver nota 3.

pura observación de grupos de cubanos y ninguno me ha dicho hoy que son emigrantes. En cambio, los de la revolución de Independencia sí se llamaban a sí mismos emigrantes. Por supuesto, yo no voy a entrar en discusiones hoy de por qué ha cambiado ligeramente el valor semántico. Pero voy simplemente a decir algo. Dije que todo emigrante tiene abierto el camino del regreso. El tipo de exilio político nuestro es casi un exilio sin regreso, que son dos cosas diferentes. Ahora, los hijos de emigrantes, de exiliados, a veces se transforman en emigrantes al país de sus padres. Pero yo, en lugar de decir emigrantes, y atendiendo al íntimo sentido de su pregunta, yo diría que el exiliado no se transforma en emigrante, y ya. Se transforma en asimilado a la nueva cultura. O sea, integrado en la nueva cultura. Ya no exactamente como emigrante. Pero puede que yo esté equivocada. Acuérdense que mi vocación real, más que literaria, es filosófica. Y por tanto no estoy nunca muy segura de ninguna verdad. Y no tengo el valor de añadir a esto.

Heberto Padilla: Ese problema semántico lo vivimos en Cuba durante la Revolución. Yo estuve muchos años viviendo en mi país durante la Revolución. Tengo pocos años de estar aquí. Sí creo existe el problema de las generaciones dentro de la Revolución. En el año '59 se llamó "la generación de la Revolución" a todos aquellos escritores que escribían y en realidad fueron escogidos, respaldados por el gobierno revolucionario. Pero unos años después, no muchos, quizás cinco, aparecieron otros que habían nacido después, con unos años menos y entonces querían ser los verdaderos escritores de la Revolución. Y después pasaron cinco años más y ya, entonces, había generaciones semanales. Entonces se decidió llamarles escritores "desde la Revolución". Hay que tener mucho cuidado con esa semántica, porque en Cuba se decía "primer territorio libre de América". Una suposición bastante clara. Pero cuando a alguien se le ocurrió que había que separarse de América, y se dijo: ¡No! Nicolás Guillén fue el primer territorio libre en América. Preposiciones fantasmales de nuestra época, ¿no es cierto? En el exilio estamos todos. El hecho de que si nos vamos a convertir en emigrantes o no me hace recodar esto, de lo que solemos olvidarnos. En España se produjo una catástrofe superior a la que los cubanos hemos vivido.

Hubo una guerra civil, y a partir de ella se exilió la inteligencia española. Se decía que la cultura salió al exilio. Cuarenta años estuvieron todos estos escritores: Pedro Salinas, Américo Castro, Unamuno (que fue el primer exiliado), Alberti. Toda esa gente hizo durante cuarenta años de exilio su mejor obra. Fueron siempre exiliados. Siempre creyeron que España era una patria verbal, que es siempre la patria de un escritor. Jamás renunciaron a ella. Hicieron su mejor obra y hoy están en España. Ya han recibido los premios literarios más prestigiosos. Como por ejemplo, María Zambrano. Y ahí, toda enferma, durante más de cuarenta años en su exilio, ha regresado a España, brillante mujer. Y hoy ha recibido el Premio Cervantes. Lo que se creía impensable. Pero nunca se diluyeron en otra lengua como no quiso nuestro amigo Noel [Jardines].

Una pregunta y mil respuestas

Reinaldo García Ramos

El tema de este panel es "¿Existe una literatura cubana en Nueva York?"[1]. Yo completaría esa frase con un modesto subtítulo: "Una pregunta y mil respuestas". Porque realmente la cuestión, como decimos en Cuba, "se las trae". ¿Existe una literatura cubana en Nueva York? Les tengo que confesar que no lo sé, o que al menos me siento incapaz de responder de manera terminante.

Pensé al principio que sí, que existía una literatura cubana en Nueva York, porque es evidente que en esta parte de los Estados Unidos abundan los poetas, los narradores, los dramaturgos cubanos. No sólo se trata de escritores aún poco conocidos, sino de algunos de los nombres que tienen mayor resonancia en el mundo artístico cubano del exilio: en nuestro entorno viven autores reconocidos internacionalmente como Heberto Padilla[2] y Reinaldo Arenas[3], y hasta hace sólo unos años se paseaba por el *Upper West Side* la providencial sonrisa de Eugenio Florit[4], uno de nuestros poetas más descollantes. Y eso sólo para mencionar dos o tres casos destacados.

Por otra parte, se publican en la zona de Nueva York, o muy cerca de ella, más de media docena de revistas literarias cubanas, con sus intereses bastante definidos y su innegable energía. Una de ellas,

---

[1] Ponencia presentada como parte del "Encuentro de escritores cubanos del área de Nueva York" el 17 de junio de 1989. Las preguntas sugeridas a los participantes fueron: ¿Cuándo comenzó: con Martí, Heredia u otros? ¿Cuáles son sus características en tema, estilo, etc.? Su historia. ¿En qué géneros se manifiesta: poesía, teatro, narrativa y ensayo? ¿Cuáles son los textos y autores más significativos? Publicaciones: ¿Cuántas existen? ¿Qué repercusión tienen? ¿Qué posibilidades tienen los dramaturgos de ser llevados a escena? La Beca Cintas.

[2] N de R. En 1994, Heberto Padilla reside en Miami Lake, Florida.

[3] N de R. Reinaldo Arenas, víctima del Sida, se suicidó el 7 de diciembre de 1990, a la edad de 47 años.

[4] N de R. Eugenio Florit vive actualmente en la Florida.

Linden Lane Magazine[5], dirigida por Belkis Cuza Malé, lleva casi ocho años apareciendo trimestralmente, y aunque no se limita, ni mucho menos, a los autores cubanos de la zona de Nueva York, está hecha por cubanos y enfoca con asiduidad las obras de autores cubanos que radican en los alrededores de la Gran Manzana[6]. Está, además, *Lyra*, que con cada nuevo número crece y se reafirma, bajo la dirección de Lourdes Gil e Iraida Iturralde[7]; *La nuez*, que Rafael Bordao ha creado con acierto y afán constructivo[8]; *Palabras y papel*, un humilde pero vívido esfuerzo en manos de Maya Islas, José Corrales y Mireya Robles[9]; sin olvidar *Realidad aparte*[10], que se edita en Nueva Jersey, pero desborda ese estado y enriquece el ámbito metropolitano de Manhattan con su material. Y a cada rato surgen otras opciones, intentos heroicos de crear canales para dar a conocer el material literario producido por cubanos en estos parajes. Hace sólo unos días tuve ocasión de hojear el primer número de *Leiram*[11], que un grupo de escritores cubanos llegados por Mariel está publicando también en Nueva Jersey y que viene a diversificar este panorama neoyorquino.[12]

Aparte de las revistas, en el género de la poesía ha ocurrido un hecho que demuestra claramente la densidad de la población literaria cubana en estas latitudes. En 1988, la Editorial Betania de Madrid pudo recoger la obra de 28 poetas en un volumen y titularlo *Poetas cubanos en Nueva York*. Un valioso esfuerzo de Felipe Lázaro por reconocer y publicar, sobre la base de co-edición con los autores, la obra de poetas que residen en esta ciudad y que aceptaron participar

5   N de R. *Linden Lane Magazine*, editada por Belkis Cuza Malé, se publica actualmente en Miami, Florida. Por años se publicó en Princeton, Nueva Jersey.
6   N de R. Con este nombre se conoce a la ciudad de Nueva York.
7   N de R. En 1994, la revista no está publicándose.
8   N de R. *La Nuez* tuvo su último número en 1994. El editor, Rafael Bordao, anunció que no va a salir más.
9   N de R. En 1994, la revista ya no está saliendo.
10 N de R. Después de un tiempo sin ser publicada, *Realidad aparte* apareció en el otoño de 1993 en su segunda etapa: *Realidad aparte: revista de poesía*, NYC. Los editores son los poetas colombianos Gabriel Jaime Caro y Alonso Cano y el artista León Felipe Larrea.
11 N de R. *Leiram* tuvo una corta existencia.
12 N de R. Una publicación que apareció después de este "Encuentro" es *Stet*, Nueva York, dirigida por el poeta Rafael Román Martel. Por favor ver la nota 14, en la página 111 de este mismo libro, para otras publicaciones.

en el proyecto. Independientemente de que uno acepte o no el carácter de "antología" que pudiera tener este muestrario, ya la cifra de 28 poetas es algo sumamente notable. Sin embargo, no debemos olvidar que hay otros autores que, por una razón o por otra, no aparecen en ese volumen y que también son poetas y viven en Nueva York.

Y a menudo veo aparecer libros escritos por autores y autoras jóvenes que nacieron en Cuba y que viven en esta zona. O por alguno de los cubanos que llevan más tiempo asentados en estas tierras y ya son profesores universitarios, estudiosos de diversas disciplinas, y continúan escribiendo piezas de ficción. Es decir, que a primera vista no me cupo la menor duda de que en Nueva York y sus alrededores *existe* una abundancia de escritores cubanos que están en plena ebullición.

Pero enseguida me asaltó la pregunta: ¿basta con esos escritores entusiastas, basta con esas revistas, basta con esa antología y esos libros para que podamos decir que tenemos *en Nueva York* una *literatura* cubana, plenamente asentada, con todos sus atuendos y variaciones y derechos? Me parece, con toda modestia, que no. No tenemos, al menos todavía, una *"literatura* cubana en Nueva York".

Tengo que aclarar enseguida que, en mi opinión, la manera en que está planteada la cuestión se presta a muchas interpretaciones y confusiones, es decir, a muchas posibles respuestas y contra-respuestas. En primer lugar, ¿qué significa que estemos todos viviendo en Nueva York? ¿Qué relevancia específicamente literaria tiene el hecho de que escribamos nuestra obra aquí y no en Miami o en Puerto Rico, o en Kuala Lumpur?

La ciudad en que un escritor vive aporta elementos particulares a la vivencia cotidiana de ese autor, y por lo tanto puede determinar a la larga, de alguna manera, el *tema* elegido o rechazado por ese escritor al realizar posteriormente determinada obra. Pero las características últimas de esa obra en el plano estilístico, filosófico, estético, provienen de un conglomerado de otros elementos para cuya esencia el sitio en que un texto se ha escrito puede incluso no tener ninguna importancia. Sin contar con aquellos casos en que una obra escrita en otra parte se concluye o se revisa o se reescribe en Nueva York, porque el autor vive momentáneamente en esta ciudad; o viceversa, los casos en que una obra comenzada en un ruidoso tugurio del

Lower East Side se va a concluir en otra ciudad cualquiera, porque el autor se vio obligado, por circunstancias fortuitas, a mudarse a ese sitio.

Se puede alegar, claro está, que si Joyce no hubiera vivido en Dublín y Kafka en Praga y Proust en París, sus respectivas obras no existirían o serían diferentes. Pero, ¿qué lugar ocupa en la ficción de Marguerite Yourcenar, en sus novelas imbuidas de erudición sobre épocas remotas, el hecho de que esa autora pasó la mayor parte de su vida en una islita del nordeste norteamericano? Aparte de las connotaciones prácticas de buscar el sitio donde la supervivencia económica y emocional se haga menos azarosa, en multitud de casos el lugar en que un escritor hace su obra no determina el contenido de ésta y, por ende, no tiene ninguna relevancia para vincular esa obra con otras que se hayan escrito simultáneamente en ese mismo sitio. Todos los cubanos que escribimos o tratamos de escribir ahora en Nueva York seguiríamos expresando las mismas obsesiones y seguiríamos siendo escritores cubanos exiliados de los años ochenta si mañana cada uno de nosotros se mudara a otro lugar. Desde luego, eso también depende de los intereses artísticos y de la personalidad de cada cual. No es lo mismo ser un autor de odas y elegías que va de pueblo en pueblo cantando sus composiciones (como los rapsodas de la Antigüedad), que ser un novelista dedicado a reconstruir una época histórica determinada y que necesita, por eso, tener a mano una considerable biblioteca y someterse a una disciplina sedentaria (como los monjes copistas de los conventos medievales).

Por supuesto, a nadie le cabe duda de que Nueva York es una ciudad muy peculiar. Es, más que una ciudad, un país dentro del país; y más que un país, una trepidación ontológica ante la que ningún ser medianamente sensible puede permanecer indiferente. Es probable que a cualquiera de nosotros no le saldría igual una página dada si la escribe en las apacibles praderas de Virginia y la vuelve a escribir bajo el torrente de estímulos discordantes que un mero paseo por el Village prodiga a cualquier hora. García Lorca dio puntualmente el mejor ejemplo de eso, cuando descendió, imbuido de romances y colorido gitanos, en las calles de Harlem. Se sentía maestro de un verso brillante y métricas imperturbables, pero le bastó el primer ramalazo de brisa del Hudson para salir de ese terreno seguro, desgarrarse las vestiduras y darnos, con su *Poeta en Nueva York*, uno de los libros más imprevisibles y deslumbrantes de la poesía española de este siglo. En ese sentido, pasar una temporada en Nueva York es casi seguro que marcará a cualquier artista; pero eso no basta para que ese individuo se convierta, para siempre, en un autor *de* Nueva York.

De modo que, a mi modo de ver, una parte del tema de este panel (*en Nueva York*) resulta difícil de aquilatar, pues está sometida a los vaivenes de la supervivencia material, a los exabruptos del azar económico o sentimental, a miles de factores imponderables que van desde las premuras conyugales a las alergias. Recuerdo a una amiga y excelente poeta que se tuvo que mudar de Nueva York porque era alérgica al humo de los carritos que venden *pretzels* en toda la ciudad. O por lo menos eso es lo que ella afirma.

Ahora bien, la primera parte de la pregunta (¿Existe *una literatura...?*) es la que más pavor me causa. ¿Una literatura? ¿Qué se entiende aquí por "literatura"? Posiblemente cada una de las personas presentes en esta sala, incluyendo desde luego a los miembros del panel, tiene una manera distinta y propia de interpretar la palabra "literatura" en el contexto que nos ocupa. Aquí nos sumergimos en un espacio teórico de proporciones inestables.

Descartemos de entrada que la palabra "literatura" alude aquí a ese precario, casi milagroso equilibrio entre autor, crítico y lector que ha sido característico de los momentos más espléndidos de las letras de Occidente. No pensemos en algo parecido al Siglo de Oro español, al teatro isabelino, a los años de gloria de la novela realista y naturalista europea del siglo pasado. En esos instantes mágicos de la producción literaria, la redacción de una obra, su disfrute y su aceptación o rechazo estaban vinculados por mecanismos tan bien asentados en el orden social como las etapas de una línea de montaje en una fábrica de autos de Detroit o de Osaka. Cuando el ciclo terminaba en la crítica de la obra, la atención volvía como un péndulo al autor, para exigirle que impulsara de nuevo el rejuego mental con una nueva obra. Cuando Molière terminaba de estrenar una comedia en el siglo de Luis XIV, sentía enseguida que la *realidad literaria* la devoraba, y a las pocas semanas tenía que ponerse a escribir otra comedia; cuando Balzac concluía con las desidias de Goriot, los engranajes del medio cultural las digerían con prevista rapidez y ya su editor tenía las imprentas aceitadas para el próximo engendro del novelista. Y el público *participaba* en ese ciclo, relamiéndose de gusto o protestando de disgusto, arrastrado por sufrimientos imaginarios y ensoñaciones difusas, pero *siempre* leyendo, leyendo sin cesar.

A nadie se le podría ocurrir, ni en el instante más febril, que nosotros, refugiados en un país frenético y utilitario, que para colmo habla otra lengua, hayamos podido crear en treinta años de exilio algo parecido. Ni la infraestructura económica de los ghettos hispanos ni los hábitos de lectura de la población exiliada, ni nuestras propias relaciones con la realidad que nos rodea nos han permitido siquiera acercarnos a algo así. Tenemos, sí, ingentes esfuerzos editoriales, una enorme fe en nuestra verdad, una indiscutible energía batalladora y persistente; pero esas cosas, aunque impresionantes, no bastan. Los hijos y nietos de los nacidos en Cuba leerán casi seguro con más placer en inglés que en español; y, teniendo en cuenta las trampas que la seudocultura de masas norteamericana tiende a los jóvenes y adolescentes, casi nos deberíamos sentir orgullosos de que algunos descendientes de cubanos se interesen de alguna manera por la literatura, aunque no sea en la lengua de Cervantes, sino en la de Whitman. Las editoriales que se interesan en publicar obras de ficción escritas originalmente en español brillan por su ausencia en la zona de Nueva York; los sitios de reunión, donde se pueda intercambiar opiniones sobre lo que se vaya leyendo, no abundan. Además, y esto es quizás mucho más determinante, nuestro arsenal de imágenes (única fuente válida de la creación literaria) sigue aún estando vinculado en su mayor parte con nuestro pasado (Cuba) y no con nuestro presente (Nueva York).

Esto último, desde luego, está comenzando a cambiar. En la obra de algunos poetas cubanos que viven hoy en Nueva York aparece desde hace algún tiempo la huella del presente diario en esta desconcertante ciudad. Esto se observa, por ejemplo, en algunos pasajes de *La extremaunción diaria*, de Magali Alabau[13], donde el desamparo del exilio se impregna del desamparo existencial, más insoluble, del individuo en la gran urbe acosadora. Pero esa tendencia está sólo apare-

---

13 Barcelona: Ediciones Rondas, 1986.

ciendo recientemente en la obra de algunos autores y nada garantiza de antemano que se mantendrá y extenderá. En todo caso, aunque el pasado tendrá que seguir promulgando su desquiciante sombra y su dolor, hasta que el presente no cobre de manera esencial un peso mayor en el fundamento expresivo de las obras no creo que podamos hablar con propiedad de una "literatura cubana de Nueva York".

Esto nos lleva al salón de espejos de los estilos y tendencias estéticas. Muchos tienden a interpretar la palabra "literatura" como sinónimo de "escuela literaria", de grupo diverso de personalidades que crean dentro de una misma orientación estética, aunque cada autor mantenga sus preferencias personales en materia de temas, tono o perspectiva emocional. En la historia literaria de Cuba tenemos ejemplos memorables de ello, pero el caso que de inmediato viene a la mente de todos es, desde luego, el del grupo de escritores de la revista *Orígenes* (1944-1956), que tan asiduamente trabajó al amparo y bajo la égida fulgurante de José Lezama Lima.

Y aquí de nuevo nos tenemos que rendir a la evidencia: nada ni remotamente parecido a una "escuela literaria" se ofrece a nuestra vista en el teatro, en la narración, en la poesía escrita hoy por cubanos en la zona de Nueva York. Es posible que las revistas que mencioné al principio, o al menos alguna de ellas, pueda evolucionar en el futuro hacia la formulación de un programa estético determinado y aglutine en torno suyo a un grupo gestador de una particular tendencia literaria; pero es muy temprano para saberlo.

Por el momento lo que se ofrece aquí al lector en las antologías, en las colecciones de cuentos, o al espectador en las esporádicas producciones de obras de teatro cubanas, es una gran diversidad de estilos, de intereses expresivos, de niveles de lenguaje. Lo cual, desde luego, es una prueba de vitalidad y de capacidad especulativa; pero deja mucho terreno indefinido aún, en lo que respecta a una posible "escuela literaria".

Estas no son constataciones que se hacen con particular placer. Es comprensible que aspiremos a ver este asunto de una manera más prometedora, más reconfortante, y a pensar que nuestras obras concuerdan mejor con los procedimientos de producción cultural del medio en que vivimos. Nos gustaría sentirnos parte de una colectividad que responda a nuestros entusiasmos artísticos, que disfrute las obras surgidas de ese entusiasmo y las alimente con una crítica capaz y constructiva. Nos gustaría comprobar a diario que tenemos los medios físicos para difundir lo escrito y un público ávido de leernos. Pero mucho camino nos falta por recorrer para llegar a ese objetivo.

Yo me siento partícipe de la misma ansiedad creadora que deben de sentir los demás poetas cubanos que conozco en esta ciudad. Una misma nostalgia y un mismo desconcierto nos conmueven a todos; con el mismo instinto nos debatimos todos por reafirmarnos en este rincón del inmenso territorio de los Estados Unidos y con semejante voluntad atravesamos todos la avalancha de conquistas y rechazos que componen la rutina diaria en esta parte del universo. Quiero, con el mismo fervor que tienen ellos por la palabra escrita, dejar testimonio de mi vida mental, y me alegraría saber que el resultado de mi esfuerzo ha llegado a ser digno de leerse, al menos una vez.

Pero no dejo de percatarme de las dificultades prácticas que tiene que afrontar el individuo que en estos días intenta ser *un poeta cubano que escribe en español en Nueva York*. Alguien podría decirme: escribimos para otra época, para mucho después, cuando los cubanos de la Isla y del exilio logren escapar del monstruoso estatismo moral que imponen las circunstancias políticas. Y aunque creo que nadie tiene en sus manos todas las claves para prever la evolución de la Isla, debo decir que acepto la perspectiva de esa lectura en el futuro como una de las pocas factibles y deseables.

Cualquiera que sea la evolución de los acontecimientos en los próximos años, presiento que Cuba ha completado ya uno de esos desquiciantes ciclos con que la crueldad política arrasa periódicamente a las naciones más pobres del planeta. Pero por muy destructivo que haya sido y pueda ser aún ese ciclo aparentemente desenfrenado, ninguna nación debe perder en esas ceremonias de desgaste toda su identidad, toda su herencia espiritual. La cultura, como una anciana escéptica pero sabia, tiene que aguardar su turno, el momento de desplegar su fuerza, elaborando en la adversidad de ciudades ajenas su veredicto indescifrado.

Me parece que ésa podría ser una buena esperanza. Aunque no es la única, claro está. Y todo artista tiene que vivir con cierta dosis de ilusión en su trabajo, porque la cultura no es nada más ni nada menos que eso: poder imaginario pero invencible, juego de opciones medulares, un confuso entusiasmo y un ardiente espejismo, una propuesta irrefutable que se entreteje en el vacío.

Así, pues, me atrevería a afirmar que, si bien no existe aún una "*literatura* cubana en Nueva York", tiene que haber una "esperanza de literatura", una ansiedad ferviente que nos mantenga a todos secretamente vinculados y que se siga manifestando, con alentadora fluidez, en ocasiones como este encuentro de hoy. Confiemos en que exista esa esperanza, aunque a veces nos parezca una parienta enferma, con achaques respiratorios, renales y circulatorios; aunque le cueste trabajo pagar el alquiler y la persigan los fantasmas del odio y la intolerancia. Quiero que exista esa esperanza, no sólo porque, si no la hubiera, este simposio amigable de hoy no tendría mucho sentido, sino porque de otro modo nos estaríamos anulando ya en una supervivencia sin contornos. Porque, si no existiera, no habría terreno firme para escapar a la monotonía de las oficinas, al espanto de los trenes, al abismo de las avenidas, al materialismo mutilador. Porque, si no existiera, no habría alma guardada para el mañana, no habría sensación de destino; no tendríamos, en fin, premoniciones de hermandad.

La pregunta del forastero[1]
Lourdes Gil

La pregunta que encabeza este panel: "¿existe una literatura cubana en Nueva York?"[2] me remite al preámbulo de Virginia Woolf en *Un cuarto propio*, donde describe el proceso deliberativo ante la pregunta que inicia una conferencia. "Comencé", escribe, "a considerar el tema...a preguntarme lo que significaban las palabras...A un segundo vistazo, las palabras no parecían tan simples...". Y continúa elaborando, en su perplejidad, el sentido soterrado de un planteamiento en apariencia sencillo. Yo regreso a la pregunta: "¿existe una literatura cubana en Nueva York?" ¿Cómo o cuándo se pudo concebir su no-existencia? ¿Hay acaso *otra* respuesta a que la literatura cubana existe dondequiera que se encuentre un escritor cubano? ¿No basta un solo escritor en representación de la literatura de su país?

Quizás la duda se siembra tras la trágica situación que provoca un exilio y bifurca la existencia del pueblo cubano en dos vertientes, o (para usar un vocablo literario) en dos tramas: la que transcurre en el espacio interior de la Isla y la que se entreteje en el espacio exterior. Los escritores cubanos existen simultáneamente dentro y fuera, como brazos de un río, como partes incesantes y fluviales de su literatura, su rica tradición.

Es importante recordar que la literatura de Cuba ha sido siempre una literatura escrita tanto fuera como dentro de la Isla. Nuestros hombres de letras, desde el siglo XVIII hasta la actualidad, han vivido largos períodos fuera de Cuba, y escrito por tanto gran parte de su

---

1   N de R. Trabajo leído en "¿Existe una literatura cubana en Nueva York?" como parte del "Encuentro de escritores cubanos del área de Nueva York", el 17 de junio de 1989. Este trabajo, con algunos cambios de los editores—no aprobados por la escritora ni por OLLANTAY—fue publicado en *El Diario/La Prensa* el 28 de noviembre de 1990 y en *Brújula-Compass* en el número de Invierno/Winter 1990, Nos. 7-8, ambos con una aclaración que Lourdes Gil asegura es incorrecta.

2   N de R. Para darse cuenta de las preguntas sugeridas a los panelistas para su consideración, por favor ver nota 1, p. 280.

obra en el exterior. Sin ahondar en esta constante de nuestra historia literaria y por desempolvar la memoria, vamos a enumerar algunos autores destacados que vivieron, no ya en Francia (como la Condesa de Merlín) o en España (como la Avellaneda), ni tan siquiera durante este siglo, sino específicamente en Nueva York y en el siglo anterior: Félix Varela, José Antonio Saco, Heredia, Mendive, Domingo del Monte, Juan Clemente Zenea, Cirilo Villaverde, Teurbe Tolón, el Marqués de Montelo, Enrique José Varona, Diego Vicente Tejera, Esteban Borrero, Enrique Hernández Miyares, Carlos Pío, Federico Uhrbach, Bonifacio Byrne y, desde luego, José Martí. Para algunos fue cuestión de 2 ó 3 años, pero para muchos fue un exilio de 15, 20 y hasta 40 años. Gran parte, entonces, de su producción literaria y, por tanto, gran parte de la literatura cubana es, históricamente y desde sus inicios, una literatura de exilio, o si se quiere, de génesis extraterritorial.

Ahora bien, si el tema que aquí nos reúne plantea si existe una literatura cubana *de* Nueva York, como un discurso diferente y nuevo, influenciado por la permanencia en esta ciudad y sus efluvios, o inclusive como un movimiento literario, me atrevería a decir que no. Nuestros escritores emigrados pertenecen a varias generaciones, y el estilo de su escritura refleja un orden generacional, en cuyos preceptos estéticos y estructurales se mueven los aires de las otras corrientes literarias en el mundo.

En cuanto a la temática, José Olivio Jiménez ha señalado la angustia del destierro en la poesía de los cubanos de Nueva York. Pero el destierro se afianza como una temática de nuestra literatura ya en el siglo pasado, dadas las circunstancias de desplazamiento forzoso de los autores. El tema del destierro y sus angustias está patente en las obras de Heredia, de Mendive, de la Avellaneda, de los poetas que integraron lo que se llamó "El laúd del desterrado", publicado en los Estados Unidos en 1858 (Pedro Santacilia, José Agustín Quintero, Zenea) y en la de José Martí. Lo singular, como ha atestiguado Cintio Vitier en su ensayo "Lo cubano en la poesía", es que la ausencia y el destierro se vinculan a la identidad nacional en las expresiones literarias de poetas que siempre vivieron *dentro* de la Isla, como Luisa Pérez de Zambrana y Julián del Casal. En épocas más recientes, Lezama Lima construye todo un universo teórico en torno a la ausencia, el desplazamiento, la definición por exclusión, sin tampoco salir nunca de Cuba. El tema de la ausencia del escritor exiliado de hoy se inserta entonces al vasto itinerario evolutivo de la identidad cubana en su literatura.

Esta obra tangible, con todas las señas de identidad del tronco del cual proviene y en autogestación perenne, se enfrenta hoy con la misma problemática de un siglo atrás (que es también la de otros escritores latinoamericanos en los EE. UU.): la publicación y difusión de su obra. En los últimos veinte años ha habido varios medios de difusión: revistas ya desaparecidas, como *Exilio*, *Nueva generación*, *Escandalar*, *Enlace*, *Cubanacán*, *Romántica* y *Mariel*; y en la actualidad, *Linden Lane*, *Realidad aparte*[3], *Palabras y papel**, *La nuez*, *Leirám** y *Lyra**. La Beca Cintas presta un enorme impulso a nivel individual, pero los esfuerzos colectivos poseen mayor alcance. El Centro Cultural Cubano realizó una gran labor durante muchos años y dejó un vacío que nada ha logrado llenar. Recientemente han aparecido varias antologías en España y Nueva Jersey, pasos innegables de avance para la difusión de la literatura cubana del exterior. El ambicioso Simposio a nivel internacional, celebrado en Rutgers University en noviembre del '88, fue un vehículo que sirvió para reunir en forma concreta las irradiaciones dispersas del discurso. Tentativas como este Encuentro en **OLLANTAY**, ya a nivel regional, deberían emularse en otras zonas del país. Una increíble realidad que se reveló en Rutgers fue el gran desconocimiento existente entre los escritores cubanos de núcleos como Miami y Nueva York, por ejemplo. Es imprescindible que nuestros escritores se conozcan entre sí. Y es también imprescindible que la literatura cubana en los Estados Unidos se lea y estudie. Otros escritores latinoamericanos atraviesan una situación similar. Pero lo que resulta único y endémico a las circunstancias de los cubanos—y quiero utilizar para describirlo una frase de la autora dominicana Daisy Cocco di Filippis—es "la invisibilidad dentro de lo invisible". Ella hacía referencia a las escritoras en el ámbito de la literatura latinoamericana de este país, pero me parece muy a propósito de la situación de los escritores cubanos: "la

---

3   N de R. *Realidad aparte* reapareció en el otoño de 1993 en su segunda etapa. Por favor, ver nota 10, p. 281.
*   N de R. No están apareciendo en el momento de publicar este libro.

invisibilidad dentro de lo invisible". Es ese estado peculiar en el cual somos doblemente invisibles desde hace treinta años, no ya ante la sociedad anglosajona, sino en los mismos medios literarios hispanoamericanos. El intento de omisión a nuestra existencia ha sido un mensaje a gritos. Como el corto tiempo no permite explayarme sobre el tema, menciono una sola muestra fehaciente: la Feria del Libro Latinoamericano en Nueva York. En la 1ra y 2da Ferias estuvimos más o menos representados, porque había escritores provenientes de Cuba, lo que permitía (parece) un equilibrio. Pero en la Tercera Feria no había nadie. Esta muestra escalofriante de nuestra invisibilidad, esta omisión calculada podría constituir la causa del cuestionamiento que tantas vueltas ha dado por mi mente, como Virginia Woolf, incrédula al ponderar sobre su conferencia: "¿existe una literatura cubana en Nueva York?". Y pienso que si un forastero visitó la 3ra Feria del Libro en Nueva York el pasado mes de mayo [de 1989], probablemente no halló el menor rastro de nuestra existencia. Pienso que quizá el forastero indagó, sin sacudirse el polvo del camino y parado frente a la mesa con el título de "Información", si no existía una literatura cubana en Nueva York.[4]

---

[4] N de R. Por favor ver Héctor Santiago, "Características del teatro frente a otros géneros literarios en el exilio" en este mismo libro, pp. 105-106

Sumario del encuentro[1]
Ana María Hernández

Se me ha invitado para realizar la sin par misión de hacer un resumen de todas las discusiones que han transcurrido aquí en el día de hoy, lo cual es una labor casi heroica. Mis comentarios versan sobre la manera en que hemos respondido a las preguntas que estaban en el programa[2] para cada sesión y se proponen explicar de qué manera tenemos una mejor idea después de este coloquio, después de este encuentro tan especial, acerca de muchas de esas preguntas. La primera pregunta era si existe una literatura cubana en Nueva York y cuándo se origina. Me parece que es más fácil respecto a ese tema trazar históricamente los escritores cubanos y las publicaciones literarias cubanas que han existido en Nueva York y, digamos, citarlos en una especie de catálogo que definir una literatura cubana en Nueva York en cuanto a temas, en cuanto a estilo, o en cuanto a generaciones. Se ha citado, por supuesto, la presencia de Heredia, la presencia de Martí, las obras que se escribieron aquí, publicaciones como la de Enrique José Varona, las revistas, los periódicos que se originaron en Nueva York durante el siglo XIX. Se hizo también una lista de publicaciones que existen hoy en día para examinar las obras de los poetas cubanos.[3]

La pregunta candente sigue sin contestar, ¿en qué consiste la literatura cubana en Nueva York? Desde mi punto de vista no hay verdaderamente una literatura cubana en Nueva York. Parece que ése ha sido el sentimiento de muchos de los aquí presentes. Hay la literatura

---

1   N de R. Como ella misma lo dice, Ana María Hernández hizo el improvisado resumen de lo que se dijo en el "Encuentro de escritores cubanos del área de Nueva York" el 17 de junio de 1989. Debe tenerse muy presente que ella hace referencias al ambiente que reinaba en este simposio y a trabajos que están repartidos en este libro.

2   N de R. Por favor, ver la nota 2, p. 239 y las notas 1 en pp. 271 y 280 respectivamente.

3   N de R. Es curioso notar que en ese momento no existía (ni existe) una revista sobre y con narrativa. Tampoco existía una sobre drama, vacío que ha llenado **OLLANTAY Theater Magazine** desde 1993.

escrita por cubanos en Nueva York que de alguna manera se relaciona al tronco principal de la literatura cubana. Es una literatura, por otra parte, que se encuentra con una serie de problemas peculiares a nuestra estadía en Nueva York. Heberto Padilla mencionó algunos: la escasez de recursos, de publicaciones, de ediciones, respecto a la literatura hispanoamericana contemporánea, incluso a los clásicos españoles.

También se señaló la ausencia de tertulias o de cafés, donde se pudieran reunir los escritores, digamos, como en su gran época el Café Gijón en Madrid que funcionaba como un círculo donde los escritores iban e intercambiaban ideas. Aquí en Nueva York es muy difícil.

Por supuesto la pregunta, el tema más problemático es el idioma: escribir en español o en inglés y escribir en ¿qué español? ¿Hablamos del español sazonado de cubanismos que conocimos en el momento en que nacimos y que se quedó de alguna manera estancado, anquilosado, o el español de Cuba que ha seguido su evolución natural pero que hoy en día ya nos es ajeno a los que llevamos más de veinte años viviendo en este país? Esos son problemas que verdaderamente habría que enfrentar, pero que en estos momentos siguen sin resolución después de la discusión. Algunos escriben en inglés y no por eso dejan de ser escritores cubanos de la misma manera que Vladimir Nabokov se considera un escritor ruso aunque escribió en la lengua inglesa. Y, sin embargo, a José María de Heredia[4] lo consideran un escritor francés. A Alba de Céspedes, otra escritora nacida en Cuba, se le considera una de las escritoras más importantes de la literatura italiana, pues en sus temas, en su idioma, en la estructura de su idioma, en su sintaxis, en sus referencias, es italiana. Es decir, el problema de la nacionalidad es uno que no se reduce al idioma. En español o en inglés hay una estructura del pensamiento, hay una estructura del idioma, hay una serie de referencias contextuales que forman parte de la herencia cultural de una persona y que hacen que un escritor pertenezca a cierta tradición o a cierta literatura, aunque

---

4   N de R. José María de Heredia (1842-1905) descolló en la escuela Parnasiana de la literatura francesa especialmente por sus 118 sonetos conocidos como *Les Trophées* (1893) y no debe confundirse con José María Heredia que escribió su "Oda al Niagara" y el resto de sus poesías en español. Le agradezco a Miguel Falquez-Certain que me llamara la atención sobre esta diferencia.

escriba en otra lengua. Heberto Padilla dijo aquí que él ha escrito en inglés. Borges también escribió *English Poems*, pero no por eso se considera a Borges parte de la literatura inglesa (aunque algunos sí lo considerarían parte de la literatura inglesa).

Este tema de si existe una literatura cubana tenía un sub-tema. Es el asunto de las generaciones, que voy a tratar después.

Respecto al segundo punto que tratamos, del feminismo en la cultura cubana de Nueva York, tuvimos una presentación un poco esquizofrénica, por decirlo así. Primero, Maya Islas habló de las dimensiones mitopoéticas, mágicas, de los arquetipos ancestrales que se manifiestan en la literatura femenina. Y le dio una dimensión cósmica a la literatura femenina de las poetas de Nueva York. Después, Belkis Cuza Malé habló de los problemas, de los conflictos reales que encuentran las poetas, las escritoras cubanas en Nueva York. Estos problemas tienen que ver con, digamos, los prototipos, los estereotipos a que se someten las mujeres: la falta de apoyo económico, la falta de becas, también la condescendencia conque se tratan a muchas escritoras, es decir, la noción de que por ser una mujer hispana hay que darle algo, y entonces dárselo con cierta condescendencia, dando a entender que se le da esto o aquello por ser mujer, ni siquiera cubana sino hispana[5], y no porque se le reconoce el valor de su obra. Muchas veces no se trata a sus obras con todo el respeto merecido o no se les somete a todo el escrutinio crítico con el respeto que se debería porque se trata de una manera casi sumaria y se hace en grupos. Se dicen cosas como "poesía hispana en Nueva York" y ahí entran todos los temas, todas las tendencias, de una manera indiscriminada, de una manera que muestra muy poca apreciación acerca de los diversos enfoques o de las diversas sensibilidades de todas esas escritoras que se agrupan de una manera tan caótica.

Respecto a los arquetipos que mencionaba Maya Islas, es muy importante señalar algo. Hubo alguien en el público que se preguntaba dónde están las mujeres reales[6], qué tienen que ver estos arquetipos, y qué tienen que ver todas estas reacciones cósmicas con las mujeres reales. A mí me interesó mucho la presentación de Maya

---

5 N de R. Por favor ver nota 2, p. 303.
6 N de R. Por favor ver Sección II, p. 250.

Islas porque mi orientación crítica es una orientación jungiana y la aparición de ciertos arquetipos en la obra de ciertos escritores no obedece a un deseo de escaparse a la realidad o a un deseo de idealizar una realidad que es desagradable. Según la teoría jungiana los arquetipos aparecen como una compensación siempre que la realidad vivida, la realidad de la experiencia diaria, se viva o se muestre de una manera incompleta; los arquetipos aparecen como para compensar. Mientras mayor la parte de la psiquis que se reprime más amenazadores se vuelven los arquetipos. De ahí la pregunta que yo hacía a Maya Islas: ¿aparece la madre terrible o es siempre la madre generosa, la madre que cría? Ella señalaba que eran ambas, pero que en efecto la imagen de la medusa y la imagen de la madre terrible son bastante corrientes. Los estudios de Eric Norman muestran que el arquetipo de la madre terrible, así como el arquetipo masculino, el arquetipo de Satanás, aparecen en la literatura muchas veces, la mayor parte de las veces en épocas de decadencia, épocas en que se inicia el comienzo de una realidad nueva. Esperemos que esa realidad nueva sea un nuevo papel importante para las mujeres, un nuevo reconocimiento de la sensibilidad femenina, más respeto a la visión femenina del mundo. Desde ese punto de vista la literatura femenina cubana en Nueva York está haciendo un aporte muy importante no sólo a la literatura cubana sino a la literatura mundial. Muestra una perspectiva cósmica muy importante y muy necesaria para compensar la visión estrecha que prevalece en muchas obras y, por supuesto, en nuestra sociedad contemporánea.

Respecto a las generaciones también me parece que terminamos en una especie de callejón sin salida puesto que no se señaló, ni hablando del Mariel ni hablando de otros grupos generacionales, cuáles son los parámetros de clasificación. La segunda generación está compuesta de los escritores que eran niños o niñas, como por ejemplo Nely Camporrel que era niña durante la revolución mexicana y sobre ella esos años influyen de una manera muy específica, puesto que es un gran trauma en su niñez que ella no puede comprender sino sólo después, en su vida adulta. Por último, la tercera generación de escritores de la revolución mexicana está compuesta por los que recuerdan los eventos de la revolución. Entre ellos, Juan Rulfo y Carlos Fuentes. Ellos escriben acerca de la revolución mexicana pero con una perspectiva ya de muchos años. En algunos, la revolución mexicana se vuelve casi como un hecho mítico, como en el caso de Juan Rulfo. Tal vez al paso de los años, cuando todos los aquí presentes hayamos *estirado la pata*[7] se pueda ver a los escritores cubanos de la revolución con una perspectiva similar. A mí me parece que este es un criterio que tal vez podría unir tanto a los escritores de Cuba como a los escritores del exilio.

Están los que vivieron la revolución ya como adultos y participaron en ella, o fueron víctimas, estuvieron en las cárceles, o estuvieron en las montañas, y tienen conocimientos directos y fueron marcados por la revolución de una manera que va a afectar, que afectó seriamente sus vidas. Después está la otra generación, en la cual me incluyo yo, que tiene un recuerdo de la revolución que se va volviendo de alguna manera confusa y entonces es un recuerdo del exilio. La revolución es el primer episodio. Después viene el exilio, esa condición que ha ocupado la mayor parte de nuestras vidas como adultos. Entonces está comenzando ya, por decir así, una generación de los que nacieron aquí, dramaturgos o poetas que escriben en inglés pero son cubanos que sólo han oído acerca de la revolución. A mí me parece que la revolución cubana todavía no está tan lejana como para verse como un hecho mítico como en el caso de Juan Rulfo o Agustín Yáñez respecto de la revolución mexicana. Pero podemos anticipar casi una tercera generación de escritores cubanos desde la revolución tanto dentro como fuera de Cuba. Claro, la manera en que los escritores cubanos que están fuera de Cuba ven la revolución es muy diferente. Pues nosotros, como los que vienen después, tendremos casi un relato verbal, un relato que se va volviendo cada vez más mitificado, que se va volviendo como un mosaico.

No es algo que se vivió sino que se ha leído, que se ha oído por tíos, por padres y, entre los más jóvenes, por abuelos. Habrá quienes, como Carlos Julián, mi hijo, que a la edad de dos años ya dice "yo soy cubano". Uno le pregunta a Carlos Julián "¿cómo tú te llamas?" Y él responde: "Babalú Ayé". Me pregunto de dónde sacó eso. Yo no sé de dónde lo sacó. Me pregunto, entonces, ¿cuál será la visión de Carlos Julián de Cuba? No va a ser la visión que oye de mí, ni la

---

[7] N de R. Ana María Hernández como también Rosario Rexach hacen referencia a una frase de Noel Jardines. Por favor ver Sección II, p. 275.

que oye de mis padres, ni la que oye de los escritores cubanos en Nueva York. Va a ser una visión distinta de la que obtendría de escritores cubanos, pero va a ser una visión de todos modos cubana. A mí me parece que, desde luego, la literatura cubana del exilio es una rama del tronco principal de la literatura cubana. Pero una rama no de esas ramas que se cortan para que el árbol crezca mejor. Es una de las ramas que crea toda la imagen del árbol, una de las ramas que tal vez va a dar uno de los mejores frutos o uno de los frutos mágicos.

Finalmente, la inmigración como experiencia literaria fue el último coloquio y fue uno que sirvió ya antes de este resumen como una expresión del mismo, y que tenía que ver con la experiencia de los poetas y el camino que ellos escogen, es decir, si escogen asimilarse, o si escogen el exilio como una aventura de enriquecimiento. Digamos que uno va a salir de la isla y entonces va a conocer las grandes ciudades de Europa y de los Estados Unidos, codearse con los escritores y artistas, en fin, con todo ese mundillo y tratar de integrarse a ese grupo cosmopolita y diluir las raíces o las tradiciones intrínsecamente cubanas o, al contario, va a mantener contra viento y marea la lealtad al idioma o la lealtad a ciertos temas o a cierto contexto histórico. Cualquiera de los dos caminos que escoja el escritor va a acarrear problemas. Yo no diría que uno verdaderamente es mejor que el otro. Yo no diría que verdaderamente uno va a dar mejor resultado que el otro. Eso está por verse. Yo creo que cualquiera de los dos caminos va a dar origen a una crisis de identidad. Si el escritor escoge asimilarse, más tarde o más temprano se va a dar cuenta de que en realidad no pertenece a ningún contexto específico. Si sigue con una lealtad a un país al cual no puede visitar por treinta o cuarenta años, se va a dar cuenta de que en realidad está idealizando. Se considera partícipe de un país que casi ha dejado de conocer. En fin, hay muchas personas que hoy en día van y viajan periódicamente a Cuba no sé por cuánto tiempo. No sé cuándo pueden ponerse verdaderamente en contacto con la tierra natal y su gente en visitas cortas de una o dos semanas. Yo creo que son muy buenas intenciones, pero que son verdaderamente eso: *viajes cortos*. No pueden poner a nadie en contacto con el proceso histórico, con el proceso social como se ha seguido en Cuba. O sea que ambas opciones, el asimilarse o el exiliarse, presentan problemas que verdaderamente no se pueden resolver.

Una de las ideas o los sentimientos que a mí personalmente más me conmovió fue el de Heberto Padilla, que habla de una manera tan convincente del regreso. Yo personalmente no había oído a ninguno de mis colegas ni compatriotas hablar del regreso por mucho tiempo. Sería por eso que aprecio la pregunta de Rosario Rexach, ¿qué pasa cuando el exilio se vuelve emigración sin uno quererlo? Hace mucho tiempo que las gentes cubanas que yo conozco dejaron de hablar de volver a irse. Es algo muy triste porque ¿qué ocurre cuando se deja de hablar de volver? ¿Qué se vuelve uno? El cubano se trata sólo como un prototipo literario, o ya no es el lenguaje de antes, o es el cubano asimilado o posiblemente la sombra que escojimos.

De una manera muy positiva se habla del papel de los escritores que han podido escribir íntegramente en las ciudades de los Estados Unidos, que han podido ver al cubano, hasta cierto punto, desde el punto de vista norteamericano. Vivir acá nos da a conocer, a veces de una manera muy dolorosa, nos da a entender la manera en que nos reciben. Las revelaciones que nos trae saber cómo nos miran es algo que no se puede evitar. Así es que, sin nada más, le agradezco a Pedro Monge Rafuls el habernos reunido a todos y por haber creado para **OLLANTAY** una experiencia como ésta, tan importante para nosotros.

Miscelánea

Sin Título[1]

Belkis Cuza Malé

Oprah Winfrey dijo en una reciente entrevista en el *New York Times* que ella nació con todas las desventajas: negra, mujer y pobre. Pero que su espíritu sintonizó con las alturas. Lo malo es que a la mujer cubana exiliada no le encajan por desgracia ni el medio ni el remedio de la famosa animadora y actriz norteamericana. La hostilidad como seres sociales sin patria es nuestro caldo de cultivo. Siendo los Estados Unidos un país de oportunidades como suele decirse, las artistas cubanas, las escritoras, las intelectuales, tienen que enfrentarse a un destino marcadamente adverso. En general, hace más de un siglo que alguna gente agita la bandera del feminismo en la literatura y no sólo se teoriza, sino que se vive el feminismo. Me pregunto para qué sirve tanta lucha si no somos iguales al hombre, sino diferentes. Si de lo que se trata es de destacar estas diferencias, hacerlas que resalten de modo que nuestra identidad como mujer logre sus más altos propósitos. El feminismo asceta busca la igualdad. Yo propongo, repito, la diferencia y el complemento. Pero en el campo específico de la literatura—que es el que ahora nos interesa—las escritoras cubanas exiliadas sólo han visto el cielo negro. Si por casualidad algún libro se traduce y se publica en inglés, existe el peligro de la manipulación étnica. Se quieren resaltar dos cosas: que somos hispanas[2] y, segundo, que somos mujeres. Como si aspiráramos a un

---

1   Esta ponencia fue leída como parte de la sección "El feminismo" en el "Encuentro de escritores cubanos del área de Nueva York", el 17 de junio de 1989. Se ha respetado la manera algo informal de la presentación y el hecho de que no fue titulada. Por favor, ver nota 2, p. 239 para darse cuenta de las preguntas sugeridas a las panelistas. Belkis Cuza Malé colaboró con **OLLANTAY Center for the Arts** en la selección de los escritores que aparecieron en este "Encuentro".

2   N de R. "Hispano/a" es el gentilicio que adquieren las personas nacidas en América Latina que viven en los Estados Unidos, o los descendientes de latinoamericanos que nacen en los Estados Unidos. No es necesario explicar que este término es incorrecto y manejado políticamente.

escalafón de la vivienda pública y hubiera que esgrimir ambas categorías para lograr algo. Tan indignante es que la publiquen a una por ser hispana (y los fondos de las fundaciones contemplan con benevolencia cuidadosa estas referencias[3]) o que no se nos publique en absoluto. Todos caen en el esquema sexista de incluir a un número de mujeres para que luego no se diga que hay discriminación. Ese es el panorama real para cubanas, puertorriqueñas, haitianas, chinas o chicanas. Vivimos de la limosna, es decir cazando oportunidades, tratando de sacar la cabeza por entre este cielo lleno de contaminación y grisura. Por desgracia las cubanas, las escritoras y artistas aún son víctimas de una mayor discriminación. Ser cubana exiliada—y aquí sé que me gustaría hablar por los hombres cubanos también—es formar parte de un grupo de odiados luchadores.

Mientras se admiran los logros obtenidos por la comunidad cubana en general en este país—su tesón, su deseo de participar como ciudadanos de primera clase en esta sociedad que los ha acogido, se les discrimina por cubanos, por supuestas ideas políticas que por otro lado se aplauden en los exiliados rusos, polacos, chinos o rumanos, pero nunca en los cubanos. Ser anticomunista o anti-régimen represivo es sinónimo de cavernícola, de un ser humano con puntos de mira muy estrechos, de acuerdo a las definiciones que más se manejan por lo menos en las universidades y especialmente en sus departamentos de español. El cubano, la cubana han tenido que luchar a brazo partido para lograr algo en este país. Cuando yo dejé atrás a Cuba, cuando me liberé de la persecución política, creí que viniendo a los Estados Unidos iba a poder vivir y trabajar en paz. Qué lejos estaba de la verdad. Con los años aprendí que todos mis enemigos no estaban dentro del Comité de Defensa de la Revolución, ni dentro de la seguridad del estado castrista. Mis enemigos, casi siempre invisibles, tienen los rostros más diversos, las figuras más estrambóticas. Los hay jóvenes y viejos, comunistas y anticomunistas, liberales y conservadores. Pero eso que se llama verdaderamente una buena acogida, comprensión y amor no los he logrado en este país. Y si hablo de mí, es porque no me gusta hablar

---

3   N de R. En los Estados Unidos existe una fuerte tradición de las corporaciones y fundaciones públicas y privadas a favor del auspicio de las artes y la cultura. Muchas veces estas ayudas son fuertemente criticadas por ser parcializadas.

de lo que no conozco bien, pero sé de casos lamentables, de artistas, hombres y mujeres, que están sufriendo lo mismo. La indiferencia, la falta de expectativa lo cubre casi todo. Hay sus excepciones, claro que las hay. **OLLANTAY** es una de ellas y por eso estamos hoy aquí diciendo esto.

Como mujer todo es peor, sinceramente. Si al cubano se les cierran las puertas, a la cubana no se le permite ni llegar al umbral de la puerta. Quizás la culpa es nuestra, porque no sabemos esforzarnos aún más. Porque, sumergidas como estamos en nuestras profesiones múltiples de escritoras, amas de casa, madres, cocineras o lavanderas, no alcanzamos a esforzarnos lo suficiente, no nos empinamos y trabajamos más ampliamente para demostrarle al mundo de lo que somos capaces de hacer. Somos capaces de escribir, de pintar, de hacer teatro, de cantar y de ser mujer. Pero eso a muy poca gente le interesa, ni al público norteamericano, casi siempre en su limbo financiero, ni al hispano ocupado en rencillas locales, en batallas provincianas que nos desmembran y hacen más débiles. Una comunidad latinoamericana desunida es lo que somos acá, en el área de Nueva York. Hay gente que le gusta dividir y que a ratos lo consigue. He querido plantearme honestamente cuál será el porvenir de mis compatriotas escritoras y realmente tengo que confesar que no lo percibo muy brillante. A no ser que podamos retornar a nuestra patria en los próximos años o mudarnos tal vez a la frontera mexicana para vivir dentro de nuestra lengua. No porque esperemos milagros de otro tipo. La escritora cubana exiliada en los Estados Unidos está bloqueada; ha cometido un grave error. La culpa no es suya, por supuesto. Quizás de nadie. Pero salvo los nombres que ya han conquistado la fama y que ya son aceptados por todos, el resto está a mil años luz de lograr un pequeño triunfo. No deseo desanimar a nadie y menos a mis amigas, estas escritoras y artistas que se merecen lo mejor. Quiero advertirles tan sólo que la batalla es espantosamente desigual y dura. De todos modos, les propongo que se miren siempre en los espejos de Virginia Woolf, Georgia O'Keefe, Juana Borrero, George Sand y mi queridísima Sylvia Plath. Para todas ellas y para mis amigas y compatriotas cubanas pido un aplauso.[4]

---

4   Para las preguntas y comentarios en este panel, por favor ver sección II, pp. 247-252.

Literatura en la isla y en el exilio: contrapunteo cubano de la angustia[1]

Eduardo Lolo

Intentar cualquier tipo de comparación entre la literatura cubana creada en Cuba y su contraparte del exilio conduce, inexorablemente, al establecimiento de una relación entre dos angustias, ambas sangrantes de tiempo. Tal relación no ha sido estable ni constante, pues la longevidad de la angustia matriz y los diferentes medios en que han tenido que desarrollar sus obras los escritores cubanos de las últimas tres décadas a uno y otro lado de la historia no pueden analizarse como una unidad, antes bien como una doble angustia fragmentada según los vaivenes del entorno geopolítico de cada época. No obstante ello, sí puede intentarse una visión general, incompleta y subjetiva como toda generalidad, pero contentiva de los elementos más importantes o comunes a esa dilatada angustia múltiple.

LA ANGUSTIA EN LA ISLA

La literatura cubana escrita en la Isla pudiera dividirse en varias etapas, perfectamente delimitadas en el tiempo. Una primera fase inicial en que los artistas cubanos se sumaron, mayoritariamente, a la Revolución triunfante por todo lo que ésta prometía. El mismo gobierno cubano (entonces titulado Gobierno Revolucionario) activó—con la excepción del género satírico—una literatura criolla largo tiempo atrás cimentada. Se crearon nuevas revistas literarias y casas editoriales; se fundaron grupos teatrales, orquestas y otras agrupaciones artísticas; se abrieron galerías de arte, bibliotecas y otros

---

[1] Conferencia dictada en la sección "Rasgos comparativos entre la literatura de la isla y la del exilio" en "Literatura cubana: en torno al escritor exiliado" el 9 de mayo de 1992. Por favor ver nota 2, p. 53 para darse cuenta de las preguntas que se les sugirió a los conferenciantes para que las trataran.

centros culturales. La Dirección General de Cultura, hasta entonces adscrita al Ministerio de Educación, se independizó del mismo a fin de hacer frente a la masividad que el entusiasmo de escritores y artistas había creado. Era la época en que se creía aún en una "Revolución verde como las palmas", tal y como había sido el objetivo de los miles de hombres y mujeres del pueblo que la habían apoyado en su gestación, algunos al precio de sus propias vidas.

Sin embargo, con el recrudecimiento de la represión y la censura políticas que siguieron a esa atmósfera liberal de los primeros tiempos del castrismo, se dio marcha atrás a todo ese movimiento. El primer signo evidente de tal involución histórica fue el caso de *PM*, un modesto cortometraje, obra más de la improvisación que de objetivos premeditados, que describía someramente la vida nocturna habanera de principios de la década del sesenta. Sólo que, entre club y club, sus realizadores olvidaron que estaban en tiempos de revolución triunfante, que es decir, en tiempos de loas y consignas, de héroes en busca de un autor. Y si bien no faltaban en el ambiente cultural de entonces los apologistas del nuevo poder, dadas las características totalitarias de éste, tal apología tenía que ser unánime. Y la voz de *PM*, pese a su modestia, violaba tal unanimidad.

Para poner las cosas en su lugar, el propio "Comandante en Jefe" se hizo cargo del asunto, presidiendo una larga reunión en la Biblioteca Nacional donde dejó establecida cuál sería la política cultural de su gobierno. De ella quedó, amén del horror y la ignominia, una consigna de claro carácter fascista que habría de repetirse en cada evento cultural cubano por más de tres décadas: "dentro de la Revolución, todo; contra la Revolución, nada", en una opción dentro/fuera de límites tan severos como indefinidos.

Convertido así en juez único e inapelable de la creación artística, el castrismo se arrogó el derecho de prodigar los aplausos del tiempo o las críticas de la historia. El límite de lo que quedaba en la indefensión de "fuera" o la inmunidad de "dentro" se dejó a discreción del funcionario estatal más cercano al creador en orden jerárquico, en quien el poder central encargó el celo por la pureza del dogma recién instituido. Y a las prensas comenzó a llegar sólo lo de "dentro de la Revolución".

Como consecuencia de ello se dio inicio a la primera oleada de escritores que optaron por el exilio como única alternativa válida. Otros decidieron quedarse en Cuba y enfrentarse directamente al castrismo, por lo que debieron cumplir largas condenas carcelarias o simplemente pagar con sus vidas su osadía. Los más prefirieron una tercera opción: permanecer en Cuba como escritores activos intentando burlar la censura gubernamental. Y no pocos, por convicción, miedo o chantaje—según el caso—decidieron mantenerse fieles a la Revolución, aun cuando fuera una revolución traicionada.

Claro que este último grupo, a pesar de todo el apoyo oficial y la maquinaria propagandística a su favor, ha podido hacer muy poco por la "cultura de la Revolución". Su "aporte" a la historia del arte cubano no ha sido más que una literatura panfletaria, insulsa, de segunda mano, como resultado de la drástica pérdida de espontaneidad por parte de sus creadores, convertidos en escritores asalariados a producir por encargo ideológico.

De los escritores que en esos primeros años del castrismo decidieron quedarse en la Isla, el grupo más productivo desde el punto de vista cualitativo lo fue, sin lugar a dudas, el formado por aquellos creadores que intentaron burlar la censura stalinista instaurada. Obras como *La noche de los asesinos*, *Fuera del juego*, *Los siete contra Tebas*, *Dos viejos pánicos*, *Caín y Abel*, *Los condenados del condado* y otras fueron escritas y editadas (aún a regañadientes del gobierno) en esa primera etapa. Publicaciones periódicas como *Lunes de Revolución* y otras más modestas como *La mosca profana*, editoriales como El Puente o Casa de las Américas, y grupos teatrales como Teatro Estudio, se encargaron de llevar a lectores y espectadores el "otro" mensaje. Pero ese crear y publicar o representar al filo de la navaja, sin sangrar historia, no duraría mucho tiempo.

Diversos eventos y documentos "legales" determinarían el carácter fascistoide de la política cultural castrista con su control absoluto del campo intelectual. Entre ellos son de destacar la absorción gubernamental del trabajo de escritores y artistas en el histórico Primer Congreso de Intelectuales en 1961, el llamado Primer Congreso Nacional de Educación y Cultura, en 1971, el Primer Congreso del Partido Comunista de Cuba, de 1975, con su conocidas tesis y resoluciones "Sobre la cultura artística y literaria", el

Capítulo IV de la *Constitución de la República de Cuba* proclamada en 1976 y el *Código Penal* vigente.

El primero de los eventos mencionados signó con una frase la política cultural cubana que habría de mantenerse vigente hasta la fecha. La ya citada consigna de clara raíz fascista "Dentro de la Revolución, todo; contra la Revolución, nada" (que no es más que una variante criolla de la vieja fórmula de Mussolini "todo por el Estado, nada contra el Estado, nada fuera del Estado") institucionalizaría la represión al intelectual criollo, ya que por Revolución no podía sino entenderse la versión oficial diaria que de ésta sólo podía intuirse del último discurso castrista.

Con el Primer Congreso Nacional de Educación y Cultura (celebrado en La Habana en abril de 1971), se completó la perfección de la angustia, la última vuelta a la tuerca de la asfixia. Según su postulado central, "el arte es un arma de la Revolución". Teniendo en cuenta que por "Revolución" sólo podía entenderse "Estado", el arte cubano en la Isla quedó de esa forma reducido a la condición de mecanismo de defensa del grupo de hombres que han conformado, vitaliciamente, el gobierno de ese Estado desde hace varias décadas. Consecuentemente, los escritores cubanos en la Isla devinieron simple carne-de-cañón ideológica de ese obsoleto grupo de militares y burócratas endiosados.

Como consecuencia de lo anterior, la censura (con toda la represión, la persecución y el chantaje a ella asociados) fue "debidamente" legalizada mediante la promulgación de leyes de ejecutoria inapelable cuya violación puede, incluso, costarle la vida al autor (el caso de Virgilio Piñera podría ser un ejemplo). En la propia Constitución Nacional (Capítulo IV, Artículo 38) se estableció como postulado incuestionable de la actividad cultural la promoción del dogma político marxista-leninista interpretado por el Estado. Para los infractores de semejante postulado "constitucional", el Código Penal presentó a sus ejecutores artículos de claro sabor kafkiano. Por ejemplo, en el Artículo 108.1 del nombrado cuerpo legal se estableció que "incurre en sanción de privación de libertad de uno a ocho años el que incite contra el orden social, la solidaridad internacional o el estado socialista, mediante la propaganda oral o escrita o en *cualquier otra forma*". Las bastardillas (mías) incluyen el teatro, la música, la pintura, la danza y, si se hubiera llegado a institucionalizar la telepatía, quién quita que hasta el pensamiento.

Según se desprende de lo establecido por los eventos y documentos citados, los soldados-intelectuales sólo tienen como función social el cumplimiento de las órdenes recibidas, las cuales emanan de la política educativa y cultural del gobierno. Esta, según el Artículo 38 del Capítulo IV de la Constitución, está fundamentada "en la concepción científica del mundo, establecida y desarrollada por el marxismo-leninismo" y tiene, entre sus más importantes postulados, "promover la formación comunista de las nuevas generaciones". El inciso D del propio Artículo especifica que "es libre la creación artística siempre que su contenido no sea contrario a la Revolución" (es decir, al gobierno castrista), al tiempo que el Artículo 39 ordena que "la educación de la niñez y la juventud en el espíritu comunista es deber de toda la sociedad".

De esta forma toda idea no sólo contraria, sino tan siquiera diferente de la establecida por ley, quedó al margen de la legalidad y, por ende, convertida en actitud punible, particularmente si su creador intentara transmitirla. La ideología política oficial se ha mantenido así no solamente inmune a todo cuestionamiento, sino que resultaron obligatorias su comulgación por parte del intelectual y su transmisión a través de la creación artística, so pena de inconstitucionalidad.

Esa aceitada máquina de la angustia y la asfixia perfeccionada en la década de los años setenta trajo como resultado un estancamiento total de la cultura cubana en la Isla. De ahí que siguiendo los pasos establecidos por la "conga" leninista (de dos pasos adelante y un paso hacia atrás) y bajo la presión de los grupos de defensa de los derechos humanos tanto dentro como fuera de Cuba, en los años ochenta se pudo apreciar cierta "liberalización" en el campo cultural. Escritores y otros artistas marginados y prohibidos por más de una década fueron "perdonados" e incorporados al movimiento intelectual, ahora dirigido por una instancia gubernamental con rango de ministerio.

Pero esta nueva etapa "liberal" fue mucho más corta que la de los inicios del castrismo. El siguiente movimiento de la coreografía político-carnavalesca establecida por Lenin a principios de siglo no se haría esperar. Los dos pasos "hacia delante" que siempre siguen al solitario y estratégico paso "hacia atrás" echarían por la borda de la historia el reducido espacio ganado y llevaría el grado de represión a niveles más asfixiantes aún que los precedentes. Ahora (inicios de la década del noventa) el temor no es que le rompan al escritor la página querida (como denunciara Padilla a finales de los años sesenta), sino que se la hagan tragar literalmente y con una pistola inmune en la sien, como en el reciente caso de María Elena Cruz Varela. Tampoco el ser interrogado por el G2 o condenado a prisión constituye la mayor preocupación del escritor cubano actual en la Isla, sino el sobrevivir esos interrogatorios o esas penas carcelarias donde sospechosos—por recurrentes—infartos mortales constituyen la más "lógica" posibilidad vigente.

En estos momentos, dado el casi total colapso económico del castrismo una vez perdida la multimillonaria subvención soviética, el intelectual cubano fuera de las *élites* del poder y los privilegios ha visto incrementada toda la angustia anterior con una de nuevo cuño, quién sabe si más devastadora que todas las anteriores: su mera supervivencia física. Me escribe un amigo desde la Isla: "A veces no tengo fuerzas ni para apretar las teclas [de la máquina de escribir]. Días enteros sin probar alimento alguno, semanas enteras sin poderme bañar o lavar la ropa han hecho de mí otro. Y ese otro no creo que sobreviva mucho más". Ahora Fidel Castro termina todos sus discursos con la consigna "Socialismo o Muerte". Para los intelectuales cubanos en la Isla como mi amigo—quienes han decidido mantenerse fieles, adscribirse o regresar a las ideas democráticas, según el caso—no hay opción alguna; "Socialismo o Muerte" es, más que una consigna, una redundancia histórica. Pero aun cuando todos ellos llegaran a desaparecer físicamente, quedan, además de las obras de bardos populares y creadores de chistes trasmitidos oralmente (sí, el arte popular es también Arte), los nombres de Lezama Lima, Virgilio Piñera, Antón Arrufat, Norberto Fuentes, María Elena Cruz Valera, Abelardo Estorino, José Triana, Heberto Padilla, Reinaldo Arenas, Angel Cuadra, Armando Valladares, Jorge Valls o Ernesto Díaz Rodríguez, todos los cuales, aunque muchos de ellos terminarían engrosando las filas del exilio—en algunos casos luego de largos períodos de encarcelamiento—osarían escribir en Cuba lo que muy pocos ni siquiera se atrevían a comentar en voz baja. O lo que es igual: a dejar constancia en la historia de la literatura cubana de todo el horror resultante de la angustia en la isla.

LA ISLA EN LA ANGUSTIA

Los escritores cubanos que optaron por (o fueron condenados a) el exilio también han padecido su carga de angustia. Cierto que nuestros problemas no pueden ni siquiera compararse con los de aquéllos que han permanecido en Cuba—voluntaria o involuntariamente—al margen de los estrechos círculos del poder y sus prebendas. Tenemos otros problemas, otras angustias, otras asfixias; pero el sangramiento de la historia es semejante. Esa "otra clase de muerte" que es el exilio, según ya lo señalara Shakespeare, nos ha dado a todos de baja en el tiempo. Andamos por el mundo como huérfanos de historia al permanecer obstinadamente atados a una Cuba que, hoy por hoy, no es más que una patética suma de nostalgias. Aunque también de esperanzas.

Es mucho lo que podría decirse al respecto; pero como quiera que el binomio exilio-intelectual no es un fenómeno privado de los cubanos ni de nuestro tiempo, basta con remitir a cualquier interesado a todo lo que se ha dicho ya al respecto, desde las ciudades-estados griegas hasta nuestros días, pues en definitiva todas las lágrimas del desarraigo—sin importar tiempos, culturas o latitudes—tienen el mismo grado de amargura.

Con relación a nuestra experiencia en particular, la obra de los escritores cubanos en el exilio—como la de los de la Isla—también pudiera dividirse en varias etapas, perfectamente delimitadas según las edades conque salieron de Cuba los creadores involucrados y el momento histórico de su éxodo privado. A manera de simplificación pudieran establecerse dos grupos fundamentales: el integrado por aquellos intelectuales ya del todo formados como tales en Cuba, y el de quienes, por razones cronológicas, vinieron a convertirse en escritores fuera de la Isla. Ambos grupos, a su vez, pudieran subdividirse de acuerdo al momento en que iniciaron sus respectivos viajes hacia esta "otra clase de muerte": un primer grupo mayoritario integrado por quienes salieron de Cuba en la década del sesenta, y un segundo que agruparía a los salidos de la Isla luego (o como consecuencia) del polémico "diálogo" de finales de la década del setenta. Entre uno y otro estarían los llamados "lancheros", los "desertores" de agrupaciones artísticas gubernamentales en el exterior, los que decidieron permanecer en otros países—mayoritariamente europeos—etc.

Cada uno de los grupos y subgrupos mencionados ha tenido su propia cuota de angustia, su asfixia privada. Y, conviviendo con esa particularidad, otras angustias y asfixias comunes a todos los grupos. Aunque también éxitos y reconocimientos, logros y metas alcanzadas en todos los órdenes.

El grupo inicial de escritores cubanos exilados (aquéllos ya formados como tales salidos de Cuba en los años sesenta) son, sin lugar a dudas, quienes tuvieron que enfrentar las mayores dificultades. Hay que recordar que en esa época el mensaje castrista, con toda su carga de demagogia y verdades a medias, era el preferido por lo mejor de la intelectualidad internacional del momento. Los "tontos útiles" (y algunos nada tontos) tenían control casi absoluto de publicaciones y casas editoriales, becas y otorgamientos de premios. La Habana de la década del sesenta se convirtió, por obra y gracia de la mitificación de la prensa internacional cómplice, en la meca de la intelectualidad mundial. Y Miami—como símbolo y centro del exilio cubano—según la misma óptica, en el refugio de "gusanos" derechistas y conservadores, pugnando contra la historia.

Sin embargo, a pesar de tener que desarrollar sus labores intelectuales en medio tan hostil, aquellos escritores cubanos llegados adultos al exilio en la década del sesenta no cejaron un solo momento de presentar a sus pares y al mundo las medias-mentiras que había implícitas en las medias-verdades castristas. Disidentes en Cuba continuaron siendo tales en los medios intelectuales extranjeros. Pero siempre con una Cuba, nostálgica o real, en la mira de sus trabajos y esfuerzos. Afortunadamente, muchos de estos intelectuales lograron ocupar, en los medios académicos, las cátedras hispanas que habían formado, mayoritariamente, otros exilados precedentes: los españoles republicanos que por entonces se acogían al retiro. Y desde tales cátedras, incomprendidos y solitarios, mantuvieron viva la luz de la verdad y la esperanza cubanas; una Isla siempre viva en medio de la angustia.

Quienes llegaron niños en esa misma época (o nacieron en el exilio) también tuvieron sus propias angustias, como las resultantes de su necesidad síquica de "incorporarse" al nuevo medio como única forma de rehuir la nada disimulada discriminación de sus pares. Algunos de ellos lograron, al menos en apariencia, una incorporación total, y escriben, fundamentalmente, en inglés. Otros decidieron mantenerse fieles a la lengua materna, pero cuidando conservar una temática libre de "cubanismos"—tanto idiomáticos como históricos—consiguiendo sólo un cosmopolitismo forzado que les ha privado de esas raíces nacionales sin las cuales ninguna obra, paradójicamente, puede alcanzar universalidad. Algunos de ellos, incluso, pusieron en duda los valores a los cuales sus padres dedicaron sus vidas, y hasta han "coqueteado" con el castrismo. Pero el resultado de tal "coqueteo" fue más desgarrador aún. Sus mayores lograron formar, al menos, una Cuba construida de nostalgias (la Isla en la angustia). Para esos jóvenes cubano-americanos de las décadas de los setenta y ochenta, testigos de la inexistencia de esa Cuba que sus padres les habían inculcado como real, el desarraigo ha sido doble. Saben que, por muy bien que hablen el inglés y traten de ocultar todo acento fonético, no serán nunca realmente norteamericanos. De ahí que, en sentido general, se sientan, como señalara uno de los mejores *Cuban-American poets* del momento "el espacio marcado por el guión entre *Cuban* y *American*". En realidad son y serán, aún a pesar de algunos de ellos, cubanos. Pero cubanos carentes de una Cuba ni siquiera en los sueños; son, las suyas, angustias gentiliciamente huérfanas.

El grupo de escritores cubanos salidos de la Isla desde finales de la década del setenta hasta la fecha tampoco se ha quedado libre de su cuota de angustias. Muchos de ellos creyeron de verdad (por muy disímiles razones) que era posible la "utopía trágica" del socialismo. Pero la vida (la angustia) en la Isla, más allá de todos los esfuerzos adoctrinadores del régimen, los obligó a cambiar, muchas veces en contra de sus voluntades, tales creencias, y el desgarramiento de la historia resultante del absoluto cambio de valores provocado por tal toma de conciencia los ha dejado exhaustos de tiempo. A ello debe adicionarse que no pocos de sus pares del grupo de la década del sesenta los ven con sospecha, cuando no con rencor. Según algunos de esos pioneros de la intelectualidad cubana exilada, estos escritores "recién llegados" estuvieron "demasiado" tiempo a las sombra del castrismo, aun cuando hayan sido las sombras de las cárceles. El lenguaje de la demagogia en algún momento utilizado en las obras escritas en Cuba por la mayoría de ellos, ya fuese por adoctrinamiento, convicción o como único medio de supervivencia y/o método de burla de la censura, escapa a las posibilidades de comprensión de quienes carecen de experiencias vivenciales análogas. En efecto, las sutilezas políticas del "donde dije digo dije Diego" ideológico que caracteriza a la literatura cubana de la Isla de las dos últimas décadas resulta un lenguaje desconocido e incomprensible para quienes—yo diría que afortunadamente—no vivieron (o des-vivieron) la conjunción momento-lugar en que tal lenguaje fue creado y desarrollado.

La carga de prejuicios de los "recién llegados" tampoco es menor. Muchos de ellos recriminan a quienes les precedieron en esta "otra clase de muerte" el haber huido del país ante las primeras dificultades, en vez de permanecer, como ellos, tratando de rectificar el rumbo de la Revolución "traicionada", aunque fuera desde dentro (un "dentro" que en no pocas ocasiones se tornó literalmente enrejado). También, y aunque involuntariamente, este último grupo de intelectuales cubanos salidos al exilio no ha podido evitar el haber sido influenciado por el mismo sistema que terminó combatiendo, y encontrar una vez fuera de Cuba, y cónsono con las diferencias existentes entre uno y otro sistema, un medio muy por debajo de sus expectativas. Por ejemplo, muchos de ellos consideraban el exilio como una "unidad política", y atribuyen a la falta de "unidad" encontrada—para ellos sorpresivamente—en el destierro, la supuesta indestructibilidad del castrismo. Otros lamentan la carencia de los mecenazgos honrados que soñaron suplantaban, en la democracia, a la cara subvención gubernamental del arte en la Isla. Ellos, en mayor o menor medida según el caso, también padecen de daltonismo histórico, sólo que vienen con un diferente punto de vista, con una nueva angustia.

Y todos, los llegados en los años sesenta u ochenta, los que arribaron formados como intelectuales o se formaron en el exilio, los que alguna vez simpatizaron o no con el castrismo, los que escriben en español o en inglés, los que se sienten cubanos o americanos o "el espacio marcado por el guión entre *Cuban* y *American*", tienen en común la soledad innata del escritor que viene a sumarse, con su carga de pesadumbre, a la soledad común del exilado, del desarraigado, del intelectual minoritario en medio de la competencia de una sociedad de mercado donde, en sentido general, becas y patronazgos están en manos de una anacrónica y macronizante izquierda intelectual que nos sigue asociando con el más recalcitrante conservadurismo que, en realidad, ellos conforman. Mas, a pesar de todos esos factores negativos, la literatura cubana del exilio ha alcanzado reconocimiento universal. Baste mencionar las obras de Severo Sarduy, Guillermo Cabrera Infante, Eugenio Florit, Lydia Cabrera, Leví Marrero, Roberto Valero, Rosario Rexach, Carlos Alberto Montaner, Matías Montes Huidobro, Enrique Labrador Ruiz, Gustavo Pérez Firmat, Hilda Perera, Oscar Hijuelos, Eduardo Machado, Agustín Acosta, Humberto Piñera Llera, Roberto González Echevarría—seleccionando sólo unos pocos nombres representativos de todos los grupos—autores todos destacados, internacionalmente, entre los mejores en sus respectivos géneros, estilos, generaciones y movimientos. Residentes en latitudes diversas y medios a veces antagónicos, los une la isla en la angustia. Y, también, la más pertinaz de las esperanzas.

LAS ANGUSTIAS DE LAS ISLAS

De todo lo anterior se desprende que, a pesar de la suma de todas esas angustias de seres en la isla e isla en los seres, la literatura cubana, tanto en la patria como en el exilio, ha continuado su desarrollo ascendente en el tiempo. En este lado de la historia, y aún sin los recursos otorgados a organizaciones y grupos "izquierdistas", varias publicaciones y entidades sin fines de lucro se encargan de suplir con su esfuerzo y dedicación la solvencia económica de que disfrutan "las izquierdas". El totalitarismo premia a sus intelectuales más comprometidos con la seguridad laboral, aunque sea la de la mediocridad. La democracia los abandona a la competencia del mercadeo y a la discriminación de las "izquierdas", pero propicia la libertad, la auto-superación y la solidaridad entre los intelectuales. El saldo queda representado por todas las obras de cubanos escritas y publicadas fuera de Cuba, por los incontables premios literarios obtenidos por creadores cubanos en todas las latitudes, o por esta misma reunión de hombres y mujeres libres expresando con entera libertad sus opiniones, y organizada por la dedicación y el desinteresado esfuerzo personal de un grupo de cubanos.

Incluso en la misma Isla todavía queda por determinar el grado de positivismo o negatividad de la cultura cubana actual. La necesidad del Estado de controlar hasta el pensamiento de sus ciudadanos lo ha obligado a propiciar un caudal de instrucción y creación artística cuantitativamente superior al que pueda presentar actualmente cualquier otro país del Tercer Mundo. Y hasta la misma censura ha llamado la atención a miles de lectores sobre obras que, antes del advenimiento del castrismo, eran conocidas sólo por grupos elitistas, ya que no hay mejor propaganda que la prohibición.

Cierto que las obras publicadas en Cuba a partir de la década del setenta son únicamente aquéllas que cumplen con los designios gubernamentales; es decir, "dentro" de la Revolución. Son obras justificativas, estáticas, conservadoras, castradas de tiempo; porque aunque sus autores sean del G-2 o el Comité Central, están escritas con miedo. Un miedo doble que transpira en cada página: al patíbulo "diestro como un obrero de avanzada" de que hablaba Padilla, y a ese rebelde espíritu creador que posee todo artista y que "dentro de la Revolución" debe ser reprimido a toda costa, en busca de la unanimidad impuesta por decreto.

Pero en las obras "fuera" de o "contra" la Revolución quedó—contradiciendo todos los designios gubernamentales—el espíritu revolucionario previo a su degeneración en mito y ulterior mutación en demagogia. La espontaneidad irreverente, la actitud crítica y rebelde, la libertad—a veces anárquica—de sus ideas y una calidad de altos niveles son sus características. Forman la literatura cubana del miedo vencido, del escalofrío superado, de la voz y el espíritu revolucionarios de todas las épocas. Uno puede o no coincidir con los puntos de vista de sus autores; pero en ello radica, precisamente, su frescura, pues son piezas literarias que no fueron creadas con el fin predeterminado de coincidir con nadie. Son obras de libertad, escritas, paradójicamente, en medio de su total carencia.

La perfección de la maquinaria represiva totalitaria hizo muy difícil que se conocieran en el extranjero muchos más autores u obras cubanas no pro-gubernamentales escritas en la Isla a partir de la década del setenta. Pero no todas están perdidas. La pulcritud de los sabuesos de la demagogia ha dado lugar a infinidad de libros confiscados que permanecen en los archivos de la Seguridad del Estado, ya sea como ejemplos de eficacia represiva o como pruebas de cargo de procesos judiciales (donde un poema aparece tan peligroso como un arma homicida). Y más temprano que tarde esas obras serán entregadas a sus verdaderos dueños: los lectores cubanos; obras vivas sin nacer aún a las que habrán de sumarse las escritas en este lado del espanto.

De esa unión de la angustia en la isla y la isla en la angustia es de presumirse que salga una nueva isla donde se pueda, al menos, abrigar la esperanza de un futuro sin tales angustias. Un poeta castrista proponía, hace años, un supuesto cambio de "pluma por pistola" con uno de los "comandantes". Salvando nombres y distancias, no sería mala idea llevarlo a cabo. Cierto que la mayoría de nosotros desecharía la pistola como objeto históricamente inservible; pero conozco a quienes, en el cambio, se le encasquillarían los versos. Sólo así se lograría que el arte en Cuba, en vez de un arma de algunos—como estableció la política cultural del castrismo sea, de nuevo y para siempre, el alma de todos. Y que este contrapunteo cubano de la angustia se convierta, finalmente, en toda una sinfonía de la esperanza.

Charla[1]
Heberto Padilla

Poniéndolo a tono con el término disciplina, la mía únicamente ha consistido en estar aquí con ustedes. Ayer no pude escribir absolutamente nada. Estuve en una editorial que va a publicar un libro en inglés, y me sirvió mucho.

Me sirvió, por ejemplo, para entrar, por lo menos (lo comenté con algunos de mis amigos) en lo que yo creo es el gran conflicto del exilio, aparte del conflicto de tipo emocional y de otro tipo, y es el problema de la lengua. Ayer estaba yo con una señora brillante en su conocimiento del idioma, *copy editor* de la Editorial Barral, llevando el texto mío al inglés. Todas las observaciones que hacía eran brillantes, todas las correcciones que proponía eran sintácticas. En un momento determinado (y todo esto dicho en buen español "no trabaja"), *It doesn't work*. Yo me dí cuenta de ese conflicto, ese instantáneo fraude de la sustancia del conocimiento de la lengua española, de la memorización de un idioma aprendido pero no practicado, es el peligro que acecha a todo exiliado, dondequiera en el universo. El problema de la lengua es un problema práctico. Por ejemplo, en los Estados Unidos, yo mismo quisiera leer los libros que se comentan digamos en el periódico *El país*, que nosotros no podemos leerlos, porque están en inglés. Estas librerías siempre tienen unas mediaciones y no sé a qué responden. Tal vez a problemas económicos, pero no nos traen los libros que quisiéramos.

Cuando yo llego a Madrid, por ejemplo, voy a una librería. Ese conflicto lo sigo teniendo, hay una precariedad absoluta en la difusión de nuestra cultura. Entonces vamos a estas librerías de la calle 14 [Nueva York], a veces parecen almacenes de La Habana Vieja.

---

1 *Charla* es el nombre dado por el editor a la ofrecida por Heberto Padilla, como parte de la sección "La inmigración como experiencia literaria" en el "Encuentro de escritores cubanos del área de Nueva York", el 17 de junio de 1989.

Yo lamento mucho decirlo, y sé que de hecho los libreros trabajan duramente por hacer de sus empresas las mejores. Pero no lo logran. De modo que ése es uno de los textos que quise enseñar que yo empezaría por responder. Es decir, los obstáculos que confronta el escritor en Nueva York. Nosotros no podemos confrontar nada. Vivimos, como decía Pablo Medina[2], en una academia. Cuando queremos recurrir a nuestra lengua, sobre la base de cierta lectura, recurrimos a una lengua artificial. Una lengua que creemos que es más nuestra, mientras menos genuina es esa lengua, puesto que no es orgánica, no es espontánea. Yo he visto (y eso es lo que me ha sorprendido, porque yo he llegado tarde a los Estados Unidos; ustedes son precursores de la tristeza nacional, pero yo me demoré demasiado en ella), he descubierto esta voluntad de hacer una lengua rara, una lengua aprendida, toda universitaria. Tengo amigos que escriben de esa manera y cómo invitarlos a que rectifiquen. Quizás tengan razón. Los modelos literarios que eligen no son los mejores modelos. Se usan académicamente, y el usarlos de esa manera, no siempre es enriquecer. Mi experiencia personal del exilio, sobre la base que llevo tantos años en él, ha sido, primero, enriquecedor. Yo vivía encerrado en La Habana, yo vivía sin poder llegar a las cosas que quería. Yo quería ver el mundo, y el exilio me dio esa oportunidad. Yo pienso, como decía Borges, que estos temas como el exilio, la muerte, la desolación, tienen el encanto de lo patético, y por lo tanto son modernos. Nos enamoramos de nuestra tristeza. Elegimos nuestra angustia y nuestro dolor. El exilio puede ser un modo realmente vital de enfrentar la realidad. Una permanente confrontación. Decía hoy el profesor Adrián García-Montoro[3] que la tesis del anexionismo se ha cumplido de un modo inesperado: hoy somos nosotros los que venimos aquí. Si algún destino le veo yo a la literatura exiliada es que tenemos un mundo binario, ¿no es cierto?, en que compartiremos dos lenguas del modo más cabal. Entenderemos mejor a los Estados Unidos, mucho mejor de lo que los Estados Unidos pueda entendernos a nosotros. Porque habremos vivido esos conflictos, habremos vivido frente a ellos: nuestra proposición de arte y de naturaleza. Y

---

2   N de R. El trabajo de Pablo Medina no ha sido publicado en este libro.
3   N de R. La ponencia de Adrián García-Montoro no aparece en este libro.

así creo que cumpliremos un magnífico papel en nuestra patria. *What does it mean to be a writer in exile?* Más o menos un *writer in exile* es un tipo que viene a su casa, agarra una buena máquina de escribir y ahí está su verdadera sicología. Hay que escribir, como decía Ana María Hernádez hoy, de modo que cuando se pueda leer a Nabokov, y sobre la realidad norteamericana, sepamos que esa sensibilidad no es la de un norteamericano. Y cuando lo leamos tenemos que ser muy sutiles en el modo de verlo. Los judíos, de mentes muy profundas en eso, saben perfectamente cuando un escritor es judío. Yo he discutido eso con muchos escritores amigos, judíos, que me han dicho, por ejemplo, *Mr. Sammler's Planet*[4] solamente puede haber sido escrito por un judío. Es una novela deslumbrante, ¿no es cierto? Escrita en la lengua inglesa mejor que pueda existir. Eso es lo que yo digo, yo no tengo angustia. Tampoco he tenido muchos problemas más que los económicos, vivir. Pero pro-blemas literarios, ninguno. Yo tengo una editorial que ha publicado varios libros míos. Los han traducido con respeto, invitándome a que colabore en el aspecto de la traducción, en sus detalles. Lo he hecho, es decir, no tengo ese conflicto. Pero existen esos conflictos, y son muy serios. Porque yo mismo he querido proponer otros libros a mis editores y han sido más reacios en aceptarlos. Creen que además, porque es consejo mío, será un consejo étnico. De modo que eso es lo que quería decir.

II [5]

Isabel López: You know how refreshing it is that at the end of the day this panel has taken the correction into saying that it is O.K. to be Cuban, and it is O.K. to write in English on Cuban experiences. How did you get to this point, can you briefly tell me, what is the feedback on the American audience, or any audience in America, on your Cuban themes, writing in English? Thank you.

Charles Gómez: It is very positive. People think it's an original voice. But

---

4   N de R. Saul Bellow, *Mr. Sammler's Planet* (New York: Viking Press, 1970).

5   N de R. A continuación se reproducen algunas de las preguntas hechas a los participantes del panel "La inmigración como experiencia literaria" y sus respuestas y, como con los otros paneles, se ha preservado la informalidad del estilo. Los panelistas fueron: Charles Gómez-Sanz, Iraida Iturralde, Pablo Medina y Heberto Padilla. Los trabajos de Iturralde y Medina no aparecen en este libro.

it shouldn't be the only thing to write about. The trap is to fall in the "ethnic position." You don't need to do that.

Ileana Fuentes: Yo me acuerdo, cuando estábamos hablando de organizar un coloquio sobre el idioma, que un profesor en Filadelfia, en Lehigh University, presentó una ponencia y fue a partir de su apreciación de la problemática que surgió el tema de ese coloquio, y esta era su proposición. Guillermo Cabrera Infante acaba de escribir una obra, bueno, hace como un año, en torno a eso. Surgió el contexto, ah pero ¿qué significa eso para la literatura cubana? ¿Quiere decir que la obra de Cabrera Infante hasta ese momento es una obra cubana y a partir de ese momento, no? O sea, toda esa cuestión del idioma es una gran incógnita.

Comentarios sobre esta cosa, de cómo vamos a ubicar la literatura, sus opiniones personales, sobre la literatura escrita por cubanos, temática irrelevante (no importa cual sea la temática) y qué representa eso para la literatura cubana.

Heberto Padilla: Los poetas Pablo Medina e Iraida Iturralde escriben en dos idiomas. A mí me encantaría poder hacerlo para variar. Yo he escrito algunos poemas que le mostré a Pablo [Medina] en inglés. Borges lo hizo. Sin embargo, escribí de nuevo en español. La obra de Guillermo Cabrera Infante no se modifica porque haya escrito en inglés. Es un incidente dentro de su obra, es una experiencia verbal que él ha llevado al inglés, porque su propia experiencia y de ingenio en español tiene el inglés. Como en Borges hay cosas que vienen del inglés. Es un incidente y yo no pienso que es un cambio en su literatura. El cada día se hace más cubano, creo que vive hoy en día en Miami, en la calle 8.

Héctor Luis Rivera[6]: Eduardo Machado escribió *Broken Eggs*[7] y ahora traducido al español, *Revoltillo*. Y unos de los personajes establece en la obra que la inmigración cubana aquí es contraria al resto de Latinoamérica. No están aquí porque ellos quieren estar, ni porque

---

6 N de R. Ver nota 32, p. 250.

7 N de R. *Broken Eggs* es la tercera obra de la trilogía "Islas flotantes" de Eduardo Machado. Se estrenó en el New York Ensemble Studio Theatre en 1984, dirigida por James Hammerstein. Traducida como *Revoltillo*, fue estrenada por el Repertorio Español, Nueva York, en 1987.

vinieron engañados a buscar huevos de oro, sino porque fueron obligados a ello. Que fue un exilio, y que están aquí obligados, que no hay escapatoria. Y yo quisiera [saber] desde ese punto de vista, eso como experiencia literaria, ¿cómo es reflejado en sus trabajos?

Pablo Medina: Desde mi punto de vista general, creo que la gente más joven se ven más bien como personas que caen aquí por accidente. Yo de muchacho tenía una conciencia política, pero era la conciencia política de mis padres, no la mía necesariamente. O sea, que yo vine aquí más bien sin conciencia. Fue aquí donde dio la casualidad que llegué a la misma conclusión que llegaron mis padres. Pero como escritor me veo como puro accidente. Yo creo que todos los escritores son accidentales, son accidentes de la naturaleza, fenómeno o monstruo de la naturaleza. Que escriben porque escriben a pesar de cualquier cosa, a pesar de la política, a pesar de la neurosis, a pesar de miles de fenómenos que les caen.

Emigración, exilio y consecuencias culturales[1]

Rosario Rexach

Mi trabajo parece escaparse un poco al tema de la generación. Sin embargo, verán que no es así. Por mi edad, que es bien visible, se darán cuenta de que pertenezco a una generación cubana muy antigua, y que como mujer, trabajé en Cuba muchísimo, antes de trabajar en el exilio. Y quiero aquí decir que en honor a mi tierra que apenas tuve dificultades por ser mujer y que todo lo que hice en Cuba lo hice siendo mujer con muy pocas dificultades.[2] Y aquí he encontrado las dificultades que en mi opinión encontraron todos los exiliados que compartimos una misión en...—no voy a decir ideología, porque yo no tengo exactamente una ideología y no me gusta la palabra, que ya ha pasado de moda, cuando se piensa bien. Pero que compartimos una situación que no es bien vista. Hoy no, ya en los Estados Unidos, sino en casi todo el mundo, piden cambios aunque empiezan a cambiar los años. Ahora comienzo a leer lo que voy a decir. He titulado esta...vamos a llamar, pequeña intervención "Emigración, exilio y consecuencias culturales". Soy muy heterodoxa, pese a ser disciplinada. No ignoro por tanto que la palabra emigración y la palabra exilio son casi similares o sinónimas. Pero da la casualidad que los vocablos pierden su original sentido a veces, y hoy nadie habla de la emigración cubana, o de la emigración de ningún pueblo que escapa a un régimen totalitario. Se habla de

---

1   Ponencia leída en la sesión "Generaciones" durante el "Encuentro de escritores cubanos del área de Nueva York", el 17 de junio de 1989. Por favor ver nota 1, p. 271 de este libro para las preguntas que se sugirieron a los participantes a la sesión.

2   Esta sesión tuvo lugar después de la sesión "El feminismo" en el encuentro de escritores cubanos. La Dra. Rexach se refiere a eso. Por favor leer los trabajos de las participantes de dicho panel: Maya Islas (pp. 239-246) y Belkis Cuza Malé (pp. 303-305).

exilio y en cambio los que se transmigran de cualquier lugar a otro lugar por razones de otro tipo, se les dice todavía emigrantes. Basada en ese valor semántico les leo aquí ahora.

Hay pueblos que por tradición emigran. Y la emigración es algo personal. No hay forzamiento en ella. Es, por eso, un acto de pura y libre decisión, siempre individual, aunque a veces tenga carácter masivo. Hay pueblos, en cambio, en que el exilio parece ser un mal endémico. Pueblos que se han visto forzados—casi diríamos—al exilio. Cuba está entre ellos.

Establecer la diferencia—más honda de lo que puede apreciarse a primera vista—entre ambas condiciones escapa el propósito de estas líneas. Algún día se intentará. Baste por hoy señalar el hecho y añadir esta nota diferencial. El emigrante lo que busca son mejores condiciones de vida y deja siempre abierto el camino del regreso. El problema de principios no es su problema. Muy otra, en cambio, es la actitud del exiliado. Se exilia siempre como un acto de protesta y como una medida de seguridad contra un régimen de derecho que no acepta. No importa cuáles sean los principios sobre los cuales se asienta dicho régimen. Lo importante es que se abandona el país de origen no por una cuestión de tipo exclusivamente personal sino por un imperativo—casi—de índole colectivo. No se comparten las condiciones jurídicas de un régimen. Esto explica que, por lo general, emigren básicamente las clases desposeídas. Y que, en cambio, se exilien al inicio los miembros de las clases más alertas, aunque posteriormente puedan ser seguidas, y en forma masiva, por los componentes de todas las clases sociales de un país.

Cuba ha estado siempre dentro de los pueblos que por tradición no emigran, sino que se exilian.[3] Tal vez se explique porque nuestra tierra ha sido tradicionalmente muy rica y con una población inferior en número a lo que sus recursos le permitían. En otras palabras, el éxodo cubano ha sido siempre motivado por cuestiones de principios y no, básicamente, por la búsqueda de mejores condiciones de vida.

---

3 N de R. Curiosamente, en abril de 1994 se celebró en La Habana un *encuentro* entre funcionarios del gobierno cubano y un gran número de personas que viven en el exilio, pero que apoyan al castrismo. El *encuentro* convocado por el gobierno de La Habana se llamó "La nación y la emigración"; en el mismo se trató de diferenciar a un exiliado de un emigrante.

Y este tipo de éxodo comenzó muy pronto en nuestra historia. El régimen colonial imponía muchas veces condiciones que estaban en pugna con los ideales y valores que animaban a las clases más avisadas del país. Por eso nuestros dos primeros exiliados, con apenas una semana de diferencia, fueron dos líderes de nuestra cultura. El primero, el Padre Félix Varela. El otro, pocos días más tarde, el poeta José María Heredia, el "Cantor del Niágara". Ambos en el mes de diciembre de 1823, casi al finalizar el año. De entonces a acá la onda de cubanos que ha partido al exilio apenas ha cesado. Sólo se ha detenido, y aún olvidado, cuando el país ha tenido un régimen jurídico de general aceptación. De no ser así, el cubano se ha acogido al exilio con un doble acento en su actitud: hacer claro, en primer término, su repulsa al régimen, y además, buscar un mundo de libertad imposible de hallar en la Patria.

Por lo ya dicho se comprende cómo la actitud conque emigrante y exiliado se enfrentan a su nuevo medio difiere radicalmente. El emigrante, con sólo salir de su tierra se siente ya inmerso en un aura de esperanza y sueña que, con su esfuerzo, logrará lo que busca. Por eso en su vida la nostalgia no ocupa sitio fundamental. La palanca o móvil de su hacer no será la nostalgia sino la esperanza. Por lo mismo su mirada está puesta en el futuro, no en el pasado.

Muy otra es la actitud del exiliado. Este ha sido forzado a salir, casi, por no compartir el régimen de derecho y poder imperantes, pero no por disentir de los valores y estilos de la sociedad en que nació y a la que pertenece. Y, por ello, su decisión es siempre dolorosa. Por lo mismo, al enfrentarse con el nuevo ambiente no es la esperanza lo que tiñe su ánimo. Es la nostalgia. Nostalgia del mundo perdido que embellece desde la distancia asimilándolo a una especie de paraíso.

Por lo mismo, su mirada no está puesta en el futuro, como en el caso del emigrante, sino en el pasado.

De ahí que todo exiliado sea potencialmente, al menos, un rebelde que, sin quererlo muchas veces y sin ser consciente de ello, se vuelve un poseso de sus convicciones y, en muchos casos, se fanatiza. Y muchas veces se convierte en un político en el más amplio sentido. Y algunas, muy pocas, se transforma en un gran líder. El caso de José Martí es paradigmático. Fue en la nostalgia de la patria soñada que se hizo la gran figura que todos admiramos.

En oposición a lo dicho, rara vez el emigrante se convierte en líder político en su propio país. Si alguna vez vuelve a su tierra, vuelve como el protagonista de una famosa zarzuela española, como un "indiano" rico, lo cual equivale para él a un título de honor ganado con su esfuerzo. Y así se siente importante.

Pero la nostalgia que rige la vida del exiliado es un sentimiento de matiz muy profundo y doloroso. Bien lo expresó José María Heredia en la "Advertencia" de una de las obras teatrales que adaptó. Allá dice:

> *Hallábame en Boston por diciembre de 1823 en una situación bien dolorosa. Arrebatado repentinamente por el huracán revolucionario de las playas floridas de Cuba al terrible invierno de Nueva Inglaterra, colocado en aislamiento absoluto por ignorancia del inglés, enfermo, sin libros, atormentado por dolorosos recuerdos y anticipaciones lúgubres, me devoraba la melancolía más profunda.*

Y luego explica cómo a través de la adaptación de una obra teatral, encontrada en una librería por casualidad y que compró por señas (no sabía inglés), pudo recomponer sus sentimientos de angustia. Y es que la nostalgia es sentimiento tan hondo que busca su salida por medio de la expresión so pena de lacerar el alma para siempre. Y esa expresión puede asumir varias formas, desde la acción política violenta o conspiratoria hasta la expresión artística de diversas modalidades. Y dentro de esta forma de liberación estática, ocupa la literatura un lugar primordial. Y es que la palabra se le ha dado al hombre como un don extraordinario para la viabilización de sus sentimientos. Mas, en toda nostalgia, por lo que mira al pasado, representa la memoria un papel crucial. Y los fantasmas que habitan en la memoria pugnan por hallar salida, e impelen a la expresión en palabras, o en otra forma artística. Por eso ha sido la nostalgia—siempre y en todos los pueblos—hontanar de literatura.

No quiero detenerme en las obras de la literatura universal surgidas de la nostalgia. En el caso de Cuba el fenómeno es obvio. Repasar cuanta obra maestra de la literatura cubana ha sido propulsada por la nostalgia rebasa los límites del tiempo de que ahora dispongo. Baste, no obstante, citar a Heredia, al Padre Varela, a José Antonio Saco, a la Avellaneda—aunque erradicada por otras razones—a Juan Clemente Zenea, a Cirilo Villaverde, a Pedro Santacilia, a José Joaquín Palma, y en lugar cimero, por supuesto, a José Martí, en el siglo pasado.

En este último exilio, por demás doloroso, los que empezamos a escribir en Cuba también hemos sentido—y muy hondamente—el aguijón de la nostalgia. Y la escritura ha sido para nosotros no sólo refugio, y hasta placer, sino también vúlvula abierta a la esperanza por cuanto ha viabilizado en el hondón del alma el rescate, sin duda precario, pero rescate al fin, del paraíso perdido. Y muchos en la tarea han redoblado el esfuerzo iniciado en la tierra natal. En mi caso, y en muchos otros, ha sido así. Las muestras de ese esfuerzo recuperador son múltiples y muy variadas. Están presentes entre los escritores que empezaron en Cuba y continúan aquí en la poesía, en la novela, en el cuento, en el ensayo, en el periodismo, en los estudios monográficos de gran calidad, en tratados, en libros de divulgación, en memorias. No importa el vehículo utilizado para calmar la sed de recuperación que alienta en la nostalgia. Lo que cuenta es la obra. Y el exilio actual ha dado de ello pruebas innúmeras. De desear es, únicamente, que esta actividad creadora crezca y se depure en forma tal que siempre haya que contar con ella—y en sitio primordial—a la hora de escribir la historia futura de la cultura cubana.[4]

---

[4] Por favor, ver sección II, pp. 274-279, para las preguntas y comentarios hechos a este panel de "generaciones".

Más

Biografías

Uva de Aragón Clavijo nació en 1944 y reside en los Estados Unidos desde 1959. Obtuvo una maestría y un doctorado en literatura española y latinoamericana en la Universidad de Miami en la Florida. Dedicó su tesis doctoral al narrador Alfonso Hernández-Catá. Ha publicado libros de cuentos y poemas, entre ellos *Entresemáforos (poemas escritos en ruta)* y *No puedo más y otros cuentos*. Su último libro es *El caimán ante el espejo. Un ensayo de interpretación de lo cubano* (1993). Ha merecido varios premios literarios entre ellos el Premio de Poesía Federico García Lorca (Casa de España en California), el Premio Simón Bolívar, y la Beca Cintas. Es periodista. Actualmente se desempeña como profesora adjunta del Departamento de Lenguas Modernas de la Universidad Internacional de la Florida donde también ocupa el cargo de Directora de Relaciones Públicas.

Jesús Barquet (La Habana, 1953) Autor de los poemarios *Sin decir el mar* (1981), *Sagradas herejías* (1985) y *El libro del desterrado* (1994), así como del libro de ensayo *Consagración de La Habana (Las peculiaridades del grupo Orígenes en el proceso cultural cubano)* (1992), el cual ganó el premio Letras de Oro de Ensayo en 1990-1991. Ganador también de la Beca Cintas en 1991-1992 y del premio de Poesía Chicana/Latina en los Estados Unidos en 1993 con su libro *Un no rompido sueño* (inédito). Graduado de la Universidad de La Habana y de la Universidad de Tulane, trabaja desde 1991 como profesor asistente en la Universidad Estatal de Nuevo México en la ciudad de Las Cruces.

Antonio F. Cao nació en La Habana. Licenciado por la Universidad de Miami en literaturas francesa y española, obtuvo un grado de Masters de la Universidad de California (Berkeley) en Literatura española, doctorándose posteriormente en Lenguas y Literaturas Románicas por la Universidad de Harvard. Es autor de *Federico García Lorca y las vanguardias: hacia el teatro* (Londres: Támesis, 1985) y de numerosos artículos y conferencias sobre teatro y poesía española de los siglos XVII, XIX y XX, y sobre literatura cubana. Trabaja en la actualidad en libros sobre el teatro español del Siglo de Oro y del siglo XX, así como del teatro cubano del exilio. Ha enseñado en Harvard University y Vassar College. Actualmente es profesor de la Universidad de Hofstra, Long Island.

Luis Cruz Azaceta nació en Marianao en 1942 y en 1960 llegó a los Estados Unidos. Se graduó de la School of Visual Arts de Nueva York en 1969. Actualmente reside en Nueva Orleans. Posiblemente el pintor cubano contemporáneo más cotizado en los Estados Unidos, ha presentado su obra al menos en 50 exposiciones individuales y más de 150 colectivas en los Estados Unidos, América Latina y Europa. Su última exposición fue como parte del *"Latin American Artists of the 20th Century"* organizada por el Museo de Arte Moderno de Nueva York. Entre otros reconocimientos, tiene el del National Endowment for the Arts y de la Guggenheinn. A través de colores "austeros", formas energéticas y grotescas y de figuras llenas de angustia, que por lo general son autorretratos, expresa la ansiedad de la vida urbana. Enfrenta las realidades sociales, culturales y sicológicas de nuestro tiempo con temas como la epidemia del Sida, el exilio, los desamparados y la ambientación.

Angel Cuadra nació en La Habana. Graduado de Doctor en Derecho por la Universidad de La Habana y en el Seminario de Artes Dramáticas de la misma universidad. Fue director del Grupo Germinal y miembro del Grupo Literario Renuevo. Entre sus obras tenemos: *Peldaño* (1959), *Impromptus* (1977), *Tiempo del hombre* (1977), *Esa tristeza que nos inunda* (1985), *Fantasía para el viernes* (1985), *Las señales y los sueños* (Premio Amantes de Teruel, España, 1988), *Requiem violento por Jan Palach* (1989), *La voz inevitable* (Premio ACCA, 1994). Entre sus premios: Rubén Martínez Villena (Universidad de La Habana, 1954), Premio Presidencial *PEN Club* (Los Angeles, 1986) y la Beca Cintas (1990). Es profesor adjunto de Florida International University y coordinador del Programa Hispano de la Feria Internacional del Libro de Miami y periodista del *Diario Las Américas*.

Belkis Cuza Malé nació en Guantánamo. Poeta, prosista y periodista. Autora de *El clavel y la rosa* (Madrid, 1984), una biografía de Juana Borrero. Y en 1986 Unicorn Press publicó una selección bilingüe de su poesía con el titulo *Woman on the Front Line*. E Press editó en 1994 *Elvis: la tumba sin sosiego o la verdadera historia de Jon Burrows*, un ensayo testimonial. Dirige *Linden Lane Magazine*.

Clydia A. Davenport posee un *Masters in Fine Arts in Creative Writing*, especializado en dramaturgia, de Louisiana State University en Baton Rouge y es graduada de Doctor en Derecho en Loyola School of Law, Nueva Orleans. Ha escrito varias obras de teatro que han sido producidas y ha traducido varias piezas del español al inglés. Es la autora de "*Zola, Ibsen, and the Modern Drama*", *Romance Notes*, Vol. XXIX, *Number 3*, donde demuestra sus conocimientos de francés. Ha traducido en dos ocasiones para **OLLANTAY Theater Magazine**.

Vicente Echerri nació en Trinidad en 1948, cursó estudios de Sagrada Teología, aunque la literatura resultó ser su vocación. En Cuba estuvo por más de dos años en la cárcel como preso político. Su poemario *Luz en la piedra* recibió el premio José Ma. Lacalle 1981 en Barcelona y fue publicado en Madrid en 1986. *Casi de memorias* (poemario) se publicó en Santo Domingo en 1985. Es también autor de relatos—*Doble nueve*, una colección de cuentos a punto de editarse, algunos de los cuales han aparecido en revistas y antologías literarias—y de ensayos: *La señal de los tiempos* (1993). Colabora como columnista de opinión en periódicos y revistas de los Estados Unidos y América Latina. Obra en preparación: *Historias de la contrarrevolución* (relatos).

José A. Escarpanter nació en La Habana en 1933. Recibió su doctorado en literatura hispánica en la Universidad de La Habana, con su tesis "El teatro en Cuba en el siglo XX". Fue profesor de historia del teatro en la Academia Municipal de Artes Dramáticas. En 1970 abandonó el país hacia Madrid. Desde 1982 es profesor de teatro hispanoamericano en Auburn University, Alabama. Ha publicado ediciones de autores cubanos del siglo XIX y XX y ha escrito numerosos artículos sobre teatro cubano, en especial del exilio, sobre el cual prepara un extenso libro.

Reinaldo García Ramos fue miembro del grupo de escritores cubanos que se dieron a conocer en las Ediciones *El Puente* a principios de los años sesenta. Nació en 1944 y publicó *Acta,* su primer poemario, en 1962. Completó estudios de lenguas modernas en la Universidad de La Habana, pero no volvió a publicar en su país. En 1980 se estableció en Nueva York, donde fue uno de los fundadores de la revista literaria *Mariel* (1983-1985). Sus libros de poemas *El buen peligro* y *Caverna fiel* aparecieron en Madrid en 1987 y 1993, respectivamente. Ha sido incluido en varias antologías, como *Poesía cubana de la revolución,* de Ernesto Cardenal (México, 1976) y *Antología de la poesía cubana,* de José Miguel Oviedo (Lima, 1968).

Lourdes Gil nació en La Habana y estudió literatura hispánica en New York University. Fue co-directora de *Románica* (Revista literaria de NYU) y co-fundadora de *Lyra.* Ha publicado cinco poemarios, de los cuales *Empieza la ciudad,* en 1993, es el más reciente. Sus ensayos sobre literatura cubana han aparecido en revistas especializadas. Recibió la Beca Cintas en 1979 y en 1991. Actualmente trabaja en un libro de ensayos, *Viaje por las zonas templadas: arte y literatura cubanos de la extraterritorialidad.*

Charles Gómez-Sanz nació en Miami. Su primer obra *Bang Bang Blues,* participó del Joseph Papp's Festival Latino en 1988 y también en el New Hispanic Play Festival of South Coast Rep. y tuvo una lectura en el Dallas' Theater Three como parte del *Voices Unsilenced Festival* en 1989. Su segunda pieza fue el musical *Adiós, Tropicana.* Gómez fue miembro del *INTAR's Hispanic Playwright Lab* bajo la dirección de María Irene Fornés, donde se leyó su *Peppermint Motel.* Gómez es reportero de la televisión neoyorquina y ha trabajado como corresponsal para CBS y NBC, cubriendo historias noticiosas para veinte países de América. Es el ganador del *Edward R. Murrow Award for Journalism* por una historia sobre los "desamparados".

Ana María Hernández es profesora de estudios latinoamericanos en LaGuardia Community College (CUNY). Su obra crítica abarca estudios sobre literatura rioplatense y del caribe. Su libro *Keats, Poe, and the Shaping of Cortázar's Mythopoesis* se publicó en 1981. También ha escrito sobre poetas cubanas residentes en los EE.UU. Hace quince años que escribe reseñas sobre literatura contemporánea para *World Literature Today.*

Maya Islas nació en Cabaiguán el 12 de abril de 1947 y reside en los Estados Unidos desde 1965. En 1972 recibió su *B.A.* en psicología en Fairleigh Dickinson University y en 1978 su M.A. en psicología general en Montclair State College. Es la autora de *Sola...desnuda...sin nombre* (1974), *Sombras papel* (1978), *Altazora acompañando a Vicente* (1989) y *Merla* (1991). Entre otros, ha obtenido: El Premio Carabela de Plata (Barcelona, 1978) y la Beca Cintas 1990-1991 y 1993. Ha sido finalista en "Letras de Oro" en 1986-1987 y 1989-1990.

Eduardo Lolo nació en La Habana en 1948. Perseguido y encarcelado por el gobierno de Fidel Castro, le fue prohibido publicar y se le impidió salir del país hasta 1983. La Universidad de la Ciudad de Nueva York (CUNY) le otorgó los grados de *Master of Arts* (1990) y *Doctor of Philosophy* (Ph.D.) en *Hispanic and Luso-Brazilian Literatures* (1994). Su libro de ensayos *Las trampas del tiempo y sus memorias* recibió el premio "Letras de Oro" en 1990. Es miembro de varias asociaciones e instituciones literarias. Es profesor universitario de español y literaturas hispanas. Funge como Secretario Ejecutivo del "Comité de Apoyo al Movimiento de los Derechos Humanos en Cuba", con sede en Nueva York.

Lillian Manzor-Coats, profesora de literatura comparada y estudios de la mujer en la Universidad de California, Irvine. Sus áreas de especialización son teatro latino en los EE.UU., artes representativas, teoría feminista y estudios culturales. Su libro *Borges/Escher, Cobra/CoBra: Un estudio posmoderno*, aparecerá en 1994 con la editorial Pliegos. Actualmente está trabajando en un libro sobre el teatro cubano en los EE.UU. titulado *Marginality Beyond Return*.

Elena M. Martínez recibió su doctorado en New York University. Ha publicado *El discurso dialógico en* La era imaginaria *de René Vázquez Díaz* (1991) y *Onetti: estrategias textuales y operaciones del lector* (1992). Es editora de un número especial de *Brújula/Compass* dedicado a la literatura lesbiana. Tiene en preparación un libro sobre escritoras latinoamericanas, *Breaking Grounds: Other Voices from Latin America* para la editorial Garland de Nueva York. Actualmente se desempeña como profesora de literatura hispanoamericana en Baruch College (CUNY). Es miembro de la junta directiva de CLAGS del centro de estudios graduados de City University.

Juan Carlos Martínez (La Habana, 1951), periodista y dramaturgo. Ha cursado estudios en universidades de Cuba, Alemania y los Estados Unidos. Comenzó su carrera como periodista a los 18 años y artículos suyos han sido publicados en prestigiosos periódicos y revistas de América y Europa. Se dio a conocer como dramaturgo en 1982 y sus obras han sido representadas en Cuba, Alemania, Polonia y los Estados Unidos. Fue editor-fundador de *Tablas*, una revista cubana de artes escénicas. Actualmente trabaja para el sistema público de enseñanza de Nueva York, donde vive desde 1990.

Pedro R. Monge Rafuls nació en el Central Zaza, provincia Las Villas y en 1961 escapó de Cuba en un bote. Vivió en Tegucigalpa, Honduras y estudió filosofía en Medellín, Colombia. En 1968, cofundó el *Círculo Teatral de Chicago*, el primer grupo de teatro en español en el *mid-west* de los EE.UU. En Nueva York, fundó el **OLLANTAY Arts Heritage Center** y **OLLANTAY Theater Magazine**. Ha escrito catorce obras de teatro, varias de las cuales han sido presentadas o publicadas. En 1991 se convirtió en la única persona en obtener el *Very Special Arts Award* en la categoría *Artist of New York*, concedido por el alcalde David Dinkins por su comedia *Noche de ronda*.

Heberto Padilla nació en Pinar del Río en 1932. En 1967 se convirtió en el centro de una polémica ideológica. Al año siguiente—no obstante—obtuvo el premio nacional de poesía de la Unión de Escritores y Artistas de Cuba con *Fuera del juego*. En 1971 fue encarcelado junto con su esposa, la poetisa y escritora Belkis Cuza Malé, acusados por el departamento de seguridad del estado de actividades "subversivas". Gracias a la presión de intelectuales como Sartre, Simone de Beauvoir, Alberto Moravia y Mario Vargas Llosa fue liberado y en 1980 fue autorizado a abandonar su país. Su libro más reciente, *La mala memoria,* es una narración de su experiencia. Recientemente publicó en inglés un libro de poemas, *Fountain, A House of Stone.*

Rosario Rexach. Profesora y crítica literaria. Ha enseñado en la Escuela Normal, en la Universidad de La Habana y en los Estados Unidos. Miembro de varias instituciones académicas y organizaciones culturales, tanto en Cuba como en el exilio; tiene una extensa producción literaria en la que destacan varios libros y una novela, *Rumbo al punto cierto.*

Perla Rocencvaig nació en La Habana. Es profesora de literatura hispanoamericana en Barnard College, Columbia University. Entre sus estudios críticos se incluyen trabajos sobre la obra de Juan Rulfo, Enrique Labrador Ruiz, Virgilio Piñera y Severo Sarduy. Es autora de *Reinaldo Arenas: narrativa de transgresión* (1986) y co-editora de *Reinaldo Arenas: fantasías, alusiones y realidad* (1990). La problemática del exilio es el tema central de una novela que tiene actualmente en preparación.

Gabriela Roepke nació en Chile. Es co-fundadora del Teatro de Ensayo de la Universidad Católica que, con el Teatro Experimental de la Universidad de Chile, comenzó un nuevo movimiento teatral en su país. Su obra "La mariposa blanca" fue publicada en *The Best Short Plays of the Year 1960*. Lain Lichtling escribió una opera basada en la pieza y tuvo su debut en Julliard, Lincoln Center, Nueva York. Actualmente es miembro de la facultad de The Philadelphia College of the Performing Arts. También enseña literatura, ópera y lenguas en el New Studies Center de Filadelfia.

Hector Santiago nació en 1944, en La Habana. Trabajó en el Departamento de Teatro Infantil del Consejo Nacional de Cultura, donde estrenó seis obras, fue finalista del concurso de teatro de la Casa de las Américas en 1968. Estuvo detenido seis veces por antisocial, fue sentenciado seis meses en una granja por el delito de vagancia y sufrió condena de cinco años en una carcel por motivos políticos. Estuvo en la UMAP. En 1979 pudo abandonar Cuba y radicarse en Madrid donde publicó un trabajo crítico sobre Virgilio Piñera con motivo de su muerte. Desde 1980 reside en Nueva York. Ha sido finalista dos veces en Letras de Oro (teatro). Varias de sus obras han sido publicadas y también escribe cuentos.

Octavio de la Suarée es profesor de lenguas y literaturas hispánicas en The William Paterson College of New Jersey. Entre sus publicaciones se incluyen *La obra literaria de Regino E. Boti*, *Fiesta del poeta en el centro*, *Sociedad y política en la ensayística de Ramón Pérez de Ayala* y un centenar de artículos, reseñas y ensayos en distintas publicaciones. Ha sido asimismo co-productor de una docena de películas de énfasis académico. Actualmente tiene en preparación un libro sobre *El Quijote* y otro sobre la poesía hispana en Nueva York. Es también presidente del "Círculo de Cultura Panamericano" de Nueva Jersey.

Alan West nació en La Habana y se crió en Puerto Rico. Es escritor, poeta, traductor y crítico. Ha ejercido la docencia en NYU, Fordham, Wellesley College y Babson College. Entre sus obras publicadas se encuentran: *Being America* (White Pine Press, 1991), una colección de ensayos que co-editó (además de ser contribuyente) sobre arte, cultura e identidad en América Latina y un libro para niños *Roberto Clemente* (Milbrook Press, 1993). Tiene otro libro para niños en preparación sobre *José Martí* (Milbrook, 1994). Un poemario *Dándole nombre a la lluvia* (Madrid: *Verbum*, 1994) y un libro de ensayos sobre la literatura, artes plásticas y música del Caribe, titulado *Tropos del trópico* (Greenwood, 1994-95). West es colaborador del *Village Voice*, *The Washington Post*, y el *Nuevo Día*, el diario de mayor circulación en Puerto Rico.

Más

Otros ensayos publicados por **OLLANTAY Press** sobre la literatura cubana que se ha escrito en el el exilio, son:

Escritores inmigrantes hispanos y la familia. / **Hispanic Immigrant Writers and the Family**. Literatura/Conversation Series, Vol. II, 1989

> Manuel Martín: "How the Cuban Revolution Has Affected the Family and Subsequently the Work of the Cuban Playwright". Including excerpts from his plays: *Swallows* and *Union City Thanksgiving.*
>
> José Kozer: "Esto (también) es Cuba, Chaguito." Se incluyen sus poemas: "Gramática de papá", "Mi padre que está vivo todavía" y "Te acuerdas, Sylvia".

Nuevas voces en la literatura latinoamericana / **New Voices In Latin American Literature**. Literatura/Conversation Series, Vol. III, 1993.

> David Cortés Cabán: "Los mundos políticos de tres poetas caribeños" que incluye "El obsesionante mundo de Rafael Bordao".
>
> Ada Ortúzar-Young: "Escritura e individualidad en tres mujeres hispanas en los Estados Unidos" que incluye a las cubanas Belkis Cuza Malé e Iraida Iturralde.
>
> William Rosa: "Espacios convergentes en la poesía de *Noel Jardines*, Juan Rivero y Alfredo Villanueva-Collado".
>
> Beatriz J. Rizk: "Cuatro dramaturgos latinos: *María Irene Fornés*, Miguel Piñero, Tato Laviera y Pedro Pietri".
>
> Elena M. Martínez: "La problemática de la mujer en los textos de Julia Ortiz Griffin, *Mireya Robles* y Nora Glickman".

OLLANTAY Theater Magazine

Vol. I, No. 1. January 1993.
> Juan Carlos Martínez: "Conversando con Randy Barceló: Retrato de hombre con sombrero".
>
> Carlos Espinosa Domínguez: "Festival Internacional de Teatro Hispano: ¿Siete años no es nada?"
>
> Manuel Martín, Jr.: "Sin embargo se sigue escribiendo."
>
> José Corrales: "The Muchachuelo of Cifuentes".
>
> Manuel Pereiras García: "The Savior or La muchachuela del Sur". Obra.

Vol. I, No. 2. July 1993.
> Rine Leal: "Asumir la totalidad del teatro cubano."
>
> Grupo de teatristas cubanos: "Manos a la obra: Respuesta a Rine Leal".
>
> Luis Santeiro: "The Crossover Game".
>
> Gabriela Roepke: "Three Playwrights in New York".

Vol. II, No. 1. Winter/Spring 1994.
> Norma Niurka: "Growing Pain Still Plague Hispanic Festival".
>
> Lillian A. Manzor-Coats: "Too Spik Or Too Dike: Carmelita Tropicana".
>
> Iván Acosta: "¿Qué cómo comenzó todo? Como son las cosas cuando son del alma".
>
> José A. Escarpanter: "La familia en el teatro cubano".
>
> Pedro R. Monge Rafuls: "Sobre el teatro cubano".
>
> Laureano Corcés: "Recursos estilísticos en *Madame Camille: escuela de danza* de Héctor Santiago".
>
> Héctor Santiago: Madame Camille: escuela de danza. Obra.

Vol. II, No. 2. Summer/Autumm 1994.
> Héctor Santiago: "Testimonio sobre el Sida".
>
> Ofelia Fox y Rosa Sánchez: "Sobre nuestra comedia *S.I.D.A.*"

OLLANTAY Press

El ojo-cara del profesor. Short Stories by Peruvian Carlos Johnson, 1983.
                                                                Sold Out

Hispanic Immigrant Writers and the Identity Question, bilingual foreword by Pedro R. Monge-Rafuls and bilingual introduction by Dr. Silvio Torres-Saillant. The volume contains presentations by four writers from different backgrounds who through their literary work analyze the influence of immigration on the Latin American literature of New York. The writers are: Puerto Rican poet Alfredo Villanueva; Puerto Rican poet and short-storywriter Marithelma Costa; Dominican poet Franklin Gutiérrez, and Guatemalan poet and translator David Unger. The presentations by the writers are followed by a conversation with the audience. 81 pages.

Hispanic Immigrant Writers and the Family, bilingual foreword by Pedro R. Monge-Rafuls and bilingual introduction by Dr. Silvio Torres-Saillant. A volume consisting basically of statements addressing the issue of the Hispanic immigrant family and selections of creative works illustrating the topic in question by Puerto Rican poet Carlos Rodríquez Matos; Cuban playwright Manuel Martin, Jr.; Argentinian short-story writer Nora Glickman; Colombian novelist Jaime Manrique; and Cuban poet José Kozer. 93 pages.

New Voices in Latin American Literature/Nuevas voces en la literatura latinoamericana, bilingual foreword by Pedro R. Monge-Rafuls. This volume, edited by Miguel Falquez-Certain, collected some of the lectures given by 18 authors and scholars at **OLLANTAY Center for the Arts** in connection with Hispanic writers living in the New York metropolitan area. 260 pages.

Conversación de los escritores dominicanos de Nueva York is a book consisting of statements by Dominican writers during the First Dominican Writers' Conference in New York in April 1989 and New York Dominican Writers in Conversation with Pedro Mir in February, 1992.

The Latin American Writers' Directory is the first of its kind in the New York area. The directory contains a list of 148 writers with their personal data and most important works as well as indexes by literary genre and national origin. Bilingual introductions by **OLLANTAY**'s Executive Director and by the Editor of the directory, Julio Marzán, give an idea of the Hispanic writers' situation in the New York area.